お伽草子・本地物語
と
韓国説話

金　賛會著

三弥井書店

本扉写真

済州島民のヒーリングの聖地・チルモリ堂で行われたムーダンによる巫祭。この際、風雨を司るヨンドン神のための本解（神話）が語られる（国営放送 KBS の写真作家・金基三氏撮影、国立済州大学の玄丞桓教授提供）。

第一編　お伽草子・本地物語と本解

第一編　お伽草子・本地物語と本解

第一章　お伽草子「師門物語」と本解「城主クッ」

はじめに

お伽草子「師門物語」については、臼田甚五郎氏が[1]「小栗照手譚の周辺」という論考において「浄瑠璃御前という名称からは薬師如来の功徳を説く女性唱導者を連想させ、機転を使って浄瑠璃御前を助ける冷泉を「師門物語」の伝承者と見るべきである」と論じて以来、それの本格的な研究は福田晃氏[2]によって始められ、諸本の分類と伝承関係、さらにはそれらの伝本の管理者の問題まで詳しく論じておられる。また松本孝三氏[3]は、宮城県の栗原郡をフィールド調査し、後に触れるいわゆる第三類本に属する奥浄瑠璃諸本六本を新しく発見し、第三類本の特色を明らかにするという成果をあげておられる。

また韓国の「城主クッ」は、別称として「成造本歌」「成造クッ」「城主プリ」「皇帝プリ」などと呼ばれているが、この「城主クッ」についての研究は、李能和氏が『朝鮮巫俗考』[4]において「城主神」とはどういう神なのか、その性格の面を触れて以来、赤松智城・秋葉隆両氏[5]、金泰坤氏[6]、邊徳珍氏[7]、崔吉城氏[8]、ペクソンスン氏[9]、羅京洙氏[10]、徐大錫氏[11]、林在海氏[12]、チョンチュングォン氏[13]、キムジョンウォン氏[14]、成吉済氏[15]、ハジェソン氏[16]などの諸氏によって研究が行われている。筆者も、前稿「本解『成造クッ』と『百合若大臣』[17]」において、「成造クッ」について論じたことがあるが、それは本稿で取り上げる「城主クッ」とその名称や祭文の機能は全く同じでありながらも、その内容は異なるもので、日本の「百合若大臣」と同系統のものである。韓国側の研究史を見ると、徐大錫氏の研究以外のほとんどは、「城主本歌」の二系統の資料を分けて論じているのではなく、同じ論考の中で二つの資料を同時に扱うことによって研究においての混乱を招いている。それも「城主クッ」それ自体についての研究というよりは、城主神が韓国の民間において家の最高神として広く祀られていることから、その神の信仰面について論じたものである。さらに日本の「師門物語」と関わって論じた論考も今のところ見当たらない。本稿では韓国の「城主クッ」の諸本を紹介し、従来、諸先学によって指摘されたことのなかった韓国の巫覡による「城主クッ」と日本の「師門物語」との関わりについて論じたい。

一　本解「城主クッ」の伝承

「城主クッ」は、韓国の全土に広く伝承される祭文で、家を新しく建てた時と引っ越しをして家主が建築神である成造神を新しく迎え入れるときに行われる「城主迎え」（成造クッ）巫祭、読経師による家内の安泰・無病息災と幸運・財運を祈願する「安宅」巫祭において唱えられる祭文である。この巫祭は原則として家主の歳が二七、三七、四七、五七、六七などのように七の数字になる年の秋の季節である陰暦十月中に祭の日を定めて巫女を招いて行われる。しかし慶尚道地方などでは、二三、二七、三三、三七、四三、四七などのように三と七の数字が入っている年の秋を選んで祭が行われる場合もある。その祭順は地域によって多少異なっているが、まず家の広い板の間に祭壇を作り供物を並べて、「チュダンサル」儀礼といって巫女は祭壇の前に座って三、四分ぐらい杖鼓を打ち続ける。次には「不浄コリ」「カマンコリ」「上山コリ」「マルミョンコリ」の順序で儀礼を行なった後、建築神である城主神を迎える「城主迎え」祭が行われる。この時に巫女は紅天翼の服（武官の公服）を着て紅色の笠を被り、約一メートルほどの松の木に白紙一枚を糸で括った「成造竿」を持って庭に出て成造神を呼び降ろして遊ばせる。次には城主神を祀る場所を占ってその竿が神の居場所を指すと、糸で竿に括って置いた白紙を解いて銅貨を入れて折り畳む。またそれを清水に濡らして神の居場所である上梁（棟木）の下の壁か梁柱の上部に貼って置いて一握りのお米を三回撒き散らして、「千石、万石増やしてください」と、財運に恵まれるように呪文を唱える。このように城主神を迎え入れてからは、建築神である城主神がどのようにして家を建てることになったのか、その来歴譚である「城主クッ」を唱え始める。このときには日は暮れすでに夜になっている。「城主クッ」を唱えるときには新しく祀るようになった成造神の神体に向かってお膳の上に白紙を敷いて白米三升を堆く盛って置いた後、蝋燭に火をつける。再び城主神のためのお膳を設け、城主神の来歴を唱えることによってその偉業を褒め讃える。その「城主クッ」は、

○初年には初年城主、二年には二年城主、すべての九の年、すべての七の年に、大都監（官）の纛（旗を持った偉大なる）城主様よ。どこに行って来られ、（いつも）もらっていた供物を受けようと、霜が降り、冷たい風の吹く暁にお入りになったんですか。座面紙（祭り用の油紙）を敷いたお膳、特上の紙で飾ったお膳、枡にいっぱい盛った供米、鶏を供え置いて、席を設けたので喜んでいただいてください。城主様の本を聞いてみましょう。城主様の本はどこでしょうか。天下国が本でなければ地下国になるでしょう。

（金泰坤氏『韓国巫歌集』(18)）

○初年には初年城主、二年には二年城主、十年には大都監（官）の纛城主神様よ。城主様の本解を唱え奉らんとて、枡に（いっぱい盛った）供米、命銭齢銭、生鶏を供え置き、城主様の本解を唱え奉る。城主様の本は天下宮が本なり。地神様の本は地下宮が元なり。

（赤松智城・秋葉隆両氏『朝鮮巫俗の研究』上(19)）

と始めるもので建築神であり、家内の安泰・無病息災と幸運・財運を司る城主神の由来を叙述する本地物語である。金泰坤氏本によってその梗概を示すとおよそ、次のようになる。

〈発端〉

（一）天下国のチョンサラン氏と地下国のジタル夫人が結婚して三カ月には血が集まり、十カ月になると逞しい若君を生む。〔若君誕生〕

（二）若君は七歳になると一文字を教えれば十文字を悟り、木にも眼を開かせ、石や土にも眼を開かせたので将来必ず大物になると皆信じた。両親は若君の名前をファンサントゥル（黄山庭）で生まれたことに因んでファンウヤンシ（以下、黄羽楊氏と表記する）と名付ける。〔異常成長〕

（三）黄羽楊氏は元気に育ち、二十歳の折に忠清道鶏竜山に住む美しい姫君を妻として迎える。〔結婚〕

〈展開Ⅰ〉

（四）黄羽楊氏は、ある夜にひどく不吉な夢を見て鎧と兜で武装し、板の間に出て警戒を強めた。〔不吉な夢〕

（五）その頃、天下宮では予測できなかった強風が吹いてきて、建物がひどく壊れ、宮は廃虚となってしまった。〔天下宮の廃虚〕

（六）天下宮では満朝百官を呼び集め、宮を再建するための対策を協議していた。その中で西大門に住むグワンチョサという者が出てきて、「黄山庭に住んでいる黄羽楊氏ではないと城主（宮）の再建は不可能です」と申し上げた。黄羽楊氏を連れて来なければならないという点で意見の一致をみた満朝百官は、力持ちの差使（臨時特使）を黄山庭に下向させる。〔差使の下向〕

（七）黄山庭に着いた差使は、黄羽楊氏を捕まえて行こうと、家を攻めるが、家の守護神・業王に妨げられて失敗する。差使が困っていると、竈神は、黄羽楊氏が普段自分を丁寧に祀ってくれないことに不満を持ち、「明日の朝、黄羽楊氏が鎧と兜を脱いで母を迎えに行くとき、捕まえて連れて行きなさい」と、告げ口を言う。

（八）　差使は、不思議な夢を見て鎧と兜で武装している黄羽楊氏を捕まえ、天下宮からの召集令状を提示し、宮の再建を命じ、旅の準備期間として三日間の暇を与えて帰った。天下宮からの召集に悩んで飲食を全廃し、横になっている黄羽楊氏の姿を見た夫人は、夫を落ち着かせ、宮作りに必要な道具を用意してくれる。〔業王の妨害・竈神の密告〕

（九）　当日黄羽楊氏は、夫人と別れを告げて馬に乗って出発しようとすると、夫人は足を引き留めて、「あなた様、道行く途中に誰かが話をかけてきても沈黙を守ってください。若しも沈黙を破って返事をするならば、愛する妻を他人に譲ることと同じです」と言って、夫の旅を心配する。が、黄羽楊氏は笑いながら、「お前、男の一人旅にうるさいことを言うな。早く帰りなさい」と言って、そのまま天下宮に向かって旅立った。〔再建の召集令〕

（十）　旅の途中、沼津庭に着いた黄羽楊氏は、そこに住んでいるシジンワン（以下、沼津王と表記する）に騙され、着ていた服を脱いで、沼津王にあげ、自分は沼津王の服を着る。〔姫君の予言〕

〈展開Ⅱ〉〔衣装の交換〕

（十一）　黄羽楊氏の服で取り替え着た沼津王は、その隙に黄山庭の黄羽楊氏夫人が絶世の美人であることを聞き、奪いに行く。〔沼津王の横恋慕・下向〕

（十二）　下女の玉丹春と丹々春と一緒に後園で花遊びをしていた黄羽楊氏夫人は、不吉な予感がして、門番には門を、錠番には錠を固く締めさせるが、沼津王は魔術を使って大門を開け家に乱入し、黄羽楊氏夫人を奪う。〔家攻め・姫君略奪〕

（十三）　黄羽楊氏夫人は沼津王に「明日が舅の忌日、明後日が姑の忌日であるから男と語らいができない身である」

と言って機転をきかせて危機から逃れる。〔姫君の危機逃れ〕

（十四）黄羽楊氏夫人は絹織物の肌着に親指を噛んで流れる血で「あなた様、生きてお帰りになれば沼津庭で、死んだ霊でお帰りになればあの世で会いましょうね」と涙ながらに書いて、礎石の下に入れて置いた。〔姫君の消息〕

（十五）黄羽楊氏夫人は、「私の身には七鬼神が取り付いています。裏庭に精進屋を作り差入れの飯を食べながら三年間隔離生活を送れば取り付いている鬼神が離れるはずです。その時に就寝を共にしましょう」と言って、精進屋に籠る。〔精進屋籠り〕

〈展開Ⅲ〉

（十六）黄羽楊氏は天下宮に着いて三カ月十日間をかけて壊れている宮を建立しようと地ならしをし、山の木を切って柱を建て宮を完成させる。そこを発って旅の疲れでしばらく眠りに陥り、三つの不吉な夢を見る。占い師に占ってもらうと、家は壊れてなくなって礎石のみが残っており、飲んでいた井戸水には蛙の子が数多く泳いでおり、妻は他人の家に嫁に行っているという夢であった。〔緊急の知らせ〕

（十七）馬に乗って急いで故郷に帰ってみると山川は昔のままであるが、懐かしき昔の家は大破して姿を消し、礎石のみ残っていた。〔帰郷・我が家の喪失〕

（十八）黄羽楊氏は烏の泣き声に導かれ、礎石の下を覗いてみると、「あなた様、生きてお帰りになれば沼津庭で、死んだ霊でお帰りになればあの世で会いましょうね」という流血で書いた手紙を見つける。〔姫の消息発見〕

（十九）黄羽楊氏は、夫人の手紙を懐に大事に納め、無情な歳月を嘆き、涙を流し、溜息を吐きながら沼津庭に赴く。沼津庭に着いた黄羽楊氏は、井戸水の横にある柳の木の上に登って天辺に座って夢を通して自分の居場所を夫

人に知らせる。〔井戸での夢告〕
（二十）　黄羽楊氏夫人は、精進屋で夫との再会を告げる三つの夢を見て、沼津王を訪ねて、「隔離された空間で三年間の精進屋暮らしを済ませたので身体に取り付いていた鬼神がもう離れてしまったような気がします。入浴して身体を清めてからあなたと枕を共にしたいんです」と言って、沼津王の許しを得て沼津庭の井戸に着き、入浴中に夫と対面する。〔入浴・夫妻対面〕
（二十一）　黄羽楊氏夫人は、「もし、あなたとこのように長時間言葉を交わす姿が沼津王に見つけられたら私達の命は無事ではないはずです。一旦は別れて私のスカートの中で隠れ住み、沼津王を討ち取ってから再会の喜びを交しましょう」と言う。〔再度の別れ〕
（二十二）　黄羽楊氏は三度宙返りをして自ら身体を青鳥に変え、夫人のスカートの中に隠れた。〔青鳥変身〕
（二十三）　沼津庭に帰ってきた黄羽楊氏夫人は沼津王に、「あなたと百年の縁を結ぶようになったのでお祝いの盃を交しましょう」と言って、下女の玉丹春と丹々春を通して沼津王に酒をたくさん飲ませる。酔い潰れた時、夫人は門を抜け出して夫を呼び出す。〔酒宴謀略・脱出〕
（二十四）　青鳥に身を変えた黄羽楊氏は、再び三度宙返りをして元の姿に戻る。〔蘇生・再会〕
〈結末〉
（二十五）　黄羽楊氏は沼津王に罪状を突きつけ石函の中に入れ、街路のチャンスン（村の守護神）にさせ、往来する人の挨拶を受けさせる。沼津王の妻は捕まえて下卒にさせ、道歩く人々が吐き出す唾をもらって生きるようにし、子供達はノロ、鹿、鵲、烏、雉子、鳩にして高山に放し、狩人達の獲物となった。〔報復・本地〕
（二十六）　仇を討ち取った黄羽楊氏夫婦は、沼津庭を後にしたが、道行く途中に日が暮れてしまい、葦畑で夫人のス

カートを脱いで左右に幕を引き張り、肌着を脱いで敷き、そこで一夜を過ごす。〔肌着の野宿〕

（二十七）　黄羽楊氏は建築の城主神、夫人は地神として現れ、村々里々を訪ねながら縁のある家庭に入り、家を建ててやり、子宝に恵まれない家には家督相続ができるように子宝を授け、子孫繁栄をさせる。〔建築神示現〕

そして、この本解の結末は、

○（城主神の）夫人が歩き回り雨汀面に入ると、元安という所は咫尺にあるよ。家中に入り、李さんの家庭、沈さんの家庭と縁を結ばせ、時運が去って沢山の供物をお受けになり、いっぱい供物をお受けになり、甑（蒸し餅）の巨碗をお受けになり、この真心をお受けになる時、この敷地の時運が去り、瓦屋も豊かに、草葺き屋も豊かにさせようと、四方を見回すと、基主の身体がとても弱々しいので、基主が丈夫になるように、お祈りをしてみよう。この敷地に、この馬田（田畑）に縁を結び、時運が去って城主様がお入りになったので、城主様の守護は大主様よ、大主様の守護は城主様でいらっしゃるので、城主様の守護の中で万福を受け、心配事、憂患、災難を払い除けて、城主様の本を唱えてみよう。城主様の本はどこでいらっしゃるのか。慶尚道安東のチェビウォンが本である。チェビウォンから松種をもらい、三坪四坪撒き散らして置くと、その種から木が生え大きくなり（品質の良い）黄腸木になったのだ。青の青腸木になったのだ。黄の黄腸木になったのだ。桁・長押と十分になり、中柱・上柱の材木となったので、城主様の挙動をご覧ください。酒一杯に乾肉一枚を持って行ってその木下で祭りを行い、この木を伐採して李氏家の瓦屋を建立なさると（中略）、敷地を選定しようと、東西南北を歩き廻り、この敷地をお選びになり、この敷地に家を建てると万代まで栄えよう。この敷地に家を建てると烈女忠臣が生まれよう。この敷地に家を建てると富貴功名、子孫繁栄しよう。（以下、敷地ならし、家造り、田畑造り、家畜購入などが長々と語られる）基主様にもらう福、踏み出す福、有り余って突き出るように、突き出て有り余るように、食べ余るように使い余るようにさせてください。（金泰坤氏『韓国巫歌集』）[20]

○城主様不安にならば地神様安存させ、地神様不安にならば城主様安慰安定させ、大主様不安にならば季主様安慰安定させ、城主様も家王、季主様も家王なり。四家王が一つになりて、木の枝の端が伏しつ起きつ、この万神の遊び往ける後には、先三日の福を与へ、後三日の命を与へて七宝小山に万万寿、露積を下し給へ。（赤松智城・秋葉隆両氏『朝鮮巫俗の研究』上）[21]

と叙述され、物語は終るのである。次には普通のクッと同様に、「別星クッ」「大監コリ」「帝釈コリ」「ホグコリ」「軍雄コリ」「倡夫コリ」の順序で個別儀礼を行なった後、招いたあらゆる神々を送り返す「テイッチョンコリ」祭を最後に「城主クッ」巫祭はすべて終了する。

二　本解「城主クッ」の諸本と異同

「城主クッ」は大きく叙事巫歌（物語性が極めて濃厚）と教述巫歌（物語性が極めて希薄）とに分けられる。また叙事巫歌の「城主クッ」は、韓国の中部地域伝承本（A型）と東部地域伝承本（B型）とに分けられる。[22] 東部地域伝本（B型）は日本の「百合若大臣」と同じ系統の祭文であり、中部地域伝本（A型）は後述する日本の「師門物語」（森館軍記）に近似するものである。

管見し得た中部地域伝本（A型）の「城主クッ」は次のように七本である。

①京畿・高陽（赤松智城・秋葉隆両氏『朝鮮巫俗の研究』上　一九三七）
②京畿・華城（金泰坤氏『韓国巫歌集』一九七八）（1）
③京畿・華城（金泰坤氏『韓国巫歌集』一九七八）（2）

④京畿・安城〔曹喜雄氏『韓国口碑文学大系』一九八二〕(1)
⑤京畿・安城〔曹喜雄氏『韓国口碑文学大系』一九八二〕(2)
⑥京畿・安城〔徐大錫・朴敬伸両氏『安城巫歌』一九九〇〕
⑦京畿〔河周成氏『京畿道堂クッの巫歌』一九九九〕

段落	モチーフ＼諸伝承	①赤松氏本	②金氏本(1)	③金氏本(2)	④曺氏本(1)	⑤曺氏本(2)	⑥徐氏本	⑦河氏本
発端	(一)〔若君誕生〕	○	○	○	×	○	○〔申し子〕	○
	(二)〔異常成長〕	○	○	○	○	○〔家作り〕	○〔家作り〕	○
	(三)〔結婚〕	×	○	○	×	×	×	×
展開Ⅰ	(四)〔不吉な夢〕	×	○	×	×	○	×	×
	(五)〔天下宮の廃虚〕	○	○	○	○	○	○	○
	(六)〔差使の下向〕	○	○	○	○	○	○	○
	(七)〔業王の妨害・竈神の密告〕	○	○	○	×	○	×	○
	(八)〔再建の召集令〕	○	○	○	○	○	○	○
	(九)〔姫君の予言〕	○	○	○	○	○	○	○
	(十)〔衣装の交換〕	○	○	(○)	○	○	○	○
展開Ⅱ	(十一)〔沼津王の横恋慕・下向〕	○	○	○	○〔横恋慕なし〕	○	○〔横恋慕なし〕	○〔横恋慕なし〕
	(十二)〔家攻め・姫君略奪〕	○	○	○	○	○	○	○
	(十三)〔姫君の危機逃れ〕	○	○	○	○	○	○	○

	（十四）〔姫君の消息〕	○	○	（○）	（○）	（○）	○	○
	（十五）〔精進屋籠り〕	○	○	○	○	○	○	○
展開Ⅲ	（十六）〔緊急の知らせ〕	○	○	×	○	○	○	○
	（十七）〔帰郷・我が家の喪失〕	○	○	○	○	○	○	○
	（十八）〔姫の消息発見〕	○	○	○	○（玉皇上帝）	○	○（玉皇上帝）	○（鳥）
	（十九）〔井戸での夢告〕	○	○	○	○	○	○	○
	（二十）〔入浴・夫妻対面〕	○	○	○	○	○	○	○
	（二十一）〔再度の別れ〕	○	○	×	×	○	×	○
	（二十二）〔青鳥変身〕	○	○	○	×	○	×	○
	（二十三）〔酒宴謀略・脱出〕	×	○	○	×	×	×	○
	（二十四）〔蘇生・再会〕	○	○	×	×	○（蘇生なし）	×	○
結末	（二十五）〔報復・本地〕	○	○	○	×	○	○	○
	（二十六）〔肌着の野宿〕	○	○	×	×	○	×	○
	（二十七）〔建築神示現〕	○	○	○	○	○	○	○

右のように「城主クッ」は、発端の（一）〔若君誕生〕から結末の（二十七）〔建築神示現〕までのモチーフ構成によるものであるが、②の金氏本はこれらのすべてのモチーフを含んでおり、最善本と言えるものである。また、④の曹氏本と⑥の徐氏本は巫覡及び、叙述内容と関わりながら一部のモチーフを欠いているところもあるが、一つの話型として把握できるものである。

三　お伽草子「師門物語」

今まで紹介されたお伽草子「師門物語」の諸本は、次のようである。

〈第一類〉

①「もろかど物語」（国会図書館蔵　写本一冊。江戸時代中期頃の写し。横山重・松本隆信両氏編『室町時代物語大成』第十三、『新古典文学大系　室町物語集〔下〕』岩波書店所収）

②「もろかど物語」（水戸彰考館蔵　写本上下各一冊。寛永六年〈一六二九〉書写、福田晃氏編『室町期物語一』〈伝承文学資料集第二輯〉、『室町時代物語大成』第十三所収）

〈第二類〉

③「迫合戦」（五段）（登米郡豊里町山根　伊藤家蔵　写本一冊。小倉博氏編『御国浄瑠璃四篇』所収）

④「奥州三迫合戦記」（五段）（登米郡豊里町鴇波本間厳氏蔵　写本一冊　明治十二年書写。荒木繁氏「奥浄瑠璃「奥州三迫合戦記」」〈『人文学紀要』第二十三号に翻刻〉）

⑤「校訂奥州迫合戦記」（七段）（登米郡佐沼町　中津英夫氏書写。『月輪山香林寺史』所収）

〈第三類〉

⑥「稲瀬ケ城森館軍記」（六段）（栗原郡栗駒町稲屋敷森館　菅原多吉氏蔵写本一冊）

⑦「稲瀬ケ城森館軍記」（六段）（栗原郡栗駒町菱沼　今野清美氏蔵写本一冊）

⑧「稲瀬ケ城森館軍記」（七段）（栗原郡栗駒町岩ケ崎　佐竹虎男氏蔵写本一冊。大正元年峰谷勘右ェ門書写）

⑨「稲瀬ケ城森館軍記」（六段）（栗原郡栗駒町稲屋敷森館　栗原哲嗣氏蔵写本一冊。昭和三年栗原哲雄氏書写）

⑩「稲瀬ケ城森館軍記」（六段）（栗原郡栗駒町稲屋敷森館　菅原忠男氏蔵写本一冊。昭和六十一年栗原哲雄氏書写本を元に古川市の笠原勝氏が書写）

⑪「稲瀬ケ城森館軍記」（六段）（栗原郡栗駒町稲屋敷森館　菊池新作氏旧蔵　写本一冊。昭和五年菊池氏書写。現在所在不明）

⑫「弥平衛師廉合戦記」（八段）（栗原郡栗駒町岩ケ崎　岩本勝美氏蔵　写本一冊。享和元年〈一八〇一〉書写）

〈第四類〉

⑬越後国五地如来本地（天理図書館蔵　写本一冊。寛政十三年〈一八〇一〉書写）

右のように「師門物語」は、「もろかど物語」と称される第一類本が二本、「迫合戦記と称される第二類が三本、「稲瀬ケ城森館軍記」と称される第三類が七本、「越後国五地如来本地」と称される第四類が一本あり、諸本の解題・性格については、すでに福田晃氏[23]と松本孝三氏[24]によって詳しく述べられているのでそれに譲りたいが、福田氏は第一類本の「もろかど物語」について「他本に比べ内容、文体が簡潔、作品としてもっとも優れておりかつ最古態を留めている」とされる。また、松本氏は、「第三類本の中での菅原多吉本が善本と言えるもので最古態を留めており、第三類本は常に中央文化と密接な繋がりを持ち、奥州栗駒の地を伝承基盤とし、その歴史・風土と人々の中で育まれた在地性と深く関わり地方における語り物の性格を見事に持っている」と論じておられる。

さて、「師門物語」は、

〇それ、ともしびきえんとて、光ります。人めつせんとて、あくねんおこる。さればあしたには、こうかんあつて、せいろにほこるといへども、ゆふべには　はつこつとなつて、くわうけんにくつる、ならひなり。そもそも平の将門は、希代不思議の弓とり也。（第一類、もろかど物語、国会図書館蔵本）

〇さても其後倩（つらつら）おもんみるに、善は人を恵み必ず己が身を助く、悪は人を責むるによつて必ず己が身を責むるとかや。不仁不義にして盛なる者必ず定其家を亡くすとかや。君に忠を尽し両親に孝行をを励む者、其家極めて繁昌なり。並に人皇五十代桓武天皇の御宇に当たつて、奥州五十四郡の大将に　藤原ノ修理大夫師末とて弓取一人おはします。（第二類、迫合戦、伊藤家蔵本）

○頃は人王八十五代後堀川院御宇に当り東奥栗原郡三の迫初ケ崎森館の城主をば平の朝臣弥平兵衛師秀迚弓取壱人御座丼。（第三類、稲瀬ケ城森館軍記、佐竹本）

と始めるもので、国司の横恋慕を受け、愛する妻と別れ別れになった師門が苦難・流浪の末に神仏の加護によって妻と再会するという物語である。

そして、「師門物語」の末尾は、

○三の迫にやかたをつくり、四十八人の一族をたづね出し、一門繁昌し、浄瑠璃御前、あまたの若子をまふけをき、さかへおはせしも、たゞ神慮のゆへなり。その後、熊野へまいり、いよ〳〵塩竈明神を尊み、羽黒の権現を尊み申ことかぎりなし。月王丸がゆかりをたづね出し、恩をあつくし、ところの家督をもたせたまひつゝ、末繁昌したまひしも、たゞ神慮にかなふゆへなりとぞ。（第一類、もろかど物語、国会図書館蔵本）

○それより師門殿は元の御殿へ入らせ給ひ棟に棟、屋形に屋形を建並べ、高き所に堂を建て、小川に橋をかけさせて、大川には舟を浮かべ、貧なる者には衣食を与へ栄華に栄えおはします、これも月ノ輪兄弟御身替の忠孝故二度世を開かせ給ふなり、月ノ輪は本領なればとて、登米郡赤生津村に大寺を御建立なされ、今の世に至るまで月輪山香輪寺とはこれとかや、師門殿の御果報は月に重なり日に増して、風に草木の靡くが如く扇の如く末広く柳の如く御世永く、千秋万歳万々歳、頼もしとも中々申すはかりはなかりけり。（第二類、迫合戦、伊藤家蔵本）

○夫よりも三迫初が崎に御座を定めんと思召し杣取る人を集め要害厳敷御座を定め棟門高くぞ数の屋形を立てさ

せ給へ其の名をバ鶴か城と号し宛て初が崎をバ岩ケ崎と引替ひさせ給へける。夫よりも御利生ありし神々をば遠国の事なれば日々の参詣成り難ぐ御絵図をば移し奉り拝し奉らんと思召し清水観世音を移し奉り一ケ寺を御建立被成ける音羽山寺号をば清水寺と被成宛夫よりも紀州熊野大権現出羽の羽黒山をば移し奉り御宮を御建立有り夫よりも御身替りに立ち給ふ菊王丸の菩提のためと彼所に一ケ寺を御建立山号をバ菊王山寺号をば黄金寺と被成ける伽羅陀院地蔵菩薩の御堂を御建立有り日々参詣なされる其霊□にて師門の御威勢ハ日々に盛りて弥増して扇の如く末広ぐ柳の如く末長ぐ千秋万歳万々歳目出度かりとも中々申す斗りハなかりけり。

（第三類、稲瀬ケ城森館軍記、佐竹本）

とあるように、各諸本ともに主人公の師門が屋形を造ったり、お寺を建立したり、川に橋を掛けたりする叙述が目立っており、師門とその一門の栄華繁昌を強調する形で結んでいる。これとほぼ同じ内容を見せる韓国の「城主クッ」が建築神の由来譚であり、家の運命を司る最高神であることを勘案すれば、主人公・師門はもともと何か建築と関わる人物であったのではないかと推測されのである。そこで第一類本、第二類本、第三類本の内容を対照して示すと、およそ次のようである。

段落	諸本／モチーフ	第一類 国会図書館蔵本	第一類 水戸彰考館蔵本	第二類 伊藤家本	第三類 菅原多吉蔵本
発端	（一）〔申し子誕生〕	奥州三迫長者平の将門五代の末孫師末夫婦は一人の子もないのを嘆き、塩釜明神に申し子をし、明神が極楽世界の阿弥陀に頼み、若君をもうける。（名付けナシ）	奥州栗原の師末は後を嗣ぐべき子がないのを嘆き、塩釜明神に申し子をするが、前世の因縁によって子種がないと告げられる。しかし妻は法華経の聴聞などをして若君をもうけ、六所殿と名付ける。	奥州五十四郡の大将藤原修理大夫師末は、三の迫岩ケ崎に御所を建てて住んでいたが、小鳥が十二羽の子を育てるのを見て子のないことを嘆き、塩釜明神に申し子をして若君をもうけ、百合若君と名付け	東奥栗原郡三の迫初ケ崎森館の城主平朝臣弥平兵衛師季は、仁義を本とし、慈悲第一の人なので宝は自ら天下り君を守護していたが、小鳥が十二羽の子を育てるのを見て子のないことを嘆き、塩釜明神に申

				る。（月海長者と小たん、長者の宝較べ、明神強請と子授けの約束、十七歳に夫婦が死ぬ）	し子をして若君をもうけ、千若丸と名付ける。（明神強請と子授けの約束、三歳に夫婦が死ぬ）
	（二）〔異常成長〕	若君は竹の子が夜露に育まれる如き成長し、十三歳に元服、実名を師門と名告る。	若君は竹の子が夜露に育まれ、尺を伸ばす如き成長し、五歳に袴着、七歳に改名して師門九郎兵衛と名告る。	十五歳に帝へ参内し、三位中将藤原師門と名告る。	若君は竹の子が夜露に育まれる如き成長し、七歳に山に上って学問し、継目の参内をし、弥平兵衛師門と名告る。
	（三）〔結婚〕	師門は十七歳に刈田兵衛殿の一人娘・浄瑠璃御前を妻として迎える。	師門は十三歳に刈田兵衛の娘・瑠璃一姫を妻として迎える。（師門、姫を迎えるために屋形をつくる。装飾の部分短い）	師門は刈田兵衛の娘で国分薬師の申し子・浄瑠璃姫を妻として迎える。（師門、姫を迎えるために屋形を建て替える。装飾の部分長い）	師門は十六歳に刈田兵衛の娘・千寿前を妻として迎える。
	（四）〔不吉な予言〕	父の師末はあまりにも浄瑠璃御前の美しい姿を見て、刈田へ帰せと言う。	父の師末はあまりにも浄瑠璃一姫の美しい姿を見て、刈田へ帰せと言う。	父の師末はあまりにも浄瑠璃姫の美しい姿を見て、刈田へ帰せと言う。	（ナシ）
	（五）〔父の死〕	父の師末は浄瑠璃御前を刈田に帰すことを遺言し、六十三歳に世を去る。	父の師末は浄瑠璃一姫を刈田に帰すことを遺言し、五十五歳に世を去る。	父の師末は浄瑠璃姫を刈田に帰すことを遺言し、塩釜明神との約束の通り、夫婦は師門が十七歳の折に世を去る。	婚礼の席上で師末は妻に「神仏も時には嘘をつく」と、明神の悪口を言ったため、怒りをかい、まもなく世を去る。
展開 I	（六）〔国司の下向〕	二条中将が国司として奥州に下向して高鞍御所を造って住む。	二条中将・あきのたいらが守護として奥州に下向して多賀の国府に住む。	八丈秋永が国司として宮城の多賀の府に住む。	安藤相模守藤原秋家が国司として二の迫稲瀬ケ城に住む。
	（七）〔中将の横恋慕・使者の下向〕	色好みの中将は、姫君を次々と紹介されるが、誰一人も気に入る者がなかった。伊達の太郎の告げで浄瑠璃御前の美しいことを聞いた中将は、急ぎ出仕すべき旨の書状を伊達、信夫に持たせ下向させる。	色好みの中将は美女を次々と紹介されるが、一々難ぐせをつけて帰す。たて・しらかわの告げで浄瑠璃一姫の美しいことを聞いた中将は、急ぎ出仕すべき旨の御判をたて・しらかわに持たせ下向させる	三十歳で妻のない国司は美しい女を探すが、難ぐせをつけて帰す。伊達信夫の告げで浄瑠璃姫の美しいことを聞いた国司は文を細々書いて刈田に送る。	十九歳で妻のない国司は良き妻を探すが見つからない。信夫の庄治道村の告げで千寿前の美しいことを聞いた国司は、刈田へ使者を下向させる。
	（八）〔刈田兵衛の納得・嫡男の妨害〕	刈田兵衛を高鞍に呼び寄せた中将は、浄瑠璃御前を奪おうと欲深い刈田兵衛に語らい納得を得るが、嫡男・太郎に妨	刈田兵衛を高鞍に呼び寄せた中将は、浄瑠璃一姫を奪おうと欲深い刈田兵衛に語らい納得を得るが、嫡子・太郎に妨	刈田兵衛を呼び寄せた国司は浄瑠璃姫を奪おうと欲深い刈田兵衛に語らい納得を得るが、嫡子・十郎丸次に妨げられ失	刈田兵衛を稲瀬ケ城に呼び寄せた国司は、千寿前を奪おうと欲深い刈田兵衛に語らい納得を得るが、嫡子・小太郎に

		げられ失敗する。	げられ失敗する。	敗する。	妨げられ失敗する。
	（九）〔巻狩の召集令〕	中将は急ぎ書状を書いて三迫に使者の伊達・信夫を送り明日から七日間の巻狩を命じる。師門の四十八人の一族は巻狩の用意をしてくれる。	中将は書状を書いて栗原に使者のしらかわを送りおささか峠に巻狩を命じる。（師門の服装について語られている）	国司は文を書いて三の迫に送って御山に十三日間の巻狩を命じる。	国司は三の迫に使者を送り師門に「獅子狩の奉行」と偽って自京山への巻狩を命じる。
	（十）〔姫君の予言〕	師門が巻狩に出発しようとすると、不吉な夢を見た浄瑠璃一姫は、足を引き留めるが、師門は気にも留めず、そのまま狩場に出かける。（弓が三つに折れ、鎧を取られる夢）	師門が巻狩に出発しようとすると、不吉な夢を見た浄瑠璃姫は、足を引き留めるが、師門は気にも留めず、そのまま狩場に出かける。（腹巻が切れ、兜が北向きに離れる。刀が鞘走る。御たうちの元筈と末筈が二重になる。薄緑の栗毛が河原に離れ御身を訪ねる夢）	師門が巻狩に出発しようとすると、不吉な夢を見た浄瑠璃御前は足を引き留めるが、師門は気にも留めず、そのまま狩場に出かける。（迫の城が荒れ果てる。秘蔵の重代が折れる。姫君が乳母と一緒に師門を探し廻る夢）	師門が巻狩に出発しようとすると、不吉な夢を見た千寿前は、足を引き留めるが、師門は気にも留めず、そのまま狩場に出かける。（身の上に大事のある時は唐の鏡が掻き曇る。君の髻を喰い切って鷲が舞い上がる。師門が黒髪を切って修行に出かける夢）
Ⅱ 展開	（十一）〔城攻め・姫君略奪〕	中将の使者伊達・信夫は、浄瑠璃御前を奪おうとして軍勢を率いて三迫の城に押し寄せ攻撃し、留守役の志田三郎とたからの太郎は奮戦するが、討ち死にする。伊達・信夫は城に乱入し浄瑠璃御前を奪う。	中将の使者たて・しらかわは、浄瑠璃一姫を奪おうとして軍勢を率いて師門の在所に押し寄せ攻撃し、留守役で厩奉行の竹若は奮戦し切腹を思い止める。たて・しらかわは城に乱入し、浄瑠璃姫を奪う。	国司の使者伊達信夫は浄瑠璃姫を奪おうとして軍勢を率いて三の迫の城を攻撃し、留守役目田宅王と弟三郎は奮戦するが自害する。伊達信夫は城に乱入し、浄瑠璃御前を奪う。	自京山で待ち伏せして師門を討とうとした国司の軍勢は逆に敗れる。留守役田郷兄弟は奮戦して大将道村を討ち取るが、師門が自京山で討たれたと思って自害する。その間、自京山で敗れた国司軍勢は稲瀬ケ城の千寿前を奪う。
	（十二）〔緊急の知らせ〕	病に伏していた月王丸という童子は狩場を訪ね、師門に急を知らせる。	竹若は密かに城を抜け出て狩場を訪ね、師門に急を知らせる。	これを聞いた月輪七朗は師門に急を知らせる。	師門が山から帰ってみると、城は酷く壊れ千寿前の姿は見えなかった。
	（十三）〔月王丸の自害〕	師門とその一族は狩装束のまま、高鞍の中将の城に押し寄せ攻撃するが、すべて討たれる。月王丸の勧めで師門は一人落ち延びる。月王丸は師門の偽首を示して自害する。	師門とその一族は故郷に寄らずに多賀の国府に押し寄せ攻撃するが、すべて討たれる。竹若の勧めで師門は一人落ち延びる。竹若は師門の偽首を示して自害する。	師門とその一族は故郷に寄らずに、多賀の府に押し寄せ攻撃するが、すべて討たれる。月輪七朗の勧めで師門は一人落ち延びる。月輪兄弟は師門の身代わりとなって自害する。国司は師門の首を確認せず門外に捨てる。	師門とその郎等ともは、装束を華やかにして国司の稲瀬ケ城に押し寄せ攻撃するが、すべて討たれる。菊王丸は、師門の身代わりとなって自害し、師門は落ち延びる。国司は首実験をし、師門ではないことを知り、懇ろに葬る。

	(十四)〔姫君の危機逃れ〕	侍女冷泉は中将所に行って、姫君が重い病気を患っているため男と語らいができないと告げる。	侍女冷泉は中将所に行って、姫君が重い病気を患っているため男と語らいができないと告げる。	侍女の十五夜は、門外に捨てられた首が師門の首ではなく月輪兄弟の身代わりの首であると姫君に知らせる。十五夜は姫君が国分薬師の申し子で二十五歳まで男語らいできないと告げる。	乳母は国司の所に行って、姫君が師門と郎等らの供養のため百日百夜の精進暮しを願っていると告げる。
	(十五)〔精進屋籠り〕	浄瑠璃御前は冷泉の活躍によって熊野塩釜の御正躰をあわせて七枚下ろして七重に注連縄を引き、錦の御斗帳を三重に引き精進屋に籠る。	浄瑠璃一姫は冷泉の活躍によって精進屋に籠り、昼は経を読み、夜は念仏を唱え、阿弥陀仏を拝む。	（ナシ）	（ナシ）
Ⅲ 展開	(十六)〔帰郷・我が家の喪失〕	師門は出家し、父の師末と一門の菩提を弔うために善光寺・都・熊野・高野山・東寺・清水寺・竹生島などを廻り、故郷に帰ってみると懐かしき昔の姿は何一つも残っていなかった。	師門は聖となって三年間諸国を遊行し、壊れている御堂を建立し、大河には船を浮かべ、小河には橋を掛ける。故郷に帰り、父師末の墓参りをし、その夜墓に伏していると父が夢に現れ、師門の修業のお陰で成仏したこと、浄瑠璃一姫の近況などを知らせてくれる。夢が覚め家に帰ってみると昔の姿は何一つも残っていなかった。	師門は高野山に登って出家し、三年間を過ごす。ある夜、師門は不思議な夢を見て故郷に帰ってみると、門はあっても扉がなく、塀はあっても壁はなく、昔と変わらないのは、月日の光、南殿の桜と夜星、井戸水で泳ぐ蛙だけであった。	師門は三迫鳥沢村に落ち入る。
	(十七)〔湯接待勧進〕	昔、信仰していた初ケ崎の阿弥陀堂がひどく壊れていたので、夢の告げにより湯接待の勧進を始め、御堂の修理を行う。	父師末の三年目の供養のため初ケ崎の阿弥陀堂の伽藍を建立し、御堂の供養に八万四千部の法華経を読誦し、湯接待を行う。	阿弥陀堂に入ってみると御堂はあっても阿弥陀の本尊がないので探し出して備え奉り、経を読誦する。城中に湯屋を造り、湯屋聖となる。	湯泉法師となり、髪をおろし、人を助けるための薬風呂を造る。高札を立てて「風呂に入る者は病気も直ちに本復する」と、その功力を説く。
	(十八)〔入浴・夫妻対面〕	その頃、塩釜明神社の表の柱に虫喰い現れ、都人が不思議に思って歌にその功力を説くと、これを聞く人が湯接待を受けるため次から次へと阿弥陀堂に集まって来る。浄瑠璃御前もこの噂を聞き、中将の	初ケ崎の阿弥陀堂の尊い聖が湯接待をするという噂が広まり、貴賤群衆の参詣が絶えない。浄瑠璃一姫はこの噂を聞き、中将の許可を得て初ケ崎に参り、聖から十念を受ける。湯接待の聖が師門に似ている	国分薬師と塩釜明神に不思議な虫喰い現れ、「女人が参詣すれば邪見を逃れる」という噂を聞き、阿弥陀堂に人々の参詣が後を絶たない。この噂を聞いた浄瑠璃姫は中将の許可を得て、迫の阿弥陀堂に参	千寿前はこの噂を聞き、国司の許可を得て鳥沢村に行って湯接待を受ける。

		許可を得て阿弥陀堂に行って湯接待を受ける。湯接待の聖が師門であることを知った冷泉は密かに浄瑠璃御前に知らせる。	ことに気づいた冷泉は、姫にこの事実を知らせる。	り、湯屋で忍んで見ると師門がいた。姫が師門に自分を名乗ろうとするが、侍女十五夜に留められる。	
	（十九）〔姫の消息・再度の別れ〕	浄瑠璃御前は湯屋の隙間より師門を覗き見るが、そのまま絹織物の肌着に一首の歌を残して去る。	浄瑠璃一姫は湯屋に入って師門を確かめ抱きつきたく思ったが、憂き目に会うことを恐れ、上着を一重脱ぎ袖に短冊をつけ、師門に渡して去る。	師門も浄瑠璃姫であることがわかるが、「十人の子持つとも女に心許すまじ」と言い、この事実が人にばれたら命が危ないと思って知らぬ顔をしている。姫君は上着の小袖を脱ぎ一首の歌を書き残して捨てて去る。	師門と千寿前はお互いに顔がわかるが人目を忍んで小袖の袂を切って、歌を書いて師門に渡して去る。
	（二十）〔姫の消息発見〕	師門が湯屋に入って掃除しようと中に入って見ると浄瑠璃御前が肌着に書き残した歌があった。	師門は不思議に思い、小袖の短冊を開けて見ると一首の歌があった。	師門が姫のいた場所に行ってみると小袖が残されており、不思議に思って開けてみると一首の歌が書かれていた。	師門が小袖の袂を見ると一首の歌が書かれていた。
	（二十一）〔阿弥陀仏の身代わり〕	浄瑠璃御前との歌問答が中将に知られ、聖は稲瀬川で首を切られるが、この聖は阿弥陀仏の身代わりであった。師門は山から帰って来て事実を知り、阿弥陀仏を背負ってどこというあてもなく去る。	初ケ崎の聖は師門であると中将に告げる者があり、聖は稲瀬川原で首を切られるが、この聖は阿弥陀仏の身代わりであった。師門は山から帰って来て事実を知り、初ケ崎に帰り、阿弥陀仏を石の塚に立てつけ、卒塔婆を造り立て一首の歌を残し羽黒の方へ赴く。	浄瑠璃姫との歌問答を国司に知らせる者があり、聖は伊達信夫に川原へ引っ張り出され首を切られるが、この聖は阿弥陀仏の身代わりであった。聖の師門は、山から帰って来て事実を知り、七度の垢離を取り、御首を繋ぎ合わせ、法華経を読誦すると元の阿弥陀として輝いた。	（ナシ）
Ⅳ展開	（二十二）〔酒宴謀略・脱出〕	冷泉の計らいで中将の許しを得て、番衆にたくさんの酒を飲ませ酔い潰れた時、浄瑠璃姫は冷泉とともに城を抜け出す。	冷泉の計らいで中将の許しを得て番衆にたくさんの酒を飲ませ酔い潰れた時、浄瑠璃一姫は冷泉とともに城を抜け出す。	十五夜の計らいで国司の許しを得て、番衆にたくさんの酒を飲ませ酔い潰れた浄瑠璃一姫は十五夜とともに城を抜け出す。	乳母の計らいで国司の許しを得て、番衆にたくさんの酒を飲ませ、酔い潰れた時、千寿前は乳母とともに城を抜け出す。
	（二十三）〔入水偽装〕	浄瑠璃御前は稲瀬川の端に金剛草履を脱ぎ、薄衣に一首の歌を書き残し、川に身を投げたと見せかけて渡る。（中将の後悔あり）	浄瑠璃一姫は稲瀬川原で上衣を脱ぎ、川に身を投げたと見せかけて急いで初ケ崎へ赴く。（歌ナシ、中将の後悔ナシ）	浄瑠璃姫は美無瀬川で上着を脱ぎ、一首の歌を書き、履いた草履とともに捨てて置いて、川に身を投げたと見せかけ、とある所に隠れて塩釜明神に	千寿前と乳母は稲の中に隠れ正八幡に祈りを捧げ、正八幡の御利生により追手の国司軍をやり過ごす。また不思議にも大雨がしきりに降り、追手

結末

			祈りを捧げ、追手をやり過ごす。（中将の後悔あり・百日供養）	の松明が一度に消えたので、みんな屋形に帰る。（入水偽装ナシ）
（二十四）〔姫君の流浪・苦難〕	浄瑠璃御前と冷泉が初ケ崎の湯屋を訪ねると、塚の上の卒塔婆に、「出羽の羽黒へ訪ねて問え」と書いてある。その卒塔婆に導かれ羽黒・蔵王堂を経て善光寺へ赴き、高鞍の城を出てから四十八目に善光寺の西大門に着く。（冷泉、善光寺の縁起を長々と語る）	浄瑠璃一姫と冷泉が初ケ崎の阿弥陀堂を訪ねて見ると塔婆に、「羽黒の方へ」と書いてある。その塔婆に導かれ羽黒を経て清水寺に赴く。清水寺に着くと「元の信濃へ」と書いてあり、都を出て四十八日目に再度善光寺に着く。	浄瑠璃姫と十五夜が迫の城に着き、急いで湯屋に入って見ると師門の姿は見えず、十日ほど前に行方知らず去ったと告げられる。二人はそこを出て南部八方外が濱に至ると、塔婆に、「恋しくば羽黒に」と書いてある。そこから羽黒・越後国の久勘寺・加賀国の大聖（乗）寺・能登国の永平寺を経て、清水寺に着く。博士の占いにたよって信濃に赴き善光寺に着く。（十五夜、善光寺の縁起を語る）	千寿前と乳母が三迫の鳥沢村を訪ねて見ると師門の姿は見えず、高札に、「山城の国清水にて会ふべし」と書いてある。二人は旅の装束に身をやつして鳥沢村をを出て東海道を経て七十五日目に清水寺に着く。御堂に籠り夜半の頃、法華経の大般若経を唱えると師門に間違いない法師が現れる。夜が明けて法師を呼んでもその姿はなく、高札に「信濃国善光寺で会ふべし」と書いてあったので善光寺に赴く。
（二十五）〔師門の死〕	浄瑠璃御前は善光寺の西門の坊主から師門が五日前に同坊でなくなったと聞かされ、嘆き悲しむ。	浄瑠璃一姫は老僧から栗原からの旅人師門が三日前になくなったと告げられる。	浄瑠璃姫は寺中の人々から奥州三の迫の湯屋聖が重い病にかかり、三日前になくなったと聞かされる。	千寿姫は御僧から栗原郡三迫の師門が重い病気にかかり昨日の暮方になくなったと聞かされる。
（二十六）〔蘇生・再会〕	浄瑠璃御前の嘆きの声に隣の宿坊に泊まった客僧の山伏三人は、坊主から栴檀木の薪がないので師門を火葬にすることができず、土葬したと聞き、それは幸いなことだと言い、師門の塚の前で加持祈祷をすると出てくる。	師門の死のことを聞いた客僧四人（一人は正験者、三人は脇験者）は、師門の石寺の塚の前で一心不乱して祈ると、三日前になくなった師門が墓の中から呆然として出てくる。	浄瑠璃御前の嘆きの声に客僧四人は、住職を呼んでそのわけを聞き、占って師門の死は定業ではなく、非業であると判じる。客僧四人は急いで師門の墓のある弥陀が原に行って祈れば、師門は忽然と姿を顕す。	千寿姫は御僧に伴われ師門の墓に行って、死骸を掘り出して嘆き悲しむ。そこに山伏四人が通りかかり、その訳を聞き、護摩壇を飾り注連縄を張り、祈祷を行って師門を蘇生させる。
（二十七）〔本地・報復〕	客僧の一験者は熊野権現、左右の脇験者は羽黒権現・塩釜明神とそれぞれ名告り、鶏の泣き声とともに熊野権現は出羽をさして、塩釜明神は奥州	客僧四人はそれぞれ塩釜明神・清水観音・伽羅陀山地蔵・初ケ崎の阿弥陀、老僧は善光寺如来と名告って飛び去った。一行は善光寺を後にし、師門	客僧四人はそれぞれ塩釜明神・阿弥陀如来・国分薬師・善光寺如来と名告って飛び去った。それより師門と浄瑠璃姫は抱きつき、落ちる涙の中で	客層四人は紀州熊野大権現・羽黒大権現・清水観世音・塩釜大明神と名告って飛び去った。御僧は伽羅陀山の地蔵菩薩と名告って消え失せる。急

	をさして飛び去った。師門は都に上り、関白に奏聞して三千余旗の軍勢を率いて高鞍に押し寄せ、城を攻め落として中将を討ち取る。	は六年間の心中を語り、浄瑠璃一姫と冷泉は三年ほどの憂き辛さを語る。都に上り奥州五十四郡の守護役の判形と官途として左衛門大夫師門を賜る。軍勢を率いて多賀の国府へ押し寄せ、忍び落ちようとする中将とたて・しらかわを刈田太郎が駆けつけて稲瀬川原で討ち取る。	ことの始終を語る。急いで都に上り、伯父の師直を訪ね、ことの始終を語り、さらに伯父と一緒に帝へ参内する。軍勢を率いて多賀の国府へ押し寄せ、忍び落ちようとする国司秋永と伊達信夫を捕えて討ち取る。	いで都に上り、定家の屋形を訪ね、国司の振舞を奏聞し、参内して帝に訴える。三位の位・栗原郡永代御判を賜り、軍勢を率いて稲瀬ケ城に押し寄せて国司を討ち取る。
（二十八）〔館の建築・栄華繁盛〕	師門は三迫に館を造り、四十八人の一族を尋ね出し一門を繁栄させ、浄瑠璃御前はたくさんの子に恵まれる。その後、熊野を訪ね塩釜明神・羽黒権現を尊び、月王丸のゆかりを尋ね出し、恩を厚くし、家督を継がせ、末長く繁栄させた。	師門は栗原に帰り、二十日ぐらいで十三の屋形を造り、同国の国司の執権を刈田太郎に持たせ、恩を受けた冷泉と竹若の弟を夫婦となして十八郡を授ける。初ケ崎の阿弥陀堂を檜の節を選んで造り建てる。また、母君の比丘尼になった所を尋ね出して七軒四面に御堂を建て、本尊を羽如意輪観音とし、客殿を九軒に造り建てて比丘尼寺を建立する。	師門は元の御殿に入り棟に棟、屋形に屋形を建て並べ、高き所に御堂を建て小川に橋を掛けさせ、大川には舟を浮かべ、貧しい者には衣食を与え、栄華をきわめる。月輪兄弟の身代りの忠孝を称え、登米郡赤生津村に月輪山香輪寺を建立する。	師門は三迫初ケ崎に数多くの杣人を集め城を構え、棟門高く数多くの屋形を建てて鶴ケ城と号し、初ケ崎を岩ケ崎と引き替える。日々に参詣できるように御利生を賜った神々の身体（絵図）を移して音羽山清水寺・熊野権現・羽黒権現の御宮を建立し、身代わりになった菊王丸の菩提のために菊王山黄金寺を建立し、伽羅陀山地蔵菩薩の御堂を建立する。師門の威勢は日々に増し、末永く繁栄する。

すでに福田晃氏(25)、松本孝三氏(26)によって論じられているように、第一類本、第二類本、第三類本はそのモチーフ構成においては各類ともほぼ一致が見られ、共通の伝承基盤の上に成立した物語と言えるが、これらの間において詞章の一致はほとんど見出せないものである。各類本相互の関わりにはかなり入り組んだものがあり、それらを系統だてることはかなり難しいようである。

また、第一類本が諸本の詞章の上では一番古いと言われているが、韓国の建築神の由来譚である「城主クッ」と関わって考えた場合、例えば、発端の（一）〔申し子誕生〕において第二類本は、師門を藤原修理大夫の子孫とする点、また発端の（三）〔結婚〕の部分で、第一類の水戸彰考館蔵本と第二類には、師門が姫君を迎えるために屋形を建て替える趣向があり、また、展開Ⅲの（十六）〔帰郷・家の大破〕のところで第一類本の②水戸彰考館蔵本が「師門は聖となって三年間諸国遊行し、壊れている御堂を建立し、大河には船を浮かべ、小川には橋を掛ける」という叙述は、最古態本とされる第一類本の①国会図書館蔵本には含まれていない趣向であり、この点においては第一類本の②水戸彰考館蔵本と第二類本の方が古態を示していると言える。これと同じことが結末の（二十八）〔館の建築・栄華繁盛〕の部分でも表れていると言える。

四　お伽草子「師門物語」と本解「城主クッ」

前述のように「城主クッ」は、家を新築し、引っ越して家主が建築神である城主神を新しく迎え入れるときと、家内の安泰と幸運・財運を祈願する「城主クッ」巫祭において唱えられる祭文であった。その「城主クッ」は、美しいマンマク姫と結婚した黄羽楊氏が天下国の内裏が暴風で倒れ、その再建のために天下国に行った隙に妻を掠奪され、廃虚の家に帰り、妻が流血で書き残した歌を見つけ、妻を訪ね、流浪苦難の末に再会し、家を建てる城主神として示現したという内容で、師門の流浪・苦難を叙述する日本の「師門物語」にきわめて近似している。

そこで両者の関わりを明らかにするため、両者のモチーフ構成を対照して示すと次のようになる。

段落	モチーフ＼諸本	師門物語	城主クッ
発端	（一）〔申し子誕生〕	奥州三迫の長者平将門五代の末孫師末夫婦は、一人の子もないことを嘆き、塩釜明神に申し子をし、百日目の夢に童子が現れ、「しもは奈落金輪際まで御たづねあれども、なんぢが子種さづくべきものさらになし。あまりに夫婦、たゞ無く申あいだ、極楽世界の阿弥陀をたのみたてまつり、一子を申さづけたまへと申はんべるなり。心やすく思へ」という夢を見て身籠もり若君をもうける。	天下国のチョンサラン氏と地下国のジタル夫人が結婚して三カ月には血が集まり、十カ月になると逞しい若君を生む。
	（二）〔異常成長〕	若君は竹の子が夜露に育まれる如き成長し、十三歳で元服、師門と名付けられる。	若君は七歳になると一文字を教えれば十文字を悟り、木にも眼を開かせ、石や土にも眼を開かせたので将来必ず大物になると皆信じた。両親は若君の名前をファンサントゥル（黄山庭）で生まれたことに因んでファンウヤンシ（以下、黄羽楊氏と表記する）と名付ける。
	（三）〔結婚〕	師門は十七歳の冬の頃、琴・琵琶をひき、手先器用で歌の道に通じている刈田の兵衛殿の一人娘・浄瑠璃御前を妻として迎える。	黄羽楊氏は元気に育ち、二十歳の折に忠清道鶏竜山に住む美しい姫君を妻として迎える。
	（四）〔不吉な予言〕	父の師末はあまりにも浄瑠璃御前の美しい姿を見て、「なんぢが御方を刈田へをくり申すべし」と、不吉な予言をする。	
	（四）〔不吉な夢〕		黄羽楊氏は、ある夜にひどく不吉な夢を見て鎧と兜で武装し、板の間に出て警戒を強めた。
	（五）〔父の死〕	歳月は過ぎ、父の師末は重い病気にかかり、死ぬ直前に息子の師門を呼んで「なんぢ、浄瑠璃御前を、刈田へかへし申せと、つねづね言ひけるに、承引せぬこそうたてけれ。それ弓とりは、みめかたちすぐれたる女性を持たぬことにて候。かまへて刈田へおくりもうせ」と遺言し、六十三歳に世を去る。	
	（五）〔天下宮の廃虚〕		その頃、天下宮では予測できなかった強風が吹いてきて、建物がひどく壊れ、宮は廃虚となってしまった。
展開Ⅰ	（六）〔国司の下向〕	師門が十九歳になった時、二条中将が国司として奥州に下向して高鞍に御所を造って住む。	（後出）

（七）〔中将の横恋慕・使者の下向〕	色好みの中将は、大名・小名をはじめ皆の歓待を受け、二十余人の姫君を次々と紹介されるが、誰一人も気に入る者はなかった。ある時、伊達の太郎という者が出てきて、「中将殿、おうなきらひしたまふとも、刈田の兵衛のひとり姫、今は三迫の師門の夫妻に浄瑠璃御前をば、よもきらひたまはじ」と申し上げた。浄瑠璃御前の美しいことを聞いた中将は、急ぎ出仕すべき旨の書状を伊達・信夫に持たせ下向させる。	天下宮では満朝百官を呼び集め、宮を再建するための対策を協議していた。その中で西大門に住むグワンチョサという者が出てきて、「黄山庭に住んでいる黄羽楊氏ではないと城主（宮）の再建は不可能です」と申し上げた。黄羽楊氏を連れて来なければならないという点で意見の一致をみた満朝百官は、力持ちの差使（臨時特使）を黄山庭に下向させる。
（八）〔刈田兵衛の納得・嫡男の妨害〕	刈田兵衛を高鞍に呼び寄せた中将は、御前を奪おうと欲深い刈田兵衛に語らい納得を得るが、嫡男の太郎に妨げられ失敗する。	
（八）〔業王の妨害・竈神の密告〕		黄山庭に着いた差使は、黄羽楊氏を捕まえて行こうと、家を攻めるが、家の守護神・業王に妨げられて失敗する。差使が困っていると欲深い竈神は、黄羽楊氏が普段自分を丁寧に祀ってくれないことに不満を持ち、「明日の朝、黄羽楊氏が鎧と兜を脱いで母を迎えに行くとき、捕まえて連れて行きなさい」と、告げ口を言う。
（九）〔巻狩の召集令〕	御前の略奪作戦に失敗した中将は、急ぎ書状を書いて三迫に使者の伊達・信夫を送り、明日から七日間の巻狩を命じる。師門の四十八人の一族は夜を徹して七日間の巻狩の用意をしてくれる。	差使は、不思議な夢を見て鎧と兜で武装している黄羽楊氏を捕まえ、天下宮からの召集令状を提示し、宮の再建を命じ、旅の準備期間として三日間の暇を与えて帰った。天下宮からの召集に悩んで飲食を全廃し、横になっている黄羽楊氏の姿を見た夫人は、夫を落ち着かせ、宮作りに必要な道具を用意してくれる。（再建の召集令）
（十）〔姫君の予言〕	当日、師門が巻狩に出発しようとすると、御前は足を引き留めて、「まことやわすれて候。けふのかりばの出仕を延べたまへ。故をいかにと申に、過ぎし夜の夢に、これの角筈の弓が三におれ、御着背長が唐櫃より人もあけぬにいでて候を、ゆくゑもしらぬ者がとりてゆくとまさしく見て候」と言って夫の旅を心配する。が、師門は笑いながら、「だれか夢に酒を飲むとみて、うつゝに酔ひたるためしや候。かりばの闇のさびしさおしはかりまいらせ候。とく〳〵かへり候べし」と言ってそのまま狩場に出かける。	当日、黄羽楊氏が夫人と別れを告げて馬に乗って出発しようとすると、夫人は足を引き留めて、「あなた様、道行く途中に誰かが話をかけてきても沈黙を守ってください。若しも沈黙を破って返事をするならば、愛する妻を他人に譲ることと同じです」と言って、夫の旅を心配する。が、黄羽楊氏は笑いながら、「お前、男の一人旅にうるさいことを言うな。早く帰りなさい」と言って、そのまま天下宮に向かって旅立った。
☆〔衣装の交換〕	（姫君の予言、武装せずに狩装束のまま戦う）	旅の途中、沼津庭に着いた黄羽楊氏は、そこに住んでいるシジンワン（以下、沼津王と表記する）に騙され、着ていた服を脱いで、沼津王にあげ、自分は沼津王の服を着る。

	(七)〔沼津王の横恋慕・下向〕		黄羽楊氏の服で取り替え着た沼津王は、その隙に黄山庭の黄羽楊氏夫人が絶世の美人であることを聞き、奪いに行く。
Ⅱ 展開	(十一)〔城攻め・姫君略奪〕	中将の使者伊達・信夫は、御前を奪おうとして五百余騎の軍勢を率いて三迫の城に押し寄せ攻撃し、留守役の志田三郎とたからの太郎は奮戦するが、討ち死にする。伊達・信夫は城に乱入し御前を奪う。	下女の玉丹春と丹々春と一緒に後園で花遊びをしていた黄羽楊氏夫人は、不吉な予感がして、門番には門を、錠番には錠を固く締めさせるが、沼津王は魔術を使って大門を開け家に乱入し、黄羽楊氏夫人を奪う。
	(十二)〔緊急の知らせ〕	病に伏していた月王丸という童子わっぱは、狩場を訪ね師門に急を知らせる。	(ナシ)
	(十三)〔月王丸の自害〕	師門とその一族は狩装束のまま、高鞍の中将の城に押し寄せて攻撃するが、すべて討たれる。師門は、「生き延びて一門四十八人の菩提を弔うべきである」という月王丸の勧めで落ち延びる。月王丸は師門の偽首を示して自害する。	
	(十四)〔姫君の危機逃れ〕	冷泉は中将のところに行って、「御前は今重い病気を患って男と語らいができない身である」と言って機転をきかせて危機から逃れる。	黄羽楊氏夫人は沼津王に「明日が舅の忌日、明後日が姑の忌日であるから男と語いができない」と言って機転をきかせて危機から逃れる。
	(十九)〔姫君の消息〕	(後出)	黄羽楊氏夫人は絹織物の肌着に親指を噛んで流れる血で、「あなた様、生きてお帰りになれば沼津庭で、死んだ霊でお帰りになればあの世で会いましょうね」と涙ながらに書いて、礎石の下に入れて置いた。
	(十五)〔精進屋籠り〕	また冷泉は中将に、「御前は熊野の御正体、塩竈の御正体を七枚おろして注連縄を七重に引き、錦の御斗帳を三重に掛けて三年間の精進生活を送る必要がある」と言い訳し、御前は精進屋に籠る。	黄羽楊氏夫人は、「私の身には七鬼神が取り付いています。裏庭に精進屋を作り差入れの飯を食べながら三年間隔離生活を送れば取り付いている鬼神が離れるはずです。その時に就寝を共にしましょう」と言って、精進屋に籠る。
Ⅲ 展開	(十六)〔帰郷・我が家の喪失〕	師門は出家し、父の師末と一門四十八人の菩提を弔うために善光寺・都・熊野・高野山・東寺・清水寺・竹生島などを廻り、故郷に帰ってみると懐かしい昔の姿は何一つも残っていなかった。	黄羽楊氏は、天下宮に着いて二カ月十日間をかけて、壊れている宮を建立しようと、地ならしをし、山の木を切って柱をかけ宮を完成させる。そこを発って旅の疲れでしばらく眠りに陥った際、不吉な夢を見る。占い師に占ってもらうと家は壊れて礎石のみが残っており、飲ん

		でいた井戸水には蛙の子が数多く泳いでおり、妻は他人の家に嫁に行っているという夢であった。馬に乗って急いで故郷に帰ってみると山川は昔のままであるが、懐かしき昔の家は大破して姿を消し、礎石のみが残っていた。
(二十)〔姫の消息発見〕	(後出)	黄羽楊氏は鳥の泣き声に悟られ、礎石の下を覗いてみると、「あなた様、生きてお帰りになれば沼津庭で、死んだ霊でお帰りになればあの世で会いましょうね」という流血で書いた手紙を見つける。
(十七)〔湯接待勧進・阿弥陀堂修理〕	昔、信仰していた初ケ崎の阿弥陀堂がひどく壊れていたので、修理のため夢の告げにより湯接待の勧進を始め、御堂を一部建て直す。	
(十七)〔井戸での夢告〕		黄羽楊氏は、夫人の手紙を懐に大事に納め、無情な歳月を嘆き、涙を流し、溜息を吐きながら沼津庭に赴く。沼津庭に着いた黄羽楊氏は、井戸水の横にある柳の木の上に登って天辺に座って夢を通して自分の居場所を夫人に知らせる。
(十八)〔入浴・夫妻対面〕	その頃、塩竈明神社の表柱に虫喰い現れ、都人が不思議に思って歌にその功力を説くと、これを聞く人が湯接待を受けるため次から次へと阿弥陀堂に集まって来る。御前もこの噂を聞き、「女人は五障三従とて罪深き身と申せば、現世後世のそのために初ケ崎の湯接待に参らばや」と言って、中将の許しを得て阿弥陀堂に行き湯接待を受ける。湯接待の聖が師門であること知った冷泉は密かに御前に知らせる。	黄羽楊氏夫人は、精進屋で夫との再会を告げる三つの夢を見て、沼津王を訪ねて、「隔離された空間で三年間の精進屋暮らしを済ませたので身体に取り付いていた鬼神がもう離れてしまったような気がします。入浴して身体を清めてからあなたと枕を共にしたいんです」と言って、沼津王の許しを得て沼津庭の井戸に着き、入浴中に夫と対面する。
(十九)〔姫君の消息・再度の別れ〕	御前は絹織物の肌着に、「ちはやぶる神もからめてしろしめせ君よりのちはにいまくらせず」と一首の歌を書き残して去る。	黄羽楊氏夫人は、「もし、あなたと長時間、言葉を交わす姿が沼津王に見つけられたら私達の命は無事ではないはずです。一旦は別れて私のスカートの中で隠れ住み、沼津王を討ち取ってから再会の喜びを交しましょう」と言う。
(二十五)〔青鳥変身〕	(後出)	黄羽楊氏は三度宙返りをして自ら身体を青鳥に変え、夫人のスカートの中に隠れた。
(二十)〔姫の消息発見〕	師門が湯屋を掃除しようと中に入ってみると、姫君が肌着に書き残した歌があった。	(前出)

	（二十一）〔阿弥陀仏の身代わり〕	御前との歌問答のことが中将に知られ、聖は稲瀬川で首を切られるが、この聖は阿弥陀仏の身代わりであった。師門は山から帰ってきて事実を知り、阿弥陀仏を背負って、どこというあてもなく去る。	（ナシ）
Ⅳ 展開	（二十二）〔酒宴謀略・脱出〕	冷泉は中将に、「御前が精進もほとんど終わりましたので番衆に酒を飲ませたいとおっしゃっています」と言って、中将の許しを得て番衆にたくさんの酒を飲ませる。番衆が酔い潰れた時、御前は冷泉とともに城を抜け出る。	沼津庭に帰ってきた黄羽楊氏夫人は沼津王に、「あなたと百年の縁を結ぶようになったのでお祝いの盃を交しましょう」と言って、下女の玉丹春と丹々春を通して沼津王に酒をたくさん飲ませる。酔い潰れた時、夫人は門を抜け出して夫を呼び出す。
	（二十三）〔入水偽装〕	御前は稲瀬川の端に金剛草履を脱ぎ、薄衣に一首の歌を書いて残し、川に身を投げたと見せかけて渡る。	（肌着の野宿）
	（二十四）〔姫君の流浪・苦難〕	御前と冷泉が初ケ崎の湯屋を訪ねると、塚の上の卒塔婆に、「出羽の羽黒へ訪ねて問え」と書いてある。その卒塔婆に導かれ、羽黒・蔵王堂を経て善光寺へ赴く。冷泉は善光寺の縁起を長々と語り、姫を勇気づけ、高鞍の城を出てから四十八日目に善光寺の西の大門に着く。	（ナシ）
	（二十五）〔師門の死〕	浄瑠璃御前は善光寺の西門の坊主から、師門が五日前に同坊でなくなったことを聞かされ御前は嘆き悲しむ。	（前出）
	（二十六）〔蘇生・再会〕	御前の嘆きの声に隣の宿坊に泊まっていた客僧の山伏三人は、坊主から栴檀木の薪がないので師門を火葬にすることができず、土葬にしたと聞き、それは幸いなことだと言い、師門の塚の前で加持祈祷を行なって蘇生させる。	青鳥に身を変えた黄羽楊氏は、再び三度宙返りをして元の姿に戻る。
	（二十七）〔本地・報復〕	客僧の一験者は熊野権現、左右の脇験者は羽黒権現・塩竈明神とそれぞれ名告って鶏の泣き声とともに熊野権現は出羽をさして、塩竈明神は奥州をさして飛び去った。師門は都に上り、関白に奏聞して三千余騎の軍勢を率いて高鞍に押し寄せて城を攻め落とし中将を討ち取る。	黄羽楊氏は沼津王に罪状を突きつけ石函の中に入れ、街路のチャンスン（村の守護神）に変身させ往来する人の挨拶を受けさせる。沼津王の妻は捕まえて下卒に変身させ道歩く人々が吐き出す唾をもらって生きるようにし、子供達はノロ、鹿、鵲、烏、雉子、鳩に変身させ高山に放し、狩人達の獲物となった。
結末	（二十八）〔館の建築・末繁昌〕	師門は三迫に館を造り、四十八の一族を尋ね出して、一門を繁栄させた。浄瑠璃御前はたくさんの子に恵まれる。その後、師門は熊野を訪ね、塩竈明神・羽黒権現を尊び、月王丸のゆかりを尋ね出し、恩を厚くし家督を継がせ、末長く繁栄させた。	

(二十八)〔建築神示現〕	黄羽楊氏は建築の城主神、夫人は地神として現れ、村々里々を訪ねながら縁のある家庭に入り、家を建ててやり、子宝に恵まれない家には家督を継がせ、末永く繁栄させた。

右のように、両者はそのモチーフ構成においてきわめて近似していると言えるが、両者の大きな違いは、韓国の「城主クッ」は流浪・苦難をした主人公の城主が最後に建築神として示現するという本地物語の叙述となっているのに対して、お伽草子「師門物語」は流浪・苦難をした師門が最後に神様として示現するという本地物語の叙述を見せないという点である。また、「師門物語」は主人公・師門が展開Ⅰの(七)のところで国司の横恋慕を受け、巻狩を命じられ妻を奪われ苦難・遍歴をするのに対して、「城主クッ」は妻を奪われる直接的な要因が「師門物語」のように横恋慕によるのではなく、主人公・黄羽楊氏が発端の(五)で天下宮が壊れ、その再建を命じられることによって妻を奪われ、苦難・遍歴をするという違いが見られる。また、「師門物語」だけに見られるモチーフは、展開Ⅱの(十三)〔月王丸の自害〕のところで、主人の師門のために忠誠を尽くす月王丸についての叙述、また韓国の「城主クッ」では、姫を助ける下女の活躍が目立たないのに対して、「師門物語」は展開Ⅱの(十四)〔姫君の危機逃れ〕、(十五)〔精進屋籠り〕と、展開Ⅳの(二十二)〔酒宴謀略・脱出〕などで姫君を助ける侍女冷泉の活躍がとても目立つという点である。また、展開Ⅲの(十六)〔帰郷・我が家の喪失〕のところで師門は出家して善光寺などの諸国を遍歴するのも「師門物語」の注目すべきところである。あるいはまた、展開Ⅲの(二十一)〔阿弥陀仏の身代わり〕のモチーフは「師門物語」のみに見られるモチーフであり、展開Ⅳの(二十四)〔姫君の流浪・苦難〕も「師門物語」のみに見られ、韓国の「城主クッ」より「師門物語」の方が姫君の遍歴苦難が強調されている。また、「師門物語」は

（二十八）〔館の建築・末繁昌〕のところで師門のために忠誠を尽くした月王丸の縁りを尋ね出して恩を尽くすという点が注目される。すなわち、これはすでに福田晃氏が論じておられるように[27]主人公師門は、善光寺から熊野・高野などの諸霊場を廻り、初ケ崎の阿弥陀堂の勧進に励んだ聖・山伏の身分、あるいは善光寺の信仰と深く繋がり熊野権現を奉じていた時衆念仏の徒、侍女冷泉こそは夫の聖・山伏に属して霊場を廻り、夫と共に初が崎の阿弥陀堂とも関係した念仏比丘尼の姿を垣間見るのである。これに対して韓国の「城主クッ」は、天下宮の再建に取り組んだ主人公黄羽楊氏が建築神として示現しており、「師門物語」でも（二十八）〔館の建築・末繁昌〕の部分において僅かながらその痕跡を保っている点が注目される。

おわりに

従来、諸先学の研究では、お伽草子「師門物語」と韓国の本解「城主クッ」との関わりを指摘した論考はなかった。今まで検討してきたように、韓国の「城主クッ」は、お伽草子「師門物語」と違って民間の巫覡によって伝承される祭文という点が大きな違いと言えるが、両者は城主の師門と黄羽楊氏をめぐって展開される物語であり、そのモチーフ構成・内容においてもきわめて近い関係にあることが認められるものである。では両者には何故ここまでその一致が見られるのであろうか。今のところそれを具体的に実証するのはきわめて難しい問題であるので今後の課題としておかなければならないが、韓国の「城主クッ」が家を建てる建築神の由来譚であり、お伽草子「師門物語」の諸伝本においても主人公・師門にその面影がうかがえる点から考えてみると、日本にもかつては韓国の「城主クッ」に準じた巫覡祭文が先行していたことも推察される。今後の課題とすべきところである。

注

（1）『国学院雑誌』（一九六〇・五）。

（2）『軍記と語り物』2（一九六四・十二）、後、同氏『軍記物語と民間伝承』（一九六二　岩崎美術社）に「もろかど物語の伝承」として再録。同氏編『室町期物語（二）』（伝承文学資料集第二輯、一九六七　三弥井書店）所載の「もろかと物語」。

（3）「奥浄瑠璃『迫合戦記』の諸本—分類と詞章の検討を通して—」（『立命館文学』505　一九八八・三）、「奥浄瑠璃『森館軍記』の伝承—在地伝承とのかかわりをめぐって—」（福田晃氏編『日本文学の原風景』一九九二　三弥井書店）。

その他「師門物語」について論じた論考としては、松本隆信氏「本地物語周辺の室町期物語—明石物語ほか武家物語諸篇について—」（『国語と国文学』56・6　一九七九・六）、J．ピジョー氏「御伽草子にみる女の入水」（『文学』50一九八二・十二）、渡辺匡一氏「室町物語と都・天皇—御家騒動物・復讐譚における都・天皇—」（『日本文学』42の7一九九三・七）がある。

（4）「城主神」（一九二七　啓明倶楽部）。

（5）『朝鮮巫俗の研究』の「家祭の行事」（一九三八　大阪屋号書店）。

（6）「城主信仰俗考」（慶熙大学校後進社会問題研究所編『後進社会問題研究叢書』第二輯、一九六八）、同氏「城主神の本郷考」（韓国史学会編『史学研究』21　一九六九、後、同氏『韓国民間信仰研究』集文堂　一九八三に再録）、同氏「巫歌の伝承変化体系」（韓国民俗学会編『韓国民俗学』7　一九七四）。

（7）「韓国の民間信仰における城主神について」（韓国暁星女子大学校『暁星女大論文集』9　一九六八）。

（8）「城主プリ」（韓国東西文化研究院編『東西文化』9・8　一九七八）。

（9）「城主巫歌の類型比較研究」（慶熙大学校大学院碩士学位論文　一九八一）。

（10）「成造巫歌の研究」（韓国全南大学校語文学研究所編『語文論叢』7・8合輯　一九八五）。

（11）「城主プリと春香歌の比較研究」（韓国パンソリ学会編『パンソリ研究』1　一九八九）。

（12）「城主の本郷チェビウォンの歌と伝説」（『韓国民俗と伝統の世界』一九九一　ソウル知識産業社）。

（13）「『興夫伝』と成造信仰・『成造歌の関連性とその意味』」（韓国口碑文学会編『口碑文学研究』1　一九九四）。

(14)「城主巫歌の類型と表現構造研究」（韓国中央大学修士学位論文　一九九五）。
(15)「城主巫歌の研究」（韓国翰林大学校大学院碩士論文　一九九六）。
(16)『京畿道のクッ』の「成造クッ」（京畿文化財団）。
(17)「本解『成造クッ』と『百合若大臣』（福田晃・荒木博之両氏編『巫覡・盲僧の伝承世界』一九九九　三弥井書店）、後、同氏『本地物語の比較研究』（二〇〇一　三弥井書店）に再録。
(18) 一九八〇　ソウル集文堂。
(19) 一九三七　大阪屋号書店。
(20) 前掲注（18）同書。
(21) 前掲注（19）同書。
(22) 金賛會前掲（17）同書。金泰坤氏は前掲「城主神の本郷考」と「巫歌の伝承変化体系」の論考において、「「城主巫歌」には叙事的様式の巫歌と叙情的・伝述的様式の巫歌の二つの系統があり、前者は成造神の本地を天上界とし、後者は慶尚道安東地方のチェビウォンをその本地とする。天上界を本地とする前者の「城主クッ」をその原形と見るべきである」と論じておられる。しかし、叙事的様式の「城主クッ」には、日本の「百合若大臣」と同一系統のB型と、本稿で論じる日本の「師門物語」と同一系統のA型などが存在する。金泰坤氏の説に従えば、この二つの系統の巫歌は叙述内容が完全に違うにも関わらず、元々同一巫歌であったことになる。やや無理な説と言わざるを得ない。
(23) 前掲注（2）同書。
(24) 前掲注（3）同論文。
(25) 前掲注（2）同書。
(26) 前掲注（3）同論文。
(27) 前掲注（2）同書。

第二章「七星本解」考——本地物語「筑波富士の本地」とかかわって——

はじめに

韓国済州島に伝承される「七星本解」は、蛇神である七星の由来を叙述する本地物語である。これは日本の「月日の本地」の源流と見られる韓国本土の「七星クッ」と祭文の機能においては類似性を見せながらも、その内容はまったく異なるものである。済州島の七星信仰（蛇神信仰）については李能和氏、(1) 秋葉隆氏、(2) 張籌根氏、(3) 秦聖麒氏、(4) 玄容駿氏、(5) 李秀子氏、(6) 李起旭氏、(7) 兪達善氏(8)などの諸氏によって様々な考察が行われてきた。しかし、これらの論考は「七星本解」について部分的に触れたもので、「七星本解」の巫歌自体を中心に論じた論考は今のところ見当たらない。本稿では、済州島の「七星本解」の諸伝承を紹介し、従来諸先学によって指摘されたことのなかった韓国本土の「捨姫祭文」とのかかわり、さらには「七星本解」と日本の本地物語「筑波富士の本地」（戒言、蚕影山縁起）とのかかわりの見通しを立てることにしたい。

一　済州島の「七星本解」の伝承

「七星本解」は、韓国済州島に伝承されている「クンクッ」（大賽神）巫祭で唱えられる祭文の中の一つである。祭が始まると、巫覡のシムバンは頭に笠を被り、白い上衣と袴をつけた正装で祭壇の前で四拝し、巫楽器の伴奏にあわせて舞をまい、巫歌を唱える。それは必ず、最初を初監祭（チョガムジェ）と言い、シムバンが宇宙開闢《かいびゃく》などの創世神話を語るのである。やがて、シムバンは祭を行う日にち、場所、主旨などを述べて神の降臨を祈願する。神の降臨を祈願してからは「神門開き」と言って、

神々と人間が違うところがありますか。人間も門を開けなければ入ることができず、鬼神も門を開けなければ入ることができません。今日、一万八千の神が降臨しようとしているのに神門がどうなっているか気になります。(9)

と語り、路上の雑鬼を追い祓って神を迎える。この時に迎えられた神々は一万八千の神と言われ、シムバンは神刀占いをして神が残らず降臨したかどうかを確認する。こうした初監祭が終ると、次はその日の祭に直接関係する神々を迎える個別儀礼に移る。それは、「仏道迎え」「日月迎え」「初公本解」「初公迎え」………「各神祈り」（七星本解）「馬遊び」「送神」「カスリ」（雑鬼送り）などの順序によって行われるものであるが、神を迎える前に必ず、神々の前世物語である本解が語られる。その「七星本解」は、

○七星本解、（七星神）の生まれた国を申しあげます。本国を申しあげます。（七星神）の生まれた国はどこでありましょうか。本国はどこでありましょうか。甲南天子のソンピ郡、広い畑から出てきました。(10)（秦聖麒氏本）

○張国の張雪龍大監、宋国の宋雪龍夫人様。蛇長者、長い長者、広い長者、蛇大臣、青府君、都七星の神様。張国には張雪龍大監様、宋国には宋雪龍夫人様がいました。張雪龍大監様と宋雪龍夫人様が縁を組んで暮らしておられました。(11)（張籌根氏本）

と始めるもので、蛇神であり、豊穣・豊作神でもある七星神の由来を叙述する本地物語である。その梗概はおよそ、次のようである。

〈発端〉

（一）張国の張雪龍大監と宋国の宋雪龍夫人様が結婚する。張雪龍大監は結婚して五十近くなるまで一人の子のないことを嘆き、東桂南恩重寺に子宝に恵まれるようにと、水陸供養をしてから一人の姫君をもうける。〔申し子誕生〕

（二）姫君が七歳になった時、父母は官位を勤めに来るように命じられ、姫君を下女に預けて官途につく。〔父母の外出〕

〈展開〉

（三）下女は姫君が眠っている間、水汲みに出かける。目がさめた姫君は下女が見えないので捜しに出かけて道に迷い、茅の野原を泣きながら一人で彷徨う。〔姫君の失踪〕

（四）丁度そこに三人の僧が通りかかって助けを求める姫君を見出す。僧は茅を切り取って紐袋を作り、姫君を包んで台石の下を掘って生埋めにする。〔姫君の生埋め〕

（五）姫君の行方不明の知らせを受けた父母は急いで旅から帰ってきて、天を仰いで泣きながら姫の失踪を嘆く。〔父母の帰宅〕

（六）その時、東桂南恩重寺の僧が訪ねてきたので、父の張雪龍大監は僧を呼んで、娘の行方を占ってくれとお願いする。僧は、「姫様は呼んだら聞こえるぐらいの近いところにいます。台石の下を掘ってみてください」と占う。〔僧の占い〕

（七）占いの通り、台石の下を掘ってみると姫君が現れた。〔姫君発見〕

（八）姫君が懐妊していたので怒った父は鍛冶屋に鉄匣の空舟を作らせ、姫君をそこに乗せて海に流す。〔空舟流し〕

（九）空舟は咸徳村の海岸に漂着し、七人の海女たちに拾われる。通りかかった宋僉知という人が鉄匣の空舟を開けると、姫君は七匹の小蛇となって母蛇と一緒に寝ている。〔姫君の漂着・小蛇変身〕

（十）七人の海女たちと宋僉知という人が、縁起が悪いとその蛇を虐待すると彼らは巫病にかかって死の道を彷徨う。病気の原因が分からないので占い師を呼んで占わせると、蛇を虐待した祟りなので、七星祭（セナムクッ）を行えば治る病気だと教えてくれる。〔蛇神七星神の祟り〕

（十一）七人の海女たちと宋僉知が七星祭を行い、蛇を祖先神として丁寧に拝むと病気はすっかり治り、富貴の身となる。〔七星セナムクッと富貴〕

（十二）咸徳村を経って別刀川に辿り着いた七匹の蛇は古い衣を脱いで雑木林に掛けて置き、新しい衣に着替えて城内の七星村に入る。そこに住む宋大静夫人が八匹の蛇を丁寧に迎えてもてなしたので夫人は富貴の身となる。〔脱皮〕

〈結末〉

（十三）八匹の蛇はそれぞれ永住の場所を求めて別れ、七番目の娘（蛇）は外七星神（北斗七星）、母親の蛇は内七星神、その他の娘たちも家の神として現れる。〔神々示現〕

そしてこの「七星本解」の最末尾は、

○私は人間のための北斗七星として現れ、命と福運を与え、子宝に恵まれるように、家資田畑、鍮器財物、牛馬、馬牛、五穀繁盛。（七星神よ）六国を捨てて、人間が捧げるお膳を受けてください。七星大神（蛇神）の生まれた国、本国を申しあげました。（秦聖麒氏本）(12)

○七番目の娘はどこに行くつもりか。七星婆様となり、家の内に入って内七星になりましょう。お母様は外七星となり、上のつとを占め、中のつとを占め、下のつとを占めて、枳殻の産物を占め、柿・梨を占めて、秋になれば秋の祭を受け、春になれば春の祭をお受けください。[13]（張籌根氏本）

と、蛇神であり豊穣・豊作の神でもある七星神に祭を捧げる形で結んでいる。

二 「七星本解」の諸本と異同

管見し得た「七星本解」の諸本は次のようである。

①赤松智城・秋葉隆両氏『朝鮮巫俗の研究』上（一九三七）
②張籌根氏『韓国の民間信仰』資料篇（一九七六）
③玄容駿氏『済州島巫俗資料事典』（一九八〇）
④秦聖麒氏『済州島巫歌本解事典』（a）（一九九一）
⑤〃 〃 （b）（一九九一）

段落	モチーフ＼伝本	①赤松氏本	②張氏本	③玄氏本	④秦氏本（A）	⑤秦氏本（B）
発端	（一）〔申し子誕生〕	○（盲人延命譚）	○	○	○（盲人延命譚）	○（盲人延命譚）
	（二）〔父母の外出〕	○	○	○	○	○
展開 Ⅰ	（三）〔姫君の失踪〕		○	○	○（昇天）	○（昇天）
	（四）〔姫君の生埋め〕	○（函に入れて担ぐ）	○	○	○（籠に入れる）	○（風呂敷に包む）
	（五）〔父母の帰宅〕	○	○	○	○	○
	（六）〔僧の占い〕	×（姫の行方を問う）○	○	○	○	○

展開Ⅱ	（七）〔姫君発見〕	○	○	○	○	○
	（八）〔空舟流し〕	○〔石函〕	○〔鉄匣〕	○〔鉄匣〕	○〔鉄匣〕	○〔鉄匣〕
	（九）〔姫君漂着・小蛇変身〕	○	○	○	○	○
	（十）〔蛇神七星神の祟り〕	○〔巫女の教示〕	○〔巫女の占い〕	○〔巫女の占い〕	○〔巫女の占い〕	○〔巫女の占い〕
	（十一）〔七星セナムクッ・富貴〕	○	○	○	○	○
	（十二）〔脱皮〕	×	○	○	×	×
結末	（十三）〔神々示現〕	○	○	○	○	○

右のように「七星本解」は、発端の（一）〔申し子誕生〕から展開Ⅰの（三）〔姫君の失踪〕、展開Ⅱの（八）〔空舟流し〕、結末の（十三）〔神々示現〕までのモチーフ構成によるものである。諸本の異同をみると、発端の（一）〔申し子誕生〕において、①の赤松本と④の秦氏本（a）⑤の秦氏本（b）は、夫婦が一人の子のないことを嘆き、七星祭などを行って祈願すると、天から六人の大星君（神）が降りてきて福を授けて帰る。もう一人の大星君（神）が遅れて天から降りて夫婦の家に着いてみると、先に降りてきた六人の大星君が夫婦にすべての福を授けて帰ってしまった後なので、あなたたち夫婦に授ける福はないと言って、夫婦の目が見えないようにしておいて天に帰る。夫婦は七星祭を行ったことを後悔する。その時、国では反乱が起こるが、夫婦は盲目であるため命が助かり、また、元のように夫婦は目が見えるようになったという「盲人延寿説話」が語られているが、②の張氏本と③の玄氏本にはこの叙述が見当たらない。また、展開Ⅰの（四）〔姫君の生埋め〕において、②の張氏本と③の玄氏本は、姫君が台石の下に生埋めされるのに対して、①の赤松本と④の秦氏本（a）⑤の秦氏本（b）は、僧が姫君を風呂敷に包み、函・籠に閉じ込めて連れ廻すという叙述となっている。あるいはまた、（十二）の〔脱皮〕において、②の張氏本と③の玄氏本は、七匹の小蛇が古い衣を脱いで雑木林に掛けておいて、新しい衣に着替えるという趣向が見えるが、①の赤松本と④の

秦氏本（a）⑤の秦氏本（b）には、この叙述が見えない。諸本の伝承関係をみると、②の張氏本は③の玄氏本に近く、①の赤松本は④の秦氏本（a）、⑤の秦氏本（b）に近接している。しかし先の対照表で表示できるように「七星本解」の諸本の叙述構成は大きく異同するものではなく、同じ話型に収まるものである。

三　「七星本解」と韓国本土の「捨姫祭文」

前述したように済州島の「七星本解」は、父母の留守中に道に迷い、野原を彷徨っていた姫君が通りかかった僧によって発見され、台石の下に生埋めにされる。占いによって姫君は台石の下から掘り出されるが、姫君が懐妊していたので父は空舟に乗せて海へ流す。舟は流れ流れて済州島の咸徳村の海岸に漂着し、七人の海女たちに拾われる。姫の乗った空舟を開くと、姫君の体は一匹の母蛇と七匹の小蛇となっていた。その後、七人の海女たちは原因のわからない病気にかかって死の道を彷徨うが、巫女の教えによって七星祭（セナムクッ）を行い、蛇を神様として拝むと病気はすっかり治り、富貴の身となる。八匹の蛇はそれぞれ居場所を求め別れ、豊穣・豊作を司る七星神として現れたという内容である。

この済州島の「七星本解」と内容の類似を見せているのが、日本では蚕の本地物語となっている「筑波富士の本地」であるが、韓国本土では「捨姫祭文」である。韓国ではこの「捨姫祭文」を一般的に「バリ公主」と呼んでおり、「バリ」は「捨てる」、「公主」は「王の姫様」を意味している。この巫歌を最初に採録したのは日本人の赤松智城・秋葉隆両氏で、「捨姫」という名称も両氏が付けたものである。(14) 地域によっては捨てられた子という意味で「バリテギ」、捨てられた王の姫様が七番目の娘であることに因んで「七公主」、あるいは姫様を捨てたオグ大王の名に因んで「オグ大王プリ」とも呼ばれる。

この「捨姫祭文」は赤松智城・秋葉隆両氏による調査報告(15)以来、金泰坤氏(16)、徐大錫氏(17)、韓国精神文化院(18)、崔吉城氏(19)、洪泰漢氏(20)などによって調査・研究が行われ、今まで約五十の伝承が報告されている。しかし、韓国の学界ではこの「捨姫祭文」が唯一済州島だけには伝承されていないものと看做されているが、筆者はこの「捨姫祭文」が少し変形したパターンとして蛇神の本地物語である「七星本解」として済州島にも伝承されていることを最初に指摘しておきたい。

「捨姫」は、巫覡が巫神巫祖として祀る若い女神で、この巫歌は死者の霊魂をあの世に送る死霊祭において唱えられる祭文である。またその内容は「死」と「復活」の話であり、死を司る神様の由来譚である。その死霊祭のことをソウル地域では「チノギ」と呼んでおり、それも社会階層によって「セナムクッ」(上流層)、「オルセナム」(中流層)、「ピョンチノギ」(下流層)と区別して呼んでいる。この「セナムクッ」というのは、済州島では巫女が巫祖神として祀っている蛇神の復活儀礼を「七星セナムクッ」と呼んでおり、ソウル地方の「セナムクッ」とのかかわりが注目される。また、北朝鮮地域である咸鏡道地方では死霊祭を「マンムギクッ」と呼んでおり、全羅道と慶尚道地方では「オグクッ」と呼んでいる。この「捨姫祭文」は、死霊祭において巫女が王女・捨姫の服装に着替えて唱えるもので、これによって巫女は死霊をあの世に導く巫神(巫祖)・捨姫そのものと一体となっているのである。その内容はおよそ、次のようである。

段	モチーフ	「捨姫祭文」	「七星本解」対照モチーフ
I	(1)〔捨姫誕生〕	オグ王は結婚して四十近くまで一人の子のないことを嘆き、夫人の体に北斗七星が入る夢を見て美しい姫君をもうける。王は太子の誕生を望んだが、第二	(一)〔申し子誕生〕

		子も姫、第三子、第四子、第五子、第六子も姫君であり、さらに第七子も姫君であった。	
Ⅱ	（2）〔山中遺棄〕	怒った王は末娘を捨姫と名付け、姫君を風呂敷に包み山に捨てる。しかし、一羽の鶴が飛んできてこれを守り、后が発見して家に連れ戻す。	（三）〔姫君の失踪〕
Ⅲ	（3）〔空舟流し〕	王は姫の泣き声がうるさいと、今度は石函を作らせ、姫君をそこに乗せて川に流す。	（八）〔空舟流し〕
	（4）〔姫君漂着〕	空舟は龍王のところに流れ着き、玉皇上帝によって助けられる。玉皇上帝の命令を受けた龍王が空舟を開けると中に美しい姫君がいた。	（九）〔姫君漂着・小蛇変身〕
	（5）〔巫神・捨姫の祟り〕	姫君は龍王によって大事に養育される。王は病気にかかって死の道を彷徨う。病気の原因がわからないので占い師を呼んで占わせると、捨姫を捨てた祟りなので、その病気を治すためには捨姫から西天国の霊薬をもらって飲むしかないという。	（十）〔蛇神・七星神の祟り〕
	（6）〔遍歴・流浪〕	父王の病気治療のため宮殿に戻ってきた捨姫は、男に変装して霊水を求めて旅に出る。その途中、僧に西天極楽世界を教えられ、洗濯・畑の仕事をしてあげるなど、苦難流浪の末に霊水を守る男に出会う。そこで霊水を得るために男と結婚して三人の男の子をもうける。	（十一）〔七星セナムクッ・富貴〕
	（7）〔蘇生〕	捨姫は百姓の教示で父王の死を知り、求めた霊水を持って三人の子供を連れて都に帰る。都では父王の葬儀が行われていたが、捨姫は父王の遺体を七星判に置いて祈り、霊水を飲ませて蘇生させる。	（十二）〔脱皮〕
Ⅳ	（8）〔神々示現〕	その後、捨姫は六人の姉と一緒に人間の命を司る北斗七星、三人の子供は三台星として現れる。	（十三）〔神々示現〕

右のように「捨姫祭文」は、「七星本解」に見られる（二）〔父母の外出〕、（五）〔父母の帰宅〕、（六）〔僧の占い〕を除いてほぼ対応できるモチーフ構成となっている。まず、「七星本解」の（一）〔申し子誕生〕は「捨姫祭文」の第

Ⅰ段の（1）〔捨姫誕生〕がこれに対応するものとなっているが、㈢〔姫君の失踪〕は第Ⅱ段の（2）〔山中遺棄〕において、姫君を山に捨てる趣向、㈣〔姫君の生埋め〕は姫君を風呂敷に包んで山に捨てる趣向に近似している。しかし、一方では「捨姫祭文」において次々と七人の姫君が生まれたことに父王が怒って姫君を捨てるという叙述は第Ⅲ段の〔空舟流し〕とかかわって、「七星本解」において娘が七人の姫子を身籠もったことを理由に父によって海に流し捨てられる趣向とも通じるものである。では、「七星本解」に見られる㈡〔父母の外出〕、㈤〔父母の帰宅〕において父母の留守中に修行僧が姫君と出会い、㈧〔空舟流し〕において父無し子を身籠って流し捨てられるという趣向がなぜ「捨姫祭文」には欠けているのかが問題であるが、この趣向は日光感精神話に属する韓国本土の本解「帝釈クッ」と済州島の「初公本解」の冒頭部分にも同じ叙述が見えており、「七星本解」はそれを習合したことが考えられる。また、「七星本解」の㈨〔姫君漂着・小蛇変身〕は「捨姫祭文」の第Ⅲ段の（4）〔姫君漂着〕と対応し、（5）〔巫神・捨姫の祟り〕において捨姫が男に変装して霊水を求めて旅する趣向とも響くものであるが、この〔小蛇変身〕は「七星本解」と同系統の説話である日本の「筑波富士山の本地」において、金色姫の体が小虫と変身する趣向に近似するものであった。あるいはまた、「七星本解」の㈩〔蛇神七星神の祟り〕は「捨姫祭文」の第Ⅲ段の（5）〔巫神・捨姫の祟り〕、（十一）〔七星セナムクッ・富貴〕は第Ⅲ段の〔遍歴・流浪〕と対応するものである。「捨姫祭文」はこの〔流浪・遍歴〕が相当長く、比重を置いて語られているが、私は、この部分は神の子と選ばれ、激しい神ダーリイに襲われ、きわめて過酷な巫病を克服し神の子そのものに至る巫覡の成巫過程とかかわる問題であると考えている。すなわち、巫女は過酷な巫病を克服して巫神となった捨姫そのものと化してこの本解を唱えるのであるが、ソウル地方の死霊祭「セナムクッ」において巫女は実際、捨姫そのものとなって死者の通る道を作り、巫女自身がその門を通りながら、そこで出会う異界人と対話を交わし、時には彼らに賄賂を与えながら、死者の霊をあの世に無事導く場面を実演して見せるのである。済州島の「七星本解」では、蛇神である七星神を虐待したのが原因で七人の海女が巫病にかかって死の道をさまよい、巫女を呼んで蛇神復活儀礼である「七星セナムクッ」を行って神様として丁寧に拝むと病気がすっかり治ったとなっており、「セナムクッ」という名称においても両者は近い関係にあることが認められるのである。

前述したように、従来の韓国学界では、この「捨姫祭文」が済州島には伝承されないものと断定し、[21] その諸本の伝承圏を、「北朝鮮地域」「中西部地域」（ソウル・仁川・京畿・忠清）「東海岸地域」（江原・慶尚）「全羅道地域」に分類しているが、[22] 私はこれに「済州島地域」を追加して論じる必要があると考えている。先にあげた「捨姫祭文」の梗概はこの中で「東海岸地域」（日本海側）の伝承本によるものであるが、その「東海岸地域」伝承本は第Ⅳ段の（8）〔神々示現〕において、遍歴流浪・苦難を克服した捨姫が最後に北斗七星として現れており、捨姫の巫祖示現を語るソウル・仁川などの地域本と違った展開を見せている。済州島の「七星本解」では遍歴流浪・苦難をし、小蛇と身を変えた姫君が最後に北斗七星、または七星として示現しており、韓国本土の「東海岸地域」伝承本とのかかわりが注目されるのである。また今のところ「捨姫祭文」において、空舟の中の姫君が蛇（小蛇）と身を変える叙述は見当たらないが、捨姫の北斗七星の示現を語る韓国東海岸（日本海側）の伝承が済州島に流れ込み、それが済州島古来の蛇神信仰と結びついて蛇神であり、豊穣・豊作の神・七星神の由来を語る「七星本解」が誕生したことが考えられる。

四 「七星本解」と済州島の蛇神信仰

済州島の「七星本解」は、父母の留守中に僧によって生埋めされた姫君が父無し子を身籠ったため、父によって空舟に乗せられ海に流し捨てられる。その舟は済州島の海岸に漂着し、七人の海女たちが発見して空舟を開けてみると姫君の身は小蛇となっていたという内容である。前述したように、この「七星本解」は韓国本土の「捨姫祭文」と叙述構成においては一致を見せながらも、空舟に流し捨てられた姫君の身が小蛇となったという点で大きく違っている。では空舟に流し捨てられた姫君はなぜ小蛇と身を変えなければならなかったのかが問題として浮上してくるが、これには済州島古来の蛇神信仰とかかわって何か理由があったはずである。済州島に蛇神信仰がいつ頃から始まったのかはよくわからないが、一四五四年に刊行された『高麗史』(23)にその片鱗がうかがわれる。

其の古記に云ふ。太初人物無し。三神人地より聳出せり。其の主山に穴有り。毛興と曰ふ。是れ其の地なり。長を良乙那と曰ひ、次を高乙那と曰ひ、三を夫乙那と曰ふ。三人荒僻に遊猟し、皮衣肉食せり。一日紫泥にて封蔵せる木函の浮かびて東海浜に至れるを見て、就て之を開きしに、函内に又一石函有り。一紅帯紫衣の使者の随て来る有り。石函を開きしに青衣の処女三と諸駒犢、五穀の種と出現せり。及ち曰く「我は是日本国の使なり。吾が王此の三女を生み云ふ。西海の中嶽に神子三人を降して、将に国を開かんと欲して配匹無しと。是に於て民に命じて、三女に侍して以て来らしむ。爾宜しく配を作して以て大業を成すべし」と。使者忽ち雲に乗じて去る。三人は年次を以て之れを分娶し、泉の甘くして土の肥えたる処に就きて、矢を射て地を卜せり。良乙那の所居を第一都と曰ひ、高乙那の所居を第二都と曰ひ、夫乙那の所居を第三都と曰ふ。五穀を始めて播き、且つ駒犢を牧し、日に富庶に就けり。

右の神話は済州島の三姓、良・高・夫氏の始祖神話であり、済州島（耽羅国）の開闢神話でもある。この神話は、空舟が漂着してその中から姫君が出てくる点、その姫君が豊穣神的な性格を帯びている点などが巫覡による「七星本解」に近似しているが、姫君ではなく、三神人の良乙那・高乙那・夫乙那に物語の中心が置かれている点、姫君が蛇と身を変える趣向が見えない点など、細部においてはかなりの違いが見られる。これに対して張籌根氏は、「この三姓神話はもともと本解であったものであり、儒教的な系譜化をしたもので、その原初的宗教形態は蛇トーテムであった」[24]という。「七星本解」の秦聖麒氏本では、「（七星神の）生まれた国はどこでありましょうか。本国はどこでありましょうか。甲南天子のソンピ郡、広い畑から出てきました」[25]と、蛇神である七星神の故郷を畑の土に求めている。この点から考えてみると、姫君と三神人というその対象の違いはあるものの、穴から三神人が出現したというのは、蛇神である蛇が連想されるものであり、氏族神話に取り込まれる以前は巫覡たちの蛇神本解として語られていた可能性が高いといえよう。

済州島の蛇神は、今まで論じてきた「七星本解」の中で語られる七星神、各村が守護神として祀っている堂神、一族の祖先神の三つに分類できる。[26]済州島には村々に本郷堂が置かれているが、玄容駿氏の調査[27]によると、五四〇カ所にのぼり、現在まで調査報告された堂神本解は約三五九本である。これらの堂には村人たちを守護する神々が祀られており、堂神の来歴を語る本解が伝承されている。この中で蛇神を神様として祀っているところは、兎山堂である。[28]

昔、羅州の地に牧使（国司）が赴任するが、次々と死ぬ。皆赴任するのを恐れるが、李牧使は自分が行きたいと名乗り出る。途次、山の霊気を感じて祭（クッ）を行うと、姫君が大蛇に変身して現れる。牧使がその大蛇を殺して焼くと、大蛇は碁石に姿を変える。その折、済州島に住む三人の官僚が都にのぼり、その碁石を発見して大事に保管すると仕事が順調にいき、富貴の身となる。済州島に帰る舟に乗ってからもう碁石は要らないと言って海に捨てると、強い台風が吹いてきて航海ができなかった。しかし、占い師の教示によってその神を祭ると、碁石は舟に戻り、姫君に姿を変えた。その後、舟は順調に進んで済州島の兎山里に着き、姫君はその村の守護神（兎山堂神）として現れた。

右の「兎山堂」という名称は「八日堂」とも呼ばれるが、済州島には二十カ所あると言われ、すべて蛇神を守護神として祀っている。この「兎山堂本解」を「七星本解」に較べてみると、両者の叙述構成は完全に違っているが、二つの点で共通する部分が見られる。すなわち、「兎山堂本解」において大蛇（姫君）を焼き殺すとそれが碁石となり、投げ捨てた碁石が舟に戻ってくる叙述からは空舟が連想され、また「兎山堂本解」では姫君が蛇に姿を変えているが、この叙述は「七星本解」において流し捨てられた姫君が小蛇と変身する叙述に近似する。また済州島には「始興本郷堂」の本解として蛇神信仰とかかわる、次のような説話が伝承されている。(29)

宋甲士という者が染色した衣を舟に乗せて済州島に入る。その時、国では国葬がしめやかに行われていた。禁忌の衣を持って入ったので宋甲士の娘がそれを土の中に埋めると、父の宋甲士は死の道を迷う。娘が再び埋めた衣を掘り出すと、衣は小蛇となっていた。娘はびっくりし、まもなく病気となり、死の道をさまよう。占い師の教示によって巫祖神のための「初公祭」を行うと、娘の病気はすっかり治る。金氏、夫氏、玄氏はこの神を始興本郷堂に祀る。

韓国には、記紀の崇神記・三輪山神婚説話のような苧環型蛇婿入りの話型に属する、後百済（八九二～九三六）の始祖由来譚「甄萱神話」が『三国遺事』巻第二の紀異に見える。それによると、紫色の着物を着た男が夜な夜な美しい娘の枕元に訪ねてきて、まもなくその娘は身籠るが、その紫色の衣を着た男の正体はミミズであったという。済州島の「始興本郷堂」の本解は、「甄萱神話」に見える「紫色の着物の男」が「染色した衣」となっており、類似点が見られるが、苧環型蛇婿入り譚には属しない。また「始興本郷堂」は、まだ擬人化されていない点においても、「甄萱神話」や「七星本解」と相違している。しかし、衣（人）が小蛇と姿を変える趣向はかなり古くから存在した伝承のようである。これ以外にも蛇神が神様として祀られているお堂としては、金寧窟堂、広静堂、高山里本郷堂などが存在する。あるいはまた、済州島の蛇神は一族の祖先神ともなっている。(30)

済州島に凶作が続いた時、張谷方という者が本土の木浦方面に食糧を求めて出かけた。舟に食糧を積んで済州島に帰る途中、舟に水が入り込んで沈没しそうになった。数十石の米を海に流し捨てて水が入ってくる穴を探していたところ、一匹の小さな蛇が穴を防いでいた。そのお蔭で沈没を免れ、命も助かり無事に帰ることができた。張谷方は助けてくれた蛇に感謝し、妻と一緒に裏庭の木陰の下に石垣を作り、蛇神を祖先神として祀った。こうして張谷方一家は豊かになった。

右の祖先神本解は、済州島北郡翰林邑居住の張徳基氏（六十三歳）の八代祖先の話であるが、この他にも大蛇伝説としては、今は観光名所として有名な「金寧窟伝説」(31)がある。

昔、この洞窟に大蛇が棲んでいたが、年に一度必ず十五歳になる姫君を生け贄として捧げなければ大暴れして村が安泰ではなかった。この大蛇を新しく赴任してきた国司が洞窟に行って部下とともに退治したが、その帰途、死んだはずの大蛇が追っかけてきて国司を殺したという。

このように済州島の人々は韓国の本土とは違って、蛇についての信仰心がとても篤く、特別なものであったことがわかる。こうした済州島の自然風土が「七星本解」にも習合され、空舟に乗せられ海に流し捨てられた姫君が小蛇の姿と身を変える本解が誕生したことが考えられる。また、それは「七星本解」と同じ源流を持つ韓国本土の「捨姫祭文」との距離を大きくさせた要因ともなったのである。

おわりに―本地物語「筑波富士の本地」とかかわって―

従来、韓国の学界では本土の死霊祭で唱えられる「捨姫祭文」が済州島には存在しないものとされてきたが、今まで検討したように済州島にも蛇神の七星神の本地物語である「七星本解」として伝承されていることが明らかになった。「捨姫祭文」の「東海岸地域」伝承本は最後の〈神々示現〉において、遍歴流浪の苦難を克服した捨姫が最後に北斗七星として現れており、捨姫の巫祖示現を語るソウル・仁川などの他地域本と違いが見られた。済州島の「七星本解」では遍歴流浪の苦難をし、蛇の姿と身を変えた姫君が最後に北斗七星〈七星〉として示現しており、韓国本土の「東海岸地域」伝承本とのかかわりが鮮明になってきた。問題はなぜ、済州島の「七星本解」と韓国本土の「捨姫祭文」とが叙述構成において一致が見られるのかであるが、今の段階では、捨姫の北斗七星示現を語る韓国東海岸〈日本海側〉地域の伝承が済州島に流れ込み、それが済州島古来の蛇神信仰と結びついて蛇神であり、豊穣・豊作の神である七星神の由来を叙述する「七星本解」が誕生したことが考えられる。

さて、空舟に乗せられ海に流し捨てられた姫君が自ら小蛇と身を変えたという済州島の「七星本解」は、同じく空舟に乗せられ海に流し捨てられた金色姫が自ら小虫と姿を変えたという、日本の本地物語「筑波富士の本地」〈戒言、蚕影山縁起〉にきわめて近似しているが、これについては次の章で詳しく論じたい。

注

（1）『朝鮮巫俗考』（一九二七　啓明倶楽部）の第十九章・第九節「済州島巫風及諸神祠」。
（2）『朝鮮民族誌』（一九五四　六三書院）の第四章・第十六節「済州島の神話」。
（3）『韓国の民間信仰　論考篇』（一九七三　金花社）の第三章・第四節「八日堂と蛇神」など。
（4）「済州島の蛇信仰」（韓国文化人類学会遍『韓国文化人類学』10　一九七八）。
（5）『済州島巫俗の研究』（一九八〇　第一書房）と『済州島巫俗研究』（一九八六　ソウル集文堂）の第三章「神霊」・第四章「巫義の様態」）、『巫俗神話と文献神話』（一九九二　ソウル集文堂）の第一部「済州島巫俗神話の諸相」。
（6）「済州島巫俗と神話研究」（一九八九　韓国梨花女子大学大学院博士論文）。

(7) 「済州島蛇神崇拝の再考」(『済州島』91 一九九一)、耽羅研究会(日本)編『済州島』6 一九九三)。
(8) 「済州島堂神本解研究」(一九九四 韓国大邱大学大学院博士論文)。
(9) 玄容駿氏前掲注(5)同書。
(10) 『済州島巫歌本解事典』(一九九一 ソウル民俗苑)。
(11) 前掲注(3)同書資料篇。
(12) 前掲注(10)同書。
(13) 前掲注(3)同書資料篇。
(14) 『朝鮮巫俗の研究 上』(一九三七 大阪屋号書店)。
(15) 前掲注(14)同書。
(16) 『黄泉巫歌研究』(一九六六 ソウル創又社)、『韓国巫歌集』Ⅰ・Ⅱ・Ⅲ・Ⅳ(一九七一・一九七六・一九七八・一九八〇 ソウル集文堂)。
(17) 『東海岸巫歌』(一九七四 ソウル螢雪出版社)、徐大錫氏『韓国巫歌の研究』(一九八八 ソウル文学思想社)。
(18) 『韓国口碑文学大系』2—1(一九七九)・1—7(一九八二)・2—4(一九八三)・6—3(一九八四)・6—7(一九八五)・8—9(一九八三)・6—12(一九八八)。
(19) 『韓国巫俗誌』Ⅰ・Ⅱ(一九九二 ソウル亜細亜文化社)。
(20) 『叙事巫歌バリ公主全集』Ⅰ・Ⅱ(一九九七 ソウル民俗苑)、『叙事巫歌バリ公主研究』(一九九八 ソウル民俗苑)。
(21) 徐大錫氏前掲注(20)『韓国巫歌の研究』、同氏「巫歌」(高大民俗文化研究所編『韓国民俗大観』第五巻〈民俗芸術・生業技術〉一九八二)、洪泰漢氏前掲注(20)同書など。
(22) 洪泰漢氏前掲注(20)同書。これに対して徐大錫氏は、前掲注(17)『韓国巫歌の研究』において「捨姫祭文」の伝承地域を、「ソウル地域」「咸南地域」「慶北東海岸地域」「全南地域」の四つに分類される。
(23) 巻第五十七志 巻第十一地理二 耽羅県。
(24) 前掲注(3)同書。

(25) 前掲注(10)同書。

(26) 張籌根氏前掲注(3)同書の第二章・第四節「本解 - 巫俗神話」、玄容駿氏前掲注(5)同書第三章の「神霊」、李起旭氏前掲注(7)同論文など。

(27) 前掲注(5)『巫俗神話と文献神話』の第一部「済州島巫俗神話の諸相」。

(28) 玄容駿氏『済州島巫俗資料事典』(一九八〇 ソウル新丘文化社)の「堂クッ・堂本解」。

(29) 前掲注(28)同書。

(30) 韓国文化公報部文化財管理局編『韓国の民俗大系—韓国民俗総合調査報告書—〈済州島篇〉』(一九九二 国書刊行会)の張籌根氏「第二篇 民間信仰」。

(31) 秦聖麒氏『済州島伝説』(一九九二 ソウル白鹿)の第三部「自然的伝説」、玄容駿氏『済州島伝説』(一九九六 ソウル瑞文堂)の第二章「歴史伝説」。

第三章　本地物語「戒言・富士山の本地」と「七星本解」

はじめに

韓国済州島に伝承される「七星本解」は、蛇神であり、豊穣・豊作神でもある七星神の由来を叙述する本地物語である。これは日本の「月日の本地」の源流とも推される韓国本土の「七星クッ」と祭文の機能においては類似性が見られるが、その内容はまったく異なるものである。(1)

筆者は前章「韓国済州島の「七星本解」考—日本の本地物語「筑波富士の本地」とかかわって—」(2)において、従来、韓国の学界では本土の死霊祭で唱えられる「捨姫祭文」が済州島には存在しないものとされてきたが、済州島にも蛇神・七星の本地物語である「七星本解」として伝承されていることをはじめて明らかにした。済州島の「七星本解」では遍歴流浪の苦難をし、蛇の姿と身を変えた姫君が最後に北斗七星（七星）として示現しているが、「捨姫祭文」の「東海岸地域」伝承本は、捨姫の巫祖示現を語るソウル・仁川などの他地域本と違って、遍歴流浪の苦難を克服した捨姫が最後に北斗七星として現れており、その内容・叙述構成において済州島の「七星本解」と一致が見られた。そこで筆者は、捨姫の北斗七星示現を語る韓国東海岸（日本海側）の伝承が済州島に流れ込み、それが済州島古来の蛇神信仰と結びついて蛇神であり、豊穣・豊作の神・七星の由来を叙述する「七星本解」が誕生したことを究明した。

本稿では、従来諸先学によって指摘されたことのなかった、本地物語「戒言・富士山の本地」と「七星本解」のかかわりを明らかにしたい。

一　本地物語「戒言・富士山の本地」

蚕の本地物語についてはすでに諸研究者によって様々な研究が行われており、その系統にはおしら祭文として有名な「馬娘婚姻譚」と、これとは別系統の「戒言・富士山の本地」などの諸本があるというのもすでに知られているところである。(8)

今まで紹介された後者の「戒言・富士山の本地」の伝本には、およそ次のようなものがある。

①「戒言」〈慶応義塾図書館蔵　古写本一冊。永禄元年〈一五八五年〉の奥書がある。横山重・松本隆信両氏編『室町時代物語大成』第三、神道大系編纂会・校注者　村上学氏『神道大系　文学編二　中世神道物語』所収〉。

②「こかひ」〈太宰府天満宮蔵　江戸中期頃写本　一冊。鎌田美和・井上敏幸両氏「太宰府天満宮文庫蔵本『こかひ』書誌と翻刻」〈福岡女子大学国文学会編『香椎潟』第三十号〉所収〉。

③天理図書館蔵『庭訓私記』〈天正十年〈一五八二年〉の写本、『庭訓往来』の注釈書。萩原義雄氏〈駒澤大学駒澤短期大学国文学教授〉のホームページ所収〉の「蠶養」。

④国立国会図書館蔵『庭訓往来註』の卯月五日の状「蠶養」〈寛永八年〈一六三一年〉の版本、前澤明氏「庭訓往来抄『蠶養』の注として見える一説話─蚕影山の縁起─」〈成城大学文芸学部研究室編『成城文藝』第二十九号〉に翻刻されている〉。

⑤「蚕影山畧縁起」〈大日本蚕糸会蔵、江戸後期版本　桑林寺刊。濱中修氏「中世神話と異文化─養蚕をめぐる貴女の物語─」にも全文が紹介されている〉。

⑥「富士山の本地」〈延宝八年〈一六八〇年〉刊本　二冊、横山重・松本隆信両氏編『室町時代物語大成』第十一、横山重氏編

『室町時代物語集』第二所収）。

右記以外にも、この「蚕の本地物語」は、柳田國男が「うつぼ舟の話[9]」において、「大昔も之とよく似たうつぼ舟が常陸国の豊良の濱と云ふ処に漂著して、漁師に拾ひ助けられたと云ふ話がある。広益俗説弁の一節として偶然に伝へられて居る」と、論じられて有名になった説話であるが、このように「広益俗説弁[10]」に収載されている。また上垣守国『養蚕秘録[11]』などにも収録されており、民間伝承としては「金色姫和讃・蚕の和讃[12]」が知られ、昔話としても広く伝承されている。が、すでに松本隆信氏[13]、鎌田美和氏[14]、濱中修氏[15]が論じておられるように説話の内容は諸伝承の間で大きな違いは見られない。

さて、「戒言・富士山の本地」は、

○それ、こかひといふこと、たいせつなり。そも〳〵わかてうはかんこくなり。このわたといふことのなかりしはしめは、人こと〳〵くさむきにつめられ、しするなり。雪《ゆき》のうちにつちのなかをかねてよりほりて、あなのことくにして、さむきをふせきしなり。そのころのよには、さむきことつよかりしときは、雪鬼《ゆきをに》といふけしやうの物國土《こくど》をめくりて、ゆきふらし、ひとをとり、くちにのむなり。しかるに、きんめいてんわうのみよに、こかひあり。そのゆらいをくわしくたつぬるに、……

（①「戒言」慶応義塾図書館蔵本写本）

○抑《そもそも》我朝の、ひらけしはじまりし事は、天神七代の、そのかみ。くにとこたちのみこと。第二、國《くに》さづちのみこと。第三、とよくんぬのみことなり。（中略）富士山浅間《あさま》ごんげんと。ひたちの國、つくばごんげんは。一たいふんじんの、御神にて、おはします。この御神の、ゐんゐのむかしを、たづぬるに。本地大日如来、末世のしゆじやうを、みちびき。佛道ならしめんがために。かりに人げんに、生をうけさせ、おはしまし。ついにわくわうの、けちゑんを、しめし給ふ。だいしやうせそん、根版木やうに、ときたまわく、まつせに、大明神と現して、師湯治やうを、さいどしたまはんとの、きんげん。まことなるかなと、おもひあわせて。いとど、たつとくそ侍べる。……

（⑥「富士山の本地」（延宝八年〈一六八〇年〉刊本）

と始めるので、蚕の由来、富士浅間権現・筑波権現の由来を叙述する本地物語である。両者の内容を対照して示すとおよそ、次のようになる。

段落	モチーフ＼諸本	①「戒言」慶応義塾図書館蔵本写本	⑥「富士山の本地」（延宝八年〈一六八〇年〉刊本
発端	（一）〔申し子誕生〕	昔、北天竺国の中に旧仲国という国があり、帝を霖夷大王、后を光契夫人と言い、一人の姫君を金色姫と言った。	昔、北天竺国の中に旧中国という国があり、帝を霖夷王、后を光契夫人と言った。一人の子の無いことを嘆き、天地の神に申し子の祈願をすると、金色の僧が枕元に現れ、口中に飛び入る夢を見て金色姫を儲ける。
	（二）〔継母迎え〕	后の光契夫人は重い病気を得てついになくなり、後に大王はある国より新しい后を迎えた。	后の光契夫人は重い病気を得てついになくなり、後に大王は隣国のむめ王の姫君を新しい后として迎えた。
展開Ⅰ	（三）〔姫君の遺棄〕	継母は金色姫を憎むこと限りなく、姫君を亡き者にしようと謀る。 ある時、継母は金色姫を獅子吼山に棄てるが、獅子王が来て跪いて敬い、獅子に乗せて姫君を王宮の紫宸殿に降ろす。 また、継母は姫君を都から遠い鷹群山に棄てるが、帝の命令で鷹狩りをしに来た兵士に見つけられ都に帰る。 継母は姫君をさらに憎み、今度は海眼山という島へ流すと、風に吹き寄せられた釣舟の漁師に助けられ宮殿に送り帰される。	継母に実子の金玉女が生まれると、後継ぎの邪魔者と思って、金色姫を亡き者にしようと謀る。 継母は僧に呪いをかけさせて金色姫を殺そうとするが、身代わりに乳母と介錯の女官が死ぬ。 〈姫君が獅子に乗せられ王宮に帰る叙述は（九）に見える〉
	（四）〔父王の外出〕	ある時、大王は遊山のため、遠い国へ出かける。	天竺の慣習として小国の王たちは中天竺の大王の下で三年間の番を勤める必要があり、そのため帝は中天竺に向う。
	（五）〔姫君の生き埋め〕	大王の留守の間、継母は清涼殿の小庭に七尺の穴を掘らせ、金色姫をからめて生き埋めにする。	大王の留守の間、継母は官人たちに命じて姫君を鹿口山《ししく》の岩の洞に棄てる。

（六）〔父王の帰宅〕	十日の旅から帰ってきた大王は姫君はと聞くが、誰一人答えるものが無かった。急いで東宮に行き、姫君の失踪を嘆く。	
（七）〔博士の占い〕	その時、清涼殿の小庭から光がさし、御殿のうちを照らすものがあったので父王は博士を呼んで姫君の行方を占わせると博士は、「地上より七尺ばかりのところに人がいます」と言う。	
（八）〔姫君発見〕	博士の占い通り、小庭の下を掘ってみると姫君が現れた。	（前出で姫君の発見のみ）
Ⅱ 展開		
（九）〔空舟流し〕	大王は継母の仕業だと言って、姫君にこの国に住んで憂き目を見るよりは仏法繁昌の国に行って衆生を済度せよと、官人に桑の木で空舟を作らせ、姫君をそこに乗せて海に流す。	姫君が夢心地していると、亡き母が忽然と現れ、あなたは大日如来の化身として衆生済度のため生を受けた者だ。だから継母の計らいによって空舟に乗せられ滄海に流される運命であり、仏法流布の国に留まって養蚕の神となり、衆生の願いを叶えてあげよと、未だその国には絹、綿などが無いので人の身を暖め、末代に施すこと、桑の杖、瑠璃壷に不老不死の薬を与えるから扶桑国に行って多くの衆生を守れと言って霊山浄土に帰る。その後、獅子王に乗せられ王宮に帰るが、継母は官人に桑の木で空舟を作らせ、姫君をそこに乗せて海に流す。
（十）〔姫君漂着〕	空舟は常陸国豊良の海岸に漂着し、権太夫という浦人に拾われる。	空舟は常陸国豊良の海岸に漂着し、所の長・権太夫に見つけられる。海上より金色の光がさし、鹿島明神の神人の神託通り、空舟を拾って見ると、空舟の中に十歳ばかりの姫君がいた。
（十一）〔小虫変身〕	権太夫は姫君の素性を聞いて、我が家に連れて帰り、子供もいなかったので大事に育てる。が、姫君は程なく病死する。権太夫夫妻は悲しさのあまり、亡骸を唐櫃に入れて置くと、ある夜の夢に姫君が現れ、「我に食を与えよ。後には汝のご恩に報いりたいです」との夢想を蒙る。唐櫃を開けて見ると、姫君の形は消えて小虫となっていた。	権太夫は、神託通り姫君を家に連れ帰り、姫君はふと病の床についたかと思うと、眠るようにして亡くなっていた。権太夫と浦人は姫君の死を嘆き悲しみ、清らかな荒薦に、姫の亡骸を大切に納めて置くと、姫の亡骸は小虫となっていた。
（十二）〔蚕の四眠謂れ〕	姫君の乗ってきた空舟が桑の木であったところから桑の葉を取ってその虫たちに与えると虫たちは喜び、次第に成長する。が、やがて桑の葉も食べず、皆頭をあげてわなわなしているようだった。権太夫夫妻が心配していると、夢に姫君が現れ、私が生前に受けた四度の苦難に	

		よってこのように悩むのだという。最初をしけめとまり、二番目をたかめとまり、三番目をふなとまり、四番目をにわとまりと言い、これが蚕の四眠の謂れで終りに繭を作るのは空舟に閉じ込められたところから学んだものであると言う。	
結末	(十三)〔漂着神歓待と富貴〕	その頃、筑波山の仙人が降りてきて、権太夫に繭を練って綿糸を作る技術を教えた。この時から綿糸が始まり、権太夫は富貴の身となった。	不思議に思って見ていると、筑波山の権現が現れ、権太夫に養蚕と綿糸を作り、財宝にする技術を授けた。このようにして養蚕が世界に広がり、これが日本の蚕の始まり、綿糸の起源である。
	(十四)	欽明天皇の娘・かぐや姫が常陸国筑波山に飛んで来て神となったといわれ、国人が崇めまつった。神託に「我は旧中国の霖夷大王の娘で、人民を守り衆生再度のため、この国に来て、欽明天皇の御子と生れ変って、蚕の神となった」と告げる。その後、神はこの山も居心地が良くないと、都に近く居心地の良い富士山に飛び移って、竹取の翁たちがこの神を拝んだと言う。筑波山神と富士山権現は一体分身で、蚕の神となり、本地は勢至菩薩で、綿を練った仙人は釈迦牟尼仏であった。	神託に金色姫は、「我は筑波権現の化身だ。これより駿河国富士の郡に蓬莱山があると、筑波山から富士山に移って、富士の峯に不老不死の薬を納め、そこに垂迹して浅間大権現となった」と告げる。筑波権現と富士権現は同じ神と言われるのはこのためである。また、富士の裾野に翁夫妻が住んでいたが、竹中から少女を見つけ、かぐや姫と名づけ大事に育てた。ある日、かぐや姫は、我は浅間権現で衆生済度のためこの山に住んでおり、翁夫妻も神となれと告げて富士の山頂に飛び去った。その後、翁は愛鷹《あしたか》明神、妻は犬飼明神となり、新山(愛鷹山)に垂迹した。駿河国の郡司・貞宗は富士浅間権現を固く信じていた。謀反の疑いがかけられ、殺されるところであったが権現に救われた。

そして、本地物語「戒言・富士山の本地」の末尾は、

○つくば山の御かみと、ふじのごんげんと、いつたいふんじんにておはしましけり。こがひのかみとなり給ふ。ほんぢせいしぼさつのけしんなり。か丶るぶつぼさつのへんさにておはしますあひだ、みちの人はわた・きぬをたつなり。此をんどくをおそるるゆへなり。もつはらだいにちへんぜうのごへんさとみえたり。をろそかにも、かひぬるかひこをあつかふことなかれ。わたにねりしせんにんは、りやうじゆせんのしやかむにふつなり。なを

（1）「戒言」慶応義塾図書館蔵本写本）

さりにおもふこと、もつたいなきしだいなり。あなかしこ、〳〵。

○つくばごんげん、富士権現。御同一たいと、わたの、おこり、これなり。ありかたかりし、御事なり。爰に、するかの國、富士のすそ野。大つなのさと、のり馬といふところに。とし久しき、夫婦の老人あり（中略）、さだむね、よろこび、たちかへり。二たび、家をさかゑ給ふ。これひとへに、富士権現の、御利生なり。かやうのためしを、きく時は。末世のしゆじやうも、身をきよめ。此富士権現の、しんじなば。その御りやくに、あつかるべし。ありかたかりし、御山なりと。きせん、あゆみを、はこびけり。

（6）「富士山の本地」（延宝八年〈一六八〇年〉刊本）

と、筑波山神と富士山権現は一体分身で、蚕の神となったこと、蚕神を疎かにしないこと、筑波富士権現を信じれば家が栄えることなど、富士浅間権現への強い信仰・加護を主張しながら、その信仰の宣教する形を取って結んでいる。

前頁の対照表のように、「戒言・富士山の本地」は、発端の（一）〔申し子誕生〕から結末の（十四）〔神々示現〕のモチーフ構成によるものである。（一）〔申し子誕生〕について「富士山の本地」は、母君が病気になり死ぬ直前に娘の金色姫を枕元に呼んで、一人の子のないことを嘆き、天地神に祈ると、金色の僧が枕元に現れ、体内に宿る夢を見て、あなたをもうけたと告げる、申し子祈願の日光感精のモチーフがあるが、「戒言」にはこの叙述が見えない。

展開Iの（三）〔姫君の遺棄〕を見ると「戒言」は、継母が金色姫を獅子吼山に棄てるが、獅子王が来て跪いて敬い、獅子に乗せて姫君を王宮の紫宸殿に送り返すのに対して、「富士山の本地」は、継母が僧に呪いをかけさせて金色姫を殺そうとするが、身代わりに乳母と介錯の女官が死んだとなっており、「富士山の本地」では、（二）〔申し子誕生〕と同じように僧の存在が注目されている。また、（四）〔父王の外出〕において「戒言」は大王が遊山のため、遠い国へ出かけたとなっているのに対して、「富士山の本地」は天竺の慣例では小国の王たちは中天竺の大王の下で三年間の番を勤める必要があり、その公職の任を果たすために父王が出かけたとある。（五）〔姫君の生き埋め〕について「戒言」は、大王の留守の間、継母が清涼殿の小庭に七尺の穴を掘らせ、金色姫をからめて生き埋めにするのに対して、「富士山の本地」ではこの場面は見えないが、姫君が鹿口山の「岩の洞」に棄てられる叙述と響くものである。（六）〔父王の帰宅〕は（四）〔父王の外出〕と関わって、「戒言」では大王が十日の旅から帰ってきて姫君の失踪を嘆き悲しむのに対して、「富士山の本地」は公職の任を果たすために出かけた大王が、任務が終わって帰ってきたのかどうかが語られておらず、これ以降の叙述でも大王の姿は現れない。（七）〔博士の占い〕（八）〔姫君発見〕において大王は失踪した姫君を探すのに博士に占わせており、博士の存在が注目されるものであるが、「富士山の本地」ではこのモチーフが見当たらない。

展開Ⅱの（九）〔空舟流し〕について見ると、「戒言」では大王が姫君に、「この国に住んで憂き目を見るよりは仏法繁昌の国に行って衆生を済度せよ」と、官人に桑の木で空舟を作らせ、姫君をそこに乗せて海に流したとあるのに対して、「富士山の本地」では、夢心地していると亡き母が忽然と現れ、継母によって空舟に乗せられ海に流される運命であることが告げられており、その告げ通り、姫君は継母によって空舟に入れられ海に流される叙述となっていて、空舟を流す人物に違いが見られる。（十）〔姫君漂着〕は空舟が常陸国豊良の海岸に漂着し、姫君は権太夫という浦人に見つけられる点において両者は一致しているが、「富士山の本地」では、空舟より光がさしたので鹿島大明神の神人を招いて、海辺で七釜の御湯を立てて神託に任せて祭ったとなっており、この物語と関わったと思われる鹿島大明神の神人の存在が投影されていると言える。（十一）〔小虫変身〕は両者に見られるモチーフであるが、（十二）〔蚕の四眠謂れ〕は、「戒言」では、最初をしけめとまり、二番目をたかめとまり、三番目をふなとまり、四番目をにわとまりと言い、これが蚕の四眠の謂れで、これは姫君が生前に受けた四度の苦難によるものであり、終りに繭を作るのは空舟に閉じ込められたところから学んだものであると、蚕の四眠の謂れが詳しく述べられているのに対して、「富士山の本地」ではこの叙述が見られない。

結末の（十三）〔漂着神歓待と富貴〕を見ると、両者とも養蚕の起源を述べる点においては一致が見られるが、「戒言」では筑波山の仙人が降りてきて、権太夫に繭を練って綿糸を作る技術を教えた。この時から綿糸が始まり、権太夫は富貴の身となったとあって、漂着神の蚕神を丁寧にもてなした権太夫は富貴になったことが強く語られている。これに対して「富士山の本地」は不思議に思って見ていると、筑波山の権現が現れ、権太夫に養蚕と綿糸を作り、財宝にする技術を詳しく教えたとなっているだけで、その後、権太夫が富貴になったのかどうかが語られていない。（十四）〔神々示現〕は蚕神が居場所を求めて、筑波山から富士山に移る叙述においては共通するが、「富士山の本地」では、竹取の翁が愛鷹《あしたか》明神、妻は犬飼明神となり、新山（愛鷹山）に垂迹したこと、駿河国の郡司・貞宗は富士浅間権現を固く信じており、謀反の疑いがかけられ、殺されるところであったが、権現に救われたという、富士浅間権現を信仰した者への神の加護が強く主張されている。

以上のように、「戒言」と「富士山の本地」は空舟に乗せられ海に流された金色姫が自ら小虫と姿を変えたという点では一致している。どちらが古態を留めているかということであるが、源流が同じであると思われる韓国の「七星本解」と比べてみると、「富士山の本地」よりは「戒言」の方が年代的にも内容的にも固態を残していると言える。しかし、「戒言」と「富士山の本地」は細部においてはかなりの異同が見られており、それぞれの原拠の伝承は必ず同じ伝承によるものではなく、互いに交流・影響関係はあったことは考えられるが、「戒言」の物語を取り入れて「富士山の本地」が作られたと、簡単に決め付けるのにはやや無理があると思われる。

二　本地物語「戒言・富士山の本地」と韓国の「七星本解」

前述したように「七星本解」は、蛇神であり、豊穣・豊作神でもある七星神の由来を叙述する本地物語であり、その内容は空舟に乗せられ海に流された姫君が自ら小蛇と身を変えたというものである。これは同じく空舟に乗せられ海に流された金色姫が自ら小虫と姿を変えたという、日本の本地物語「戒言・富士の本地」にきわめて近似している。そこで両者の関わりを明らかにするため、そのモチーフ構成と内容を対照して示すと、次のようになる。

段落	モチーフ＼諸本	「戒言」	「富士山の本地」	「七星本解」
発端	（一）〔申し子誕生〕	昔、北天竺国の中に旧仲国という国があり、帝を霖夷大王、后を光契夫人と言い、一人の姫君を金色姫と言った。	昔、北天竺国の中に旧中国という国があり、帝を霖夷王、后を光契夫人と言った。一人の子の無いことを嘆き、天地の神に申し子の祈願をすると、金色の僧が枕元に現れ、口中に飛び入る夢を見て金色姫を儲ける。	張国の張雪龍大監と宋国の宋雪龍夫人様が結婚する。張雪龍大監は結婚して五十近くなるまで一人の子の無いことを嘆き、東桂南恩重寺に子宝に恵まれるようにと、水陸供養をしてから一人の姫君を儲ける。
	（二）〔継母迎え〕	后の光契夫人は重い病気を得てついになくなり、後に大王はある国より新しい后を迎えた。	后の光契夫人は重い病気を得てついになくなり、後に大王は隣国のむめ王の姫君を新しい后として迎えた。	
	（四）〔父王の外出〕	（後出）	（後出）	姫君が七歳になった時、父は天下公職、母は地下公職（官位）を勤めに来るように命じられ、姫君を下女に預けて官途につく。
展開Ⅰ	（三）〔姫君の遺棄〕	継母は金色姫を憎むこと限りなく、姫君を亡き者にしようと謀る。ある時、継母は金色姫を獅子吼山に棄てるが、獅子王が来て跪いて	継母に実子の金玉女が生まれると、後継ぎの邪魔者と思って、金色姫を亡き者にしようと謀る。継母は僧に呪いをかけさせて金色	下女は姫君が眠っている間、水汲みに出かける。目がさめた姫君は下女が見えないので捜しに出かけて道に迷い、茅の野原を泣きなが

Ⅱ 展開			
	敬い、獅子に乗せて姫君を王宮の紫宸殿に降ろす。また、継母は姫君を都から遠い鷹群山に棄てるが、帝の命令で鷹狩りをしに来た兵士に見つけられ都に帰る。継母は姫君をさらに憎み、今度は海眼山という島へ流すと、風に吹き寄せられた釣舟の漁師に助けられ宮殿に送り帰される。	姫を殺そうとするが、身代わりに乳母と介錯の女官が死ぬ。〈姫君が獅子に乗せられ王宮に帰る叙述は（九）に見える〉	ら一人でさ迷う。丁度そこに三人の僧が通りかかって助けを求める姫君を見出して連れまわす。
（四）〔父王の外出〕	ある時、大王は遊山のため、遠い国へ出かける。	天竺の慣習として小国の王たちは中天竺の大王の下で三年間の番を勤める必要があり、そのため帝は中天竺に向う。	〈前出〉
（五）〔姫君の生き埋め〕	大王の留守の間、継母は清涼殿の小庭に七尺の穴を掘らせ、金色姫をからめて生き埋めにする。	大王の留守の間、継母は官人たちに命じて姫君を鹿口《ししく》山の岩の洞に棄てる。	僧は茅を切り取って紙袋を作り、姫君を包んで台石の下を掘って生埋めにする。
（六）〔父王の帰宅〕	十日の旅から帰ってきた大王は姫君はと聞くが、誰一人答えるものが無かった。急いで東宮に行き、姫君の失踪を嘆く。		姫君の行方不明の知らせを受けた父母は急いで旅から帰ってきて、天を仰いで泣きながら姫君の失踪を嘆く。
（七）〔博士の占い〕	その時、清涼殿の小庭から光がさし、御殿のうちを照らすものがあったので父王は博士を呼んで姫君の行方を占わせると博士は、「地上より七尺ばかりのところに人がいます」と言う。		その時、東桂南恩重寺の僧が訪ねてきたので、父の張雪龍大監は僧を呼んで、娘の行方を占わせると僧は、「姫様は呼んだら聞こえるぐらいの近いところにいます。台石の下を掘ってみてください」と言う。
（八）〔姫君発見〕	博士の占い通り、小庭の下を掘ってみると姫君が現れた。	〈前出で姫君の発見のみ〉	僧の占いの通り、台石の下を掘ってみると姫君が現れた。
（九）〔空舟流し〕	大王は継母の仕業だと言って、姫君にこの国に住んで憂き目を見るよりは仏法繁昌の国に行って衆生を済度せよと、官人に桑の木で空	姫君が夢心地していると、亡き母が忽然と現れ、あなたは大日如来の化身として衆生済度のため生を受けた者だ。だから継母の計らい	姫君が懐妊していたので怒った父は鍛冶屋に鉄匣の空舟を作らせ、姫君をそこに乗せて海に流す。

	舟を作らせ、姫君をそこに乗せて海に流す。	によって空舟に乗せられ滄海に流される運命であり、仏法流布の国に留まって養蚕の神となり、衆生の願いを叶えてあげよと、未だその国には絹、綿などが無いので人の身を暖め、末代に施すこと、桑の杖、瑠璃壺に不老不死の薬を与えるから扶桑国に行って多くの衆生を守れと言って霊山浄土に帰る。その後、獅子王に乗せられ王宮に帰るが、継母は官人に桑の木で空舟を作らせ、姫君をそこに乗せて海に流す。	
（十）〔姫君漂着〕	空舟は常陸国豊良の海岸に漂着し、権太夫という浦人に拾われる。	空舟は常陸国豊良の海岸に漂着し、所の長・権太夫に見つけられる。海上より金色の光がさし、鹿島明神の神人の神託通り、空舟を拾って見ると、空舟の中に十歳ばかりの姫君がいた。	空舟は咸徳村の海岸に漂着し、七人の海女たちに拾われる。
（十一）〔小虫変身〕	権太夫は姫君の素性を聞いて、我が家に連れて帰り、子供もいなかったので大事に育てる。が、姫君は程なく病死する。権太夫夫妻は悲しさのあまり、亡骸を唐櫃に入れて置くと、ある夜の夢に姫君が現れ、「我に食を与えよ。後には汝のご恩に報いりたいです」との夢想を蒙る。唐櫃を開けて見ると、姫君の形は消えて小虫となっていた。	権太夫は、神託通り姫君を家に連れ帰り、姫君はふと病の床についたかと思うと、眠るようにして亡くなっていた。権太夫と浦人は姫君の死を嘆き悲しみ、清らかな荒薦に、姫の亡骸を大切に納めて置くと、姫の亡骸は小虫となっていた。	通りかかった宋僉知という人が鉄匣の空舟を開けると、姫君は七匹の小蛇となっていた。
（十二）〔蚕の四眠謂れ〕	姫君の乗ってきた空舟が桑の木であったところから桑の葉を取ってその虫たちに与えると虫たちは喜び、次第に成長する。が、やがて		

	結末	
	（十三）〔漂着神歓待と富貴〕	（十四）〔神々示現〕
桑の葉も食べず、皆頭をあげてわなわなしているようだった。権太夫夫妻が心配していると、夢に姫君が現れ、私が生前に受けた四度の苦難によってこのように悩むのだという。最初をしけめとまり、二番目をたかめとまり、三番目をふなとまり、四番目をにわとまりと言い、これが蚕の四眠の謂れで終りに繭を作るのは空舟に閉じ込められたところから学んだものであると言う。	その頃、筑波山の仙人が降りてきて、権太夫に繭を練って綿糸を作る技術を教えた。この時から綿糸が始まり、権太夫は富貴の身となった。	欽明天皇の娘・かぐや姫が常陸国筑波山に飛んで来て神となったといわれ、国人が崇めまつった。神託に「我は旧中国の霖夷大王の娘で、人民を守り衆生再度のため、この国に来て、欽明天皇の御子と生れ変って、蚕の神となった」と告げる。その後、神はこの山も居心地が良くないと、都に近く居心地の良い富士山に飛び移って、竹
	不思議に思って見ていると、筑波山の権現が現れ、権太夫に養蚕と綿糸を作り、財宝にする技術を授けた。このようにして養蚕が世界に広がり、これが日本の蚕の始まり、綿糸の起源である。	神託に金色姫は、「我は筑波権現の化身だ。これより駿河国富士の郡に蓬莱山があると、筑波山から富士山に移って、富士の峯に不老不死の薬を納め、そこに垂迹して浅間大権現となった」と告げる。筑波権現と富士権現は同じ神と言われるのはこのためである。また、富士の裾野に翁夫妻が住んでいたが、竹中から少女を見つけ、かぐ
	七人の海女たちと宋僉知という人が、縁起が悪いとその蛇を虐待すると彼らは巫病にかかって死の道をさ迷う。病気の原因が分からないので占い師を呼んで占わせると、七星祭（セナムクッ）を行えば治る病気だと教えてくれる。七人の海女たちと宋僉知が七星祭を行い、蛇を祖先神として丁寧に拝むと病気はすっかり治り、富貴の身となった。	咸徳村を経って別刀川に辿り着いた七匹の蛇は古い衣を脱いで雑木林に掛けて置き、新しい衣に着替えて城内の七星村に入る。そこに住む宋大静夫人が八匹の蛇を丁寧に迎えてくれたので富貴の身となる。八匹の蛇はそれぞれ永住の場所を求めて別れて七番目の娘（蛇）は外七星神（北斗七星）、母親の蛇は内七星神、その他の娘た

		取の翁たちがこの神を拝んだと言う。筑波山神と富士山権現は一体分身で、蚕の神となり、本地は勢至菩薩で、綿を練った仙人は釈迦牟尼仏であった。	や姫と名づけ大事に育てた。ある日、かぐや姫は、我は浅間権現で衆生済度のためこの山に住んでおり、翁夫妻も神となれと告げて富士の山頂に飛び去った。その後、翁は愛鷹《あしたか》明神、妻は犬飼明神となり、新山（愛鷹山）に垂迹した。駿河国の郡司・貞宗は富士浅間権現を固く信じていた。謀反の疑いがかけられ、殺されるところであったが権現に救われた。	ちも家の神として現れた。

右のように、本地物語「戒言・富士山の本地」は、空舟に乗せられ海に流された姫君が自ら小蛇（七星神）ではなく、小虫（蚕神）と自ら姿を変えたという点で韓国の「七星本解」と大きな違いが見られるが、両者は豊穣神的職能を持つ神であり、そのモチーフ構成と内容においてきわめて近似していると言える。

まず発端の（一）〔申し子誕生〕のモチーフは「戒言」には見えないが、「富士山の本地」は、母君が病気になり死ぬ直前に娘の金色姫を枕元に呼んで、一人の子のないことを嘆き、天地神に祈ると、金色の僧が枕元に現れ、体内に宿る夢を見て、あなたを儲けたと告げる、申し子祈願の日光感精のモチーフがあるが、「七星本解」では、張雪龍大監が五十近くなるまで一人の子の無いことを嘆き、東桂南恩重寺に子宝に恵まれるようにと、水陸供養をすると、「姫君を施します。良い日を選んで天上の対をお組みなさいませ」と、僧から告げられてから申し子が誕生する叙述に対応する。両方とも姫君誕生に僧が重要な役割を果たしているのが注目される。

（二）〔継母迎え〕は展開Ⅰの継母による（三）〔姫君の遺棄〕、（五）〔姫君の生き埋め〕とかかわって日本の伝承だけに見られる叙述であるが、展開Ⅰの（三）〔姫君の遺棄〕を見ると「七星本解」は、姫君が道に迷い、茅の野原を泣きながら一人でさ迷っていると、丁度そこに三人の僧が通りかかって助けを求める姫君を見出して連れまわす叙述となっているが、「戒言」は、継母が金色姫を獅子吼山に棄てるが、獅子王が来て跪いて敬い、獅子に乗せて姫君を王宮の紫宸殿に送り返すのに対して、「富士山の本地」は、継母が僧に呪いをかけさせて金色姫を殺そうとするが、身代わりに乳母と介錯の女官が死んだとなっており、「七星本解」と同じように僧の存在が注目されており、「富士山の本地」との類似性が見られる。

また、〔四〕〔父王の外出〕において「戒言」は大王が遊山のため、遠い国へ出かけたとなっているのに対して、「富士山の本地」は天竺の慣例では小国の王たちは中天竺の大王の下で三年間の番を勤める必要があり、その公職の任を果たすために父王が出かけたとあるが、この叙述は「七星本解」において、姫君が七歳になった時、父は天下公職、母は地下公職（官位）を勤めに来るように命じられ、そのため出かけたという叙述に通じる。

〔五〕〔姫君の生き埋め〕は「富士山の本地」ではそのモチーフが後退して、わずかにその影を残しているだけであるが、「戒言」は、大王の留守の間、継母が清涼殿の小庭に七尺の穴を掘らせ、金色姫をからめて生き埋めにしたとある。日本の伝承の場合、姫君を生き埋めにする主体が〔二〕の〔継母迎え〕と関わって継母になってはいるが、これは「七星本解」において、僧が茅を切り取って紐袋を作り、姫君を包んで台石の下を掘って生埋めにする叙述と一致する。

〔六〕〔父王の帰宅〕は〔四〕〔父王の外出〕と関わって、「七星本解」では、姫君の行方不明の知らせを受けた父母が急いで旅から帰ってきて、天を仰いで泣きながら姫君の失踪を嘆いたとある。「戒言」では大王が十日の旅から帰ってきて姫君の失踪を嘆き悲しむのに対して、「富士山の本地」は公職の任を果たすために出かけた大王が、任務が終わって帰ってきたのかどうかが語られておらず、これ以降の叙述でも大王の姿は現れない。この叙述において

「七星本解」は「富士山の本地」よりは「戒言」に近似している。

（七）〔博士の占い〕（八）〔姫君発見〕において大王は失踪した姫君を探すのに博士に占わせており、博士の存在が注目されるものであるが、「富士山の本地」ではこのモチーフが見当たらない。これに対して「七星本解」は父の張雪龍大監が僧を呼んで、娘の行方を占わせると僧は、「姫様は呼んだら聞こえるぐらいの近いところにいます。台石の下を掘ってみてください」と言ったとなっており、「富士山の本地」よりは「戒言」に類似している。

展開Ⅱの（九）〔空舟流し〕について見ると、「戒言」では大王が姫君に、「この国に住んで憂き目を見るよりは仏法繁昌の国に行って衆生を済度せよ」と、官人に桑の木で空舟を作らせ、姫君をそこに乗せて海に流したとあるのに対して、「富士山の本地」では、夢心地していると亡き母が忽然と現れ、継母によって空舟に乗せられ海に流される運命であることが告げられており、その告げ通り、姫君は継母によって空舟に入れられ海に流される叙述となっていて、空舟を流す人物に違いが見られる。これに対して「七星本解」は姫君が懐妊していたので怒った父が鍛冶屋に鉄匣の空舟を作らせ、姫君を乗せて海に流したとあって、姫君の懐妊を理由に空舟に乗せて流すという点で日本の伝承と大きく相違している。しかし姫君を海に流す主体を継母とする「富士山の本地」と違って、「戒言」と「七星本解」では父とする点で一致しており、この点においても「戒言」の方が「富士山の本地」より古態を留めていると言える。「富士山の本地」は継子虐め譚をもっとも充実に受け入れた伝承と言えるが、「七星本解」の⑤秦氏本（b）では、父が妊娠している姫を殺そうとすると、「どうして産んだ子供を殺すことができましょうか。空舟に姫を入れて流しましょう」と、母が父に言う場面があり、この趣向は亡き母の告げ通り、継母が姫君を空舟に乗せて流す「富士山の本地」の叙述に通じる。

（十）〔姫君漂着〕について「戒言・富士山の本地」と「七星本解」は、空舟が海岸に漂着し、姫君が浦人に見つけられる点において両者は一致しているが、「富士山の本地」では、空舟より光がさしたので鹿島大明神の神人を招いて、海辺で七釜の御湯を立てて祭りを行って神託に任せて神を拝んだとなっているが、「七星本解」では七人の海女たちと宋僉知という人が、縁起が悪いとその蛇を虐待すると彼らは巫病にかかって死の道をさ迷う。病気の原因が分からないので占い師を呼んで占わせると、蛇を虐待した祟りなので、七星祭（セナムクッ）を行えば治る病気だと教えてくれて、七星祭を行って七星神を拝んだという趣向に近似している。が、「七星本解」では七星神を丁寧に迎えて祭らないと病気にさせて苦しめるなど、七星神の祟り神としての性格が強く表れているのが日本の伝承と大きく相違する。

（十一）〔小虫変身〕は両者に見られるモチーフで、「七星本解」では〔小蛇変身〕となっているが、（十二）〔蚕の四眠謂れ〕は、「戒言」では、最初をしけめとまり、二番目をたかめとまり、三番目をふなとまり、四番目をにわとまりと言い、これが蚕の四眠の謂れで、これは姫君が生前に受けた四度の苦難によるものであり、終りに繭を作るのは空舟に閉じ込められたところから学んだものであると、蚕の四眠の謂れが詳しく述べられているのに対して、「富士山の本地」と「七星本解」ではこの叙述が見られない。

結末の（十三）〔漂着神歓待と富貴〕を見ると、「戒言」と「富士山の本地」は両方ともに養蚕の起源を述べる点においては一致が見られるが、「富士山の本地」は筑波山の権現が現れ、権太夫に養蚕と綿糸を作り、財宝にする技術を詳しく教えたとなっているだけで、その後、権太夫が富貴になったのかどうかが語られていない。これに対して「戒言」では筑波山の仙人が降りてきて、権太夫に繭を練って綿糸を作る技術を教えた。この時から綿糸が始まり、権太夫は富貴の身となったとあって、漂着神の蚕神を丁寧にもてなした権太夫は富貴になったことが強く語られている。この点においても「戒言」は、七人の海女たちと宋僉知が七星祭を行い、蛇を祖先神として丁寧に拝むと病気はすっかり治り、富貴の身となった、とする「七星本解」に近似しており、この点においても「戒言」の方が古態を留めていると言える。

〔十四〕〔神々示現〕は蚕神と七星神が居心地の良い場所を求めて移るという叙述においては共通するが、「富士山の本地」では、駿河国の郡司・貞宗は富士浅間権現を固く信じており、謀反の疑いがかけられ、殺されるところであったが、権現を普段信じていたので神が助けたという、富士浅間権現を信仰した者への神の加護が強く主張されているが、この趣向は「七星本解」において、七星村に住む宋大靜夫人が八匹の蛇を丁寧に迎えて祭ったので富貴の身となったという叙述に通じる。

おわりに

以上のように、本地物語「戒言・富士山の本地」と「七星本解」は、空舟に乗せられ海に流された姫君が自ら小虫（小蚕）と小蛇にそれぞれ姿を変えたという点できわめて類似している。しかし、韓国の場合、なぜ小蚕ではなく、小蛇なのか。すなわち蚕と蛇はどういう関連があるのかが問題となる。長野県塩尻市北小野の小野神社の「サナギの鈴」を調査された吉野裕子氏によれば、「「サナギの鈴」の「サナギ」は、小蛇の意である。「ナギ」は蛇の古語とされており、蚕は「竜精」と称され、蛇として受け止められるから、したがって蚕のサナギも小蛇の意である」[16]という。また、神奈川県高座郡田名村（現・相模原市）に残る弁才天和讃によると、養蚕祈願のために、蛇体を持って示現する弁才天の信仰が盛んであったという。[17]こう見ると蚕と蛇は深いつながりがあると考えられるが、ここでは詳細に述べる余裕がないので今後の課題にしておきたい。また、「戒言」と「富士山の本地」のどちらが古態を留めているかのことであるが、源流が同じであると思われる韓国の「七星本解」と比べてみると、「富士山の本地」よりは「戒言」の方が年代的にも内容的にも古態を残していると言える。しかし、以上の考察のように「戒言」と「富士山の本地」は細部においてはかなりの異同が見られており、ある部分モチーフにおいては「富士山の本地」と韓国の「七星本解」は近い関係にあることが明らかになった。だから「戒言」と「富士山の本地」はそれぞれのよった伝承が必ず同じものではなく、互いに交流・影響関係はあったことは考えられるが、「戒言」の物語を取り入れ、改変・添削を行って、「富士山の本地」が誕生したと、簡単に決め付けるのにはやや無理があると言えよう。

従来、学界では本地物語「戒言・富士山の本地」と韓国の「七星本解」との関わりを指摘し、具体的に論じた論考はなかった。以上の検討のように本地物語「戒言・富士山の本地」と韓国の「七星本解」は、その内容・本地物語の機能においてきわめて類似性が認められるものである。では両者はどのような伝承関係でその一致が見られるのであろうか。今それを具体的に実証するのはきわめて難しい問題であるので今後の課題として置かなければならない。しかし、韓国の「七星本解」における主人公である姫君の苦難・流浪は巫女の成巫過程に通じることは前章で説いており、日本の「戒言・富士山の本地」における主人公・金色姫の苦難・流浪にも金色姫の巫女としての性格が含まれていると言えよう。そしてそれによると、日本にもかつては「戒言・富士山の本地」に先行して韓国の「七星本解」に準じた巫覡祭文が存在していたことが推察できるであろう。

さて、韓国には「戒言・富士山の本地」とは違った、イタコによるおしら祭文「馬娘婚姻譚」の流れに属する蚕の本地物語である「地蔵本解」と民間説話が存在する。これらについては次の章で具体的に論じたい。

注

（1）　拙著『本地物語の比較研究—日本と韓国の伝承から—』（二〇〇一　三弥井書店）の「第五章　本解「七星クッ」と本地

物語「月日の本地」。

（2）福田晃監修、古希記念論集刊行委員会編『伝承文化の展望―日本の民俗・古典・芸能―』（二〇〇三　三弥井書店）

（3）『済州島巫俗の研究』（一九八〇　第一書房）と『済州島巫俗研究』（一九八六　ソウル集文堂）の第三章「神霊」・第四章「巫義の様態」、『巫俗神話と文献神話』（一九九二　ソウル集文堂）の第一部「済州島巫俗神話の諸相」。

（4）『済州島巫歌本解事典』（一九九一　ソウル民俗苑）。

（5）『韓国の民間信仰資料篇』（一九七三　金花社）

（6）前掲注（3）同書。

（7）前掲注（4）同書。

（8）柳田國男「うつぼ舟の話」（『定本柳田国男集』9、一九六二　筑摩書房）、安西勝「蚕神信仰論―神奈川県津久井地方養蚕民俗の一考察―（その一）」（『国学院雑誌』一九六一・一）、同氏「蚕神信仰論―神奈川県津久井地方養蚕民俗の一考察―（その二）」（『国学院雑誌』一九六一・二・三）、前澤明氏「庭訓往来抄「蚕養」の注として見える説話―蚕影山の縁起―」（成城大学文芸学部研究室『成城文芸』29　一九六二・四）、今野円輔氏『馬娘婚姻譚』（一九六七　岩崎美術社）、大島建彦氏『お伽草子と民間文芸』（一九六七　岩崎美術社）、松本隆信氏「中世における本地物研究（二）」（『斯道文庫論集』11　一九七四）、同氏『中世における本地物の研究』の「筑波富士の本地」（一九九六　汲古書店所収）、濱中修氏「金色姫物語考―蚕の由来の説話を巡って―」（『文学研究稿』3　一九八二）、鎌田美和氏「太宰府天満宮文庫蔵本『こかひ』をめぐって」・鎌田美和・井上敏幸両氏「太宰府天満宮文庫蔵本『こかひ』書誌と翻刻」（福岡女子大学国文学会編『香椎潟』30　一九八四・九）、徳江元正「蚕と馬」（『神道大系　月報』86　一九八九・九　神道大系編纂会）、野上尊博氏「伊豆・箱根の神の祭祀と唱導―養蚕信仰を中心として―」（『神道宗教』137　一九八九・一二）、濱中修氏「中世神話と異文化―養蚕をめぐる貴女の物語」（『沖縄国際大学公開講座8　異文化接触と変容』一九九九　東洋企画）。その他、「蚕の草子」（朝倉治彦・井之口章次・岡野弘彦・松前健氏編『神話伝説辞典』一九六三　東京堂出版）、丸山久子氏「蚕由来」・徳田和夫氏「蚕影山縁起」（稲田浩二・大島建彦・川端豊彦・福田晃・三原幸久氏『日本昔話事典』一九七七　弘文堂所収）、田嶋一夫氏「戒言」・村上学氏「富士山の本地」（『日本古典文学大辞典』一九八三　岩波書店所収）、濱中修氏

「戒言」「富士山の本地」（徳田和夫氏編『お伽草子事典』二〇〇二　東京堂出版）などがある。
（9）前掲注（8）同書。
（10）享保七年（一七二二年）刊の附遍巻六「蠶養の始の説」。
（11）上巻「天竺霖異大王の事」、享和三年（一八〇三年）。
（12）村上清文氏「東京府に於けるオシラさま」（『民俗学』5・11）、安西勝氏　前掲注（8）同論考の「神奈川県高座郡田名村の蚕影山念仏」など。
（13）（14）（15）前掲注（8）同論考。
（16）『蛇―日本の蛇信仰』（一九九九　講談社学術文庫）。
（17）安西勝氏前掲注（8）「蚕神信仰論―神奈川県津久井地方養蚕民俗の一考察―（その一）」。

第四章　「オシラ祭文（蚕の本地）」と「地蔵本解」

はじめに

日本の「蚕の本地」には、金色姫の苦難流浪物語である「戒言・富士山の本地」と本章で取り上げる「馬娘婚姻譚」の二つがあるが、韓国にもこれと内容の似通っている物語が二つ存在している。その一つは、日本の「戒言・富士山の本地」に対応する、韓国済州島に伝承する「七星本解」である。空舟に載せられ海に流された姫君が自ら小蛇になったという内容を持つ「七星本解」は、蚕の由来譚にはなっていないが、空舟に載せられ海に流された姫君が自ら小虫（蚕）になったという日本の「戒言・富士山の本地」にきわめて近似する。(1)

もう一つは、本章で考察する、日本の「オシラ祭文」で、東北地方の巫覡であるイタコの伝承するもので、「蚕の本地」とも言い、これは蚕の由来譚ともなっている韓国済州島の巫覡のシムバンによる「地蔵本解《ちじゃんぼんぷり》」ときわめて類似するものである。

韓国の「地蔵本解」については、張籌根氏(2)と玄容駿氏(3)、野村伸一氏(4)などによる巫歌の採録や詳しい解説が行われている。また、李秀子氏(5)、金ホンソン氏(6)、韓ジンホ氏(7)、全ジュヒ氏(8)によって、「地蔵本解」の祭儀的機能や歌唱方式、神話的意味、地蔵と鳥の意味などについて研究が行われている。日本の「オシラ祭文」については、姉崎正治氏(9)以来、柳田國男氏(10)、折口信夫氏(11)、今野円輔氏(12)、楠正弘氏(13)、小南一郎氏(14)、濱中修氏(15)、川島秀一氏(16)、加藤敬氏(17)などの諸氏によって様々な研究がなされている。

本稿では、韓国の「地蔵本解」を紹介し、従来学界で取り上げることのなかった日本の「オシラ祭文」との関わりをはじめて指摘し、両者の関わりを具体的に論じてみたい。また、「地蔵本解」のなかで地蔵姫は「死者鎮魂の神」だけではなく、「蚕神」としての性格も強い。しかし、従来韓国の学界では、地蔵姫の「死者鎮魂の神」としての性格に中心が置かれ研究がなされており、地蔵姫の蚕神としての性格についてはあまり関心が及ばなかったのが事実である。そこで本稿では、「地蔵本解」ではなぜ地蔵神の由来だけではなく、蚕神の本地も同時に語られなければならなかったのか、その理由についても明らかにしたい。

一　済州島の「地蔵本解」の伝承

韓国済州島に伝承される「地蔵本解」は、家に重病の患者がいて、十王があの世に連れていくために下した病気だという占いがあり、十王に寿命の延長を祈願したり、人が死んだ後、十王に極楽浄土の世界へ送ってくれとお願いをしたりする「十王迎え」の祭事で唱えられる祭文の一つである。

済州島の「クッ」（巫祭）は、六人以上の巫覡のシンバンが動員され、四、五日以上継続して大規模で行う「大《くん》クッ」と一日で終了する「小《ちゃぐん》クッ」とに分かれる。「地蔵本解」は「大《くん》クッ」のなかの「十王迎え」の祭事で唱えられており、同じ「大《くん》クッ」のなかの十王以上の高い位を持つ神々を送る準備をする「ヤグンスギム」という祭事では単独で語られる。「大《くん》クッ」の「十王迎え」で「地蔵本解」が唱えられてからすぐ「三千軍兵ジルチム」という祭事が行われるが、この祭事で「三千軍兵チサビム」とか「シミェンジル　チサビム」とかという儀礼があるが、これは戦乱時に死んだ軍兵や屠殺業を行う「白丁」の霊を呼び降ろして慰めるものである。

さらに「地蔵本解」は、「小《ちゃぐん》クッ」の「神迎 庁大膳床《こむよんちょんでじょんさん》」という神々を迎えて大きくもてなす儀礼で唱えられる。ここで「地蔵姫」は、家畜の屠殺業を行う「白丁《べくちょん》」という集団の守護神となっており、彼らの職業の繁昌を願うクッである。実際に「神迎 庁大膳床《こむよんちょんでじょんさん》」というクッでは、今日でも実際に刀で牛を殺し、それを生け贄として神様にささげる儀礼を演劇的に実演して見せるという。(18)

「大クッ」は、家に疾病や災難などの不運が続き、占い師による神霊の祟りという結果が出ると、祭りを行う日を決め、シムバンという巫覡に巫祭をお願いし、祭りの準備が始まる。家の板の間には神々を迎えるための三天帝釈宮祭壇、十王祭壇、本郷祭壇、死霊祭壇などの基本祭壇を設ける。祭壇が設けられると今度は前庭に大竿《たんで》という神竿を立てるが、この神竿は「三千兵馬竿」とも呼ばれる。この神竿は高さ六、七メートルほどで、竹竿は白木綿で包み上げ、竿の頭の部分は青い葉の付いた竹笹を括り付け、下部には神霊の食料としての米袋や鈴をぶらさげたりしたものである。また長い白木綿の一端を祭壇の母屋から引き出してこの神竿に結びつける。神々はこの神竿を通して降臨し、白木綿を通じて往来する。この白木綿を「タリ（橋）」という。

祭りの準備が終わり、祭りが始まると、巫覡のシムバンは頭に笠を被り、白い上衣と袴をつけた正装で祭壇の前で四拝し、巫楽器の伴奏にあわせて舞を舞い、巫歌を唱える。それは必ず、最初が初監祭《ちょがむじぇ》と言い、シムバンが宇宙開闢などの創世神話を語るのである。やがて、シムバンは祭を行う日にち、場所、主旨などを述べて神の降臨を祈願する。神の降臨を祈願してからは「神門開き」と言って、

神々と人間が違うところがありますか。人間も門を開けなければ入ることができず、鬼神も門を開けなければ入ることができません。今日、一万八千の神が降臨しようとしているのに神門がどうなっているか気になります。

と語り、路上の雑鬼を追い祓って神を迎える。この時に迎えられた神々は一万八千の神と言われ、シムバンは神刀

占いをして神が残らず降臨したかどうかを確認する。こうした初監祭が終ると、次はその日の祭に直接関係する神々を迎える個別儀礼に移る。それは、「仏道迎え」「日月迎え」「初公本解」「初公迎え」「二公本解」「二公迎え」「三公本解」「再サンゲ」「十王迎え」「セギョン本解」「三公迎え」「セギョン遊《の》び《り》」「門前本解」「本郷タリ」「各神祈り」「馬遊び」「送神」「カスリ（雑鬼送り）」などの順序によって行われるものである。

ここで再度、玄容駿氏『済州島巫俗の研究』(19) によって「地蔵本解」が唱えられる「大《く》ク《ん》ッ巫祭」の祭順を確認してみる。

まず、祭りの日を決め、神々を降臨させるための大きな神竿立て、神々の祭壇を設けるなど、祭りの準備を行う。次は〈諸神の総合儀礼〉に移る。その順序は次のようである。

1　初監祭（諸神迎え儀礼、創世神の儀礼）

①ペポドオプチム（配布都邑）：天地開闢から日月星辰の発生、国土の形成を語る。「天地王本解」が唱えられる。

②祭りの日にちと場所告げ。

③祭りの理由告げ。

④神宮門開き：1万八千の神々のため。

⑤セドリム（鳥迎え、邪気払い）：神々は鳥に乗って天から地上の「五里亭」の場所に降臨、そこから馬などに乗って祭場まで行く。

⑥請神：一万八千の神々を招き入れる。

2　初神迎え：一万八千の神々のうち、もれた神々がいないように再度招く儀礼。

3　チョサンゲ（再請神）：もれた神々がいないように再々度招く儀礼。

4 出物供宴：神々に用意した食べ物（供え物）などを召し上がるように勧める。
5 ソクサルリム（神遊ばせ）。
6 ポセカムサン（祈願）：白木綿の贈り物などを捧げ、祈願する。白木綿は神々の通る道。
次は、〈該当神の個別儀礼〉として
7 仏道（産育神）迎え：産育神儀礼（子宝の恵みと成長と長寿を祈願）。1の「初監祭」と同じ形式の請神、供え物、祈願という形を取るが、初監祭では一万八千の神々を招き入れるのに対して、ここでは産神とその眷属の神だけを降ろす。「産神婆様本解」「マヌラ本解」が唱えられる。迎え入れた産育神をこの場で直接送り返すのではなく、基本祭壇に案内して座らせて、神遊ばせをして終了。
8 日月迎え：産育神の祭壇を片付け、改めて同じ場所に祭壇を設けて行う。祭順は仏迎えと同じ。
9 初公本解：祭りの日にちと場所、理由を語り、巫祖神の本地物語の「初公本解」を唱え、祈願をする。
10 初公迎え：巫祖神の初公を迎え入れて祀る儀礼で、祭順は日月迎えと同じ。
11 二公本解：西天花畑の管掌神への儀礼。祭順は「初公本解」と同じ。
12 二公迎え：西天花畑の管掌神の二公を迎え入れて祀る儀礼で、祭順は初公迎えと同じ。
13 三公本解：前世を司る神の本地物語の「三公本解」が唱えられる。祭順は「初公本解」と同じ。
14 再サンゲ（再請神）：三公本解で一日目の儀礼が終了。二日目の「十王迎え」前にもれた神々がないように再度神々を招き入れる儀礼。
15 十王迎え：前庭に十王、差使《ちゃさ》（あの世の使い）、死者などの祭壇を設ける。祭順は1の「初監祭」と同じ形式で、あの世を司る十王とその使い神などを迎え入れ、死霊があの世の良い場所に行くように祈る儀礼の「パングワンチム」を行う。そしてあの世の使いの本地物語「江南差使本解」を唱え、死霊が無事極楽へ行くように祈る。その後、神遊ばせの「ソクサルリム」をし、巫覡のシムバンは舞いながら十王に白い丸餅の入った籠を繰り返し上に放り投げて、受け取るもてなしをする。次は「地蔵本解」を唱え、あの世の道を掃除する「チルチム」という儀礼が長々と語られる。その後、あの世の使いや死霊を呼び降ろして口寄せをし、泣きながら死霊の心境を語り、あの世に行く門を一つ一つ開けて「哀れな神霊さまが地獄に落ちないように通過させてください」と唱えながら、死霊を極楽世界へ送り届けるのである。

「地蔵本解」に続いて、「地蔵の本を解いたので東西南北から戦乱で死んだたくさんの軍兵が押し寄せてくるのだ」と巫覡が語るように、戦乱でなくなった軍兵の霊や白丁《ぺくちょん》の霊を降ろして慰める儀礼の「三千軍兵チルチム」を行う。

16 セギョン（農畜神）本解：祭順は初公本解と同じ。農耕起源神や牧畜神の本地物語「セギョン本解」が語られる。

17 三公迎え（前生遊び）：前世を司る神の三公を迎え入れて家の中の雑鬼払いをする演劇的儀礼である。

18 ヤングンスギム：十王以上の位階の高い神々が帰る準備をする。ここでも地蔵本解が唱えられる。

19 セギョン遊び：畑を耕し、種を蒔き、豊作となり、収穫する内容を実演して見せる儀礼。

20 門前本解：門神の来歴が語られ、家内安全を祈願する儀礼。

21 本郷タリ：村の守護神の本郷堂の神を迎え入れて祈る儀礼。

22 カクトビニョム（各神祈り）：竈神、屋敷の神など、家の神々に祈る儀礼。七星本解が唱えられる。

23 馬遊び：馬を追い集めて、諸神が乗って帰るようにする儀礼。

24 送神：一万八千の神々を送り返す儀礼。位階順に神名を呼びながら帰るように語る。

25　カスリ：神々が帰った後、まだ残っている雑鬼をもてなして送り返す儀礼。
26　後迎え：すべての巫祭が終わり、祭主は注連縄を張り、一週間言動を慎み、七日目の日に巫覡のシムバンを呼んで、まだ帰らないで残っている神々をもてなして帰す儀礼。

以上のように、「地蔵本解」は、「十王迎え」などの祭事のなかで唱えられるものである。その「地蔵本解」は、

○

地蔵よ、地蔵よ。地蔵の本よ。どこが本なのか。
南山国が本よ、礼山国が本よ。
南山と礼山は子がなくて、フゥーとため息をつくとき、
どこの神堂が、どこの寺が、
霊給が良く授徳が良いのか。
東観音の恩重殿、西観音の金法堂、
南観音のノガン殿、北恒山の龍宮殿、
授徳が良いと（聞き）、
南山と礼山が、笠を作る布を九万張り、袈裟地を九万張り、
上白米を一千石、中白米を一千石、下白米を一千石、
百斤は、斤量は秤で測り、水陸斎（申し子祈願）を行ったので、
西陽主の地へ、地蔵姫は、
そろりそろりと湧き出て（生まれて）きたのだ。

（玄容駿氏本）(20)

○天主王の本を解こう。地府王の本を解こう。
南山国の本を解こう。礼山国の本を解こう。
南山と礼山は子供がなくて、二十、三十、四十に近くなるけれども、
男女いずれにしろ子宝がなく、嘆いていました。
西天江の神野に桑の木を植えて、桑の木を育てて、
桑の木の葉をひと葉ひと葉取って蚕に飯を与えます。
蚕を寝かせます。蚕の卵を出し、絹を織ります。
荒い絹を束ね、細かい絹も束ねて東桂南恩重寺に行き、
願仏堂で水陸斎（申し子祈願）を行なうとき、老僧は法鼓を打ちます。
若い僧はバラを打ちます。小師僧は小鼓を打ちます。大師僧は菩薩を唱えます。
願仏水陸（申し子祈願）を行ったので地蔵姫君は西陽主の地に湧き出て（生まれて）きます。

（張籌根氏本）(21)

と始めるもので、死者鎮魂の神や蚕神としての職能を持ち、屠殺を行う白丁集団の守護神でもある地蔵姫の由来を叙述する本地物語である。その梗概はおよそ、次のようである。

〈発端〉

（一）男山国と女山国の間には子がなくて、寺に申し子祈願をしてから地藏姫が誕生した。一歳の時には母の膝元で茶目を立てながら遊んで、二歳の時には父の膝元で遊んだ。三歳の時は祖母の膝元で、四歳の時には祖父の膝元で甘えながら幸せに暮らした。［申し子誕生］

（二）ところで五歳からはいろいろな厄運が重なった。その年には母が亡くなってから家事を手伝わなければなら

なかった。六歳には父が亡くなり、頼る所がなくなった。七歳には祖父と祖母さえ亡くなって血筋は皆途切れてしまった。　［実家の家族の死］

〈展開Ⅰ〉

（三）　仕方なく、母方の叔母の養女として入ったが、虐待に遭うのが常だった。犬が食べた器にご飯を受け、鼠が食べたお皿に食べ物を受け取った。学ぶこともできなくて遂に路上へ追い出された。天の玉皇上帝のところから鳥が下ってきて一羽では敷布団を敷き、片羽では覆って保護してくれた。空から服を与えられ、ご飯もくれたので飢え死にはしなかった。　［姫の追放・流浪］

（四）　十五歳になった時、親はいない子であるが、善良だといううわさが自然に広まった。このうわさを聞いた序数王の文氏一家が結婚を提案してきた。良い家に嫁に行って家財もよく取り揃え、息子を生んで幸せに暮すようになった。　［結婚］

（五）　地蔵姫は良い嫁、よく働く嫁だと皆に喜ばれ、田んぼや畑、家畜などまで譲られるが、幸せも束の間、十六歳で夫の祖父母に死なれ、十七歳で舅に死なれ、十八歳で姑に死なれ、二十歳になった時には夫が死に、二十一歳には子供まで皆死んでしまった。　［夫・子供などの死］

〈展開Ⅱ〉

（六）　自分の身の上を嘆き悲しみながら、二十二歳になった時、仕方なく小姑の家に入ったが、蚤、虱のたかった生活をしていた。小姑は地蔵姫を家政婦のようにこき使い、虐待がひどく一緒に暮すことができなかった。　［姫の苦難・流浪］

（七）　偉い小姑は怠けもので掃除も洗濯もしなかった。掃除を済ませ、小姑の洗濯物を頭に載せて洗濯をしに川に向かう時、ため息しか出なかった。ちょうど東の方から大師（博士）が来たので自分の運勢を占った。「最初は良い運勢だが、途中は悪い。半ばは悪いが最後は良いね」と言われる。「それでは私一人身でどのようにしたら良いでしょうか」と聞くと、「実家の亡きご両親、亡き夫のご両親、可愛そうな亡き夫、亡き息子のために、セナムという死者慰霊のクッをしなさい」といわれる。

［大師の占い］

（八）地蔵姫は小姑の家を出て、大師（博士）のいわれた通り、山に入り木を切って船を作り、それに乗って西天西域国（西天竺）に上って桑種と蚕種をもらう。

［昇天］

〈結末〉

（九）桑種と蚕種を持って地上に下りてきて、桑の種を川辺に植えた。芽が生え、桑の木はますます成長し、葉も茂った。地蔵姫は蚕を飼い、蚕が三度眠るまで待ち、真心をつくして糸を練って木綿を作った。このように地蔵姫は蚕を飼って糸を紡ぐ方法をはじめて学んだ。

［蚕の始まり］

（十）木綿を広げて、神様やあの世からの使いの差使《ちゃさ》が入って来る橋を掛けて、供え物を捧げ、楽器を整え餅を作り、死者慰霊祭の「セナムクッ」を行い、亡くなった母、父、祖母、祖父、夫、子供のための供養を行った。

［慰霊・鎮魂］

（十一）地蔵姫は苦労の中でも良いことをたくさんしたので、死んでから鳥になった。

［鳥転生］

そして「地蔵本解」の最後は、

○ 頭からは頭痛鳥が生まれ、
目からは睨みの鳥、鼻からは悪息鳥（悪臭鳥）、
口からは人別れ鳥、胸からは熱病鳥、

ひかがみからはよろよろ鳥が生まれる。
この鳥が取り付いて災厄を招く。
この鳥を追い払おう。（中略）
この地蔵は何を起こした地蔵なのか。
ボンジュジグワン、歳はいくつなのか。
イルワ地蔵、地蔵菩薩の本を解きました。
（玄容駿氏本）(22)

○

死霊の初供養で道が開きます。
次の死霊供養祭で道が開きます。
三回目の死霊供養祭で道が開きます。
三回目の供養祭で道が開いたので地蔵姫は功徳を積みました。
鳥の身になります。
天王鳥の身、地王鳥の身に生まれ変わります。
（張籌根氏本）(23)

と、地蔵姫が死んで鳥に転生する叙述を持って終わる。このように「地蔵本解」は親や実家の家族をはじめ、夫・子供・嫁先の家族など、すべてをなくした地蔵姫が死者の慰霊祭である「セナムクッ」を行うため、木船を作って天に昇り、西天竺で蚕の種、桑をもらってきて、蚕を飼って木綿を作り、それを神様にささげ、自らもその木綿で作った服を着る。そして地蔵姫は恨みを持って亡くなった家族たちの霊をあの世に無事に送り届ける「セナムクッ」を行い、最後には鳥に生まれ変わったというものである。

二　「地蔵本解」の諸本と異同

管見し得た「地蔵本解」は、次の通り七本である。

① 玄容駿・金栄敦両氏『重要無形文化財指定資料（済州島ムーダンクッ遊《の》び《り》）』（一九六五・八、男巫のシムバン・金マンボ氏口誦）

② 秦聖麒氏『済州島巫歌本解辞典』（A）（一九九一・十、シムバン・女巫の徐ウォルソン氏口誦）

③ 秦聖麒氏『済州島巫歌本解辞典』（B）（一九九一・十、男巫の朴ナムハ氏口誦）

④ 玄容駿氏『済州巫俗資料事典』（一九八十・一、男巫の安仕仁氏、男巫の洪相玉氏、男巫の金万宝氏、女巫の高花玉氏、女巫の安順心氏口誦）

⑤ 張籌根氏『韓国の民間信仰』（一九七三・九、男巫の高大仲氏口誦）

⑥ 済州伝統問題文化研究所『一九九四年トンキムニョン　ジュンダンクル大クッ資料集』（二〇〇一・二、男巫・李ジュンチュン他四人口誦）

⑦ 文ムビョン氏『済州島巫俗神話十二本解資料集』（一九九八・二、男巫の鄭テジン氏口誦）

これら七本の「地蔵本解」を対照して示すと次のようになる。

段落	モチーフ／諸本	①玄容駿・金栄敦両氏本	②秦聖麒氏本（A）	③秦聖麒氏本（B）	④玄容駿氏本	⑤張籌根氏本	⑥済州伝統問題文化研究所本	⑦文ムビョン氏本
発端	(一)［申し子誕生］	○	×	○	○	○（蚕の始まり）	○	○
	(二)［実家の家族の死］	○	×	○	○	○	○	○
展開Ⅰ	(三)［姫の追放・流浪］	○	×	○	○	○	○	○
	(四)［結婚］	○	○	○	○	○	○	○
	(五)［夫・子供などの死］	○	○	○	○	○	○	○
展開Ⅱ	(六)［姫の苦難・流浪］	○	○	○	○	○	○	○
	(七)［大師の占い］	○	×	○	○	×	○	○
	(八)［昇天］	○	×	○	(○)	(○)	×	×
結末	(九)［蚕の始まり］	○	×	○	○	○（前出）	(○)	○
	(十)［慰霊・鎮魂］	○	○	○	○	○	○	○
	(十一)［鳥転生］	○（鳥追い歌）	(○)	○（鳥追い歌）	○（鳥追い）	○	×	○

表のように、各伝承は多少の異同はあるが、その内容が大きく違うものではない。諸伝承の中で①③④はすべてのモチーフが揃っており、善本といえるものであるが、これらには先ほど述べた鳥追いの歌が語られることが注目される。

韓国済州島の巫覡・シムバンによる「地蔵本解」は、蚕の由来を語る点では日本の「オシラ祭文」と類似しているが、馬と姫との情愛の深さを強調して語られている日本の伝承とは大きく相違していると言える。

三 「地蔵本解」と民間説話の「蚕伝説」

韓国全羅南道長城郡珍原面には、次のような「蚕伝説」(24)が伝承されている。

(一) 昔、馬韓の地に臼斯烏旦国という国があった。戦さがうまくいかないのを嘆いている父王に対して一人娘の姫君は、「敵将の首を取ってきた者には賞金とともに姫の婿にする」という宣布をするように勧めた。姫君の話に王は激怒したが、やさしい姫君の固い決心に動かされ、全将兵にその旨を知らせた。〔戦争出征と結婚約束〕

(二) その時、宮中の裏庭から馬の嘶きが聞こえてきて、宮中を抜け出し外へ走っていく姿が目撃された。明け方になると勝利の知らせがきて、馬の嘶きが聞こえてきたので王が裏庭へ行ってみると、馬が敵将の首をくわえて戻ってきていた。王は馬の手柄を褒め称え厚く待遇し、王の馬に昇格させた。父王の反対にもかかわらず姫君は馬との約束を履行するようにと迫り、約束通り馬と結婚して一生一緒に暮らしていきたいと言った。〔姫の結婚意志〕

(三) いくら約束とは言え馬であったので、姫君と結婚させるわけにはいかなかった王は激怒して馬の殺害を命じ、姫君は泣き叫んで阻止したが、しばらくすると裏庭から馬の悲鳴が聞こえてきた。〔約束不履行と馬の死〕

(四) その後、王は不本意にも殺してしまった馬を哀れんでその皮だけでも保存しようと思って裏庭の木の枝に剥ぎ取った馬の皮を乾した。姫君は馬の死を泣き悲しみ、一日に必ず二回は馬の皮を撫でることが日課になった。〔馬への鎮魂〕

(五) ある日、裏庭から姫君の悲鳴が聞こえてきた。皆がその場所へ行ってみると、一陣の突風が吹き、馬の皮が姫君を包んで空高くに飛び去った。〔昇天〕

（六）　突然の出来事に王は驚き、春になり姫君を連れ去った馬の皮が田舎のある木の上にかかっているという報告を受けた王がすぐさま駆けつけてみると、馬の皮はほぼ腐った状態で木の上にかかっていた。そこで馬の皮を剥いでみると、中に異様な虫がうごめいており、口は馬の口、体は姫君の柔らかい肌に似ていた。王はその虫を大事に育てるように命じ、国の人々にもお触れが広まった。その虫がすなわち蚕であり、馬の皮がかかっていた木がすなわち桑の木であった。そして蚕が糸を口から出して繭をつくるのは姫君の優れた刺繍のやり方に倣ったものであると言う。蚕を生で食べると美しくなるという伝説がこの地方には婦女の口を通じて今もなお伝わっている。〔蚕の始まり〕

以上の蚕の由来を語る韓国の説話は、（一）〔戦争出征と結婚約束〕、（二）〔姫の結婚意志〕、（三）〔約束不履行と馬の死〕、（四）〔馬への鎮魂〕、（五）〔昇天〕（六）〔蚕の始まり〕のモチーフ構成になっているが、後で述べる、日本の「蚕の本地」ほど、姫の馬への情愛の深さは強調して語られていない。しかし日本の伝承と同じく姫と馬の恋を主題としている点では、次にあげる中国の「馬娘婚姻譚」との距離を大きく置くものである。

四　中国の「馬娘婚姻譚」(25)

（一）　大昔、ある大官が遠方に出征し、その家には姫君一人と牡馬だけが残っていた。姫君はその馬を飼っていたが、寂しい家での一人暮らしのせいか、父親が恋しくなり、戯れに「汝能く我がために父を迎えて還らば、吾は汝に嫁ぐべし」と言った。〔戦争出征と戯れの結婚約束〕

（二）　すると馬はこの話を聞いて手綱を断ち切って直ちに父親のところに至った。父親は驚き喜んで馬に乗り、馬は自分が来た方向に向ってしきりに悲しそうな泣き声をあげた。父親は「家に異変が起きたにちがいない」

と思って、急いで家に帰る。そして父親は「畜生の身でありながらたいしたものだ」と感心し、秣《まぐさ》などをたくさん与えて厚くもてなした。しかし、馬は見向きもせずに姫君が出入りするのを見ては喜んだり怒ったりして身をふるわせ、足を踏み鳴らした。〔馬の横恋慕〕

（三）こういうことが一度二度ではなかったので不思議に思った父親はひそかに詳細を聞くと、姫君は事のすべてを告げた。父親は姫君にこのことは家門の恥になるからお前は家から出たらいけない」と言って、石弓をしかけて馬を射殺し、皮を剥いで庭に晒した。〔馬の死〕

（四）父親の留守中、姫君は隣の娘と馬の皮の側で遊んでいたが、その皮を足で踏みながら、「お前は畜生のくせに人間を妻にほしがるなんてとんでもないことだ。殺されて皮を剥がされたのも身から出たさびだわ。なんだってそんな馬鹿な真似をしたのよ」と罵る。〔姫君の罵り〕

（五）その言葉が終わらないうちに、馬の皮ががばっと起き上がって姫君を巻き込んで空高く飛び去った。隣の娘はおろおろするばかりで恐くなって救うこともできず、姫君の父親にこのことを告げた。父親が姫君の後を追って探してみたが、もう姿は見えなかった。〔昇天〕

（六）その後、二、三日経ってから庭の大きな樹の枝に娘と馬の皮が発見された。どちらも蚕と化して糸を吐いていた。その繭は糸の捲き方が厚く太く、普通の世のものとは違った。隣の娘がこの蚕を下ろして飼い育てると、通常のものの数倍も糸が取れた。そこでその樹を桑と名づけた。桑とは喪という意味である。それからというもの世の人は競ってこの種を育てるようになった。今世間の人が飼っている蚕がこれである。それを桑蚕と呼ぶのは伝説の蚕の名残をとどめているのである。〔蚕の始まり〕

小南一郎氏[26]よれば、上記の『捜神記』などに記載されている文献説話以外にも日本の蚕伝承に通じる民間説話が四川盆地の北部地域、長江の下流地域などに多数伝承されているという。そこで中国と韓国の伝承を比較対照して示すと次のようである。

段落	モチーフ＼諸本	韓国の「地蔵本解」	韓国の「蚕伝説」	中国の「馬娘婚姻譚」
発端	(一)［申し子誕生］	○	［戦争出征と結婚約束］	［戦争出征と戯れの結婚約束］
	(二)［実家の家族の死］	○	X	X
展開Ⅰ	(三)［姫の追放・流浪］	○	X	X
	(四)［結婚］	○	○(約束履行・恋)	［馬の横恋慕］(約束不履行)
	(五)［夫・子供などの死］	○	○(馬のみ)	○(馬のみ)
展開Ⅱ	(六)［姫の苦難・流浪］	○	X	X
	(七)［大師の占い］	○	X	X
	(八)［昇天］	○	○	○
	(九)［蚕の始まり］	○	○	○
結末	(十)［慰霊・鎮魂］	○(慰霊祭)	○(毎日二回、馬を撫でる)	X
	(十一)［鳥転生］	○	X(繭を作る)	X(繭を作る)

以上のように、韓国済州島の巫覡・シムバンによる「地蔵本解」と民間説話の「蚕伝説」は、そのモチーフ構成においてきわめて類似するものであるが、従来学界では、両者の関わりを述べた論考はなかったのでここではじめて指摘しておきたい。

右の表のように韓国の蚕伝説と中国の馬娘婚姻譚の大きな違いは、(一)の［申し子誕生］のところで「戦争出征と娘の結婚約束」という叙述が見られる点では類似しているが、中国側の伝承は、その結婚約束が戯れの約束であり、それが後の結婚不履行に繋がっており、馬と姫との関係が始終上下関係で語られているのが特徴である。これに比べ韓国の伝承は、姫君が馬との約束を実行し、馬と姫との情愛が日本の伝承ほどではないが、姫が馬に同情して親に結婚を迫るという点では中国の伝承よりは日本の伝承に近いと言えよう。

五 「オシラ祭文」の伝承―祟る神、鳥としての「オシラ神」―

日本東北地方、特に北東北の青森、岩手、宮城の家々で祀られ信仰されている「オシラサマ」は、男女二体で一対をなす神である。北上市博物館編『特別展 北上地方のオシラサマ』[27]には「オシラサマ」について詳しくまとめられている。それによるとこの神は「オシラサマ」と呼ばれることが多いが、岩手県では「オシラボトケ」「オシラガミ」「十六膳様」、福島県では「オシンメイサマ」、山形県では「オコナイサマ」、宮城県では「オッシャサマ」など、様々な呼び名がある。ご神体は桑の木や竹の木などで長さ三十センチぐらいの人体の形に作り、男神の方は烏帽子を被せた形、馬頭、僧侶などの形に頭部が刻まれ、女神は姫の形に刻まれたものや単に棒の先に眼鼻を付けたものもある。棒の頭のところを包み込むようにくるむ包頭形（包頭衣形）と四角い布の中心に丸く穴を空けてそこから頭を出すように被せて着せる貫頭形（貫頭衣形）の両方があるといわれる。

「オシラサマ」の祭日は一月十六日が一番多いが、三月十六日、八月十六日、九月一六日も多く、特に定まっていない家もある。「オシラサマ」は、普段は専用の箱などに納められ、神棚に祀られている例が多いが、仏壇の引き出しや押し入れに置かれることもある。「オシラサマ」は病気や災厄から家庭を守る守護神として信仰される一方、不遜な態度をとる場合は祟る神として恐れられている。祭りの日には神棚や床の間に机などを置き、祭壇を設けて「オシラサマ」のご神体を安置し、イタコという盲目の巫女を招いて祭りを行う。イタコは「オシラサマ」のご神体を左右の手に持ち蚕の本地物語である「オシラ祭文」を唱えながらこれを操る。これを「オシラサマ遊ばせ〈オシラボロキ〉」と言い、「オシラ祭文」を語るときは三人称で語り、神憑りの状態となり占いになると一人称で語る。このとき巫女のイタコは死者の霊を呼び寄せる口寄せをしてオシラ神の託宣を発することもある。この点は済州島の巫覡のシムバンによる「地蔵本解」が機能する「十王迎え」において死霊の口寄せをするのに対応する。このように「オシラサマ」はイタコの祀る神であり、「ボロギ」は韓国語の「ブルギ」、すなわち「呼ぶ」の意味に対応するものであるが、「オシラサマ」は古代朝鮮半島の新羅や高句麗から渡来した神であるという説もある。(28)「オシラボロキ」とは「オシラサマ」を祭りの場に呼び降ろして遊ばせる意味であろう。川島秀一氏によれば、(29)「オシラサマボロキ」の時には、新しい「オセンダク」という布切れの衣装を着せるという。岩手県北上市周辺では木綿を着せられていることが多いが絹、麻もあり定まっていない。

韓国済州島のクッの中で、前庭に大竿《たんで》という神竿を立てるが、「三千兵馬竿」とも呼ばれ、高さが六～七メートルぐらいで竹で作られる。この竹竿は白木綿で包み上げ、竿の頭の部分は青い葉の付いた竹笹を括り付け被せるのであるが、筆者はこの神竿が日本の包頭形の「オシラサマ」の神体に通じるものと考える。また「オシラサマ」の神体は、韓国の盲覡が長さ三十センチぐらいの竹製の神竿で神を降ろし、悪霊などを追い払ったりするときに使う神竿にも似通っている。

「オシラ神」の頭部の形には「姫頭」「馬頭」以外にも「鶏頭」が存在する。鳥は霊界に通じるものであり、霊そのものである。イタコの修行には四千数百の鳥の名を覚えなければならない。磐木の口寄せ巫女ワカが神霊を降ろすときの唱え言に「翼ぞろひ」(30)がある。

翼ぞろひ

雀と申す鳥は、聡聴な鳥で、親の最後と申す時に、つけた鉄漿《かね》もうちこぼし、柿のかたびら肩にかけ、参りたれば親の最後に逢ふたとて、日本の六十余州のつくりの初穂、神にも参らぬ其の先に、餌食と与へられ。

燕と申す鳥は、聡聴な鳥で、親の最後と申す時に、紅つけ、鉄漿《かね》つけ、引きかンざりて、参りたれば親の最後に逢わぬとて、日本の六十余州の土を、日に三度の餌食と与へられ、さらばこそ親に不孝な鳥なれど。

けらつつき申す鳥は、聡聴な鳥で、親の最後と申す時に、天笠さ、はやのんぼりて、親の最後に遇わぬとて、一ツの虫は日に三度の餌食と与へられ、さらばこそ親に不孝な鳥なれど。や、水ほし鳥と申す鳥は、よばはる声も恐ろしや、さらばこそ親に不孝な鳥なれど。

鶏と申す鳥は、聡聴な鳥で、親の最後と申す時に、干したる物をかきこぼし、干したるものを打ちこぼし、日に三度の餌食には、かき集めたるものを与へられ、さらばこそ親に不孝な鳥なれど（大正十五年八月十七日採集）

折口信夫氏(31)は「おしらあそびはイタコがおひなあそび（お雛遊び）、つまり鳥の遊びをするのだ」と述べておられる。韓国の「地蔵本解」でも地蔵姫が鳥に生まれ変わった後、鳥追い（鳥迎え）の歌を語っているが、これはこの「翼ぞろひ」によく対応している。『古事記』では、蚕は「幼虫（匐《は》ふ虫）、繭（殻）、蛾（飛ぶ鳥）」(32)となっており、三度生まれ変わり、死と再生を繰り返すものとして記されており、古い時代には「蚕の蛾」は鳥として認識されていたことがわかる。韓国の「地蔵本解」において地蔵姫が最後に鳥になったというのは蚕が殻を破って蛾になったということであろう。

日本の「オシラ祭文」では蚕が「オシラ神」になっており、蚕が鳥に転生する要素が希薄であるが、韓国の伝承では蚕神でもある地蔵姫が死んで鳥になったとあり、次の鳥追いの記述からもわかるように巫覡は鳥と深く関わる存在であった。

魂が抜け出るときの魂の鳥である。魂が抜け出るときの魂の鳥である。悪い鳥はいちいち追い払おう。天皇鳥を追い払おう。地皇鳥を追い払おう。人皇鳥を追い払おう。玉皇に鵬鳥、地下にトトク鳥、雀は賢い鳥、江南には燕、この鳥が取り付いて、姓は玄氏、六歳災厄を与える鳥、身の病を与える鳥、この鳥を追い払おう。あの鳥を追い払おう。腹の空いた鳥は米をやって追い払おう（迎えよう）。水のほしい鳥は水をやって追い払おう（迎えよう）。（中略）この鳥の本源がどこかといえば、昔々大昔、天の玉皇の文王星文道令とこの世のチャチョンビが恋愛し、ソスワンの娘が文道令に嫁入りしようと礼状まで送ったが失敗し、礼状を焼いて飲んでから戸を閉めて部屋に入った。三月と十日経ってから戸を開けてみると、絹で首を吊っていた。頭からは頭痛鳥が出、目からは睨みの鳥が出、鼻からは苦しい息の鳥、口からは別れの鳥、胸からは熱の鳥が出た。この鳥が取り付いて姓は玄氏、六歳災厄を与える。身の病を与える。この鳥を追い払おう。あの鳥を追い払おう。遠く遠くへ追い払おう。

（玄容駿氏本）(33)

「地蔵本解」において「地蔵姫」は死んで鳥になるが、「オシラサマ」も鳥としての性格が濃厚である。前述のように「オシラサマ」の神体には、頭部が「鶏頭」の形をしたものがあり、民俗学者の折口信夫氏は、巫女のイタコによる「オシラサマ遊び」を「鳥の遊び」と見なされていることから、「オシラさま」も死んで鳥になった「地蔵姫」と対応する存在であることがわかる。また地蔵姫が死んで鳥になり、敬遠される鳥として追っ払われる祟り神としての側面と、白丁の生業を守ってくれる守護神としての両面性は、オシラ神の供え物として鶏肉が避けられ、「オシラサマ」を乱暴に扱うと激しく祟られる側面と、一方では病気や災厄から家を守ってくれる守護神的な性格を同時に持っているオシラ神にも通じる。

六　「オシラ祭文」の諸本と異同

管見し得た「オシラ祭文（蚕の本地）」は、次のように昔話を含めて二十本である。このなかで1の「蚕祭文（シラアノサイモン）」は、宝暦十二～十三（一七六二～一七六三）年頃、書写されたものと推定され、文献の少ない「オシラ祭文」としては少し古いものと言えよう。この祭文を保持する千葉家は江戸時代、蓮珠院と号す羽黒派修験者の家で、「おしらさま」を一組所有し、歴代の妻女には羽黒山の神子職となっている者もいるのが興味深い。すなわち羽黒修験者と巫女が夫婦になっている点が注目される。

1　『蚕祭文（シラアノサイモン）』：伊藤博夫氏「蚕祭文―解題と翻刻―」（『奥羽史談』54〈北上市立博物館「平成十年度特別展　北上地方のオシラサマ」所収〉、遠野市立博物館第41回特別展「オシラ神の発見」所収）、「蚕祭文（シラアノサイモン）」は遠野市青笹町の千葉昭吾宅が所蔵されたもので宝暦十二～十三（一七六二～一七六三）年頃の書写されたものと推定。千葉家は江戸時代、蓮珠院と号す羽黒派修験者の家で、オシラサマを一組所有し、歴代の妻女には羽黒山の神子職となっている者もいる。

2　「しらあのさひもん」：阿部波雄氏蔵、小野市立博物館第41回特別展「オシラ神の発見」所収、阿部家も慈聖院という羽黒派惣触頭という修験者の家柄で綾織村社・月山神社の別当を務めた。奥書に安永五年（一七七六）の年号がある。

3　『せんだん栗毛物語』(34)：津軽地方のもの。中道等氏採集。採集年月、巫女の名などは不明。雑誌「民俗」3―3に発表。中山太郎氏『日本巫女史』（大岡山書店、一九三〇・三）の「第二編　第五章の二節　奥州に残存せるオシラ神考察」、「第三編　第二章　第一節　三　イタコのオシラ神の遊ばせ方」にも収載。

4　「きまん長者物語」：北津軽郡金木町新富町の中西イマ（四十二）より一九四一年七月十七日に今野円輔氏採録。

5　「きまん長者物語」：北津軽郡五所川原町の原住の巫女より内田邦彦氏の採集したもの。一九二九年刊の同氏著「津軽口碑所」所収。同書には祭文の題名はつけられていなかったので右の題は今野円輔氏がつける。

6　「きまん長者物語」：八戸地方。一九三六年清川はるし巫女より、小井川潤次郎氏が採録したもの。同氏著「おしら様の話」所収。谷川健一代表編『日本庶民生活史料集成』第十七巻の「民間芸能」（一九七二・十一、三一書房）所収。

7　「きまん長者物語」：上北郡藤坂村藤島の沢口三之助の記録より熊田多代子氏が筆写し、雑誌「旅と伝説」12―10に発表したもの。谷川健一代表編『日本庶民生活史料集成』第十七巻の「民間芸能」（一九七二・十一、三一書房）所収。

8　「しまん長者物語」：三戸郡是川村風張の大木まさ巫女より一九二九年春、小井川潤次郎氏が採集。同氏著「おしら様の話」および雑誌「東北文化研究」2―3に発表。谷川健一代表編『日本庶民生活史料集成』第十七巻の「民間芸能」（一九七二・十一、三一書房）所収。

9　「満能長者物語」：一九三一年三月八日、八戸市鍛冶町の泉山ふじ巫女より小井川潤次郎氏が採集。谷川健一代表編『日本庶民生活史料集成』第十七巻の「民間芸能」（一九七二・十一、三一書房）所収。

10　「満能長者物語」：一九二九年春、八戸地方。根城すゑ巫女より小井川潤次郎氏が一九二九年春に採集。同氏著「おしら様の話」所収。谷川健一代表編『日本庶民生活史料集成』第十七巻の「民間芸能」（一九七二・十一、三一書房）所収。文化庁文化財保護部編『民俗資料選集35　巫女の習俗Ⅵ』（財団法人国土地理協会、二〇〇七年・三月）の「第七章　巫女のオシラアソビ」にも所収。

11 「満能長者物語」：雑誌「民族」1―6に柳田國男氏が「某君」と記し、注をつけて発表したもの。
12 「シラオの本地」：陸中宮古市の山ノ目初枝より一九三二年八月に本田安次氏が採集。雑誌「旅と伝説」5―12に発表。
13 「きまん長者物語」(35)：一九四八年、気仙郡米崎町内の新沼クマノ巫女より金野静一氏採録
14 「金満長者物語」：一九六六年七月二十九日、青森県上北郡野邊地町馬門の小又よう巫女より録音したものを夏堀謹次郎氏が筆録。
15 「しまん長者物語」：陸前高田市高田町の熊谷ハツノ巫女より金野静一氏採録。
16 「オシラ祭文」(36)：津軽の巫女・葛西サナ女
17 「オシラ祭文」：津軽の巫女・笠井キヨ女
18 「オシラ祭文」：津軽の巫女・長谷川ソワ女
19 「オシラ祭文」：津軽の巫女・山本しおり女
★ 昔話「おしら様」（佐々木喜善氏『聴耳草紙』中外書房、一九三三）

さて、東北地方の巫覡・イタコによる「オシラ祭文」は、
○抑白神の御本地の委しく、尋ね奉るに、須弥山の麓に、四万長者とて長者一人ましまし、此の長者と申すわ四方に四方の蔵を立て、南方に七々波の泉をたたえ、蔵の宝は蔵に満ち、箱の宝は箱ににて、龍馬眷属に至る迄も、乏しき宝はましまさねど、男子にても女子にても、一人の子の無き事をなげき給う。ある時長者夫婦の人々は、南表の花ぞのに御でましまして、花を詠めてましします所に、燕と云う子鳥が十二の飼子をはごこむを見給へ

て……

（1の「蚕祭文（シラアノサイモン）」）

と始まり、白神《しらがみ》は四万長者の娘であり、その四万長者の娘の本地を語るものである。また別本の「オシラ祭文」では、

○はあ―あぁ―いや　そもそもゃおしらのさいもんくわしくよみあげたてまつる。きまんちょうじゃのだんなさま、えどのあさひのちょうじゃからせんだんくりげのにさいごまをかいもとめたや。みそだてなえのびょうぶやえのまに　あいのまくらをせんだんくりげのかたちはうつくしや。たつにせんだん　あゆむにせんだん　すわるにせんだん　さんぜんよだんのかたちをもちそえで　さざいごまになりそえたや。さてやよいめえばである。まえのかおがた見ればびじんやびなんのかおがたにもにる。けばなをみればなみがたにもみえる。まえのあしのふみあいみればちゃわんのふせたるごとし。あとのあしのふみあいみればれんげんだいのごとし。おかみをみればえどのひとくりのもかけたるごとし。

（17の「オシラ祭文」）

と始まり、「おしらさま」の由来を語る本地物語となっている。ここでは「きまん長者」が「朝日の長者」から二歳になる馬を購入して育てたという馬褒めが語られており、この馬褒めは日本以外には見えない日本的特徴と言える。

そこで、1の「蚕祭文（シラアノサイモン）」によって梗概をあげれば、次のようである。

〈発端〉

（一）　須弥山の麓に四万長者が住んでいた。長者夫婦は一人の子のないことを嘆き、長谷観音に申し子祈願をすると、長者は前世、馬で千里の野原を食いつくした因縁、御台所は小鷹で小鳥の子を取り食った因縁によって子種がないと告げられる。それでも子供がほしいと必死の思いで祈ると観音は「此の子必ず女子なるが、此のひめ十三と成るならば、夫婦の中に一人死する」といい、その後、「白神の種をば長者の右のたもとに入れ給へば、

長者請け取り、御台所の右の袂に入る」夢を見て、美しい姫君をもうける。〔申し子誕生〕

〈展開〉

（二）まもなく姫君は十三歳になり、春の頃花を眺めて家に帰って厩を見物したいと、数多くの名馬の中で父の秘蔵の梅檀栗毛をみるとその美しさは喩えようもなかった。両眼は月日のようであり、両耳の小さいことは法華経の軸を二つ並べたようであり、額は星の光をもらったように輝き、振髪は千松原の風に靡くようであり、背筋の下がりは筑紫弓のようであった。姫君は馬のこの姿を見て、「扨も美しのこの馬や。扨もゆう成る梅檀栗毛や」と、恋心を持ち、馬に取り付いて首を三度撫でて屋形に帰った。〔馬褒めと結婚〕

（三）それより馬は不思議にも糠草も食べず水も飲まず痩せ衰えたので、舎人は急いで長者に報告し、長者は博士を呼んで占わせると、馬の病気は姫君が手で馬の首を撫で、思いをかけたのが原因であるという。〔恋の病と博士の占い〕

（四）長者はこの旨を聞いて、「畜類に思いを懸けられし事の無念也」とひどく怒り、舎人に梅檀栗毛の馬を引き出して榎の下、桑の木の本で殺し、馬の皮を剥ぎ取らせた。〔馬の死〕

（五）梅檀栗毛の馬が桑の木の本で殺害されるという昼寝の夢をみた姫君は驚いて急いでその桑の木の本へ行ってみると夢の通り馬は無残にも殺されていた。姫君は梅檀栗毛の頭をひざに載せて、「浅間しき梅檀栗毛や此の世の縁は薄く共、来世は必ず二世の契りも深かるべし」と、嘆き悲しんで繰り返し語った。〔死者への鎮魂〕

（六）すると不思議にも天が俄かに曇って大風が吹き、稲光を伴う大雨が降りだし、天から梅檀栗毛の皮が下りてきて姫君をぐるぐると皮で引き包んで天に昇っていった。〔昇天〕

〈結末〉

（七）　驚いた長者がその場所に行って嘆き悲しんでいると、一人の老人が現れ、「汝嘆く事の理也、汝が姫は、本より白羅神の事なれば本の神所に返る也、是は天の蚕也、飼へ養へて、姫が嘆きをとどむべし」と語り、白き虫と黒き虫を取り出して長者の左右の袂に入れて消えた。長者夫婦は姫君と馬が西の榎の本、桑の木の下でなくなったのでそこの桑の葉を与えて大事に育てた。最初は圓（けむた）に入れて飼い、竹の子と名づけて竹の円座に入れて飼い、父子と名づけて銀金の船に入れて飼うと子供がたくさん増えた。次には庭（四眠）より起きたので庭子と名づけて七間四方の庭を掃除して、その庭に移して飼うと子供がさらに増えた。桑の葉を与え、萩を切り床のえびらに上げ、五色の石を五方に置き五色の幣を切り、銀の鉢に金のサンゴを入れその上に幣を立て、床に揃えた蚕を床子と名づけて床に上げ、悦んで祭りを行う。三日三夜身を慎み、その床を開けて見ると、八重桜のようにきれいな繭ができていた。長者は喜んで春蚕、夏蚕に金蚕、美濃蚕と、蚕の種を引いて次の年の春にも蚕を飼った。〔蚕の始まり〕

（八）　東方より南方へ断いて通る神は黒駒、南方より西方へ断いて通る神は黒駒、西方より北方に断いて通る神は黒駒、北方より中央に断いて通る神は黒駒、五方より断いて通る駒の音に福は益々入ってくる。蚕は四万長者より始まり、黒駒の本地、般若十六善神を敬って奉る。〔神々示現〕

そして「オシラ祭文」の末尾は、

○東方より南方ゑ、いば（断）いて通る神の黒駒、南方より西方へ、いばいて通る神の黒駒、西方より北方に、いばいて通る神の黒駒、北方より中央に、いばいて通る神の黒駒、五方よりいばいて通る駒の音に福わ入り増す、悪魔退く、蚕飼初め、此の四万長者より初め也、黒駒の本地、般若十六善神と敬白し奉る、再拝再拝、抑、唯今此の白羅の神のさゑもんをしすがふせ百やの中間にで、あざやがに読誦申し奉る事、家内案前御祈祷の為、御しやうてい（祥禎）しやうてい。　（1の「蚕祭文（シラアノサイモン）」）

と、姫と恋・結婚をした馬が神になっており、養蚕は四万長者より始められたこと、蚕神になった般若十六善神を奉るとあり、また別本では、

○かけたるきんこまゆは　きはくのみずで　てつのなべでにつめたや　にげんのためならばまわたにもなる　きぬいとにもなる　あやにしきにもおれる　よめにもならわせて　おらさくのように　おやのかおをみせてたがかいこのむしとあらわれて　いまではおやのおんかえしたしだいである。

さてやこうぼうさま　これはおんとさしてくださるようにおらてんからきもちまづふせてさんぜんろくせんのうちとおさめてしもいくんだりおしらじゅうろくぜんのしらがみさまとあらわれて　かないあんぜん　しょうばいはんじょうまもらせたもうごきとのため　そもやそも　（17の「オシラ祭文」）

と結ばれ、繭を鉄鍋に入れ、それを煮て、絹や木綿などを作ること、死んでも人間のために役立つ蚕の自己犠牲的な側面が語られている。『古事記』の「仁徳天皇」条には蚕と関わる記事が記されており、蚕の特徴がよく表れている。仁徳天皇の皇后・石之比売《いわのひめ》が山城の筒木の韓人《からびと》の奴理能美《ぬりのみ》の家に来て帰らないので天皇がその理由を聞くと、丸邇臣口子らが、「大后《おほきさき》の行幸《いでま》せる所以《ゆゑ》は奴理能美《ぬりのみ》が飼《か》へる虫、一度《ひとたび》は匐《は》ふ虫と為《な》り、一度は殻《かいご》と為り、一度は飛《と》ぶ鳥と為りて三色《みくさ》に変《かは》る奇《あや》しき虫あり。此虫を看行《みそこなは》さむとして、入《い》り坐《ま》せらくのみ。更《け》に異しき心無《な》し」と答えた。すると天皇も直接見物に行かれたという。ここで蚕は幼虫（匐《は》ふ虫）、繭（殻）、蛾（飛ぶ鳥）となっており、三度生まれ変わり、死と再生を繰り返していることがわかる。

濱中修氏は「中世神話と異文化―養蚕をめぐる貴女の物語」[37]において、蚕神の金色姫物語と修験道との関係について詳しく論じ、修験山伏の峰入り苦行・修行を通じての死と再生の思想が自己犠牲的な金色物語にも投影されている

というが、すぐれた指摘であると言えよう。自分の身を自ら殺して最後には蚕神となって人間に豊穣をもたらすという、死と再生を繰り返す蚕の自己犠牲的な側面は、韓国の「地蔵本解」において、地蔵姫が非運にもなくなった家族を救済するために、自ら地蔵神（蚕神）になり、死者をあの世に無事に送り届ける。そして死んでからは鳥に転生するという再生思想に通じるものである。

「オシラ祭文」の諸本をモチーフ構成に沿って対照して示すと次のようである。

発端	モチーフ＼諸本	1	2	3	4	5
発端	（一）［申し子誕生］	○（四万長者、長谷観音）	○（四万長者、長谷観音）	○（朝日の長者、ようひの長者、観世音、玉や御前、栴檀栗毛）	○（きまん長者、馬頭観音様、おしめ様、朝日の長者に二歳駒購入）	×（きまん長者、朝日の長者に二歳駒購入）
展開	（二）［馬褒めと結婚］	○（首を撫でる）	○（撫でる）	○（人間なら夫婦、三度撫でる）	○（名馬十九・二十歳の男変身、人間なら契る）	馬褒めのみ
	（三）［恋の病と占い］	○（舎人、博士）	○（舎人、法者）	○（伯楽、占い師）	○（舎人、馬頭観音に祈願、占いなし）	○（馬丁七人の家内、伯楽、占い師）
	（四）［馬の死］	○（舎人、西の榎木下の桑の木）	○（舎人、西の榎木下の桑の木）	○（栴檀栗毛の投げ捨てのみ、投げ捨てる前に姫と対面させ、馬を慰労）	○（栴檀栗毛の投げ捨てのみ）	○（皮を剥ぎ天竺の大木にはる）
	（五）［死者への鎮魂］	○（馬を膝に乗せ、語る）	○（馬を膝に乗せ、語る）	○（神楽見物、博士が大声を上げて、馬を呼ぶ歌）	○（神楽見物、殺害場所で馬探し、歌）	×
	（六）［昇天］	○（嘆く長者に老人現れ、姫君は元白神、天）	○（天）	○（天竺）	○（天竺）	○（天竺）
結末	（七）［蚕の始まり］	○（老人から白き虫・黒き虫、父子・竹	○（老人から白き虫・黒き虫、父子・竹	○（虫二十四匹降下、姫似の白き虫、馬似	○（七日間の姫の供養、赤き虫十二匹、白き	○（爺様顔は名馬似、婆様顔は姫似、赤き

	子・舟蚕・庭子、五色の幣を立てての祭り〈床子〉）	子・舟蚕・庭子、五色の幣を立てての祭り〈床子〉）	の黒き虫、庭子・竹子・舟子）	虫十二匹）	虫十二匹、白き虫十二匹）
（八）［神々示現］	○（黒駒の本地、白神の本地、般若十六善神）	○（黒駒の本地、白神の本地、般若十六善神）	○（姫は馬と共に十六善神示現））	○（家来は幽霊、天竺より白神降下、十六善の白神、二十三夜様）	○（十六羅漢のオシラ神）

6	7	8	9	10	11	12
○（きまん長者、清水観音、十六善しらあの神、前世譚、たげや姫）	○（きまん長者、清水観音、たけや姫）	○（しまん長者、清水観音）	×（まんのう長者、一の名馬）	×（まんのう長者、梅檀栗毛の名馬）	×（まんのうふ長者、十六善のしらの神、一の名馬）	×（鎌倉長者殿）
○（三度撫でる、人間なら契る）	馬褒めのみ	○（人間なら夫）	○（人間なら契る、三度撫でる）	○（人間なら契る、三度撫でる）	○（人間なら契る、三度撫でる）	○（人間なら愛し伏す）
○（舎人、博士、馬頭観音）	○（占い師、馬頭観音）	○（博士）	○（舎人、博士）	○（舎人、博士）	○（舎人、博士）	○（巫女に博士呼ぶ、）
○（舎人、かまが原、鎌倉刀、馬が舌を食い切る）	○（、皮をどこにはるか）	○（こんが川原に曝す）	○（舎人、馬が舌を食い切る、こんが川原に曝す）	○（舎人、馬が舌を食い切る、こんが川原に曝す）	○（舎人、馬が舌を食い切る、こんが川原に曝す）	○（舎人）
○（念仏を唱える）	×	○（死んだ馬に手を乗せて三度撫でる、お経読み、六万遍の念仏を唱えると死んだ馬の足がばたばた動く）	○（桑の木の曝した皮の発見、菩提の弔い、一部のお経読み、六万遍の念仏）	○（桑の木の曝した皮の発見、菩提の弔い、一部のお経読み、六万遍の念仏）	○（桑の木の曝した皮の発見、菩提の弔い、一部のお経読み、六万遍の念仏））	○（馬の蹄の跡発見、頭を下げて嘆く）
○（天竺の末代河原）	○（天竺の末代川）	○（天竺）	○（羽衣着て天竺）	○（羽衣着て西天竺）	○（西天竺）	○（天竺）

13	○（七日七夜の十二人神楽遊ばせ、白き虫九匹・黒き虫九匹、繭を釜で煮る）	（オシラ神）
14	○（白き虫・青き虫、父子・竹子・庭子・舟子、繭を釜で煮る）	（神降下、オシラ神送り）
15	○（七人の僧、七日七夜祈願、巫女に亀卜、黒き虫は馬、白き虫は姫、父子・庭子・舟子、竹子）	
16	○（三日三夜の法師巫女の神楽・神降ろし、七日夜に神下りる、玉手箱の中に姫の白き虫、馬の黒き虫、竹子・庭子・たき子。舟子）	（天竺より姫が降りる、しら山）
17	○（三日三夜の法師巫女の神楽・神降ろし、七日夜神下る、玉手箱の中に姫の白き虫、馬の黒き虫、父子・庭子・岩子・たき子）	（天竺より姫が降りる）
18	○（三日三夜の巫女の神楽・神降ろし、七日夜神下る、玉手箱の中に姫の白毛虫、馬の黒毛虫、父子・たき子・舟子）	（西天竺より神が降りる）
19	○（上都の巫女・田舎の博士に占わせ、念仏、黒き虫は馬の魂、白き虫は姫の魂、父子・竹子・舟子・庭子）	（白神）

13	○（金満長者、清水観音、前世譚、たぐや姫）	○（人間なら契る、三度撫でる）	○（博士、馬頭観音）	○（舎人、馬が舌を食い切る、こんが川原に曝す）	○（千日の念仏を唱える）
14	○（朝日の長者）	×	舎人、占いなし）	○（舎人、桑の木の枝にはる）	×
15	○（しまんの長者、清水観音）	○（人間なら夫）	○（博士）	○（こんが川原に曝す）	○（死んだ馬を姫の手で三度撫でる、お経
16	×（長者様、六十六匹の名馬飼育）	（馬褒めもほとんどなし）	○（伯楽、博士）	○（桑橋に捨て、天にはる、殻は土に埋め、桑の木を植えた）	○（神楽見物、桂大木に腰掛、姿を見せろと
17	×（金満長者、朝日の長者に二歳駒・栴檀栗毛購入）馬褒め）	○（烏褒めから始める、人間なら契る）	○（伯楽、氏神祈願、占い師、）	○（馬使い、姫が父に馬との恋を告白、馬の見舞い、奥山の桑林にうちかける）	○（神楽参詣、桂大木に腰掛、姿を見せろと
18	×（金満長者、朝日の長者に二歳駒購入）	○（馬ではないなら契る）	○（馬使い者、占い師）	○（馬使い者、川原に投げ捨てのみ）	（神楽参詣、弔いなし）
19	×（金満長者、朝日の長者に二歳駒購入））	○（人間なら衣食）	○（馬使い者、伯楽、薬師、占い師）	○（馬使い、皮を桑の木に掛けておく）	（神楽参詣、弔いなし）
★	×（百姓の爺様婆様、葦毛の馬飼育）	○（毎日木戸木に凭れてしきりに話、夫婦になる）	×	○（山畑の桑の木の枝）	（殺害の場所で泣く）

		読み、六万遍の念仏を唱えると死んだ馬の足がばたばた動く	歌う）	歌う）			
○（天竺の跋提河原）	昇天場面なし	○（天竺）	○（五色の雲に乗って天）	○（五色の雲に乗って天国）	○（五色の雲、船に乗って天竺）	○（天竺の中間で夫婦の契り結ぶ）	○（天）
○（九匹の白き虫・九匹の黒き虫、玉手箱で育てる、父子・舟子・繭を釜で煮る）	○（三月十六日に夫婦の契り、十月十六日に地上に降り、白き虫は姫、黒き虫は馬、父子・竹子・舟子・庭子）	○（七人のお坊さんに七日七夜の祈願、巫女の占いにより玉手箱降下、白き虫は姫、黒き虫は馬、父子・庭子・舟子・ただ子）	○（白き虫十二匹、赤き虫〈姫〉十二匹、黒き虫十二匹〈馬〉、繭を鍋に煮る）	○（十二匹の白き虫は姫、十二匹の黒き虫は馬、繭を鉄鍋に煮る）	○（一匹の白き虫〈姫〉、一匹の黒き虫〈馬〉）	○（虫十二匹）	○（臼の中に馬頭の形の虫）
			○（六十六代の白神様）	○（オシラ十六善神）	○（十六善オシラの神、久渡寺）	○（十六善のシラ神）	

右のように、諸伝本は長者の名前を「四万長者」「金満長者」「満能長者」、あるものは「朝日の長者」「鎌倉長者」などと相違しており、展開（二）〔馬褒めと結婚〕のところでは、「首を撫でる」「人間なら夫婦」「三度撫でる」「夫婦になる」「馬ではないなら契る」などのように異同が見られる。

また、（三）馬の恋の病に対して、長者の指示によって舎人（馬使い）が陰陽師系の博士、法者、伯楽などの巫覡を呼んで馬の病気を占わせたりするのが注目される。「オシラ祭文」の伝承地の東北地方は馬の産地であり、牧場、狩場という特殊な環境と馬への信仰が色濃く残された地域である。福田晃氏が指摘されているように(40)、この牧場には馬を通して神降ろしをする口寄せ巫女が存在し、そこにはまた陰陽師系の舎人、博士、法者、伯楽などの巫覡らが常住していたとされ、こうした東北地方の馬への信仰が「オシラ祭文」にも反映しているのではないかと考える。

こうしたことは「オシラ祭文」の五「死者への鎮魂」のところで、イタコ自身とも言える姫君が馬の殺害の場所へ行って馬の皮を発見し、死んだ馬に手を載せて三度撫でたり、お経を読み、念仏を唱えたりして馬の菩提を弔うとたちまち姫君は馬の皮に包まれて天に昇ってしまう叙述からも推測できる。

これには死んだ馬への鎮魂儀礼に口寄せ巫女が関与していることを示すものである。つまり、イタコが無残に死んだ馬の霊を呼ぶと、そこには神の馬が降りてきたこととなる。また、「オシラ祭文」では、馬の皮に包まれ姫君の行方がわからなかったときに、姫君の父親は神楽を奉納し、巫女または法者巫女などに祈願をさせて、いなくなった姫の行方を占っている。そこで巫女が神様（おしらさま）を降ろすと姫君が現れ、自分は西天竺で蚕神になったという託宣があり、その後、姫と馬の化身である虫が降りてくる展開となっており、これは巫女と陰陽師系の法者とが深く関わっていたことを示すものである。

さらに馬の殺害に馬使いの「舎人」が深く関わっていることが「オシラ祭文」に見えるのが注目される。舎人は姫君の父親の長者の指示のもとで、博士、法者、伯楽、占い師などを呼んだりしているが、これは舎人が巫覡の徒のリーダ的な存在であることを示すものであろう。「オシラ祭文」からはこうした馬使いの舎人とイタコとが深い関係にあったことが判断されるが、これと同様に、動物の殺害を仕事とする韓国の白丁の間で、「地蔵本解」の主人公である地蔵姫が彼らの守護神になっており、またその動物の霊を鎮める巫女の地蔵姫が白丁と深く関わっていることに繋がる問題と言えよう。

七　「地蔵本解」と「オシラ祭文（蚕の本地）」

韓国の「地蔵本解」と日本の「オシラ祭文」、また参考として中国の「馬娘婚姻譚」と韓国の蚕伝説を対照して示すと次のようになる。

	モチーフ	「地蔵本解」	「オシラ祭文」	〈参考〉中国「馬娘婚姻譚」	〈参考〉韓国の伝説
発端	（一）［申し子誕生］	○	○	×（戦争出征と戯れの結婚約束）	X（戦争出征と結婚約束）
	（A）［実家の家族の死］	○	×	×	×
	（B）［姫の追放・流浪］	○	×	×	×
展開	（二）［馬褒めと結婚］	○（結婚ノミ）	○	（馬の一方的な横恋慕、約束不履行）	○（父に結婚を迫る、約束履行）
	（三）［恋の病と占い］	○（後出、大師の占いノミ）	○（伯楽、博士、占い師）	×	×
	（四）［馬の死］	○（夫・子供などの嫁先での家族死）	○（舎人）	○	○
	（C）［姫の苦難・流浪］	○	×	×	×
	（3）［大師の占い］	○	○（前出）	×	×
	（五）［死者への鎮魂］	○（後出）	○（馬供養、念仏、神楽など）	×	○（後出）
	（六）［昇天］	○（姫が直接）	○（馬の皮に包まれ）	○（馬の皮に包まれ）	○（馬の皮に包まれ）
結末	（七）［蚕の始まり］	○	○	○	○
	（E）［慰霊・鎮魂］	○（慰霊祭のセナムクッ）	○（前出、姫探しの神楽、神降ろしと託宣）	×	○（毎日、馬の皮を撫でる）
	（八）［神々示現］	○（鳥転生）	○（オシラ神）	×	×

以上のように、韓国の「地蔵本解」と日本の「オシラ祭文」は、(一)〔申し子誕生〕から(八)〔神々示現〕のモチーフ構成になっているが、韓国の「地蔵本解」は、馬と娘の情愛をテーマとしないという点で日本の「オシラ祭文」と大きく違っている。「地蔵本解」だけに見られるものとしては、(A)〔実家の家族の死〕、(B)〔姫の追放・流浪〕、四〔夫・子供などの嫁先での家族死〕、(C)〔姫の苦難・流浪〕であり、韓国の「地蔵本解」は、家族の死による姫君の苦難・流浪が強調されていることがわかる。最初に述べたように「地蔵本解」は、十王に寿命の延長を祈願したり、人が死んだら十王に極楽浄土の世界へ安楽に送ってくれるようにとお願いをしたりする「十王迎え」の祭事で唱えられる祭文である。こうした死者への鎮魂儀礼的な要素が「地蔵本解」には色濃く表れていると言える。これに対して日本の「オシラ祭文」は、(二)〔馬褒めと結婚〕(三)馬の〔恋の病と占い〕などのモチーフを持ち、姫と馬との濃い情愛物語になっており、この点は中国の「馬娘婚姻譚」には見えない「オシラ祭文」だけに見られる特徴であった。

おわりに―「オシラ祭文(蚕の本地)」の成立背景と地蔵信仰―

以上のように、済州島の巫覡によって伝承される「地蔵本解」は、地蔵神や蚕神の由来を語る本地物語であるが、それは日本東北地方の盲目の巫女の伝える、蚕神の由来譚「オシラ祭文」と深い関連のあることが認められるものであった。従来学界では、両者の関わりを指摘し、具体的に論じた論考はなかった。

日本の東北地方には、韓国の「地蔵本解」のような死と再生を期待する「死者鎮魂儀礼」、「動物の犠牲儀礼」のような口寄せ巫女などの巫覡による祭文と儀礼が先行して存在したことが考えられる。それが東北地方の牧場、狩場という特殊な環境、馬の産地、馬への信仰とそこに常住していた巫覡の徒(口寄せ巫女、陰陽師系の修験山伏、博士、占い、舎人など）によって、中国・韓国の「馬娘婚姻譚」のような馬と娘を主題とした物語が後から取り込まれ、馬と娘との深い情愛が強調された「オシラ祭文」が誕生したと言えよう。

日本の「オシラ神」は、自分の身を自ら殺して最後には蚕神となって人間に豊穣をもたらすという、死と再生を繰り返す蚕の自己犠牲的な側面を持っているが、この思想は韓国の「地蔵本解」において、地蔵姫が自己犠牲側面を持っている蚕神になり、また非運にもなくなった家族を救済するために自ら地蔵神になり、死者をあの世に無事に送り届ける神となる。そして死んでからは鳥に転生するという再生思想に通じるものである。

地蔵姫は死んで鳥になるが、「オシラサマ」も鳥としての性格が濃厚である。「オシラサマ」の神体には、頭部が「鶏頭」の形をしたものがあり、巫女のイタコによる「オシラサマ遊び」を「鳥の遊び」と見なされていることから、「オシラサマ」も死んで鳥になった「地蔵姫」と対応する存在であった。また地蔵姫が死んで鳥になり、敬遠される鳥として追っ払われる祟り神としての側面と、白丁の生業を守ってくれる守護神としての両面性は、「オシラ神」の供え物として鶏肉が避けられ、「オシラサマ」を乱暴に扱われると激しく祟る側面と、一方では病気や災厄から家を守ってくれる守護神的な性格を同時に持っている「オシラ神」の性格にも通じるものであった。

地蔵姫の波乱万丈の苦難・流浪を語る「地蔵本解」は、自ら地獄に入り、民衆の苦を代わって受ける地蔵信仰が背景にあると言えよう。地蔵神のこうした自己犠牲的な性格は、身を自ら殺して最後には蚕神となって人間に豊穣をもたらすという日本の「オシラ神」と似通ったものである。

日本の「オシラ神」は、「桑木地蔵」とも呼ばれるところがあり、地蔵信仰とも深い関連があり、その点でも韓国の「地蔵本解」と繋がっていく(39)。お地蔵さんの「よだれかけ」を掛け替える行為は、オシラ神の服を着せ替える「オセンダク」ではないかという説もあるように「オシラ祭文」は、地蔵信仰とも関連がある。東北地方の北津軽郡金木町川倉は地蔵尊の信仰が強く、そこでは地蔵祭が行われるが、それを同町の雲祥寺が管理し、数多い地蔵像が祀られており、イタコが集まって仏の口寄せをするという。[40]そのときにオシラ様のご神体を小さな柳行李に入れて持っているイタコもいるということから「オシラサマ」は地蔵信仰とも関わっており、また「オシラサマ」はイタコの守護神として機能していることが考えられる。「オシラサマ」は、イタコの口寄せに欠かせないもので、津軽のイタコの成巫式には、地蔵信仰の盛んな弘前の久渡寺型のオシラサマを正面に祀り、その前で師匠が弓を打ち、新しくイタコになるその後ろに座っているということから成巫儀礼とも関わっている。[41]このように蚕の本地を語る日本の「オシラ祭文」と「地蔵本解」は、地蔵信仰とも深く関わって機能する神話であった。

注

（1）金賛會「本地物語『戒言・富士山の本地』と韓国の『七星本解』」（福田晃編『巫覡・盲僧の伝承世界　第三集』（三弥井書店　二〇〇六）、金賛會「日本と済州島の口碑文学比較―七星本解と蚕・富士山の本地」『韓国語文学と済州島』韓国言語文学会第五〇次定期学術大会（二〇〇九）。

（2）張籌根氏『韓国の民間信仰　論考篇』（一九七三　金花社）。

（3）玄容駿氏『済州島巫俗の研究』（一九八六　第一書房）、なお韓国語版として同氏『済州島巫俗研究』（一九八六　ソウル集文堂）が出版されている。

（4）野村伸一氏『韓国の民俗戯―あそびと巫の世界へ―』（一九八七　平凡社）。

（5）李秀子氏「巫俗神話の地蔵本解の祭儀的機能と意味」『梨花語文論集』第10号、同氏『済州島巫俗を通じてみた大クッの十二祭事の構造的原型と神話』（二〇〇四　ソウル集文堂）。

（6）金ホンソン氏「済州島〈地蔵本解〉の歌唱方式、神話的意味、祭儀的性格研究―特に十王迎えの〈地蔵本解〉を例証にして―」『韓国巫俗学』第10集（二〇〇五）。

（7）韓ジンホ氏「〈地蔵本解〉に込められた謎と口演方式考察―地蔵と鳥の意味、口演方式の特徴を中心に―」『耽羅文化』35号、（二〇〇九　済州大学耽羅文化研究所）。
（8）全ジュヒ氏「済州島の叙事巫歌〈地蔵本解〉の特殊性研究―叙事と祭儀的脈略の関係を中心に―」『口碑文学研究』第29集、（二〇〇九　韓国口碑文学会）。
（9）姉崎正治氏「中奥の民間信仰」『哲学雑誌』第135号（一八九七）。
（10）柳田國男氏「大白神考」『定本柳田國男全集』12、（一九六九　筑摩書房）、同氏「オシラ神の話」『文芸春秋』6の9（一九二八）、同氏「人形とオシラ神」（『民俗芸術』）2の4（一九二九）、『柳田國男集』12、同氏「人形舞はし雑考」『民俗芸術』1の1（一九二八）。
（11）折口信夫氏「鷹狩り操り芝居と」『折口信夫全集』17、同氏『日本芸能史ノート』の「鳥の遊び」、同氏「雛祭りの話」『折口信夫全集』3。
（12）今野円輔氏『馬娘婚姻譚』（一九六六　岩崎美術社）。
（13）楠正弘氏『庶民信仰の世界―恐山信仰とオシラサン信仰』（一九八四　未来社）。
（14）小南一郎氏「馬頭娘（蚕神）をめぐる神話と儀礼―オシラサマの原郷をたずねて」、田中雅一編『女神―聖と性の人類学』（一九九八　平凡社）。
（15）濱中修氏「中世神話と異文化―養蚕をめぐる貴女の物語」（沖縄国際大学公開講座委員会『沖縄国際大学公開講座8―異文化接触と変容』、一九九九　東洋企画印刷）。
（16）川島秀一氏「神おろしのオシラサマ―宮城県気仙沼地方の神様アソバセ」（『東北民俗』第30号（一九九六）、同氏『ザシキワラシの見えるとき―東北の神霊と語り』（一九九九　三弥井書店）、同氏「巫女が語るオシラサマ由来譚―岩手・宮城のオカミサンの伝承」（福田晃・荒木博両氏編『巫覡・盲僧の伝承世界　第一集』一九九九　三弥井書店）、「オシラ祭文の受容」『國文学』（一九九九　学燈社）。
（17）加藤敬氏『イタコとオシラサマ　東北異界巡礼』（二〇〇三　学研）。
（18）玄容駿氏『済州島巫俗資料事典』（一九六七　ソウル新丘文化社）。

(19)玄容駿氏『済州島巫俗の研究』(一九八六　第一書房)。
(20)玄容駿氏『済州島巫俗資料事典』(一九六七　ソウル新丘文化社)。
(21)張籌根氏『韓国の民間信仰』(一九七三　金花舎)。
(22)玄容駿氏『済州島巫俗資料事典』(一九六七　ソウル新丘文化社)。
(23)張籌根氏『韓国の民間信仰』(一九七三　金花舎)。
(24)朴栄濬氏『韓国の伝説』(一九七二　韓国文化図書出版社)。
(25)干宝著、竹田晃訳『捜神記』巻十四、(～三三六年　平凡社)。
(26)小南一郎氏「馬頭娘(蚕神)をめぐる神話と儀礼―オシラサマの原郷をたずねて」田中雅一編『女神―聖と性の人類学』(一九九八　平凡社)。
(27)北上市立博物館『特別展　北上地方のオシラサマ』(一九九八)
(28)大和岩雄氏『秦氏の研究』(一九九三　大和書房)、布目順郎『養蚕の起源と古代絹』(一九七九　雄山閣)、北上市立博物館『特別展　北上地方のオシラサマ』(一九九八)。
(29)川島秀一氏『憑依の民俗』(二〇〇三　三弥井書店)。
(30)中山太郎氏『日本巫女史』大岡山書店の「第三編　第二章　第二節　イタコのオシラ神の遊ばせ方」(一九三〇)。
(31)折口信夫氏『日本芸能史ノート』中央公論社の「鳥の遊び」(一九五七)。
(32)『古事記』仁徳天皇条。
(33)玄容駿『済州島巫俗資料事典』(一九六七　ソウル新丘文化社)。
(34)以下3～12の資料は、今野円輔『馬娘婚姻譚』民俗民芸双書7(一九五六　岩崎書店)。
(35)以下13～15の資料は、谷川健一『日本庶民生活史料集成』第十七巻の「民間芸能」、(一九七二　三一書房所収)。
(36)以下16～19の資料は、文化庁文化財保護部『民俗資料選集15　巫女の習俗』(一九八六　財団法人国土地理協会所)。
(37)濱中修氏「中世神話と異文化―養蚕をめぐる貴女の物語」(沖縄国際大学公開講座委員会『沖縄国際大学公開講座8―異文化接触と変容』、一九九九　東洋企画印刷)。

（38）福田晃氏『神道集説話の成立』「第四章　甲賀三郎譚の管理者（三）―信州滋野氏と巫祝唱導〈二　馬の家とお白神〉〈三　鷹の家と信濃巫〉」（一九八四　三弥井書店）、同氏『中世語り物文芸―その系譜と展開　三弥井選書8』「小栗語りの発生―馬の家の物語をめぐって」（一九八一　三弥井書店）。

（39）北上市立博物館『特別展　北上地方のオシラサマ』（一九九八）。

（40）今野円輔氏『馬娘婚姻譚』（一九六六　岩崎美術社）。

（41）川島秀一氏『憑依の民俗』（二〇〇三　三弥井書店）。

参考文献

○張籌根氏『韓国の民間信仰　論考篇』（一九七三　金花社）。

○玄容駿氏『済州島巫俗の研究』（一九八六　第一書房）、なお韓国語版として同氏『済州島巫俗研究』（一九八六　ソウル集文堂）が出版されている。

○野村伸一氏『韓国の民俗戯―あそびと巫の世界へ―』（一九八七　平凡社）。

○李秀子氏「巫俗神話の地蔵本解の祭儀的機能と意味」『梨花語文論集』第10号（一九八九）、同氏『済州島巫俗を通じてみた大クッの十二祭事の構造的原型と神話』（二〇〇四　ソウル集文堂）。

○金ホンソン氏「済州島〈地蔵本解〉の歌唱方式、神話的意味、祭儀的性格研究‐特に十王迎えの〈地蔵本解〉を例証にして―」『韓国巫俗学』第一〇集（二〇〇五）。

○金賛會「本地物語『戒言・富士山の本地』と韓国の『七星本解』」（福田晃編『巫覡・盲僧の伝承世界　第三集』二〇〇六　三弥井書店）、金賛會「日本と済州島の口碑文学比較―七星本解と蚕・富士山の本地」『韓国学と済州島』韓国言語文学会第五〇次定期学術大会（二〇〇九）。

○韓ジンホ氏（「〈地蔵本解〉に込められた謎と口演方式考察―地蔵と鳥の意味、口演方式の特徴を中心に―」『耽羅文化』35号（二〇〇九　済州大学耽羅文化研究所）。

○全ジュヒ氏「済州島の叙事巫歌〈地蔵本解〉の特殊性研究―叙事と祭儀的脈略の関係を中心に―」『口碑文学研究』第二九集

（二〇〇九　韓国口碑文学会）。
○加藤咄堂氏『日本宗教風俗志』（一九〇二　森江書店）、同氏『日本風俗志　上・中・下』（一九一七　大鐙閣）。
○金田一京助氏「蝦夷とシラ神」『民俗学』1の1『金田一京助選集　第二巻』（一九二九　三省堂）、一九六一年所収、同氏「オシラ様考―馬鳴像から馬頭娘及び御ひらさまへ―」『民俗学』5の11（一九三三）、『金田一京助選集　第二巻』（一九六一　三省堂）。
○喜田貞吉氏「オシラ神に関する、二・三の臆説」上・下　『東北文化研究』1の1、1の3（一九二八）、同氏「オシラ神の形態に関する臆説」（『東北文化研究』2の3、1の3（一九二八、一九二九）、『喜田貞吉著作集』一一（一九八〇　平凡社）、同氏「松前地方のオシラ神」『東北文化研究』1の6（一九二九）。
○佐々木喜善氏「オシラ神に就いての小報告」『東北文化研究』1の1（一九二八）。
○田村浩氏「オシラ神の考察」『郷土研究』5の1（一九三〇）。
○山本六洲氏「オシラサマ研究」『東北文化研究』2の5（一九三〇）。
○及川大渓氏「オシラサマと芸能」『岩手史学研究』第四二号）（一九六三）。
○今野円輔氏『馬娘婚姻譚』（一九六六　岩崎美術社）。
○徳田和夫氏「おしら祭文」稲田浩二・大島建彦・川端豊彦・福田晃・三原幸久氏『日本昔話事典』（一九七七　弘文堂）。
○楠正弘氏『庶民信仰の世界―恐山信仰とオシラサン信仰』（一九八四　未来社）。
○大和岩雄氏『神社と古代民間祭祀』大和書房の「第二章　民間信仰と白神祭祀」、「第六章　秦氏の祀る神々」（一九八九）、同氏『秦氏の研究』大和書房の「秦氏の祀る神社と神々」（一九九三）。
○佐治靖氏「オシラ神研究史」『福島県立博物館紀要』第9号（一九九五）。
○北上市立博物館『特別展　北上地方のオシラサマ』（一九八九）。
○大島建彦氏『民俗信仰の神々』の「生産の場の神々」（二〇〇三　三弥井書店）。
○川島秀一氏『憑依の民俗』（二〇〇三　三弥井書店）。
○加藤敬氏『イタコとオシラサマ　東北異界巡礼』（二〇〇三　学研）。

○依田千百子氏『朝鮮の王権と神話伝承』（二〇〇七　勉誠出版）「第三章　渡来人の神話伝承―朝鮮渡来文化の足跡とその歴史的意義の一植物・養蚕の起源神話と渡来人」。
○文化庁文化財部『民俗資料選集　巫女の習俗』Ⅰ～Ⅵ（国土地理協会）。

第五章　創世神話「初監祭・天地王本解」考

―記紀神話とかかわって―

はじめに

世界がいつ誰によって創造され、人間はどのようにして生まれて現在に至っているのか。それは昔から人類の大きな関心事の一つであった。日本の記紀神話に準ずる韓国の『三国史記』や『三国遺事』とそれ以降に作られた文献のどこを見ても、一部その片鱗は留めているものの、創世神話についての記載は見られない。そこで従来、研究者の間では混沌とした宇宙空間から天地開闢などを語る創世神話が韓国には存在しないものとされてきた。しかし、韓国の創世神話は、民間の巫覡による本解（叙事巫歌）として豊富に伝承されてきた。にもかかわらず、これが文献に記載されなかった要因の一つとしては、高麗時代以前、古い神話を整理して記録する際に、歴史書中心の『三国史記』や『三国遺事』から創世神話が外された可能性が考えられる。また高麗時代以降は、儒教的思考方式に支配され、巫覡による創世神話などは非現実的で非科学的なものとして扱われ、それは主に婦女を中心とする民間信仰の一つとして機能し、公の舞台ではほとんどその姿を見せることがなかったためであろう。従って日本の記紀神話などのように創世神話が体系的に整理され、成長することもなく、地域によって少しずつその様相を異にしながら巫覡によって口頭で伝承されてきたのである。特に済州島は韓国本土と比べ、海に囲まれた島としての地理的要因もあって、巫覡による創世神話などが儀礼とも結びつき、完璧とまでは言えないが体系的であり、その始原の姿をよく保ちながら濃密に伝承されてきたのである。

韓国の創世神話をはじめて記録に留めたのは、民俗学者として日本でも名の知れる孫晋泰氏であった。氏は一九二三年、今の北朝鮮地域の老巫女から創世神話を聞き取り、『朝鮮神歌遺篇』（東京、郷土文化社）に「創世歌」という巫歌として収録された。その後、赤松至誠・秋葉隆両氏は済州島のシムバン（巫覡）の語る創世神話について聞き取り調査を行い、「初監祭」（『朝鮮巫俗の研究（上）』一九三七　朝鮮総督府）として収載されている。戦後に入っては、張籌根氏が一九六二年、済州島の男巫から聞き取った創世神話が「あめつちの創め」（『韓国の民間信仰　資料編』金花舎）として報告され、一九六四年には、任晳宰氏「済州島で新たに得たいくつかのもの」（『済州島』第十七号）によって、創世神話「配布都業チム」が紹介されている。続いて一九六五年には北朝鮮の咸南から韓国に避難してきた老巫女から聞き取った創世神話「聖人《せん》クッ」（任晳宰・張籌根両氏『関西地方巫歌（追加篇）』文教部）が採録されており、一九五九年～一九六七年には済州島の男巫の口述した創世神話が「初監祭」（玄容駿『済州島巫俗資料事典』新丘文化社）としてまとめられている。また一九九四年には、死者の魂をあの世に送り届ける「十王迎え」のなかで語られる創世神話「十王迎え　初監祭」（『済州島大クッ資料集』）が済州伝統文化研究所によって採録されており、最近では同じく「十王迎え」のなかで唱えられる創世神話が済州大学耽羅文化研究所（許南春所長、『耽羅文化叢書二一　ドンボク鄭ビョンチュン宅　十王迎え』）によって紹介されている。このように韓国の創世神話は諸氏の苦労や努力によって様々な伝承が採集されており、その伝承地域は、北朝鮮地域の咸南咸興や平北江界地域、半島中部の烏山地域と済州島地域、東海岸地域など全国的分布は見せているが、特に済州島地域に豊富に伝承されている。

では韓国の創世神話についての研究はどうであろうか。先ず韓国神話研究の第一人者である徐大錫氏は「創世神話の意味と変異」（『韓国神話の研究』二〇〇一　集文堂）において、現存の十三の創世神話資料を紹介し、創世神話の主な内容は、「天地開闢」「日月調整」「人間創造」などの「この世が創造される話」と、「始祖神の出生過程」「二神の統治権争い」などの「この世の始祖に関する話」の二つに分類している。このなかで後者の「この世の始祖に関する話」は「古朝鮮の檀君神話」「高句麗の朱蒙神話」などの建国始祖神話と同軌のものであり、創世の話は文献に記載のなかった新しい巫俗神話という点で注目されると説く。済州島の巫俗研究で著名な玄容駿氏は「済州島の開闢神話の系統」（『済州島研究』五　一九八八）において、「天地王本解」は開闢神話であり、北方系統ではなく、南方文化の影響下で成立したと主張する。済州島の創世神話の特徴は、「天地分離」と「射陽神話」の結合であり、このモチーフは沖縄をはじめ、中国南部、台湾や東南アジアの創世神話と類似する側面があるので、黒潮に乗って済州島に入り、独自な開闢神話として成長したと論じる。これに対して朴ジョンソン氏は、「東アジアの創世神話研究」（『創世神話の世界』二〇〇二　召命出版）において韓国の創世神話研究を満族とモンゴルと関連して論じており、特に韓国とモンゴルの創世神話の類似性を伝播論的な立場で説こうとし、玄容駿氏の南方説とは違って東アジアの創世神話を一つの系統として捉えようとする。李志映氏は「韓国創世始祖神話の伝承変異研究」（全北大学人文学研究所『創世神話の世界』二〇〇二）において、韓国の創世始祖神話は「天地分離」「人間創造」「日月調整」「この世の始祖示現」に関する話であり、その話型は大きく「創世歌型」と「天地本解型」との二つに分類でき、この二つが結合して「配布・天地本解型」が誕生し、ここからさらに「聖人《せん》クッ型」が派生したと推測する。この四つの話型のなかで「創世歌型」は「天地創造（天地開闢・日月調整）」「この世の創造」「この世の統治権争い」「分治確定」のモチーフ、「天地王本解型」は「天神下降」「天父地母型神聖婚」「この世の始祖の地上誕生」「父親探しの昇天」「この世の統治権争い」「分治確定」のモチーフを持つと論じる。さらに「配布・天地王本解型」は「天地創造（天地開闢）」「天神下降」「天父地母型神聖婚」「この世の始祖の地上誕生」「父親探しの昇天」「日月調整」「この世の統治権争い」「分治確定」のモチーフが抽出でき、韓国の創世神話は無秩序に伝承されるのではなく、それなりに体系性を持って伝承されているという。

以上の諸研究に対して、韓国の創世神話の資料を網羅し、これらを総合的視点から研究しようとしたのは神話研究者の金憲宣氏であった。氏は名著『韓国の創世神話』（一九九四　図書出版ギルボッ）において、韓国の創世神話を韓国本土と済州島の二大地域に分けており、本土の創世神話は、①天地開闢②創世神の巨神的性格③水と火の根本④人間創造⑤この世の統治権争い⑥日月調停⑦狩り、火食、水木、岩石、七星信仰などの起源⑧天地父母の結合と始祖出生の八つのモチーフ構成になっていると述べる。このなかで⑦以外の七つのモチーフは韓国創世神話の主流をなしていると説き、済州島創世神話のモチーフとしては①天地開闢②寿命長者懲罰③天地王と地上国の女性との結婚④息子の父親探し⑤太陽と月の調整⑥この世の統治権争い」の六つを抽出している。しかしこうした済州島の創世神話の抽出モチーフがそのまま本土地域の創世神話に対応するものとは言えないという。たとえば済州島の神話に見える②寿命長者懲罰③天地王と地上国の女性との結婚④息子の父親探しなどは、本土地域の創世神話には登場しない。また本土地域の創世神話の諸本には弥勒がくっ付いていた天地を分離する巨神的性格の神として登場しているが、済州島の創世神話ではこのモチーフが後退しており、天地を主体的に創造する創造主が済州島の創世神話では見えないのが特徴であると論じる。一方、日本での韓国創世神話についての注目すべき論考は、依田千百子氏「神々の競争―朝鮮創世神話とその構造」（君島久子『東アジアの創世神話』一九八九　弘文堂）である。氏は八つの韓国創世神話資料を紹介し、それぞれの諸本のモチーフを抽出し、韓国創世神話を大きく北朝鮮地域を中心とする北部型と済州島地域の南部型に分類し、両地域はかなり異なった要素を持つと述べる。そして韓国創世神話の範型と反復などの諸問題について詳細な考察を行っている。北部型は「天地混合（天父地母）」「創造神による天体の整備」「二つずつ日月の出現（射日モチーフなし）」「天から金銀の盤に落ちてきた虫から男女が生まれた」などの十一の主要なモチーフが抽出でき、南部型は「天地混合（甑餅のような密着）・巨鳥の観念」「天地父母の結婚と分離」「二つずつの日月の出現」などの十二のモチーフが抽出できると説く。特に新しい見解として韓国創世神話には王朝起源神話に顕著に表れている「卵生」の要素が認められないのは何故かと疑問を持ち、それを結ぶものとして北部型に見える「天降の虫」から男女が生まれ、結婚して人類の祖になるという人類起源神話をあげている。

以上のように韓国創世神話についての研究は、その話型の抽出や諸本間の構造分析など、様々な側面から研究が行われてきた。しかし韓国本土と比べ、済州島の創世神話は巫覡の儀礼のなかで機能する生きた神話である点できわめて重要な意味を持っており、それは儀礼を伴わない、人の手によって書かれた日本の記紀神話などの文献神話の始原の姿を類推するのに役に立つ。そこで本稿では従来、儀礼との関連から言及がほとんどなかった済州島の巫覡による創世神話を検討し、それが儀礼（巫儀）とどのように結びついて語られているのかを論じる。またその済州島の創世神話が韓国本土の創世神話とどのように関わっているのか、両者の比較を通して韓国創世神話の特色を明らかにし、さらには日本の記紀神話を含む周辺地域の創世神話との関連についても述べたい。

一　創世神話の機能する祭儀—鳥に乗って降臨する神々—

韓国の創世神話は、天地開闢や人間創造などの部分から始まる、①済州島の巫覡による「初監祭《ちょがむじぇ》（招神祭）」の「配布都業」「天地王本解」と、②韓国本土の巫俗神話のなかの創世神話とに大別でき、これ以外に最初の天地開闢や人間創造などのモチーフを欠き、①②の創世神話のなかにある「弥勒と釈迦の二神の統治権争い」のモチーフが他の本解に結合され語られるものが存在する。従来の諸研究では、これらのすべてを同一線上の創世神話として取り扱って論じてきたが、部分モチーフが一致するだけで果たして創世神話と言えるかどうかの問題が生じる。

前章でも述べたように、済州島の創世神話は、巫覡・シムバンによる「クッ」という巫祭で唱えられる生きた神話である点で注目すべき伝承である。済州島の巫祭は六人以上の巫覡のシンバンが動員され、四、五日以上継続して大規模で行う「大《くん》クッ」と一日で終了する「小《ちゃぐん》クッ」とに分かれる。「大クッ」は家に疾病や災難などの不運が続き、占い師による神霊の祟りという結果が出ると、祭りを行う日を決め、シムバンという巫覡に巫祭をお願いして行われるものである。祭りの準備が始まると先ず家の板の間には神々を迎えるための三天帝釈宮祭壇、十王祭壇、本郷祭壇、死霊祭壇などの基本祭壇が設けられる。その後は前庭に大竿《たんで》という神竿を立てるが、この神竿は「三千兵馬竿」とも呼ばれ、高さは六～七メートルほどで、それは白木綿で包み上げ、竿の頭の部分は青い葉の付いた竹笹を括り付け、下部には神霊の食料としての米袋や鈴をぶらさげたりしたものである。また長い白木綿の一端を祭壇の母屋から引き出してこの神竿に結びつける。神々はこの神竿を通して降臨し、白木綿を通じて往来する。この白木綿を「タリ（橋）」という。その祭順は先ず一万八千の神々を点から呼び降ろして祭場に迎え入れるまでの過程を語る「初監祭」から始まり、該当神の個別儀礼としての「仏道（産育神）迎え」などを語り、最後に招いた一万八千の神々を送り返す「送神」儀礼までとなっている。

済州島の創世神話は、この「大クッ」巫祭の最初の祭事である「初監祭」のなかで唱えられるものである。「初監祭」をもう少し詳しく述べると、先ず「ペポドオプチム（配布都邑）」といって、天地開闢から日月星辰の発生、国土の形成などを語り、創世神話の「天地王本解」が唱えられる。次は祭りの日にちと場所を告げる「ナルとクッソムギム」、神々になぜ儀礼を行わなければならないのか、その理由や原因を説明する「チバンヨニュタックム」、一万八千の神々が住んでいる宮の門を開ける「宮門開き」が行われる。「神々と人間はさほど違いがないでしょう。人間も門を開けなければ入ることができないように、神も門を開けなければ入ることができません。今日、一万八千の神々が降臨しようとしているのに神門がどうなっているのかが気になります」と語り始める。神々は地上に降りて来るとき、鳥に乗って降りて来るといわれ、先ずはその降臨の場所を洗い清める。そして米や水を奉納し、神々を迎え入れる儀礼の「鳥ダリム」が行われる。これは一万八千の神々が天上から鳥に乗って地上に降りてくるが、その神々を迎え入れる儀礼である。高句麗の始祖神話でも天神の解慕漱の百余人のお供が皆白鳥（白鵠）に乗り、鳥の姿で降りてくるのをみると、神々が鳥に乗って降臨する趣向はかなり古いことが考えられる。その神々は祭場から五里ほど離れた場所に降臨するが、その過程を語る儀礼を「五里亭」と言い、その降臨場所から神々は馬などに乗り、祭りが進行される祭場に再度移動する。神々が祭場に到着すると、神々をもてなす「チェッタリアンチョサルリョオム」儀礼が盛大に行われる。しかし巫覡は皆に付いて来ないでまだ降臨の場所「五里亭」に居残っている神々がいないかを確認する意味で再度神々を招き入れる「チョンデウ」儀礼を行う。最後に巫覡は神刀や鈴などの巫具を使い、一万八千の神々が漏れなく祭場に入ってきたのかどうかを占うが、それを「サンバダブンブサリム」と言う。すべての神々が無事着いたのが確認されるとここで「初監祭」は終わり、次の個別儀礼に移るのである。このように済州島の創世神話は、一万八千の神々を呼び降ろしてもてなす「初監祭」祭儀のなか

済州島の巫覡・シムバンによる死霊祭「十王迎え」。写真は創世神話「天地王本解」の口誦後、クッの理由を語る「チバンヨニュタックム」祭儀。済州大学・玄丞桓教授提供

で機能する生きた神話なのである。

二　済州島の創世神話の内容

前述のように済州島には一万八千の神々が住んでいると言われ、「初監祭」はそれらの神々を降ろして迎え入れる儀礼であり、先ずは「ペポドオプチム（配布都邑）」といって、天地開闢から日月星辰の始まり、天地人の起源などが語られる。その冒頭は、

天地混合を申そう。天地混合を申すには、天地混合の時節、空と地の境界がなく、四面が真っ暗で天地は一つの塊りでありました。一つの塊りである時、開闢の創業が始まります。開闢の創業を申そう。開闢の時節、天は子から開き、地は丑から開き、人の開きは寅から始まり、天の蓋が開き、地の蓋が開く時、上甲子年、上甲子月、上甲子日、甲子の時に天地間は甑内の餅の層ように境界が出来ました。

と始めるもので最初の時、天地は一つの塊りで境界がなく混合状態にあったが、甲子の時に天地間は甑内の餅の層ように境界が出来たと語る。ここでは神々がくっ付いている天地を分離するのではなく、ある瞬間、自ら割れたというものである。その内容は、「配布都業チム」として、①天地混合から始まり、天地分離と陰陽の融合による万物誕生などの天地開闢が語られる部分と、「天地王本解」として、②天地王が地上に降臨、地上の聡明夫人と聖なる結婚をし、③その間で生まれた大星王と小星王の兄弟が天上に昇り、父と邂逅、親子関係が確認され、④その兄弟による複数の日月整備や彼ら兄弟によるこの世とあの世の分治までの過程を詳しく語る四部構成となっており、テキストによっては前者の「配布都業チム」と後者の「天地王本解」のどちらかの部分を欠いている伝承も存在する。まずその内容を四部構成に沿って紹介すればおよそ次のようである。

Ⅰ　天地開闢

（一）この世の始めには天と地がくっ付いていて区別がなく、四面も真っ暗で一塊りであった。天が開き、地が開き、人の世が開き、甲子の時に天と地の間に甑餅の層ように境界ができた。〔天地混合と天地分離〕

（二）天からは青露、地には黒露、中央には黄露が降り、これらが合水する際、天地人皇が誕生した。〔天地人皇の始まり〕

（三）人皇が始まると天の東の方には青雲、西の方には白雲、南の方には赤雲、北の方には黒雲、中央には黄雲が浮かび始めた。天には天皇鶏が首をあげ、地には地皇鶏が羽ばたき、人皇鶏が尻尾を振って鳴き、甲乙東方の方へ歯茎を表し、やっと東方の天が明けた。東方の天が明けると、太陽が先に出てくるのか、星が先に出てくるのかの問題があったが、星が先に出てきた。東方には明星、牽牛星が立ち、西方には明星、織女星が立ち、南方には老人星、北方には北斗七星が創られた。〔星雲の始まり〕

以上の後、第二部の「天地王本解」で登場する〔複数の日月誕生と調整〕の話がここで次のように簡略に語られる伝本も存在する。

先為星が始まり、この天に昼は太陽が二つ立ち、夜は月が二つ立つ時、昼は万民百姓《ひゃくせい》が焼死し、夜は万民百姓が寒さのため凍死する際、天の玉皇天地王が摂提地に妾を置き、大星王を創り、小星王も創り、百斤矢に百斤弓の杖竹の重さを計り、百斤矢を射てヒュイヒュイと鳴り響き、後ろから現れた太陽一つを射て東海に捧げ、夜の月一つを射落として西海に捧げ、そのお陰で、昼には太陽が一つ、夜には月が一つとなり、昼に焼け死にした百姓、夜に凍死した百姓、住みやすくなり、日月の始まりを申そう。

Ⅱ　天地王の降臨と聖婚

（四）　天地王はある日、「太陽を一つ呑み込み、月も一つ呑み込む夢」を見て、地上の聡明夫人に天の定めた縁を結ぼうと降りていく。

〔天地王の降臨〕

（五）　聡明夫人はあまり貧しくて夕食を作る米がなかったので寿命《すみょん》長者の家に行って、一升の米を借りようとしたが、長者はお米に砂を混ぜてくれた。聡明夫人はその米を何回も洗ってご飯を作ったが、天地王がひと匙口に入れると砂が混ざっていた。砂を噛んでしまった天地王は、寿命長者とその子供たちの悪行を知り、火徳真君や火徳将軍などを送って家に火を放す。寿命長者の娘は柄の折れた匙で肛門を指して殺し、小豆の葉っぱをかじって食べていく虫に変身させ、寿命長者の息子は牛馬に水を飲ませなかった罪で鳶に転生させ、嘴を曲げさせ雨が降った時には羽にくっ付いた水を飲んで暮らすようにする。

〔寿命長者の悪行と懲罰〕

（六）　天地王は聡明夫人と結婚日を定め、天の定めた縁を結ぶ。そして二人の兄弟の誕生を予言し、生まれてくる兄弟の名は大星王と小星王と付けるようにし、形見として瓢箪の種二つをあげて昇天する。

〔天地王の聖婚と昇天〕

Ⅲ　天地王の御子誕生と親子確認

（七）　予言通り聡明夫人は妊娠をして、二人の息子を生む。その兄弟は成人して書堂に勉強しに行くが、三千人の学者から「父無し子だ」と言われる。

〔御子誕生と苦難〕

（八）　兄弟は母から「あなた達のお父さんは玉皇上帝の天地王なのだ」と教えられ、形見の瓢箪の種を播いてその蔓に乗って天に登ってみたら、父は不在だったが、その蔓は王様の座る龍床に巻かれていた。

〔御子昇天と親子確認〕

Ⅳ　御子によるこの世の整備と分治（国譲り）

（九）人間のこの世は二つの月と太陽が差して住める状況ではなかった。兄弟は父から千斤の弓、百斤の矢をもらって、前から現れた太陽は残して置き、後ろから現れた太陽は射落として東海に投げ捨て、同じく前から現れた月は残して置き、後ろから現れた月は射落として西海に投げ捨てた。それから一つの太陽が東方から昇り、一つの月が西方に沈むという原理が定まった。〔複数の日月誕生と整備〕

（十）続いて兄弟は「この世を統治し、あの世を統治する方策を考えよう」と言って、二人ともこの世を治めようとする。そこで弟は欲張って兄に賭けごとを提案するが、経験豊かで有能な兄に負ける。今度は「花でも植え、よく咲かせる者はこの世を統治し、枯れさせる者はあの世を統治するのはどうだ」と提案するが。兄の花はよく咲き、弟の花は枯れてしまった。そこで弟はトリックを使って兄が眠りに入ると、兄の花を自分の方に移させ、自分の花は兄の方に移動させて自分の勝ちとした。〔神々の統治権争い〕

（十一）兄の大星王は、弟にこの世の統治権を譲りながらも、「人間の住むこの世は逆賊や泥棒が多いだろう。男性も女性も自分の伴侶を捨てて他人に目を向けるだろう」と予言し、自分は「あの世を統治したい。あの世は綺麗で秩序のある所なのだ」と言って、あの世の統治に入った。〔この世とあの世の分治〕

そして最末尾は

　大星王、小星王の創世の治業を語ろう。大別王の創世の治業を語り、十五、十五の聖人の創世の治業を語ろう。天皇氏の十二人様、地皇氏の十一人様、人皇氏の九人様の創世のことを語ろう。天皇氏の創世事業、地皇氏の創世事業、人皇氏の創世事業を語ろう。山の始め、水の始め、人の始めを語ろう。我が国の高句麗の臣下の初めのことを語ろう。王が誕生して国があり、国が誕生して王が存在ものです。王の始め、国の初めのことを語ろう。祭庁（神殿）の始めを語ろう。祭庁の始めが一番先で、初めの祭庁はどこであり、設備の備えた祭庁はどこであろう。

と大星王、小星王や十五聖人の創世の治業を語る叙述を持って終了する。前述のように済州島の創世神話は、Ⅰ天地開闢（〔天地混合と分離〕〔天地人皇の始まり〕〔星雲の始まり〕）、Ⅱ天地王の降臨と聖婚（〔天地王の降臨〕〔寿命長者の悪行と懲罰〕〔天地王の聖婚と昇天〕）、Ⅲ天地王の御子誕生と親子確認（〔御子誕生と苦難〕〔御子昇天と親子確認〕）Ⅳ御子によるこの世の整備と分治（〔国譲り〕〔複数の日月誕生と整備〕〔神々の統治権争い〕〔この世とあの世の分治〕）の四つの構成と十一のモチーフが抽出できるものである。

三　済州島の創世神話の伝承様相

大林太良氏は、『神話学入門』（一九六六　中公新書）においてドイツの民族学者カール・シュミッツの神話分類を次のように紹介する。①だれがどのようにして世界を創造したのか？（宇宙起源論）②だれがどのようにして人類を創造したのか？（人類起源論）③だれがどのようにして文化を創造したのか？（文化起源論）。氏は天と地に関する神話や天体やその他の自然に関する神話、洪水神話その他の大災厄神話は宇宙起源神話の一部であり、大災厄神話の場合、人類の起源を物語る限りにおいては人類起源神話の一部であり、原古の状態に関する神話はそれが原古における文化の起源を説明する限りにおいては文化起源神話である。しかし一つの神話には以上の三つが同時に語られる場合があり、三者は密接な関連があると説く。さらに宇宙起源神話は創造神が何らかの方法で世界を創造したという形式を持つ「創造型」と創造神の介入なしにある種の物質などから宇宙が自発的に発達したとう形式を取る「進化型」が存在すると述べる。そして、「宇宙の起源」として「天地分類」「宇宙の進化と卵」「死体から生えた世界」「世界の終わりと救世主」、人類の起源として「男と女の創造」「植物と卵から」「神の死体から」「地中からの出現」「天からの降臨」「犬祖神話」「死と生殖の起源」、文化の起源として「人と性と太陽」「文化英雄」のモチーフで分類し、その事例を紹介している。福田晃氏は「口承伝説と神話」（『別冊国文学・日本神話必携』一九八二　学燈社）において、民間伝承による神話研究の課題は、神話独自の思想・概念によって民間説話を収集し、独自の体系を構築することになるであろうと説き、その分類の構想を次のように提示している。①国土の起源（神々の国づくり、巨人神の足跡、神々の葛藤、神々の土地分け）②人類の起源（夫婦の始まり、兄妹結婚、日光感精・卵生型、日光感精・英雄誕生譚、日光感精・昇天回帰型、日光感精・昇天邂逅型、日光感精・控舟型、犬聟入り、蛇聟入り、天人女房）③文化の起源（火の始まり、穀物の始まり、家屋・舟・道具などの始まり）。

本稿で取り上げる済州島の創世神話は、右記の国土の起源、人類の起源、文化の起源の三つが同時に語られる形式を取っている伝承が主流をなしており、三者は密接な関連を持ちながら伝承されている。まず、済州島巫覡の総合迎神儀礼「初監祭」のなかで語られる創世神話の諸本をあげれば次の通りである。

①鄭ジュビョン・安サイン口誦「初監祭」（玄容駿『済州島巫俗資料事典』一九八〇　新丘文化社）
②李ジュンチュン口誦「（十王迎え）初監祭」（済州伝統文化研究所『一九九四年東金寧ジュンダンクル・大クッ資料集』二〇〇一）
③徐スンシル口誦「（十王迎え）初監祭」（許南春『耽羅文化叢書22　ドンボク鄭ビョンチュン宅　四王迎え』（二〇〇八　済州大学耽羅文化研究所）
④梁チャンボク口誦「初監祭」（許南春他『耽羅文化叢書25　梁チャンボクシムバン本解』（二〇一〇　図書出版報告社）
⑤朴ボンチュン口誦「初監祭」「天地王本解」（赤松至誠・秋葉隆『朝鮮巫俗の研究（上）』一九三七　朝鮮総督府）
⑥文チャンホン筆写「初監祭本」（『風俗巫音』一九二九～一九四五）

⑦高大仲口誦「あめつちの創め」（張籌根『韓国の民間信仰　資料編』一九七三　金花舎）
⑧姜イルセン口誦「配布都業チム」（任晳宰「済州島で新しく得たいくつかのもの」『済州島』第一七号、一九七四）
⑨高チャンハク口誦「初監祭」（秦聖麒『済州島巫歌本解事典』一九九一　民俗苑）
⑩姜テウク口誦「初監祭」（秦聖麒『済州島巫歌本解事典』一九九一　民俗苑）
⑪金ビョンヒョ口誦「初監祭」（秦聖麒『済州島巫歌本解事典』一九九一　民俗苑）
⑫金ドゥウォン筆写「「初監祭・天地王本」（『済州巫歌集』一九六三　筆写本）
⑬韓センソ口誦「初監祭」（済州伝統文化研究所『一九九四年東金寧ジュンダンクル・大クッ資料集』二〇〇一）
⑭李ムセン口誦「天地王本」（秦聖麒『済州島巫歌本解事典』一九九一　民俗苑）

以上の創世神話の伝承は、済州島の巫覡によって現在でも語られる生きた神話であり、その内容は共通するところが多い、しかし他の本解に比べ、各テキストは詳細な内容や文体、語り口、口誦順序などにおいてはかなりの変異が見られる。これはおそらく生きた神話としての創世神話の機能が現代社会においてだんだん後退していることや、それによる伝承者の記憶忘れ、錯覚、誤誦などが作用したものと見られる。そこで次では各テキスト間の異同や伝承状況について詳しく論じてみたい。

Ⅰ　天地開闢

天地混合と天地分離

天地混合と天地開闢を語るモチーフは、ほぼどの伝本にも見られる。天地は初めくっ付いていて一括りの状態であり、日月がなかったので昼夜の区別もなく真っ暗であったが、甑餅の層のように境界ができ、天地が自然に分離したという。天地開闢の様子が「天には天皇鶏が首をあげ、地には地皇鶏が羽ばたき、人皇鶏が尻尾を振って鳴き、甲乙東方の方へ歯茎を表し、やっと東方の天が明けた」と、巨鳥の天皇鶏、地皇鶏、人皇鶏が頭をあげ、鳴きながら、羽を羽ばたいて新天地に飛ぼうとする姿として譬えられている。ここに登場する鶏は世界の神話によく現れるもので一種の宇宙的鶏なのである。鶏が鳴いて宇宙が開闢するというのは東南アジア一帯で見られるもの（金憲宣「配布都業チム・天地王本解に表れた神話的論理」（『比較民俗学』二八）であり、日本でも鬼が夜の間、百の階段を築く約束を神様と交わし、ほぼ完成したところで鶏が鳴いたため夜が開けたと勘違いした鬼が逃げだすという伝説や昔話が全国に広く伝承されている。韓国でも明け方に鶏が鳴くと山から降りてきた猛獣たちは皆山に帰り、鬼たちもその姿を隠すと信じられてきた。また鶏は王権や太陽信仰にも結び付き、新羅の金王朝の始祖となった金閼智神話においては、白い鶏が鳴いてその始祖誕生を知らせており、新羅の始祖王の朴赫居世の后である閼英の誕生時には鶏竜が現われ、左の脇より女の子を生んでおり、その子は口だけが鶏の嘴のようであったと伝える。

韓国の創世神話において天地分離は創造者によるものではなく、自然発生的になされる「進化型」が主流をなしていると言えるが、⑦高大仲口誦本では、混合していた天地が甑の中の餅の層のように分離し、天が開ける際に地の力が衰えたので、甲乙東方より甲子の聖人が湧き出て天の先をあげ、乙丑の方より乙丑の聖人が出てきて地の先を押し上げたとあり、ここで甲子の聖人と乙丑の聖人は巨神的性格を持ち、天地開闢の助力者として登場しているが、これは「創造神」が主体となって宇宙を作る行為に近いと言える。こうした創造神的性格は⑨高チャンハク口誦本にも見られる。「玉皇の都守門将が見下ろすと四隅深く甑餅の（重なった）層のように天と地がくっ付いており、四隅が合水したかのように（くっ付いており）、天地混合のことを再度告げよう。天地開闢の始まりを申そう。都守門将が片手で天を支え、残りの片手で地下を抑えつけると、天の頭（蓋）は乾戌乾方子方から開き、地の頭は丑方から開きます」

とあり、先の⑦高大仲口誦本よりも玉皇の都守門将の天地分離の行為が積極的に行われていることがわかる。こうした創造神や巨人神としての聖人や都守門将の姿は韓国本土では弥勒神の行為として表れている。「天と地が生ずるとき、弥勒様が誕生すれば、天と地とが相付いて離れず、天は釜蓋の取っ手の如く突き出て、地は四耳に銅の柱を立て」（「創世歌」〈孫晋泰『朝鮮神歌遺篇』一九三〇　郷土文化社〉）とあり、弥勒様が天と地を分離できる銅の柱を立てたというところからみれば弥勒神は巨人神であり、創造神であることがわかる。⑦高大仲口誦本に登場する聖人は地中から湧き出たものとなっているが、大林太良氏の分類モチーフの「地中からの出現」の趣向は一四五一年成立の『高麗史』（「地理二」）に記載されている耽羅国（済州島）の創世神話にも見られる。

其の古記に云ふ。太初人物無し。三神人地より聳出せり。其の主山に穴有り。毛興と曰ふ。是れ其の地なり。長を良乙那と曰ひ、次を高乙那と曰ひ、三を夫乙那と曰ふ。三人荒僻に遊猟し、皮衣肉食せり。一日紫泥にて封蔵せる木函の浮かびて東海浜に至れるを見て、就て之を開きしに、函内に又一石函有り。一紅帯紫衣の使者の随て来る有り。石函を開きしに青衣の処女三と諸駒犢、五穀の種と出現せり。及ち曰く「我は是日本国の使なり。吾が王此の三女を生み云ふ。西海の中嶽に神子三人を降して、将に国を開かんと欲して配匹無しと。是に於て民に命じて、三女に侍して以て来らしむ。爾宜しく配を作して以て大業を成すべし」と。使者忽ち雲に乗じて去る。三人は年次を以て之れを分娶し、泉の甘くして土の肥えたる処に就きて、矢を射て地を卜せり。良乙那の所居を第一都と曰ひ、高乙那の所居を第二都と曰ひ、夫乙那の所居を第三都と曰ふ。五穀を始めて播き、且つ駒犢を牧し、日に富庶に就けり。

この神話は済州島の良・高・夫の三氏の始祖神話であり、耽羅国の創世神話でもあるが、木の箱船に載って三神人の伴侶が日本から耽羅国に渡ってくる点も興味深く、日本との交流や海を背景に暮らしてきた耽羅国の姿がこの創世

済州島（耽羅国）創世神の三神人が土穴から出てきたと伝わる「三姓穴」

神話によく反映されていると言えよう。また三神人は矢を射て占って各自の住む都を定め、五穀の種を始めて播き、子牛を育てたとあり、文化の起源を語る点も面白い。この創世神話は韓国本土の王朝神話のように天から始祖が降りてくるのではなく、地下の穴から湧き出るという点で大きくその趣向を異にするものである。先ほどの本解において、甲子の聖人が湧き出て天の先をあげ、乙丑の方より乙丑の聖人が湧き出て地の先を押し上げたと語るのはこうした済州島創世神の良・高・夫の三神が地下の穴から湧き出るものに対応するもので、済州島が韓国本土と違った文化圏に属していたことを示すものと言える。

人類の起源

天地人や星雲の始まりを語るのは、ほぼ全テキストに見られるものである。「開闢の時節、天は子から開き、地は丑から開き、人の開きは寅から始まった」と、天地人が自然に発生したことを語るもので「進化型」に属する。これは十二支干の時間の順序に従ってこの世の空間が形成されたことを述べるもので、韓国固有の思想ではなく、宋代の学者・邵雍著『皇極経世篇』の中にある、「天開於子　地闢於丑　人生於寅」から移入されたものである（徐大錫「創世始祖神話の意味と変異」〈『韓国神話の研究』二〇〇一　集文堂〉）。また創世神話では、天からは青露が降り、地からは黒露が湧き上がってそれが合水し、水、川、山などの万物が出来始めたことを語る。また①⑦⑨の伝承では天と地が開闢してから天と地の露が合水することによってやがて天地人が出来、⑨⑩の伝承では天地人以外にも鬼神（幽霊）や牛馬などが始まる方向が設定されている。これは陽と陰の結合、調和を意味するもので、生命の原動力であり、韓国において露は女性の降り物を指す言葉として使われる場合があり、人間の性行為による子供誕生の原理を投影させたものと言えよう。露は天から降りてきた神聖なもので、源初の生命力を保持した液体で水のシンボルとして表れる。水はあらゆる生命の根源であり、浄化する力を持っていることから巫覡や民間信仰などでは神聖なものとして扱われてきた。高句麗の始祖神話に登場する柳花は水神・河伯の娘で、天帝の子・解慕漱と結合することによって神聖な力を持つ始祖王の朱蒙を誕生させており、新羅の始祖王・朴赫居世の后も井戸の鶏竜から生まれた神聖な存在であった。さらに巫覡による死霊祭の「シッキムクッ」では藁で死者の模型を作り、巫覡はその模型に水をかけて洗い流す様子を実演しているが、これは神聖な水でこの世での恨みなど不浄な物を洗い流し、死者を無事にあの世に送り届け、その再生を期待して行われるものであった。このように済州島の創世神話では人間を含め諸万物が自然に発生する「進化型」の形式を取っており、「創造型」に表れる創造主による人間創造の行為は殆どと言えるほど見えない。しかし韓国の本土では次のような創世神話が伝わっている。

人がその昔創られる時、どこから出て来ましたか。天地の鴨緑山から黄土という土を集めて男性を作り、女性はどのように誕生したのであろうか。女性を創りました。土が人になり、生きている間、土からあらゆる物を取り出して召し上がり、生きて行き、死後は旅立ちして土に戻り、土の一部に加わりました。

右は天地の鴨緑山から黄土という土を集めて男女を作ったというものである。またその男女を創った者が誰なのか、その創造主がはっきり示されていないが、確かに誰かによって創られたことは間違いないので「創造型」に属すると言えよう。これと類似する伝承が中国の人類起源神話（伊藤清司『中国の神話・伝説』一九九六　東方書店）に見られる。

天地ができあがったが、まだ人間はいなかった。そこで女媧は黄土を手でこねて人間を一人一人作っていった。だが、その仕事はなかなか重労働で、休まず続けても思うようにはできあがらなかった。そこで女媧は縄を泥の中にひたし、それを引きあげて造ることにした。こうして縄から滴り落ちる泥がつぎつぎと人間になったが、黄土を丸めて造った人間が金持ちや高貴な人間になったのに対し、縄から滴ってできた人間は貧乏人や凡庸な人間となった。

右では女媧が黄土を手でこねて人間を創ったというもので「創造型」に属する。これはさきほどの韓国の伝承において黄土という土を集めて男女を作ったというものと一致しており、韓国の前記の伝承は中国の人類起源神話の影響下で成立したことが考えられる。聖書の『創世記』（月本昭男訳『創世記』一九九七　岩波書店）では、神ヤハウェが大地の塵を持って人の形を造り、その鼻に命の息を吹き入れて人となり、その男の肋骨で女を造り、その二人が結婚して人類の祖先となったという兄妹結婚譚が記されており、泥が塵になっている違いはあるが、創造主による人間創造という点で韓国と中国の伝承に類似する。また韓国の本土には次のような人類起源神話が伝わる。

弥勒様が水と火の根本を知ったから、人間の話をやって見よう。弥勒様が片の手に（は）銀の盤（を）載せ、片の手に（は）金の盤を載せ、天に祈祷すれば、天より虫落ちて、金の盤にも五つにて銀の盤にも五つなり。その虫（を）成長させて、金の虫は男となり、銀の虫は女に作り、銀の虫と金の虫（を）成長させて、夫婦に作りて、世の中に人間が生れたり。

右は弥勒様が金銀の盤を手に載せて天に祈ると天から金銀の虫が落ち、その虫から男女が生まれ、二人が夫婦になって今の世の人間が誕生したという人類起源を語るもので、福田晃氏が分類した人類起源神話の「夫婦の始まり」

に属し、兄妹結婚神話の一つであると考える。金銀の虫から男女が生まれたというのは不思議であるが、依田千百子氏（「神々の競争─朝鮮創世神話とその構造」）は、韓国創世神話には王朝起源神話に顕著に表れている「卵生」の要素を結ぶものとして、「天降の虫」から男女が生まれ、その男女が結婚して人類の祖になるという創世神話をあげている。そして金銀の盤の上に天降った虫から男女が生まれ人類の祖になったという北部型の人類起源神話が伽耶や新羅王朝始祖の天降卵生神話のモデルになったと説く。虫から人間への変身は進化論的な要素を含んでいるが、ここでの虫は原初的な生命体をさす。情虫が育って人間になるという実際の科学の論理にも合致する。この神話において弥勒様は直接人間を創ったのではなく、弥勒より上位の天神の力を借りてはいるが、弥勒様が人間を最初に創造したことは間違いなく、人間の根源を天に求める思想に従ったものである。天から虫が降って人間になったという叙述から思い起こすのは、天の虫である「蚕」である。前章でも述べたように日本の東北地方のイタコによって伝承される「オシラ祭文」は、「蚕の本地」とも称され、馬に恋をした金色姫が天に昇り、虫の姿として地上に降りて豊穣をもたらす蚕になるものである。姫君の行方不明に父が嘆き悲しんでいると、一人の老人が現われ、「汝嘆く事の理也、汝が姫は、本より白羅神の事なれば本の神所に返る也、是は天の蚕也。飼へ養へて、姫が嘆きをとどむべし」と語り、白き虫と黒き虫を取り出して長者の左右の袂に入れて消えたのでその虫に桑の葉を与えて大事に育てた。最初は圓《けむた》に入れて飼い、竹の子と名づけて竹の円座に入れて飼い、父子と名づけて銀金の船に入れて飼うと子供がたくさん増えたと説く。これを先ほどの韓国本土の創世神話と比べて見ると、「オシラ祭文」において「天から降った白き虫と黒き虫」「銀金の船に入れて飼うと子供がたくさんできた」とは韓国の創世神話において「天より落ちた虫」「金の虫は男となり、銀の虫は女に作り」にそれぞれ対応するものである。日本の「オシラ祭文」は、韓国済州島では「地蔵本解」として伝承されており（拙稿「韓国済州島の「地蔵本解」と日本の「オシラ祭文（蚕の本地）」〈大韓日語日文学会編『日語日文学』第五十、二〇一二）、ここでも地蔵姫は天に昇り、天虫である蚕の種を持って地上に降りてくる。その蚕から出来た白い木綿は、創世神話の語られる済州島の「初監祭」において高さ六～七メートルほどの神竿にかけられ、天と地を結ぶものとして大事な役割を果たしており、創世神をはじめ一万八千の神々はその木綿を通じて地上に降りてくるものである。韓国創世神話での天から降りた虫は巫覡の化身と思われる弥勒様が天に祈って得た天の虫であり、その天の虫は天と地を結ぶ仲介的な存在であり、それが人間になったというくだりは、こうした巫覡の創世儀礼と関連して理解する必要があろう。

Ⅱ　天地王の降臨と聖婚

この世の悪党懲罰と地上混乱整備

まず、天地王の降臨についてであるが、①安サイン口誦本では、天地王はある日、「太陽を一つ呑み込み、月も一つ呑み込む夢」を見て、地上の聡明夫人と天の定めた縁を結ぼうと降りてくることになっている。これは日光に感精した姫君が妊娠して太陽の子を生み、その子が王朝などの始祖に示現するというもので、日本をはじめ韓国、中国など東アジア地域に広く分布するものである。しかし、他の伝本では日光感精のモチーフが見えず、また天地王の降臨を語らない伝本（⑦⑧⑨⑩⑪）も存在する。①安サイン口誦本では天地王の降臨の理由が地上の聡明夫人と天の定めた縁を結ぼうとして降りてくることになっているが、諸本によってはその理由が少し異なっている。済州島の創世神話は、天地王が地上に降臨する理由や形態から次のように分類できる。

（1）「降臨悪行・悪行懲罰型」：天地王の降臨が先に行われ、後で地上の寿命長者の悪行を知り懲罰するもの。

（2）「悪行降臨・悪行懲罰型」：寿命長者の親不孝や傲慢で無礼な悪行が先に行われ、そのため天地王が降臨して懲罰するもの。

（3）「日月整備降臨型」：複数の日月出現とそれを整備するために降臨するもの。これには天地王が降臨して御子に命令して日月を整備するもの、天地王は降臨せず、彼の命令で御子が降臨して日月を整備するもの（「日月整備降臨A型」）と、天地王や大星王・小星王に代わるものが日月を整備するもの（「日月整備降臨B型」）がある。

済州島の創世神話のテキストの中で①②③の伝承は、天地王の降臨が先に行われ、後で地上の寿命長者の悪行を知り、懲罰する「降臨悪行・悪行懲罰型」に属する。①では天地王はある日、「太陽を一つ呑み込み、月も一つ呑み込む夢」を見る。そこで地上の聡明夫人に天の定めた縁を結ぼうと降りてくるものとなっており、この神話は日光（太陽の光）に感精した美しい姫君が子供を身ごもり、生まれた子供が父親を訪ね、その父親の試練に耐え、後、人類の始祖になるという、いわゆる「日光感精神話」に属するものと言えよう。創世神話ではこの世に住む寿命長者やその子供たちの悪行を次のように語る。

（天地王は）「けしからんことだ。けしからんことだ。寿命長者は貧しい人たちが米を貸してくれと頼んだら、白砂を混ぜてあげ、黒砂を混ぜてあげ、小枡で貸して、大枡でもらいお金持ちになったということか」。寿命長者の娘たちは、貧しい人に雑草取りを頼んで、その代価として（あげるべき）上等の醤類は自分たちが食べ、腐った醤類は彼らに食べさせ、お金持ちになりました。寿命長者の息子たちは、牛馬に水を飲ませて来いと言われたら牛馬の蹄に小便をして置いて、牛馬に水を飲ませてきたと嘘をつき、暮らしています。「けしからんことだ。寿命長者はけしからんやつだ」。

右は天から降った天地王が聡明夫人の家を訪ねた時、貧しくても心優しいもてなしをしてくれた聡明夫人から寿命長者の悪行を聞き、憤慨する場面である。ここで寿命長者はお米を他人に貸して悪い商法で高い利益を得る高利貸しとして、その娘たちは人に雑草取りをお願いしてその賃金の代わりのものとしてあげるべき上等の醤類を搾取したり、息子たちは神聖な動物を汚したりとするなど、その悪はきわまりないほどであった。

済州島の伝承は、善人の聡明夫人と対照させながら人間社会の悪の根源として寿命長者や子供たちの悪行をあげている。この人間社会の悪は、天から地上に降って善人の聡明夫人と聖なる結婚をし、そこか生まれた子供たちが新しく統治するこれからのこの世のためには必ず退治しなければならない悪であり、地上の混乱であった。そこで天地王はこの世の混乱をもたらす寿命長者を取り除く行為に出るのである。こうした趣向は日本の記紀神話において、これから降臨する天照大御神の子孫のために、「中国はひどくざわめいているようだ」といって、これら荒ぶる神どもを服従させるために天菩比神や天若日子を大国主の統治する国に派遣するが失敗に終わり、最後に建御雷神の神を送って屈伏させたという叙述に響くものである。済州島の創世神話は天地王が地上に降って寿命長者の悪行を知り、寿命長者への懲罰が成功する事例（懲罰成功型）があるが、日本神話のように秩序の整備が失敗に終わる伝承（懲罰失敗型）も存在する（⑤朴ボンチュン口誦「天地王本解」）。

寿命長者の無礼で乱暴なことは言葉には表せないほどで、ある日、天主王に向かって「この世の中で私を捕まえて連れて行く人はいないだろう」と言った。けしからんと思った天主王は無礼で乱暴な寿命長者を懲らしめようと一万の兵士を連れて地上に降った。天主王が自分の頭に被る巻帽を寿命長者の頭に被せて苦痛を与えると、寿命長者は奴婢を呼んで「頭が痛いから斧で自分の頭を砕けよ」と言った。これに驚き、これ以上対抗できない悪漢と思い、天主王はそのまま天上に帰ることにした。

このように寿命長者は、全知全能な天地王にまで無礼な言葉を吐いており、これは天地王の統治する国への挑発でもある。この創世神話は、話型としては前頁（2）「悪行降臨・悪行懲罰型」に属するが、地上世界の悪の根源とも言える寿命長者を懲らしめに天から降った天主王が彼の横柄さに驚いて、退治できずにそのまま天上に帰っている。このように地上の混乱を起こす寿命長者の懲罰が失敗に終わる伝承は、他にも⑫金ドゥウォン筆写「天地王本」や⑭李ムセン口誦「天地王本」にも見える。ここでは地上の悪漢がスェメンイの名として登場するが、彼はお金持ちにも関わらず、母の生前、三回の食事がもったいなかったのか、毎日お粥を作って食べさせた。母は五十歳になり、毎回のお粥だけではお腹が空いて生きられないと言うと、息子は「人間の一代が三十歳までと言いますが、お母さんは今年で五十歳、人の倍を生きているのよ。もしあの世に行って忌日の食事をもらわないと約束したら、もと通りの食事に戻します」と言った。そこで母はそうしたいといって息子に誓約書を書いて渡した。間もなく父は六十一歳で亡くなった。葬儀も水一杯の供え物で済ませた。師走の十五日だけは地獄では地獄門を開放して、子供の下に帰って供え物を食べてくるようになっているが、ある婆さんだけが帰らずに笛を吹いていた。閻魔大王は天地王にその理由を聞くように指示する。婆さんは、現世での息子との約束のため帰れないというと、天地王はこの特別な日だけは息子も許すだろうから帰っても大丈夫だと答える。婆さんは無理矢理に勧められ息子の家に帰ったが、水一杯も出てこなかった。スェメンイ長者の悪行を知った天地王は、先ずは地上に兵卒を送って捕えようとするが失敗に終わる。今度は天地王が直接兵卒を連れて人間世界に降ってスェメンイを捕えようとするが、これも失敗に終わったというものである。

ここでは最初地獄を司る閻魔大王が司令神として天地王に指示しており、その天地王自身が直接スェメンイ長者を捕えに行かず、兵卒を送って懲罰を指示するが、失敗する。そこで今度は天地王自身が直接退治に地上に降るが、これもまた失敗に終わってしまうのである。天地王より上位の神として閻魔大王が設定されているのが興味深いが、⑥文チャンホン筆写本では、先ず閻魔大王は玉皇上帝に、玉皇上帝は天地王に寿命長者の悪行を懲罰するように司令し、それによって天地王が地上に降る叙述となっている。これには天地王より上位の神として玉皇上帝が設定されており、巫覡の信奉する道教の神からの影響が見受けられる。こうした悪党に対しての懲罰には火を燃やして焼くなどの方法が使われている。寿命長者の行為が許せないと思った天地王は、「霹靂将軍を送れ。霹靂使者を送れ。雷将軍を送れ。雷使者を送れ。火徳真君、火徳将軍を送れ」と言って、家の路地の入口に柱をかけて置いて家に火を放して全滅させるのである。ここで注目すべきことは天地王が地上の悪の根源である寿命長者を殺すために霹靂将軍や雷将軍、風水など、天上界の神であり、雷神などの気候を管掌する神を派遣するという点である。この点は記紀神話において、天照大御神が建御雷神などを大国主神の統治する葦原中国に派遣して平定させる趣向と響くものである。

このように済州島の創世神話は、天地開闢が始まってからこの世は未だに秩序が確立されていないまま悪行が蔓延しており、その象徴的人物として寿命長者を登場させている。悪のシンボルである寿命長者が存在する限りこの世は無秩序で人々は不幸である。天地王は新しく誕生してこの世を統治する御子の大星王と小星王のため、この世の混乱を早期に整備し、地上の聡明夫人と聖なる結婚をする。二人の間で生まれた御子は母親に父親の所在を聞き、父が残して置いた瓢箪（瓠）の種を蒔いてその蔓に乗って天に昇って父親と邂逅し、親子確認の作業が行われる。瓠の蔓に乗って天に昇る趣向は、日光感精神話に属する、本土の「帝釈本解」（A1型、父子邂逅型、拙著『本地物語の比較研究—日本と韓国の伝承から—』二〇〇一　三弥井書店）にも見えており、創世神話「天地王本解」は日光感精神話の父子邂逅型に対応する形で展開されている。天と地が遮断された空間ではなく、縄や瓠の蔓などによって繋がっているという発想は古くは伽耶国や新羅などの始祖神話に見える。伽耶国の始祖神話では天から紫色の縄が地面に垂れており、地面には六個の卵の入った金の箱がいてその卵から伽耶国の始祖王が誕生することになっている。天から降った卵から誕生した新羅の始祖王・朴赫居世の「朴」の名字は瓠と同じ意味として付けられたと言い、新羅の金王朝の始祖・金閼

済州島（耽羅国）の創世神が碧浪国の王女を迎え、聖なる結婚を行った「婚姻池」

智は木の上に掛かっていた金の箱から誕生するが、その際、紫色の雲が天から地に垂れており、その始祖を発見したのも倭人といわれる「瓠公」で彼の名前にも「瓠」の文字が付いている。民譚の太陽や月の起源を語る「太陽と月になった兄妹」では虎に追われた兄妹が天に祈ると天から縄が降りてきて、兄妹はそれに乗って天に昇り日月になる。天人女房譚の「仙女と樵」では主人公が瓠に乗って天に昇っており、済州島の産神本解ではこの世の産神統治権をめぐっての争いの決着をつけるために主人公たちが縄に乗って天に昇っている。

このように天と地は隔離された空間ではなく、創世神や神々がその縄や瓠の蔓などによって自由に往来できる垂直空間として設定されているのが注目される。済州島の創世神話での大星王と小星王も天と地の垂直空間を蔓に乗って昇り、天地王の息子として正式に認められ、この世の統治権獲得のための第一歩を踏み出すのである。

Ⅳ　御子によるこの世の整備と分治（国譲り）

複数の日月誕生と整備

済州島の創世神話では、日月の複数出現によって人間のこの世は焼死や凍死する者が続出し、その混乱を整備するため、父王の天地王の司令で大星王と小星王は地上に降臨する。これは前述の（3）「日月整備降臨型」に属するものである。これには天地王が直接人間界に降臨し、御子に命令して二つずつの日月を整備するもの、天地王は降臨せずその命令を受けた御子が降臨し、二つずつの日月を整備する「日月整備降臨A型」と、天地王や大星王・小星王に代わるものが整備する「日月整備降臨B型」が存在する。「日月整備降臨A型」に属するものとしては⑤⑥の「初監祭」と⑦⑧⑨があり、「日月整備降臨B型」に属するものとしては⑩⑪⑫の初監祭が存在する。ただし⑬は（3）「日月整備降臨型」と「悪行降臨・悪行懲罰型」の混合型と言えるものである。

先ず「日月整備降臨A型」に属する⑤の伝承を見ると、

天地開闢後、今の世の中をそのまま放置すれば真っ暗で昼夜の区別が付かなかった。そのとき南方国の日月宮の御子である青衣童子が地上から湧き出る。彼の姿は前の額と後の額に目が二ずつ突き出ていた。天より都守門将が降りてきて青衣童子の前額の目の二つを取って玉皇に祈ると太陽が二つ出来、後額の目二つを取って玉皇に祈ると月二つが出来た。そのためこの世は明るくなった。しかし天には太陽が二つ立ち、月が二つ立ったので、人間世界では昼は焼死し、夜は凍死する者が続出した。それを見た天地王は二ずつの日月を整備するためこの世に降臨するが、日月整備の仕事は行わず、地上のパチ王と結婚、妊娠させてそのまま天上に帰ってしまった。その後、生まれた大星王と小星王は父親を訪ね天上に昇り、人間世界が太陽二つ、月二つが立って焼死者や凍死者が続出していて大変なことになっていると父王に報告する。そこで父から重さ千斤の鉄矢と弓を授け、日月をそれぞれ一つずつ射落とすように命じられる。大星王が太陽を一つ射落とすと東海の東山から登る明星が出来、小星王が月を一つ射落とすと西海に消える朧星になった。そのためこの世の混乱は収まり明るくなった。

と説く。太陽を弓矢で射落とす神話は、インドネシア族・タイ・支那族・トルコ・モンゴル族・日本・西部インディアン族に分布している（岡正雄「太陽を射る話」〈大林太良編『現代のエスプリ　神話』一九六七・二〉が、台湾やボルネオなどのものは二つの日月を主人公の遠征によって射落とすことや、射陽神話が天地分離神話と結び付いている点で済州島の創世神話に近似する〈玄容駿「済州島開闢神話の系統」〈済州島研究会『済州島研究』第五、一九八八〉）。ここで天より都守門将が降りてきて青衣童子の前額の目二つを取って玉皇に祈ると自然に日月がそれぞれ二つずつ発生したというのは面白いが、これは記紀神話において黄泉国の穢れにあったイザナキの神が左の目を洗ったら天照大御神、右の目を洗ったら月読神が出現したという叙述に通じるものである。また天地王が地上に降臨するのは寿命長者の悪行を懲罰するためではなく、複数の日月が立って大混乱が起きている地上世界を整備するためであったが、その本来の目的を忘れたのか、地上の女性と結婚だけをし、そのまま天上に帰ってしまう叙述になっている。これは天照大御神が荒ぶる神どもによって混乱が起きている葦原中国を服従させるために天若日子を派遣するが、その本来の目的は果たさず、大国主神の娘・下照比売と結婚して地上に住む趣向と響くものである。さらに重さ千斤の鉄矢で大星王と小星王が二つずつ立っている日月を一つずつ射落とすのは大星王と小星王の巨人神的性格を表すものである。また天より都守門将が降りてきて青衣童子の前額の目二つを取って玉皇に祈ると日月が二つずつ出来たとあるが、⑨の伝承では東方から青衣童子の盤古氏が湧き出て、彼の前後の額にはそれぞれ目が二つずつあり、玉皇の都守門将が前後の額の目を取って二つずつの日月を創ったとある。⑤では玉皇と都守門将が別々の人物になっているのに対して、ここでは玉皇と都守門将が同一人物として描かれており、日月の創造が別の神に頼む形でなされるのではなく、創造主が直接作るという点で⑤の伝承よりは積極性が見受けられる。⑤の伝承は天地王が地上の女性と結婚し、そこから生まれた御子が日月を整備するものであるが、天地王の結婚のモチーフを欠き、御子の結婚をめぐる日月の複数出現を語る伝承もある。⑦の伝承は、

天地開闢後、この世は夜も真っ暗、昼も真っ暗で混沌状態が続いていたが、天主王（天地王）の息子が甲午王

と結婚する際、お礼として天に太陽も一つ、月も一つを送り出そうとした。しかし地府王（母）は嬉しさのあまり、一つの天に日月をそれぞれ二つずつ送ってしまい、人間は焼死、凍死することになった。そこで大星王と小星王が重さ千斤の矢と百斤の弓を自ら作り、日月をそれぞれ一つずつ射落として東海や西海に捨てることによってこの世の混乱が終息した。

と語る。ここでは他の伝承に見える天地王と地府王の結婚する場面や司令神としての父親の存在はなく、二神はすでに夫婦になっている。代わりに息子が結婚することになっており、二人の兄弟をめぐる複数の日月出現が彼らの結婚と関わって展開されるのが特徴である。また結婚するお祝いとして二つずつの日月を送り出して焼死や凍死の混乱がこの世に起きたとするのも、天地開闢後、自然に複数の日月が出現してこの世が混沌状態に陥いたとする伝承と違う趣向と言えよう。

今まで述べた伝承は、日月の整備事業が兄弟の協力で行われることになっているが、これとは違って兄弟間の対立のため、日月が複数出現する伝本も存在する。⑧の伝承では、

天地が開いた後、盤古氏は後額に太陽を二つ立たせ、広徳王は月を二つ立たせ、人間は焼死、凍死するはめになった。そこで徐プンソンイという人が玉皇に訴え、玉皇の天地王の息子である大星王、小星王、ドリムマヌラの三兄弟が地から湧き上がった。長男の大星王はこの世、次男の小星王はあの世を統治し、三男は人間ドリムマヌラになるように命じられるが、小星王はあの世の統治を拒否する。そこで天地王は茂る花（環生花）を咲かせる人はこの世、萎れる花（悪心花）を咲かせる者はあの世を統治するように指示し、そこで兄の大星王が勝利を収めることになる。すると小星王は納得せず兄に寝る競争を提案し、早く起きる人がこの世、寝坊して遅く起きる人はあの世を治めることにしようと言った。深寝入りをせず狐寝入りをした小星王は、兄の大星王が寝る間に

よく咲かせた花甕を取り替えて自分の勝利にした。心の優しい兄の大星王は自分があの世を統治するが、この世には日月が二つずつ立ち、鬼神と人間が一緒に住む国になり、獣が話をし、泥棒や人が言い争って敵が多くなるだろうと予言した。小星王がこの世を統治すると予言通り、日月が二つずつ立ち、人間は焼死、凍死したり、泥棒や人が言い争って敵が多くなったりした。鬼神が呼ぶと人間が答え、人間が呼ぶと鬼神が答え、獣が話をしたりした。そこでこの世の統治に自信をなくした小星王は「お兄さんがこの世を治めてほしい」とお願いする。大星王は「それも出来ない人がなぜこの世の統治を主張したのか」と叱りながらも、弟の統治に協力する考えを伝えた。大星王は弓射り名人を地上に送って千斤の矢と百斤の弓で二つずつの日月を整備した。それからは鬼神が呼ぶと人間が答え、人間が呼ぶと鬼神が答え、獣が話をしたりするなどの混乱は収まり、鬼神と人間、人間と獣との区別が付くようになった。

以上では先ず天地開闢後、盤古氏と広徳王が複数の日月を立たせたため、この世は混乱していることを語る。その後、小星王が不正な方法を使ってこの世の統治権を奪ったため、大星王の予言通りこの世は日月が二つずつ立ち、人間は焼死、凍死したり、泥棒や人が言い争って敵が多くなったりしたと、元来あった複数の日月を再登場させ、その混沌はあくまで小星王の悪によるものであり、小星王はその複数の日月も整備できない無能な統治者として描かれている。それにも関わらず兄の大星王は弟のお願いに対して二つずつの日月を整備してあげる寛大さや優しさを見せている。日本神話においてもスサノオノ命が姉の天照大御神とのうけひ競争での勝ちに乗じて、田の畦の壊しや田に水を引く溝を埋めたり、新嘗の神事を行う神殿に糞をひり散らして汚すなどの悪行をしたのに対して、天照大御神は弟を咎めないで、「酒に酔ってへどを吐き散らそうとして、わが弟君はあのようなことをしたのであろう」などと、寛大な心で対処する趣向に近似する。大星王は弟の不正な方法の結果によってあの世を統治してはいるが、この世はまだ小星王が犯した罪によって人間の悪が存在しており、その統治の領域がこの世まで及んでいることを間接的に示すものである。これは先ほどの天地開闢後に自然な形で複数の日月が立ち、結婚のお祝いとして複数の日月を送り出したため混乱を起こす叙述とは異なる趣向である。また司令神の天地王から、長男の大星王はこの世、次男の小星王はあの世を統治し、三男は人間ドリムマヌラになるように命じられるが、これに反して次男の小星王が父王の命令に逆らう叙述は記紀神話においてスサノオノ命が天照大御神の分治命令に従わない趣向と似通っている。

また⑫⑭の伝承の場合は、⑧の伝承と似たような展開を見せてはいるが、天地開闢後の最初に生じた混乱による複数の日月出現を語るのではなく、不正な方法で兄の世を奪った罪によって日月が複数出現し、そのためこの世は真っ暗になる。その混沌としたこの世を無能な小星王の力では整備できないこととなっており、そうした意味で⑫⑭の伝承は小星王の悪によるこの世の混乱が強調されていると言えよう。このように済州島では複数の日月の出現によるこの世の混乱は、弟の小星王が不正な方法で兄の大星王の統治すべき国を奪ったことが原因であった。韓国本土では統治権獲得争いが済州島のように兄弟ではなく、弥勒と釈迦との花咲かせ競争による統治権争いになっている（任晳宰・張籌根『関西地方巫歌（追加篇）』の「聖《せん》人クッ」一九六六　韓国文教部）。

弥勒様が言うには、「釈迦様よ、起きなさい。目を覚まして下さい。この世の獲得競争をしたのに、私の世を奪っていったのだ。私の天地を奪っていったのだ。私の国を奪っていったのだ。釈迦様よ、私はこの世を譲って去るが、君の世になったら、人間は粟のようにつまらなく、生まれた日から盗賊のような心をいだき、一つの空に月が二つ立ち、一つの空に太陽が二つ立ち、夜は三尺三寸の足が凍り、昼は三尺三寸の足が焼け、人間は凍死し、焼死し、生きた人間は粟の殻のようにつまらないのだ。人間が盗賊と同じ心をいだき、十里のところでは奸賊が現われ、五里のところでは泥棒が現われ、家ごとに悪い人間が生まれ、（中略）釈迦様の時代になると、予想通り一つの空に太陽が二つ立ち、月が二つ立ちました。

このように本土の創世神話では弥勒と釈迦の争いでトリックを使ってこの世を奪った釈迦の悪からくる混乱として日月が二つ立つものとなっており、その点では前述した済州島の⑫⑭のテキストに近い。複数出現した日月を除去する方法を探して釈迦は長い旅をし、その過程で狩りや火食の起源など様々な文化起源が語られる。釈迦の苦難の長い旅は、西天国の寺院に着き、そこのお坊さんとの出会いによって終息を迎える。釈迦の苦難の旅は済州島の天地王本解において兄弟が父親を訪ね天上に昇り、二つずつの日月出現による地上世界の混乱を報告する趣向に近似する。釈迦が二つずつの日月で人間が焼死、凍死し、それを取り除く方法を聞くと、三千個の玉をびっしりと繋いだら複数の日月の整備ができるという。釈迦はその方法を婦女たち、火蟻に聞いて解決し、完成させた三千個の玉を仏様に奉納して二つずつの日月を整備し、この世の混乱は収まったのである。

各界分治後の二つずつの日月出現によるこの世の混乱と整備は、日本神話において天照大御神とスサノオノ命の争いの結果による天照大御神の天岩戸隠れ（日食）や復活に構造的には対応し、太陽の異変である点では一致している（依田千百子前掲論文「神々の争い―朝鮮の創世神話とその構造」）が、韓国神話の二つの日月の出現と日本神話の天岩戸隠れのモチーフは正反対の趣向なので直接対応するものとは言えない。しかし、次に紹介する創世神話は日本神話の「天岩戸隠れ」に対応するもの（「三太子プリ」、任晳宰・張籌根『関西地方巫歌』一九六六　文化財管理局）として注目される。

不正な方法で釈迦にこの世の統治権を奪われた弥勒様は、釈迦の時代になると、貴族が賤民、賤民が貴族になり、食べる物や着るもの、男女老若の序列も無くなり、路上には乞食が溢れ、また一つの国に王が複数以上いて争いや混乱が起きることを予言した。釈迦にこの世を譲りながら弥勒様は日月を取って筒の袖に隠して置き、水と火も地下宮に監禁してから昇天した。弥勒の予言通り釈迦の時代になると、この世は日月、北斗七星、明星、三太星などの天体に異常が生じ、この世は真っ暗で人々は前後にこけたりするなどの混乱が起きた。そこで釈迦はチェ道士を呼び出し、日月をどこに隠したのかと聞く。チェ道士が知らないと答えると、鞭で体を打って自白させる。チェ道士が筒の袖から日月を取り出して置くと、この世はもと通りの明るさを取り戻し、昼は太陽、夜は月が立ったのである。

韓国創世神話のほとんどは、二つずつの日月の出現によるこの世の混乱とその整備によってこの世の秩序の回復を述べているが、ここでは日月の隠れやそれによるこの世の混乱と回復を説いており、こうした日月の隠れによってこの世の混乱が招来され、再び復活する形態を取る文献説話としては、『三国遺事』巻一所収の「延烏郎と細烏女」が存在する。

岩石に乗り日本に渡って王と妃になった延烏郎と細烏女であるが、彼らが去った新羅では日月が光を失い真っ暗な状態であった。そこで使者を派遣して彼らを連れ戻そうとすると、帰国は断れたものの、細烏女が作ってくれた薄絹で天を祭り、それによって日月の光を取り戻した。

この神話では日月が隠れたという叙述は見えないが、延烏郎と細烏女は日月の象徴であり、彼らが岩石に乗って日本に渡ることによって新羅では日月の光を失ったというのは、日本神話においてスサノオノ命の乱暴に驚いた天照大御神が天岩戸に隠れることによって世界が闇に包まれる趣向と対応すると言えよう。韓国神話のなかで二つの日月の出現によるこの世の混乱とそれへの整備を語る趣向は、日本神話の天岩戸隠れのモチーフと正反対の趣向なので直接対応するものとは言い難い。それよりは弥勒様が日月を筒の袖に隠して置くことによってこの世の混乱が起き、それを取り戻すことによってこの世に光が復活することを述べるテキストの方が天照大御神の天岩戸隠れや復活を語る日本神話に近いと言えよう。

神々の統治権争いと分治（国譲り）

謎解きや花咲かせ競争などを通じてこの世の統治権を決めようとする神々の統治権争いやその結果によるこの世の混乱、そしてこの世とあの世の分治を語る神話はほぼ全テキストに見られる。天に昇った大星王と小星王兄弟は父王の天地王から兄の大星王はこの世、弟の小星王はあの世を治めるように命じられる。日本神話においてイザナキの命は天照大御神には高天原、月読神には夜の国、須佐之男命には海原の統治を命じたが、須佐之男命だけは命令に逆らって天照大御神を訪ねてうけひ競争をするように、慾張りでこの世を治めたい小星王は兄の大星王に謎解きや花咲かせ競争に勝った人がこの世を治めようと提案する。いわゆる兄弟神の統治権争いである。

しかしその謎解きや花咲かせ競争の伝承状況はテキスト間で必ず一致するものではなく、多様性が見られる。先ず、兄弟は「この世を統治し、あの世を統治する方策を考えよう」と言って、二人ともこの世を治めようとするのは諸本とも一致している。しかし、④⑤⑦⑧⑫⑭の伝承は司令神として父王の天地王は大星王と小星王兄弟に、兄はこの世、弟はあの世の統治を命じるが、小星王は欲張ってその命令に従わず、兄の大星王に謎解き競争で決めようと提案する。韓国本土の場合は、済州島のように兄弟によるこの世の統治権争いではなく、すでにこの世の主として弥勒が統治している領域に後から釈迦が侵入してきて領有権を主張するものである。その紛争の決着をつけるため、済州島では小星王が謎解き問題を出すと大星王はそれを受けて即時に答え、その答えに対してまた小星王が反論したりするなどの問答式が中心となっている。その問答方式は①質問（弟）→答え（兄）→反論（弟）、兄負け→②質問（弟）→答え（兄）→反論（弟）して、二回の受け答えを経て弟の小星王の勝ちとするものが主流をなしているが、⑦の伝承では、①質問（弟）→答え（兄）→②質問（弟）→答え（兄）→③質問（弟）→答え（兄）となって三回の受け答えを経て兄の勝利とする。ほとんどの伝承が弟の小星王が先に謎解き質問をするが、①の伝承では①質問（兄）↓答え（弟）↓反論（兄）、弟負け↓②質問（兄）↓答え（弟）↓反論（兄）↓③質問（兄）、弟負けとなっており、兄の大星王が先に質問し、弟の小星王が答え、それを受けてまた兄が反論した結果、問答の三回目にやっと小星王が敗北を認める叙述となっている。

本土の場合も弥勒と釈迦の賭け事で釈迦が勝つ伝承と弥勒が勝つ伝承ととに分かれる。釈迦が勝つ伝承（姜春玉氏口誦「聖人クッ《せん》」、任皙宰・張籌根『関西地方巫歌（追加篇）』一九六六　文教部）は、①釈迦提案・問題作成↓釈迦負け↓②釈迦提案・問題作成↓弥勒負けとなっており、一回目の賭け事で負けた釈迦は納得せずさらなる賭け事を提案してきて成功を勝ち取るのである。これに対して弥勒が勝つ伝承は、

お前が私の世を奪ばおうとするなら、お前と私と賭け事をしよう。汚く穢らはしいこの釈迦よ、然らば、東海中に私の金瓶は金のつなにて吊るし、汝の銀瓶は銀のつなにて吊るし、弥勒様のお言葉が、私の瓶のつなが切れたら汝の世になり、汝のつなが切れたらまだ汝の世でない。東海中にて釈迦のつなが切れた。

（金サンドリ口誦「創世歌」、孫晋泰『朝鮮神歌遺篇』一九三〇　郷土文化社）

と、弥勒が賭け事を提案し、問題作成をしてその解決を求めるが、これに釈迦は負ける。その進行方法は、①弥勒提案・問題作成↓釈迦負け↓②釈迦提案・弥勒問題作成↓釈迦負けとなっており、一回目の賭け事で弥勒が勝ったが、それに納得しない釈迦は腹を立て、やり直しを提案するがそれでも釈迦が負けることになっている。済州島にしろ本土にしろ、謎解きや賭け事問題は先ずは二つ出されるのが主流をなしている。これに納得しない釈迦に対して弥勒は、「汝と私とが一つの部屋に寝て、牡丹の花がぽつぽつ咲いて、私の膝に昇れば私の世であり、汝の膝に昇れば汝の世である」と言い、三回目の挑戦として花咲かせ（寝る）競争を釈迦に提案し、寝る間に釈迦はよく咲かせた弥勒の花

を自分のものとすり替える不正な方法を使って勝利を勝ち取るのである。

花咲かせ競争によりこの世の分治を決める統治権争いは、鹿児島県大島郡や沖縄本島の那覇市、中頭郡、具志川市、沖縄先島八重山郡などに伝承されており（福田晃氏『日本伝説大系』第十五　一九八九　みずうみ書房）、韓国との関連についてはすでに大林太良氏（「ミロクボトケとサクボトケ」〈『伊波普猷全集』月報九　一九七五　平凡社〉）、山下欣一氏（「巫歌をめぐる問題」〈『東北アジア民族説話の比較研究』一九七八　桜楓社〉）、依田千百子氏（前掲論文）、丸山顕徳氏（「民間説話における沖縄・韓国・日本本土の比較」〈『民博通信』一五、一九八一・一二〉）などによって研究が進められている。済州島の場合も韓国本土と同じように合計三回の問答が主流をなしている。三回目の賭け事や謎解き問題はどちらも寝る間の花咲かせ競争という点で共通している。こうした三回にわたっての謎解きや賭け事競争は、高句麗や新羅、伽耶の建国神話などの国譲り神話にも反映されており、これについてはすでに依田千百子氏が詳しく述べている（前掲同論文）。

済州島の天地王本解では、「ほら可憐な兄よ、では花でも植え、毎年衣替えをし、よく咲かせる者はこの世を統治し、枯れさせる者はあの世を統治することにするのはどうでしょう」と、欲張った弟の小星王はこの世の統治権を獲得しようと、兄の大星王に花咲かせ競争を提案する。しかし小星王が咲かせた花は悪いことをもたらすとされる「悪心花」であり、大星王が咲かせた花はこの世の統治権のシンボルであり、赤ちゃんの授かりを占ったり女性の出産を助けたりする、「生仏花」であった。これは日本神話の天照大御神とスサノオノ命とのうけひの競争で、剣や髪などを噛んで吹きだして五柱の男神や三柱の女神を生み、スサノオノ命が「私の心が清く誠実なので女神を得た。私が勝った」という、うけひ競争が出産と関わって叙述される趣向に響くものである。

花咲かせ競争で不正な方法を使ってこの世の統治権を獲得した釈迦に対して弥勒は、この世の混乱を予言する。本土の田ミョンス口誦「創世歌」（孫晋泰『新家庭』一九三六）では弥勒が去った後、「日月星辰が姿を消した。真っ暗な国になったのだ」と日月が姿を消すことによって真っ暗になったこの世の混乱を述べている。また鄭雲鶴口誦「三太子プリ」（任晳宰・張籌根『関西地方巫歌』一九六六　文化財管理局）では、弥勒様が日月を取って筒の袖に隠して置いて昇天したため、この世は真っ暗になるなどの混乱が起き、それを取り戻すことによってこの世に光が戻ることになっており、日本神話の天照大御神の天岩戸隠れ神話にきわめて近似するものとなっている。

こうした天岩戸隠れ型神話に対して、済州島の伝承では、複数の日月の出現によるこの世の混乱を伝えるテキストが数多く見られる。本土では花咲かせ競争で不正な方法を使ってこの世の統治権を獲得した釈迦に対して弥勒は、

釈迦様よ。私はこの世を譲って去るが、君の世になったら、人間は粟のようにつまらなく、生まれた日から盗賊のような心をいだき、一つの空に月が二つ立ち、一つの空に太陽が二つ立ち、夜は三尺三寸の足が凍り、昼は三尺三寸の足が焼け、人間は凍死し、焼死し、生きた人間は粟の殻のようにつまらないのだ。

と、複数の日月出現などによるこの世の混乱を予言し、この世を弟の小星王に譲って、自分はあの世の統治のため去っていくのである。しかし、あの世とはこの世と断絶された空間ではなく、天地王のいる天上とするテキストがいくつか存在する。⑦の伝承では「私はあの世の法を受け持つために玉皇上帝（天地王）のもとに昇って行く。弟のお前はこの世を統治するように」と、あの世が玉皇上帝のいる天上世界に位置付けられている。日本神話においてスサノオノ命が海原の統治を命じられ泣きわめき、亡き母のいる根国に行きたいというように、③の伝承では「お前は母のいるこの世を統治することになるが、私は父の国を訪ねてあの世に行きたい」と、大星王は雲に乗って天上に昇り、父王の龍床の椅子に座るのである。この趣向は②のテキストにも見えており、これは大星王が父の天地王に代わって天上の世界を引き継いで治めることを意味するものであり、地上とあの世（天上）とが垂直関係につながっているという観念である。韓国本土では弥勒の予言通り、弥勒の去ったこの世は複数の日月が立ち、人間世界は焼死し、凍死

する者が続出するなどの混乱に陥る。そこで釈迦は混乱の原因となる複数の日月を整備するため、長い旅に出るが、その旅程の前後にまた死体化生や火に起源、水の起源などの様々な文化起源が語られるのである。

おわりに――火の起源や水の起源などを語る創世神話――

死体から岩や松が出現し、悪人の寿命長者の骨や肉から蚊・蠅・南京虫・蚤が発生する死体化生モチーフは済州島や本土の一部の創世神話に存在するが、火の起源や水の起源などを語る創世神話は済州島よりは、本土の伝承に見られる。この世の統治権をトリックを使って獲得した釈迦は複数立っている日月を整備する方法を探して旅をするが、その路程で、杖を投げて鹿を殺して狩りをする「狩りの起源」や、狩りした鹿を火に焼いて食べる「火食の起源」が語られる。また釈迦が鹿肉の食いちぎったものを口から吐くと、大魚・小魚などができ、口にくわえた鹿肉を甕に吐き散らすと青燕、黒燕、鶴の飛ぶ鳥となり大空へ飛んで行った。さらに八万三千の地球全体に吐き散らすと、這う獣、走る獣、ノル、鹿、虎、狼になったと、鳥の起源や獣の起源が説かれるのである。釈迦の旅は続き、東海江東龍王国を経て、ある寺院に着き、老僧に二つずつの日月を整備できる方法を聞く。老僧は三千個の玉を使いその玉をびっしりと繋いだら二つずつある日月を一つずつ射落とすことが可能だと言う。釈迦はその難題を解決するため、先ずは婦女たち→セシ娘→火蟻の順番で聞き、火蟻の助力でその難題を説き、複数の日月を整備し、この世の混乱を収めることになるのである。しかし日月は整備できたが、「人間に火と水がないとどう暮らせるだろう」と言い、先ずはハツカネズミを捕まえて体を三回打って聞くと火の根源を教えてくれた。次は青蛙を捕まえて体を三回打つと天台山の中の土壌を三尺三寸の深さまで掘ると、水の根源がわかります」と、青蛙から水の根源を教えてもらうのであった。また別本では弥勒様が誕生したばかりの時、人間は火を通さず生の物を食べていた。そこで弥勒は「これではいけない。

我れ斯く誕生して、水の根本、火の根本、私の外には探し出せる者がない」と言って、水や火の根源を探し求めて旅に出る。弥勒は最初草飛蝗を捕え出し、刑台に置いて、膝の骨を叩き出し、「これ見よ草飛蝗よ、水の根本、火の根本を知らないか」と聞き、次は草蛙→ハツカネズミの順番で聞き、ハツカネズミは天下の米櫃を所有できる交換条件で弥勒様に火や水の根源を教えるのであった（前掲　金サンドリ口誦「創世歌」）。

このように釈迦と弥勒はこの世の混乱を解決するために自分の力だけではなく、草飛蝗・草蛙・ハツカネズミなどの生物の力を借りている。時には人間にとって一番大事な米櫃の支配権をハツカネズミと共有する道まで選びながら火や水の根源を求めている。ではこのような創世神とハツカネズミとの取引をどのように理解すれば良いのか、今後検討する課題であるが、弥勒は生食の代わりに火食の道を選んで人間社会や宇宙の混乱を解消しようとしたのであろう。鼠と火との関係は古く、日本神話では大汝神がスサノオノ命から蛇の洞穴、ムカデと蜜の洞穴に入れられるなどの試練を経て、火の放った野中の鏑矢を拾って来るように命じられ、鼠の助けで無事に火難を逃れたと伝える。

以上のように、韓国の創世神話は国土の起源、人類の起源、文化の起源の三つが同時に語られる形式を取っている伝承が主流をなしており、三者は密接な関連を持ちながら伝承されるものであった。またその創世神話は本土では、一部の地域に偏って伝承されるものであるが、済州島の場合は儀礼をともなう生きた神話として巫覡たちによって豊富に伝承されるものであった。済州島の創世神話は巫覡が一万八千の神々を呼び降ろして行う「初監祭」という神祭で機能する生きた神話である点できわめて重要な意味を持っており、それは儀礼を伴わない、人の手によって書かれた記紀神話などの始原の姿を類推するのに役立つものであった。

参考文献

○真下厚氏「創世神話の生成と伝承―奄美・沖縄の祝詞・説話から―」（『伝承文学研究』第六十一号、二〇一二　三弥井書店）。
○吉井巌氏「古事記の神話―概要と問題点」（稲岡耕二『日本神話必携』一九八二　学灯社）。
○百田弥栄子氏『中国神話の構造』（二〇〇四　三弥井書店）。
○金憲宣氏「韓国と琉球の創世神話比較研究―弥勒と釈迦の対決神話素を中心に―」（『古典文学研究』第二十一輯）。
○許ヨンミ氏「天地王本解の伝承様相及び教育的活動に関する研究」（二〇〇七・六　韓国教員大学教育大学院修士論文）。
○金旻賛氏「済州叙事巫歌の文化受容様相」（二〇〇七・八、済州大学大学院修士論文）姜ソジョン「〈天地王本解〉の儀礼的機能と神話的意味」（『耽羅文化』三十二号　二〇〇八）。
○李秀子氏『済州島巫俗を通じてみた大クッ十二祭次《こり》の構造的原型と神話』（二〇〇四　ソウル集文堂）。
○全北大学人文学研究所編『創造神話の世界』（二〇〇二　ソウルソミョン出版）。

第二編　伝承説話の国際比較

第一章　苧環型蛇聟入譚の「祖母嶽伝説」と韓国説話

―鉄文化の視点から―

はじめに

大分県豊後大野市には豊後国武将・緒方三郎惟栄の始祖誕生を叙述する「祖母嶽伝説」が存在するが、この伝説は、『古事記』に見える苧環型蛇聟入譚に属する三輪山神婚説話と類似するもので、韓国の古代国の一つ、後百済国の始祖由来を叙述する「甄萱伝説」ともきわめて近似している。韓国ではこの「甄萱伝説」をはじめ、苧環型蛇聟入譚を「夜来者説話」と呼んでいる。この三輪山神婚説話については、従来諸氏によって様々な研究が行われているが（1）、この中で孫晋泰氏は、大蛇説話が日本に多く伝承する点をあげ、日本から韓国南部の方に伝わり、それが江原道や咸鏡道に移動したものとする。孫晋泰氏以外のほとんどの研究者は、苧環型蛇聟入譚は中国から朝鮮半島を経て、日本に伝わったものとしている。これに対して福田晃氏は、日本の苧環型蛇聟入のすべてが古代の三輪山伝承の直系の子孫であるとは限らぬものであり、その伝来も中国から日本へ一回だけ、一経路によってのみ伝わったものではあるまい。またその話型も必ずしも一定であったとも考えられぬ」という（2）。また魯成煥氏は、「須恵器の生産が日本では四世紀末、または五世紀はじめに始まるのをみれば、これと関連の深い三輪山伝説の成立を五世紀以前の伝承と見ることができ、韓国から日本へ伝わったのは少なくとも五世紀まで遡る必要がある」と論じる（3）。

以上のように、従来学界での苧環型蛇聟入譚についての研究は、『古事記』収載の三輪山神婚説話を中心に考察が行われ、豊後や日向地方を背景にしている「祖母嶽伝説」に中心を置いて考察した論考は皆無に近いといえる。そこで本稿では、豊後国と日向国を舞台とする、『源平盛衰記』や『平家物語』収載のいわゆる、「祖母嶽伝説」に焦点をあてて検討してみたい。特にその祖母嶽伝説が隣の国・韓国ではどのように展開されているのか、豊後国や日向国の祖母嶽伝説や民間伝承の苧環型蛇聟入譚との比較を通して、両伝承の特質を鉄文化の視点から明らかにしたい。また記紀神話や『源平盛衰記』など収載の苧環型蛇聟入譚には、卵生要素が薄いものとなっており、従来、学界では日本には卵生型氏族神話や卵生神話が縁遠いものとされてきたが、民間伝承の苧環型蛇聟入譚のなかに密かに伝承されるものであった。そこで本稿では、従来学界で指摘したことのなかった日本の卵生型氏族神話の存在も苧環型蛇聟入譚を通じてあわせて論じてみたい。

一　大分の祖母嶽伝説―尾形三郎惟義の始祖―

鎌倉時代の成立とされる『源平盛衰記』には、豊後武将の尾形三郎惟義（緒方三郎惟栄）の始祖由来を語る苧環型蛇聟入譚の「祖母嶽伝説」が記されている。その内容は、およそ次のようである。

（一）①日向国塩田というところに大々夫という徳人があり、娘が一人いた。名を花の御本と言い、とても美しかった。〔女主人公の名〕

②国中に婿になろうとするものが多かったが、大々夫は娘を秘蔵して後園に屋敷を作って住ませ、男を一切通わせなかった。〔女主人公の隔離〕

（二）こうして何年か経ち、ある年の秋、寂しさを囲っている娘のところに立烏帽子に水色の狩衣の姿をし、歳は二四、五、田舎者とは思えない高貴な出で立ちの美男がどこからともなくやってきて、娘のところで様々な物語をする。男は夜毎にやってきて口説いたので、花の御本もさすが岩木ではないので、ついに心を動かした。その後も毎夜、二人の忍び合いは続いた。〔来訪者の姿〕

（三）娘は父母にこれを隠していたが、付き添い女童に見とがめられ、父母に告げられる。父母は急いで娘を呼び問いただすが、娘は恥ずかしいことなので何も言わない。母が様々に脅しすかして聞くと、娘はありのままを話した。母は娘から聞いた男の様子をただ者ではないと察し、たとえ婿にしてもよいから男をつき止めようと考える。そこで苧環と針を与え、男が帰る時、刺すように教えた。〔正体把握方法〕

（四）その夜も男が訪ねて来たので、母の教え通り、男の狩衣の首上に刺して置いた。翌朝、塩田大夫は、息子や下人四、五十人を連れて糸の後をつけると、苧環の糸は、尾を越え、谷を越え、日向と豊後の境の嫗岳という山に至り、大きな穴の中に引き入れられていた。〔来訪者の居住地〕

（五）①穴の口で立ち聞きすると、中からうめき声がし、身の毛もよだつほどであった。娘は父の教えにより穴の口で、「中にいるのはだれ、どうして痛がるの」と言う。すると穴からは、「私はあなたのところに通っていた者、今朝首の下に針を刺された。私の本身は大蛇。出て行きたいが、傷のため日ごろのように変化することもできない。怖い姿を見せるわけにはいかないが、あなたが恋しい。」と答えがある。娘は「たとえどんな姿であろうと、日ごろの情けは忘れない。出て来てほしい。最後の有様も見たい。少しも怖くない」と言う。
〔娘と大蛇の会話〕

②すると大蛇は穴の中からは這い出でた。目は銅の鈴を張ったようで口は紅を含んだよう、頭には角耳を垂れ、髭も生えて、獅子のようであった。娘は衣を脱いで、蛇の頭にかけ、針を抜いてやった。〔大蛇の姿説明〕

③大蛇は、「あなたの腹に一人の男の子が宿った。もし十カ月に生まれれば日本国の大将になれるが、五か

宇田姫社の正面から左側に洞窟が見えるが、この穴を通じて嫗岳山に住む大蛇が夜な夜な花の本姫の寝所を訪ね、情を交わしたと伝わる

月に生まれるので九国の武士しかなれないであろう。九国には並ぶ者がなく、弓矢をとっては人に優れ、賢く心も強いはずだ。恐ろしい者の種だから捨てずに育てよ。子孫の末まで守護するだろう」といった。〔蛇の子誕生予言〕

（六）①大蛇は、再び穴の中に入って死んでしまった。〔大蛇の死〕

②この大蛇とは嫗岳明神の垂迹であった。塩田大大夫妻と眷族たちは皆怖くなって家に帰った。〔来訪者の正体〕

（七）①月満ち、花の御本に男の子が誕生。成長するにつれて、容顔もゆゆしく、心も強かった。母方の祖父の名に因んで「大太童」と呼ぶ。裸足で野山を走るので足に皹が常にできていたので異名を「皹童」、または「皹大弥太」と呼ばれた。その五代目の孫が尾形三郎惟義である。〔始祖誕生〕

②蛇の子の末を継ぐべき印として、身に蛇の尾の形と鱗があったので尾形三郎と言った。〔蛇の子孫の印〕

二　祖母嶽伝説の諸伝承

右の祖母嶽伝説の諸伝承のものとしては、次のようなものがあげられる。

緒方三郎惟栄の始祖・大神惟基が出生したという萩塚

①『源平盛衰記』古巻第三十三「緒方三郎平家を責むる事」
②『平家物語』巻第八「緒環」
③『平家物語』（延慶本）第四「伊栄之先祖事」
④『古事記』中巻　崇神天皇「三輪山伝説」
⑤『日本書紀』巻第五　崇神天皇（十年九月）、「三輪山伝説」
⑥『常陸国風土記』「那賀の郡」
⑦『新撰姓氏録』「大和国神別」
⑧『肥前国風土記』「松浦の郡」

以上の祖母嶽伝説諸本を対照して示すと、次のようになる。

モチーフ ＼ 諸本	源平盛衰記	平家物語	平家物語（延慶本）	古事記	日本書紀	常陸国風土記	新撰姓氏録	肥前国風土記
一 ①女主人公の名	○日向国の塩田の大々夫という徳人の娘・花の御本	○豊後の片山里のある人の一人娘で夫のいない女（長門本は、豊後国知田村の赤雁太夫の一人娘の柏原の御本）	○豊後国の知田の庄の大丈夫の一人娘（南都本は豊後国伊智田村、片山里の大太夫の一人娘で柏原のオウトト）	○容姿が整って、美しい活玉依姫（陶津耳命の娘）	○倭迹迹日百襲姫は大国主神の妻になった	×茨城の里の晡時臥山、兄妹がいた	○三島の溝杭耳の娘・玉櫛姫	○弟日姫子
②女主人公の隔離	○秘蔵して後園に屋敷	×	○秘蔵して後園に屋敷	×	×	×	×	×
二 来訪者の姿	○立烏帽子に水色の狩衣の二四・五の男、美男子	○水色の狩衣の男	○狩衣の男	○容姿、身なり比類ないほど立派な壮夫	○昼は姿を見せず、夜のみ来る	○姓名のわからない男。夫婦になる	（大物主神）	○顔形が狭手日子に似た男
三 正体把握方法	○針と倭文の苧環	○針と倭文の苧環	○針と倭文の苧環	○麻糸（へその紡麻）と針、赤土撒く	×（針と苧環はないが、積極的に正体を追及）	×	○苧を紡いで衣にかける	○績麻（紡いだ麻糸）
四 来訪者の居住地	○日向と豊後の境の嫗岳山の大きな窟の中	○日向国の境の優婆岳山の麓の大きな岩屋	○当国の深山の嫗嶽の苔深き巌穴	○三輪山の神の社	○後、天空を踏み轟かして三諸山（三輪山）	（晡時臥山）	○茅渟県の陶邑を経て、大和国の御諸山（三輪山）	○褶振の峰の沼の辺り
五 ①娘と大蛇の会話	○詳細、立ち聞き型	○立ち聞き型	○詳細、立ち聞き型	×	○詳細	×	×	×
②大蛇の姿説明	○長は知らず、臥長は五尺計也、目は	○臥しだけは五六尺、跡枕べは十四	×岩穴から出てこない	×	○（美しい小蛇）	×	×	×

		赤銅の鈴を張った様、口は紅を含む様	五丈						
	③蛇の子誕生予言	○男の子	○男の子	○男の子	×冒頭で意富多々泥古誕生の理由	×	×	×	×
六	①大蛇の死	○	×	○死は言わないが、音なし	×	×女が陰部をついて死ぬ（箸墓由来）	×伯父を恨んで雷の力で殺す	×	○後、蛇と弟日姫子（墓を作る）
	②来訪者の正体	○大蛇、嫗嶽明神の垂跡	○大蛇、高知尾明神の身体	○大虵、（豊後国の）この山を支配	○大物主神	○小蛇、三諸山（三輪山）	×	×三諸山（三輪山）	○蛇（身は人間、頭は蛇）
七	①始祖誕生	○尾形三郎惟義の始祖（祖父の塩田大夫の名に因んで大太童、皹童、皹大弥太、	○緒方惟栄の始祖（祖父の名に因んで大太、あかがり大太）	○尾形伊栄の始祖、（祖父の名に因んで大太、赤雁大太	○意富多々泥古、神君と鴨君の始祖	×	○片岡村の子孫が社を建立、祭る。蛇を盛った皿と甕も伝承	○大三縈（おおみわ）の始祖の大神朝臣	×
	②蛇の子孫の印	○蛇の尾の形、鱗あり	×	○背中に虵の尾の形	×	×	×	×	×

右のように、祖母嶽伝説の諸伝承は、（一）の〔女主人公の名〕から最後の（七）〔始祖誕生〕までのモチーフ構成によるものである。そこで、日向国や豊後国を舞台とする「祖母嶽伝説」の諸本間の異同を検討し、また伝承様相について鉄文化との観点から詳しく論じてみたい。

（一）女主人公の名・女主人公の隔離

①〔女主人公の名〕についてみると『平家物語』などが国を豊後国にしているのに対して、『源平盛衰記』では日

向国とし、主人公の花の御本の父も塩田の大々夫とするなど、違いが見られる。『源平盛衰記』は国を日向国の塩田としており、なぜ塩田というのか、究明すべき問題である。②〔女主人公の隔離〕について、『源平盛衰記』と『延慶本』では、父親が娘を秘蔵して後園に屋敷を作り、一人暮らしをさせ、外部から男が侵入できないようにしているのが、他の伝本に見られない特徴で、その原拠とした説話が『古事記』収載の三輪山神婚説話とは違うことを示す。しかしこの一人暮らしの設定は、却って正体の知れない男の娘の部屋への一方的な訪問と交わりのきっかけを提供していると言える。

（二）来訪者の姿

〔来訪者の姿〕について特に『源平盛衰記』と『平家物語』では、「水色の狩衣」を着た男としていることに注目する必要があろう。なぜ「水色の狩衣」なのか、従来はあまり注目していなかったが、水色とは、普通無色透明であるが、池や湖などの色のように、緑みのある青色である。この青色とは酸化した鉄の色を表すこともあり、夜訪問してくる男がおそらく鉄文化と関連する人物であることを示す。この点は後で見る韓国の神話でも同じことが言える。また『源平盛衰記』では、「二四・五の男で美男子」と設定しているが、この趣向は、『古事記』の「容姿、身なり比類ないほど立派な壮夫」に近い叙述である。このように男の姿が美男子で、魅力的存在であるという設定は、一人で寂しく暮らしている娘が正体の知れない男の訪問と性的要求を拒否できない状況を作りあげているといえる。

（三）正体把握方法

これについて『源平盛衰記』の諸伝本は、針と倭文（日本古代の織物）の苧環とするのに対して、『古事記』では針と麻糸（へその紡麻《うみそ》）としており、やや趣向が異なる。糸と針は、生まれた子供が母親と臍で繋がっていることと同じように、家にいる娘と外に住む来訪者が糸で結びついていることを意味し、『古事記』での「へその紡麻」とはそのことを示すものであろう。さらに『古事記』では、夜の来訪者に赤土を撒くように親から指示されるところに注目する必要があろう。赤土を撒く行為は、従来の研究では、①不浄な侵入者を防ぐための呪術的行為、②赤土を踏んだ足跡をつけるためであると、解釈しているが(4)、筆者は赤土を撒く行為は、夜の訪問者が鉄文化と関連する人物であることを示していると考えたい。昔から天然の酸化鉄の顔料などは黄土と呼ばれることがあり、たとえば阿蘇カルデラ内に堆積した黄土の「リモナイト」は、「褐鉄鉱」や「湖沼鉄」とも呼ばれ、水草の根に付く水酸化鉄で、その成分の約七割が鉄成分の黄土色の土と言われる。だから『古事記』において黄土を撒く行為は、夜の訪問者が鉄文化を保持した人物であることを間接的に表すものであろう。『日本書紀』の方は、最初から姫君は大物主神と結婚している状態なので、正体把握に積極性が見られる。（五）の①娘と大蛇との会話において「私の姿に驚かないで」、（六）の②来訪者の正体において、姫が「小蛇の姿を見て驚き叫んだ」などのくだりは、『源平盛衰記』に近いもので古事記には見えない叙述である。だから『古事記』と『日本書紀』は、その原拠とした説話が必ずしも同じものであったとは言えないであろう。

（四）来訪者の居住地

〔来訪者の居住地〕について『源平盛衰記』などの伝本では、日向国または日向国と豊後国の境にある嫗嶽山の穴とするのに対して、『古事記』『日本書紀』『新撰姓氏録』では、三輪山（三諸山）となっており、『源平盛衰記』などは、豊後国や日向国の地元に根ざした伝承であることが言えよう。特に⑧『新撰姓氏録』では大国主神が三島溝杭耳の娘・玉櫛姫と結婚し、毎夜通ったが、その正体を知るため苧環の糸で確認すると、茅渟県の陶邑（現在の大阪堺市）を経て、三輪山に至ったとあって、大物主神は茅渟県の陶邑と関連が深い。『日本書記』崇神紀七年二月、八月の条に、三輪山の大物主神が倭迹迹日百襲姫命に乗り移って天皇に託宣を下した。それに従って大物主神の子・太田田根子を「茅渟県の陶邑」で見つけ出し、出所を聞いたところ「父は大物主神、母は活玉依媛で陶津耳の娘です」とある。この陶邑は須恵器の産地。須恵器とは、青く硬く焼き締まった土器で、古墳時代の中頃（5世紀前半）に朝鮮半島から伝わったとされる。須恵とは韓国語で鉄を意味し、太田田根子が製鉄と関連する人物であることを示す。『日本書紀』の初代天皇神武の大后の出自を伝える「神武記」では、三島溝咋の娘で、名は勢夜陀多良比売が美しかったので、美和の大物主神が見染めて、その美人が大便をするとき、丹塗矢に化して結婚、生んだのが富登多多良伊須須岐比売命であり、またの名を比売多多良伊須須気余理比売（神武天皇の妃）としたという。ここで多多良は鍛冶場で火を起こす時に使う蹈鞴のこと。大蛇として象徴される大物主神と火神の娘との結合、これは後で触れる韓国の伝承とも通じるものである。

（五）娘と大蛇の会話

①〈娘と大蛇の会話〉については、『平家物語』よりは『源平盛衰記』と『延慶本』が詳細に語る。『源平盛衰記』や『平家物語』『延慶本』では、娘が日向と豊後の境の嫗岳という山に至り、大きな穴の口で立ち聞きすると、「中からうめき声がし、身の毛もよだつほどであった」と言い、昔話のように蛇の親子が対話を交わすこととせず、娘が蛇と会話をやり取りする展開となっており、『源平盛衰記』などと昔話との交流が想定される。あるいは『源平盛衰記』などは、こうした立ち聞き型の昔話に準じた説話を原拠としているかも知れない。これは『古事記』の三輪山

神話には見えない趣向である。だから単に『古事記』が歴史的に古いからと言って、『古事記』から『源平盛衰記』へ、直接影響を与えたと簡単には決め付けられないと考える。②〔大蛇の姿説明〕について『源平盛衰記』では、岩の中に入っている大蛇に姫がその姿を見せてくれと頼むが、最後まで姿を見せない叙述になっているのに対して、『延慶本』では、岩の中にいて、「臥しだけは五六尺、跡枕べは十四五丈」としており、『源平盛衰記』では、「長は知らず、臥長は五尺計也」と、『平家物語』とほぼ同じ趣向を見せてはいるが、『源平盛衰記』ではさらに、「眼は銅《あかがね》の鈴を張るが如く、口は紅を含めるに似たり」と記し、違う叙述が見られる。これは大蛇と鉄との関連を示すものであろう。③〔蛇の子誕生予言〕について見ると、『古事記』では意富多々泥古は、大物主神と陶津耳命の娘である活玉依毘売の間の子供として描かれているので、蛇の子誕生の場面は設けられていないが、『源平盛衰記』の諸伝本では、蛇の子誕生を予言しているのが特徴である。これは『源平盛衰記』の諸伝本は、最後のところで戦国武将の惟栄を恐ろしき者の子孫として描くために導入されているものと考える。

（六）大蛇の死

①〔大蛇の死〕について、『古事記』や『平家物語』では言及がないのに対して、『延慶本』では岩穴の中で「音なし」ものとして語るだけで死んだという直接的な表現は使っていないが、『源平盛衰記』では「大蛇穴に引き入りて死にけり」と、大蛇の死が語られている。②〔来訪者の正体〕について、『古事記』では大物主神とあるだけで、蛇かどうかがはっきり書かれていないが、『日本書紀』では、大物主神は「美麗しき小蛇」（巻第五崇神天皇十年九月条）、「大蛇」（巻第十四雄略天皇七年七月条）となっており、大物主神が蛇として描かれている。『源平盛衰記』の諸伝本でも

来訪者の正体を大蛇としている点では共通しているが、その大蛇について、『源平盛衰記』では「豊後国の嫗嶽明神の垂跡」、『延慶本』では「この山（豊後国の嫗嶽山）を支配する」となっているのに対して、『平家物語』では大蛇を「高知尾明神の神体」と記されており、やや違う趣向を見せている。昔話でも来訪者の正体が蛇である伝承が主流をなしているが、河童、龍の子、大猪、大口魚、蝦蟇、古鰻、毛虫など多様な形で表れるが、ほとんどが水と関連した動物である。

（七）始祖誕生・蛇の子孫の印

①〈始祖誕生〉について、花の御本と大蛇との間で生まれた子供が『源平盛衰記』では、祖父の名に因んで大太童、皹童、皹大弥太、『平家物語』では大太、あかがり大太となっており大きな違いは見られない。しかし『延慶本』では大太、赤雁大太となっており、鳥の名を付しているのが特徴である。また大神氏系図では、九九〇年四月、藤原伊周《これちか》が悪事によって流刑され、豊後国の塩田太夫に預けられ、緒方庄の萩堵螻《はぎとろ》に住んだ。その娘のもとに嫗嶽明神の化身である大蛇が夜な夜な通い、その間で子供が生まれ、大蛇の予言で姓を大神、名を大太と付け、またの名を銅大太と言ったという。(5) これについて渡辺氏は、「銅大太とあるのは、胝（皹）大太の転訛であろう」(6) というが、この伝説を鉄文化の視点から眺めれば「銅大太」という名称が「胝（皹）大太」より先行した可能性があり、女主人公の父親が嫗嶽山の銅や鉄などの採鉱や鉄精錬にかかわった人物であることを示すものであろう。また、『延慶本』では娘と大蛇の間で生まれた子供の名を祖父の名に因んで「赤雁大太」としており、『平家物語』の長門本でも、女の父親を「赤雁太夫」としているのが注目すべきところである。なぜ「赤雁」という鳥の名称を付けたのか。「赤雁」も鉄文化の視点から論じる必要があろう。赤雁の背に乗って朝鮮半島の新羅から比礼振山（佐毘売山・権現山）に飛来し、

比礼振山に舞い降り、近郷を開いたという狭姫（食べ物の神の大宜都比売神の娘）物語。「狭姫」においての「サヒ」とは鋤や鍬の刃先に装着するような鉄片を言い、これの酸化したものが「サビ（銹）」であった。(7) その比礼振山には佐毘売山神社（島根県益田市）があり、その周辺には古い鉱山がある。一五世紀には島根県太田市大森町にも佐毘売山神社は分霊して、石見銀山の守り神として祀られている。比礼振山に鉱山の神が祀られるようになったのは平安時代といわれる。他にも益田近辺には歴史の古い鉱山があり、大森より先の鉱山文化が存在する。(8) 佐毘売山神社の動きは鉱山技術者の移動と関連があり、赤雁は鉱山の神と結び付いている。上記の『延慶本』や長門本『平家物語』に見える「赤雁太夫」も製鉄技術者と関連して理解する必要があり、嫗嶽（祖母嶽）明神を祖神とする大神氏一族が製鉄文化を持った金属技術集団であることを示すものであろう。②〔蛇の子孫の印〕については、蛇の子の末を継ぐべき印として、身（背中）に蛇の尾の形と鱗があったので尾形三郎といったというもので『源平盛衰記』と『延慶本』のみに存在する。このように生まれた子に蛇の印として鱗があるというのは、昔話の方でも、熊本県熊本市、香川県丸亀市、山口県大島郡、愛知県名古屋市、新潟県南蒲原郡、岐阜県大野郡などの伝承にも見られ、(9)『源平盛衰記』はこうした伝承との交流が考えられる。大分県豊後大野市三重町には肝煎御霊宮（祖母嶽神社）が存在するが、その祭神は豊後大神氏の祖神である、祖母嶽大蛇の霊であり、鱗を神体として祀っており、(10)『源平盛衰記』などが記す「蛇の子の末を継ぐべき印として、身に蛇の尾の形と鱗があったので尾形三郎と言った」という叙述と一致する。

以上で述べたように『源平盛衰記』『平家物語』では、中央で編纂された『古事記』や『日本書紀』などと違って、豊後国や日向国を舞台として展開されているのが特徴である。『古事記』は、『源平盛衰記』に見える、（一）の②女主人公の隔離、（五）の①娘と大蛇の会話②大蛇の姿説明③蛇の子誕生予言、（六）の大蛇の死、（七）の蛇の子孫の印などを欠くなど、その趣向はかなり違うので、両者は原拠とした説話が必ず同一であるとは言いにくい。渡辺澄夫氏は、「豊後大神氏の出自は大和大神《おおみわ》氏の後であることには異論はない」[11]というが、上記のように、『源平盛衰記』などの豊後国と日向国を舞台として展開されるものと、古代の三輪山伝承とはかなりその趣向を異にしている。何らかの影響関係はあるかも知れないが、だからといって大和の神話をそのまま、豊後国に移植され再現したとは考えにくい。すなわち、日本の苧環型蛇聟入のすべてが古代の三輪山伝承の直系であるとは限らないものである。文献ではないが、日本の昔話では、「苧環型蛇聟入」が節句由来などと結合して蛇神の子種を否定する伝承（立ち聞き型）が多い。すなわち、糸の跡をつけると岩穴の中に入っており、そこで立ち聞きをすると、蛇の親子が話している。小蛇が親蛇に子を孕ませたというと、親蛇は節句の桃酒、菖蒲酒、菊酒を飲むと子が下りるという。娘の母はそれを聞き、娘に節句の桃酒などを飲ませると、盥三倍（七倍）ほどの蛇の子が生まれ、またはお腹の蛇の子が下りた。だから女は節句の酒を飲まなくてはいけないと伝える。[12]このように蛇体を邪悪なものとして、その子種を堕胎させることは、『源平盛衰記』などのような英雄始祖誕生を語るものとは大きな隔たりがあると言わざるを得ない。この子種を否定する苧環型蛇聟入は日本の伝承に多く見られ、日本的特徴といえるが、この話型はすでに韓国の伝承にも見られるので中国からの直接の影響というよりは朝鮮半島との関連から論じるべきであろう。

『源平盛衰記』では（五）の②大蛇の姿説明において、「目は銅の鈴を張ったようで口は紅を含んだよう」、生まれた子供については、異名を「皹童」、または「皹大弥太」、「銅大太」（大神系図）とする。『延慶本』では大太、赤雁大太となっており、鳥の名を付しているのが特徴である。これは赤雁と鉄との関連からであろう。緒方氏をその祖とした大神氏は、製鉄文化を持った金属技術集団であり、祖母山から豊・日境界の山々には豊富な鉱山が続いたのである。[13]『源平盛衰記』と『平家物語』では、夜の訪問者の姿が「水色の狩衣」であった。水色とは、普通無色透明であるが、池や湖などの色のように、緑みのある青色である。この青色とは酸化した鉄の色を表すこともあり、夜訪問してくる男がおそらく水神であり、鉄文化と関連する人物であることを示す。『源平盛衰記』『平家物語』では、夜の来訪者の正体が大蛇であり、その大蛇は、嫗嶽明神（祖母山）や高知尾明神の身体（垂迹）で、豊後大神氏はこの嫗嶽（祖母嶽）明神を祖神とするのであった。

三　祖母山信仰―嫗嶽（祖母嶽）明神と豊玉姫命、彦五瀬命―

前述したように、豊後大神氏は嫗嶽明神をその祖神とするものであったが、鎌倉時代成立の『源平盛衰記』や『平家物語』には、祖神の名称が「祖母嶽明神」ではなく、「嫗嶽明神」や「高千穂明神」となっている。そこで「祖母嶽」や「祖母」という呼称がいつ頃から登場したのかを検討してみたい。先ず、大分県竹田市大字神原一七七二番地（旧豊後国　直入郡）には健男霜凝日子神社があるが、この神社については唐橋世済著『豊後国志』（一八〇三年）巻の六に次のような記録が見える。(14)

○健男霜凝日子神社：豊玉姫命を以て彦五瀬命を配祀し、嫗嶽神とす。故に嫗嶽明神と称す。
○嫗嶽：入田郷の南に在る。一に鵜羽と作し、祖母と名づく。蓋し山に豊玉姫命を配祀す。神武帝の皇祖母たる所以也。
○神原山：井手上村より百余歩登る、巨岩窟の中に祠有り。白雉二年嫗嶽の本祠を作る所也。祠の傍らに路有り、嫗嶽の巓に達す。巓に一石祠有り、（中略）里人是を以て上宮と称し、本祠を以て下宮と称す。（中略）豊玉姫命を以て彦五瀬命を配祀し、健雄霜凝日子神と為す。

右記のように嫗嶽明神とは、神武天皇の祖母である豊玉姫命に孫の彦五瀬命を配祀して、これを嫗嶽明神としていることや、嫗嶽は入田郷の南にあり、鵜羽と書いてこれを祖母と名づけたとあり、豊玉姫命の出産と関わる鵜羽と祖母とが同一視されているのが興味深い。また嫗嶽の頂上には一つの石の祠があり、これを上宮とし、健男霜凝日子神社を下宮とし、この下宮に豊玉姫命に彦五瀬命を配祀し、健雄霜凝日子神としたということが記されている。

また、伊藤常足著『太宰管内志』（一八四一年）豊後之四「直入郡」[15]にも、この建男霜凝日子神社についての記述が見える。

○建男霜凝日子神社

〔延喜式〕に、直入郡建男霜凝日子神社あり、建男霜凝日子は多祁袁志毛古理比古とよむべし。御名の義、建男は、勇猛なる男神に因て負せるべし。霜凝は大しく結ぶ処に負せるべし。（中略）〔戸次軍談一巻〕に彦五瀬ノ命、則姥嶽大明神、是大神氏の祖神なりなどあり。〔亀山随筆〕に、健男霜凝日子神社は、直入郡入田郷神原村祖母嶽北麓ノ岩窟ノ中に在り。彦五瀬ノ命を祭て下宮と云。比咩神社を上宮と云。

○比咩神社

〔亀山随筆〕に、直入郡比咩神ノ社は、下宮の御神五瀬彦命の御祖母神豊玉姫を祭る。故神を比咩神と申し、山を祖母嶽と云とあり。

右記の『太宰管内志』の引く、『戸次軍談』（彦城散人著、一六九八年）には彦五瀬ノ命がすなわち姥嶽大明神であり、これがまた大神氏の祖神であると記す。江戸時代末期成立の森春樹著『亀山随筆』にも健男霜凝日子神社は、直入郡入田郷神原村祖母嶽北麓の岩窟の中にあり、彦五瀬命を祭って下宮とし、比咩神社を上宮としたと書かれている。また同書には比咩神社のこととして、直入郡比咩神の社は、下宮の祭神である五瀬彦命の御祖母神・豊玉姫を祭ることから比咩神と称し、その山を祖母嶽と言ったとある。よって鎌倉時代の『源平盛衰記』や『平家物語』などに見える嫗嶽大明神が江戸時代に入り、神武天皇や彦五瀬命の祖母である豊玉姫命信仰と結び付き、嫗嶽大明神という名称とともに祖母嶽や祖母嶽明神も併用して使われてきた可能性がある。こうした祖母嶽信仰が広められた背景としては、嫗嶽明神を祖神として祭る豊後大神氏の関与が考えられる。大分県豊後大野市三重町には肝煎御霊宮があり、太田重澄著『寺社考』(一七四一年)(16)には次のように記されている。

伝ニ曰ク、大神氏ノ祖神祖母嶽大蛇ノ霊也。蛇鱗三枚ヲ崇メ奉ル。天正一四丙戌年薩州ノ賊軍乱入ノ時、神体ノ鱗ヲ奪ウ。文禄年中、神木ノ杉を伐ル。白鷺樹上ニ鳴キ、鮮血斧下ニ迸ル。木ノ切リ口六坪半有リ、故ニ杉百本ヲ植エテ神怒ヲ宥ム。

右記のように、大神氏の祖神は祖母嶽大蛇の霊であり、蛇鱗三枚を神体として祭っていることがわかり、これは『源平盛衰記』などにおいて「蛇の子の末を継ぐべき印として、身に蛇の尾の形と鱗があったので尾形三郎と言った」という叙述と一致するものである。また神木を切った際、白鷺が泣き、鮮血が斧の下から迸ったとあるが、鷹や鳥は製鉄と関連しており、大神氏の祖神が製鉄とも関連していることを示すものであろう。また、波多野正男『大野神社大鑑』(一九二七年)(17)にも肝煎御霊祠（祖母嶽神社）について、『豊国誌』の記事を引用してこれと同じ内容が紹介されている。以上を小まとめすると、先ずは神武天皇の祖母である豊玉姫命に孫の彦五瀬命を配祀して、これを嫗嶽明神とする。また嫗嶽の頂上には一つの石の祠あるが、これを上宮とし、嫗嶽山の北麓の岩窟にある健男霜凝日子神社を下宮とし、ここに豊玉姫命と彦五瀬命を配祀し、健雄霜凝日子神としたという。このように鎌倉時代の『平家物語』などに見える、大神氏の祖神としての嫗嶽山の嫗嶽大明神が江戸時代に入り、彦五瀬命の祖母である豊玉姫命信仰と結び付き、祖母嶽や祖母嶽明神（大蛇の霊）と同一視されるようになったと言えよう。

苧環型蛇聟入譚に属する祖母嶽伝説と奈良の三輪山神婚説話は、その内容や大蛇が神様として祭られている点においては似通っており、ともに鉄文化を背景にしている点では一致していると言えるかも知れない。しかし祖母嶽伝説

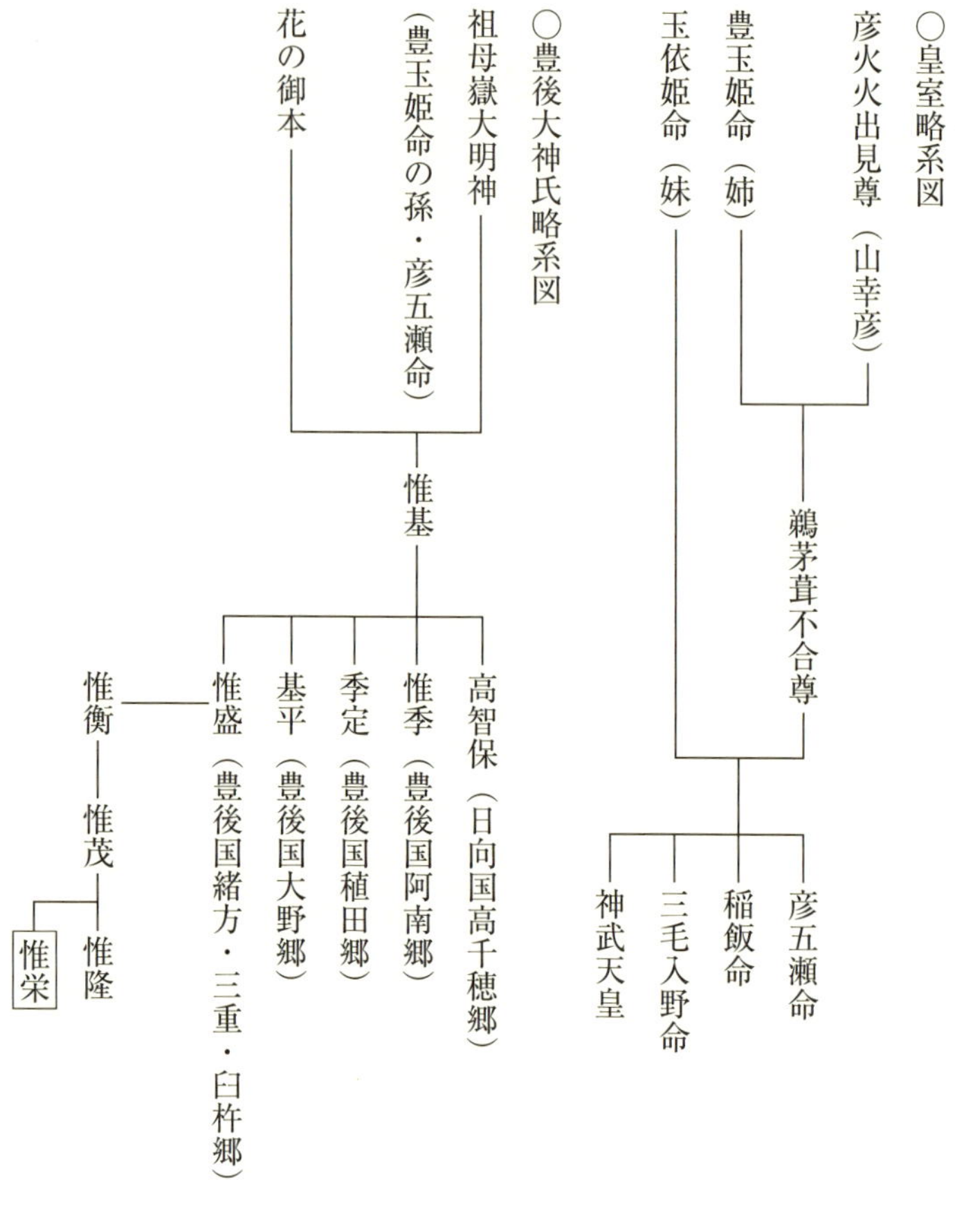

（東京大学史料編纂所影写本「大神氏系図」、渡辺澄夫『緒方三郎惟栄』所収参照）

は、三輪山神婚説話と違って、苧環型蛇聟入譚の立ち聞き型に近い趣向が見られており、神武天皇の祖母である豊玉姫命や兄の彦五瀬命神話と結び付いて伝承されている点においては大きく相違していると言わざるを得ない。では祖母山に神武天皇の祖母である豊玉姫命信仰を持ち込んだのは誰なのかが問題になるが、それは自らの祖先を嫗嶽（祖母嶽）明神として信仰してきた豊後大神氏であろう。豊後大神氏は自らの血筋が天皇家と繋がっている神聖で貴い存在であることを主張することによって、奈良の三輪氏（大神氏）とは違う存在であることを強くアピールしようとしたかも知れない。

四　苧環型蛇聟入譚の祖母嶽伝説と卵生型始祖神話

日朝神話研究者で著名な三品彰英氏は『神話と文化史』(18)において、「始祖卵生神話という特定な要素に関する限りにおいては、わが（日本）神話は、その分布境域外に位置しているのである」「思うに卵生神話をそのまま受け入れなかったほどに、わが神話伝説界は卵生要素には縁遠かったようである」と論じられているように、従来学界では日本にははっきりとした卵生神話が存在しないか、卵生神話が希薄なものとされてきた。確かに記紀神話や三輪山神婚説話などの文献を見る限りにおいては、日本には明確な卵生神話は影の薄いものとなっていると言えよう。ではたして日本には卵生神話が伝わっていないのであろうか。この問題を探るため、先ずは大分県大野郡に伝わる卵生型始祖神話を紹介したい。

娘の名は宇田姫といい、大蛇が死ぬとき箱をやる。九十九日目に開くと中から金色の玉が三つ出て、三人の子供となる。高田太郎、臼杵次郎、緒方の三郎である。姫が百日目で開いたら時の都は宇田に移されたであろうという。宇田姫を祀ったのが宇田神社。三つの玉の出た所が三玉区である。また長者を直入郡柏原村の鳩原長者ともいい、箱から生まれたのを佐伯の太郎、方加世の次郎、緒方の三郎ともいう。(19)

これは苧環型蛇聟入譚の前半部分である、美しい女性・宇田姫の部屋に毎晩見知らぬ男が訪ねて来、その正体を知るために糸を針に通して男の襟元などに刺して置くところは欠如しているが、説話の内容から見て省略されていることが考えられる。するとこの説話は大蛇からもらった箱の中から金色の玉（おそらく卵）が出てき、その玉が三人の子供となり、それが高田太郎、臼杵次郎、緒方の三郎であると主張しており、卵生型（人卵型）氏族の始祖神話となっている。ここで大蛇が百日目まで箱を開けてはいけないと言ったが、その禁忌を破って九十九日目に開けて見ることによって、時の都が宇田に移されなかったと不完全な状態で終わってしまったことを叙述するが、この趣向は記紀神話の豊玉姫命説話や『日本書紀』の三輪山神婚説話などにも見える。次の説話も大分県に伝わる苧環型蛇聟入譚である。

　村の少女が男の袴の裾に白糸を縫いつけその糸をたどっていくと、今の龍子淵に行っている。岩窟の中で、自分はこの針のために死ぬ、お前の腹には三子がある。それを淵に六十日間沈めて顔を見ないでいると、天下に覇をとなえる勇士となるであろうという。生まれた三つの卵を箱に入れて淵に沈めるが三子が箱の中で騒ぐので五十七日目にしんぼうしきれないで開く。三人の子は家に育てられて高千穂太郎、緒方次郎、佐伯次郎となる。三人ともこの地方の勇士となったが、三日早かったので天下をとることができなかったという。今に祠があって祀ってあるという。[20]

右記は正体の知れない男が少女の部屋を毎晩訪ねて来る場面は省略されているが、男の袴の裾に白糸を縫いつけその跡を辿っていくと龍子淵に至ったとあり、男の正体がはっきり表れていないが、龍子淵という地名からその正体は龍であることが考えられよう。だとすると、龍の予言通り少女のお腹からは三つの卵が生まれており、その卵から三人の子供が誕生、それが高千穂太郎、緒方次郎、佐伯次郎であると、その始祖由来を語っている点は前述の大分県大野郡の卵生型始祖神話と同様である。箱を開けるのが三日早かったので天下をとることができなかったというのも大分県大野郡の伝承において、一日早く開けることによって時の都が宇田に移されなかったと不完全な状態を述べることと同じであり、緒方三郎惟栄の始祖誕生譚にも通じる趣向である。このように大分県の伝承は、卵から生まれた者が一族の始祖として祀られているので卵生型始祖神話に属すると言えよう。次の熊本県阿蘇郡高森町高森に伝わる伝承も苧環型蛇聟入譚の卵生型始祖神話である。

かない部落の長者屋敷に両親と娘が暮らしていた。娘が年頃になり、若武者がずっと通って遊びにくる。男が名前を明かさないので両親が竹田で木綿糸を買ってきて糸巻きに巻き、針を付けて、娘に男のはかまの裾に針を刺すようにと教える。針を刺された男は娘に「今日限りでもう来ない。卵が三つ生まれようが、その養い分にこの玉を残しておくから二間ほどの家を建ててそれに卵とこの玉を入れ、三年と三月の間絶対開けないでくれ」と言い残して目の玉のような玉を置いて帰っていく。翌日両親と娘が糸を頼りに大川を渡り、みやど村を通っておばだけ村に至ると山奥の大きな洞穴に到着する。中でうなり声がするので娘が「もう一度元の姿になって会ってくれ」と言うと、「私は洞穴の主のうわばみだ。針が大切な尻尾に刺さったので病気になってやがて死ぬ。卵から生まれる子はみな偉い者になって親を大切にしよう」と言う。言われたようにして一、二年たつと卵を入れた家の中で剣道でもしているような騒ぎがするので、三年たったとき戸を開けてみるとりっぱな息子が三人いて、大騒ぎしている。一番先に出てきて竹田の太郎と名づけられた子はそこにいて偉い人になる。つぎの子は別府へ出し、別府の次郎と名づけられてこれも偉い人になる。三男の三郎はおがたにおもむきこれも出世するが、長者屋敷はまもなくつぶれてしまった。(21)

右記は、「三男の三郎はおがたにおもむきこれも出世するが、長者屋敷はまもなくつぶれてしまった」と、緒方三郎惟栄の始祖神話と関連して語られており、卵生型始祖神話に属するものである。正体の知らない男の袴の裾に糸巻きの針を刺して、その跡を辿ると洞穴に住むうわばみ（大蛇）であることがわかり、中で唸り声がし、大蛇が生まれてくる子供の将来について予言する点なども緒方三郎惟栄始祖神話と同じである。また卵と玉がセットになって登場しているが、その養い分に「この玉を残しておくから」という趣向は、豊玉姫伝承の伝える宮崎県鵜戸神宮において、豊玉姫がわが子のために玉のような自分の乳房を取り、地上に残して置いて海に帰ったという伝承に類似するものである。しかし、「卵から生まれる子はみな偉い者になって親を大切にしよう」と、子供が卵から生まれることを予言する点においては、緒方三郎惟栄始祖神話（祖母嶽伝説）と大きく相違している。以上の点から判断すると、緒方三郎惟栄の始祖神話や豊玉姫命伝承成立の背景には、苧環型蛇聟入譚に属する卵生型始祖神話が先行して存在していたことが考えられる。人の手によって書かれて歴史に残った文献神話などは、著者の意思が反映される場合があるので、当時としては神秘性が薄く不人気の卵の要素は、制作の段階で意図的に排除された可能性を私たちは想定しなければならないであろう。このような卵生型始祖神話は、沖縄の中頭郡読谷村長浜にも伝承されている。

御殿の娘が芭蕉を紡ぎながら笑ったり話したりしているが、誰もいないので、隣の婆が「人間でないから、針に糸を通して男の額に刺し、あとをたどって行ってみよ」と教える。娘が針を刺し、あとを伝っていくと、洞窟に入っているので、人間でないことがわかる。娘は妊娠していて、竹籠の中に赤またーの卵を生む。卵の中から美人が生まれ、それぞれ育てて、六人はノロの家にやり、一人が親を養った。(22)

右記では男の正体がアカマタであるという。水木しげるの「ゲゲゲの鬼太郎」には、妖怪としてのアカマタが登場するが、南方妖怪の仲間を率いる親分格で眼光の鋭さ以外は人間の姿そのままである。アカマタは奄美大島や沖縄諸島に生息する蛇で、体色は黄褐色で背面に赤と黒の横縞が入る大蛇である。沖縄ではアカマタが美男子に化けて人を騙したり、そのアカマタが女性を連れ去ったりしたという伝承がある。こうした沖縄の人々のアカマタに対する信仰が右記の中頭郡読谷村長浜伝承にも反映されているといえるが、蛇の宿した卵から美しい女の子が生まれ、その子がノロ（巫女）の始祖になるという、卵生型始祖神話となっているのが特徴であると言えるが、蛇の卵から生まれたノロは、『日本書紀』に収載されている、蛇神の大物主神を迎える巫女としての性格を持つヤマトトトヒノ命と響く存在である。また竹籠というのも豊玉姫神話において、天孫が海人の宮を訪ねるときに乗った竹籠の無目籠《まなしかたま》に対応していると言えよう。このように苧環型蛇聟入譚の中には、卵生型始祖神話が日本にも伝えていたのであるが、次では始祖の由来を語らない岡山県岡山市や静岡県磐田郡　の卵生神話を紹介する。

○娘が親に縁談をすすめられても行かない。部屋をのぞいて見ると毎晩男がくる。針に糸をつけて刺すと、戸の隙間から出て石垣の中に入っている。娘は妊娠している。部屋に誰も入れないようにして盥に水を入れ蛇の卵を一杯産む。（岡山県岡山市）(23)

○娘が敷いて寝る筵に蛇の鱗がついている。娘に問うと美しい男が毎夜、節穴からくるという。家人が藤をつむいで針に通して男の頭に刺せと教える。そうすると男は狂って節穴から抜けて逃げる。糸は滝の中に入り、滝はうずまいている。娘はその後、七盥の卵を生む。（静岡県磐田郡）(24)

日本の昔話では、夜訪ねて来る男の正体を知るため、糸を辿って行き、蛇の親子の話を立ち聞きし、娘のお腹に宿っている蛇の子を堕胎させる方法を知るというものが全国的に伝承されている。すなわち子蛇が母蛇に自分は針（黒鉄）に刺され間もなく死ぬが、人間に子種を宿してきたから安心だというと、母蛇は三月の節句の桃酒、五月の節句の菖蒲酒、九月の節句の菊酒を飲むと子が下りるという。それを聞いた娘が母蛇の言う通りにすると、盥に七杯（七笊）の蛇の子を生んだというものである。日本ではこのように盥に直接七杯（七笊）の蛇の子を生んだという伝承が主流をなしていると言えるが、上記の①と②の伝承は、娘が蛇の子を生むのではなく、卵を生んだという、卵生神話の形を取っているのが注目される。このように日本の苧環型蛇聟入譚には卵生神話が存在するものであるが、三輪山神婚説話を伝える奈良の大神神社の境内には、巳（蛇）の神杉が存在し、蛇の好物である卵を供えるという風習が伝わっているように、蛇と卵は深い関連がある。そこで蛇と卵がどういう関係にあるのか、次の佐賀県杵島郡や長崎県南高来郡小浜町富津の伝承を見ることにする。

○一人の娘をもつ老人が苗代を見まわると、蛇が小蛙を追っている。追うのを止めれば娘をやる、というと蛇は追うのを止める。その晩から男が娘のところにくるので、針に糸をつけて男の衣に縫いつけさせると大木の穴の中に入っている。老人が立ち聞きするとおれの体には鉄が入ったから死ぬ、だが娘には卵を産みつけたと語っている。老人が易者に占わせると娘は死ぬかも知れぬが、その男に鷲の卵を三つ取らせ娘に食わせると助かるという。男を取らせにやると蛇になって木に登る。三つ目の卵を取りに行って鷲に食い殺される。再び易者が来て、これで娘は助かった。三月三日の酒に桃を浮かせて飲ませるとよいといい、小蛙になって帰る。それから三月三日の桃酒を祝うようになる。（佐賀県杵島郡）(25)

○父と娘が山に行くといつも若い男が柴刈に来ている。まじめな男は父娘に気に入られ娘と夫婦になり、娘ははらんだ。腹ばかり大きくなって体はやせ細る一方なので父は心配する。ある日訪れた山伏に聞くと、「若い男は蛇かもしれないので、熱湯をいれたたらいに子供を生み込め、肥立ちが悪かったら、婿を取りにやって鷲の卵を食わせよ」と言う。お産のとき、ちょうど婿が留守だったので父親がいやがる娘を強いて、山伏の言ったとおり子供を熱湯の中に生ませると、真っ黒な蛇の子が千匹ほど生まれ、湯の中でみんな死ぬ。産後の肥立ちが悪いので男に鷲の卵を取りにやらせ、人をつけて見にやらせると夫は蛇になって気に登り卵を取ろうとして大鷲と格闘の末、力尽きて高い木から断崖の上へ落ちて死んだ。（長崎県南高来郡小浜町富津）(26)

右記の佐賀県杵島郡の伝承は、針に糸をつけて男の衣に刺して跡を辿っていき、「おれの体には鉄が入ったから死ぬ。だが娘には卵を産みつけた」という蛇の会話を老人が立ち聞きする点からみれば卵生神話の苧環型蛇聟入譚の立ち聞き型に属するが、蛙報恩型や鴻の卵型が混在して語られている。このように蛇は卵と鳥、鉄と関連があり、これは卵生型始祖神話となっている、韓国の新羅の始祖神話にも通じる問題である。長崎県南高来郡小浜町富津では、糸を針に通して跡をつける場面は語られていないが、妊娠した娘が山伏の教え通りすると盥に蛇の子を千匹ほど生み、蛇である婿に鷲の卵を取りに行かせ、鷲との格闘の末、木の上から落ちで死んだというもので、卵生神話ではないが、蛇と卵は深い関連があることが言えよう。

従来学界では、日本にははっきりとした卵生神話が存在しないか、卵生神話が希薄なものにされてきたが、以上で検討したように日本にも苧環型蛇聟入譚の中に卵生型始祖神話や卵生説話の形として密かに伝承されていたのである。

五　韓国の苧環型蛇聟入譚の夜来者説話―甄萱伝説の中国説話との関わり―

ここでは日本の祖母嶽神話と関連する韓国の伝承を検討することにする。前述したように、韓国では日本の祖母嶽伝説のような苧環型蛇聟入譚を「夜来者説話」と呼んでいる。十三世紀成立の『三国遺事』巻二には、後百済国(九〇〇〜九三六)の始祖である甄萱について次のように記す。

(一)光州の北村に金持ちがとてもきれいな娘一人と一緒に住んでいた。〔女主人公の名〕
(二)ある日、娘は父に、「毎晩、紫色の服を着た男が訪ねて来て情を交わして帰ります」と言った。〔来訪者の姿〕
(三)これを聞いた父は「長い糸を針に通してその男の服に刺しておきなさい」と教えた。〔正体把握方法〕
(四)娘が父の言う通りにし、夜が明けてその糸を辿っていくと、北側の塀の下に至った。〔来訪者の居住地〕
(五)そこには大きいミミズが倒れており、ミミズの横腹に針が刺さっていた。〔来訪者の正体〕
(六)その後、ミミズは死んだ。〔来訪者の死〕
(七)その後、娘は身ごもって男の子を生んだ。その子は十五歳になると甄萱と名づけられ、彼は八九二年に自ら

ミミズの子・甄萱は洞窟から生まれたと伝える

王と称して今の韓国全州に都を定める。　〔始祖誕生〕

（八）　甄萱が赤ん坊のとき、父が畑仕事をしていて母がご飯を持っていくために彼を山の林の中におろして置いたところ、虎が来て彼に乳を飲ませた。村の人たちはこれを聞いて皆不思議に思った。子供が成長すると体格が大きくて風貌が人より抜きんでており、気品もすぐれていた。彼はもともと新羅国の人であったが、新羅の綱紀が乱れていたので反逆の心を抱き、武士たちを集めて西南州県を攻撃すると、いたるところの民が甄萱に従った。　〔子の非凡さと強さ〕

このように甄萱伝説は、金持ちで美しい娘が見知らぬ男と交わり、その正体を知るために苧環の針を男の服に刺して跡を辿り、生まれた子供が後百済国の始祖となったというもので、日本の祖母嶽伝説ときわめて類似する。そこで両者の重要なところだけを簡単に抽出してを比べてみると、①毎晩娘の部屋を出入りする男の正体がミミズと蛇という相違しているが、ミミズと蛇は再生力の強い動物で、ミミズは「地龍」とも言っており、「緒方三郎惟栄始祖神話」を伝える『平家物語』の絵巻では大蛇が龍として描かれている。②両者は「緒方三郎惟栄」と「甄萱」という武将の誕生説話を描いており、両武将は今まで仕えていた主君に反逆を起こすという点でもとても似通っている。③甄萱神話に見える「紫色の服を着た男」が緒方三郎惟栄伝説では「水色の狩衣の服を着た男」になっているが、これは来訪者が異界のものであり、水色と紫色とは来訪者が鉄文化と関連する人物であることを表す。④「甄萱伝説」では甄萱の母が畑仕事をしていた父にご飯を持っていくために彼を林の中におろして置いたところ、山神の化身と言える虎が来て彼に乳を飲ませて育てた。甄萱が山の神の象徴となっている虎の精気を継承したものであり、甄萱の母系の呪術的根源が虎として象徴される山の神から由来するもので、これは緒方三郎惟栄の祖先神である大蛇が嫗岳嶽（祖母山）の山神の化身となっていることと相通る。では、山神の化身とも言える虎が来て、生まれて間もない赤ん坊に乳を与えたというのは、はたして韓国伝承の独自なものなのであろうか。芹原孝守氏の紹介された中国雲南省武定県環州村・漢族には次のような苧環型蛇聟入譚が伝承されているが、内容は次のようである。(27)

①〔夜来者〕土司の娘のところに若者が通い、娘はやがて妊娠する。

②〔苧環〕母親は糸を通した針を与え、若者に付けさせる。糸は母石の下の淵にのび、大蛇の体に針が刺さっている。人々が大蛇を刀で切ると、蛇は石に化す。

③〔子供の誕生〕やがて娘は子を産むが、土司は子を山に捨てさせる。虎が乳を与え、抱いて寒さから守る。子供が飯を食べられるようになると、丸い石に食事が出る。こうして子供は立派に成長したので、土司も子供を引き取り、蛇が変じた石を山上にあげて祀る。これが「アマトロ」である。

この中国雲南省の伝承と甄萱伝説とを比べてみると、両者はほぼ同じ叙述構成になっているが、②〔苧環〕のところで大蛇の死を述べる点では同じであるが、殺された大蛇が石に変じたという点では違いが見られる。韓国の伝承において、殺された大蛇が石に姿を変える伝承は見えないが、大蛇の跡をつけると、その住まいが巨岩や石とする伝承は多数存在する。このように石と蛇は深い繋がりがあり、石は神の寄りつく場所でもあった。『日本書紀』巻第六の垂仁天皇条では、意富加羅国の王子の都怒我阿羅斯等が本国にいたとき、村の祭神である白石をもらい、それを持ち帰って寝室の中に置くと、その白石は美しい乙女の姿になった。乙女は難波に来て比売語曾社の神となり、また豊国の国前郡に来て比売語曾社の神となったと記す。ここでは白石から美しい姫になるので、大蛇が石になるのと逆の発想であると言えるが、比売語曾社のご神体は白石とも言われており、中国の伝承において蛇が変じた石を神として祀る趣向と類似する。また刀で蛇を切る発想は、大蛇と鉄との関連から理解すべきであり、『古事記』では須佐之男命が蛇の尾を切ったとき、中から神剣が表れたとある。大分県姫島の比売語曾社の横には拍子水があり、それは赤い酸化鉄の沈殿した水で、当社は赤水明神ともいわれ、製鉄文化と関連がある。現在でも姫島は黒曜石の産地として有名であるが、他地域の黒曜石は黒色をしているのに対して、姫島の黒曜石は乳白色を呈す神秘的な石である。また姫島は県指定天然記念物に指定された藍鉄鉱石でも有名である。藍鉄鉱石は地中では白色または無色の柱模様の結晶体であるが、これが地表に出て空気と接触すると美しい灰藍色に変わる神秘的な鉄鉱石である。この石は割と柔らかい鉄鉱石なので低い火の温度でも鉄精錬が可能であるといわれている。『日本書紀』所収の都怒我阿羅斯等の伝承において白石が美しい娘に変わったというのは、こうした姫島の独特な自然風土が反映されたものと考えられる。このように石と蛇は鉄の問題と関わっており、中国では湖辺で拾った五色の石は龍が石に化けたもので、明るい光や雷鳴のような音を出し、最後は赤龍が抱きかかえて去るという話が『太平広記』などに見える。中国では水神つまり蛇神や龍神は石や玉（赤珠）の形で現れることもあり、[28] 前記の雲南省の伝承において人々が大蛇を刀で切ると、蛇が石に化したというのは、中国古来の石の信仰と関連して考える必要があろう。また、従来韓国の学界では、甄萱に山神の化身と言える虎が来て彼に乳を飲ませて育てたと記す『三国遺事』の記録について、虎に対する韓国人の固有信仰として捉える傾向が強かったといえるが、蛇の子に対して虎が乳を飲ませる伝承がすでに前述の中国の雲南省の苧環型蛇聟入譚に見えるので、甄萱伝説への直接的な影響関係も検討する必要があろう。芹原孝守氏によれば、これに類似した伝承が楚雄市渓山包頭王村にも見られるものであった(29)。

昔彝族の娘のもとに、黒龍譚の龍が夜毎通ってきて、娘は身ごもる。これを恥じた娘が生まれた子供を山に捨てたところ、虎が乳を与え、鷹が翼で子供の体を覆う。虎と鷹に守られて子供は勇敢な男に成長し、やがて彝族の王となり、「包頭王」と呼ばれたという。

韓国の甄萱伝説では、甄萱が赤ん坊のとき、父が畑仕事をしていて母がご飯を持っていくために彼を山の林の中におろして置いたところ、虎が来て赤ちゃんに乳を飲ませたとあり、山に捨てたとまでは語っていないが、山に置かれた子供に虎が乳を飲ませ、その子が将来、王になるなど、両者はきわめて類似する。両者の間には直接的な影響関係の可能性が浮上してきたので、今後はどういう文化的背景の中で両者が関連してくるのか、詳しく追及する必要があろう。

六　韓国の苧環型蛇聟入譚・夜来者説話の諸伝承と伝承様相

管見し得た韓国の苧環型蛇聟入譚の夜来者説話は、次のように四十三例である。

	伝承地域	題名	調査者	所収文献	採録日時
1	京畿・驪州	昌寧曺氏の始祖・曺継龍	徐大錫	韓国口碑文学大系1―2	1979・8・10
2	京畿・議政府	童子蔘	曺ヒウン他	韓国口碑文学大系1―4	1980・8・28
3	江原・襄陽	亀と結婚した女性	金善豊他	韓国口碑文学大系2―5	1979・5・15
4	江原・平康	蔡氏沼	崔常壽	韓国民間伝説集	1936・8

5	忠北・忠州	鶏足山由来	金ヨンジン他	韓国口碑文学大系3－1	1979・5・15
6	忠北・中原	塩田原（ヨンバダ）の由来	金ヨンジン他	韓国口碑文学大系3－1	1979・4・30
7	忠北・永同	甄氏の由来	金ヨンジン	韓国口碑文学大系3－4	1982・9・14
8	忠南・大徳	人参の変身	朴ケホン他	韓国口碑文学大系4－2	1980・2・20
9	忠南・大徳	山参の変身	朴ケホン他	韓国口碑文学大系4－2	1980・7・29
10	忠南・燕岐	ソウリ山伝説	張徳順	韓国説話文学の研究	1978
11	忠南・扶余	南池	崔常壽	韓国民間伝説集	1935・8
12	全北・南原	甄萱は天上から流配された百足の息子	崔ネオク	韓国口碑文学大系5－1	1979・7・31
13	全北・南原	蛇聟の復讐	崔ネオク他	韓国口碑文学大系5－1	1979・8・2
14	全北・沃溝	甄萱はミミズ生まれ	朴スンホ他	韓国口碑文学大系5－4	1982・8・8
15	全北・井邑	甄萱の誕生	朴スンホ	韓国口碑文学大系5－6	1984・8・27
16	全南・高興	平康呉氏の始祖伝説	金スンチャン他	韓国口碑文学大系6－3	1983・8・2
17	慶北・月城	蛤の息子に生まれた子	曺ドンイル他	韓国口碑文学大系7－1	1979・2・27
18	慶北・盈徳	塩山のミミズ	林在海他	韓国口碑文学大系7－6	1980・2・28
19	慶北・尚州	甄萱伝説	崔ジョンニョ他	韓国口碑文学大系7－8	1981・12・1
20	慶北・尚州	ミミズの子・甄萱	崔ジョンニョ他	韓国口碑文学大系7－8	1981・12・1
21	大邱	ミミズと交わった娘（釜ができた由来）	崔ジョンニョ他	韓国口碑文学大系7－13	1983・8・16
22	慶南・居昌	許家の池の話	崔ジョンニョ	韓国口碑文学大系8－5	1980・5・14
23	慶南・金海	ミミズの息子	金スンチャン他	韓国口碑文学大系8－9	1982・8・22
24	慶南・蔚州	中国の皇帝になった獺の孫	鄭サンバク	韓国口碑文学大系8－13	1984・8・2
25	慶南・東萊	針と大蛇	孫晋泰の叔母	韓国民族説話の研究	1923・11
26	慶南・東萊	針に刺された大蛇	崔常壽	韓国民間伝説集	1939・10
27	済州・南済州	金通精将軍	玄容駿他	韓国口碑文学大系9－3	1981・7・17
28	咸北・会寧	老獺稚	崔常壽	韓国民間伝説集	1933・8
29	咸北・城津	広積寺の蜘蛛	崔常壽	韓国民間伝説集	1936・8
30	咸北・城津	孫晋泰	韓国民族説話の研究		
31	平南・平壌	金の音と蛇	崔常壽	韓国民間伝説集	1936・1
32	ソウル	火種を消した不老草	崔雲植	韓国の民譚	1972・8・16

33	京畿・楊平	火鉢とイタチと金の甕	成ギヨル	韓国口碑文学大系1―3	1979・7・18
34	京畿・江華	童子になった山参	成ギヨル	韓国口碑文学大系1―7	1981・8・11
35	忠南・扶余	人参の変身	朴ケホン	韓国口碑文学大系4―5	1982・2・17
36	忠南・扶余	火種を守った嫁と童子参	朴ケホン	韓国口碑文学大系4―5	1982・1・29
37	全北・南原	火種と童参と熱女	崔ネオク	韓国口碑文学大系5―1	1979・8・3
38	全南・新安	年季の入った童参を得た嫁	崔ドクウォン	韓国口碑文学大系6―6	1984・6・9
39	全南・和順	火鉢の火を消す年老いた未婚の男	崔ネオク	韓国口碑文学大系6―11	1984・7・27
40	慶北・安東	火鉢の火を消す童参	林在海	韓国口碑文学大系7―9	1981・8・4
41	慶南・晋陽	火種と福運のついた嫁	鄭サンバク他	韓国口碑文学大系8―3	1980・8・10
42	慶南・蔚州	消えた火種のため童参を得た嫁	劉ジョンモク	韓国口碑文学大系8―13	1984・8・23
43	咸北・鏡城	八代受け継がれてきた火種	任晳宰	韓国口伝説話4	1927・2

以上のように日本の「祖母嶽伝説」と関わる韓国の苧環型蛇聟入譚の夜来者説話は、韓国全土に広く伝承されるものであるが、その四十三事例のモチーフ構成と異同を対照表で示すと次のようである。

モチーフ／諸伝承		Ⅰ ①女主人公の名	Ⅰ ②女主人公の隔離	Ⅱ 来訪者の姿	Ⅲ 正体把握方法	Ⅳ 来訪者の居住地	Ⅴ ①来訪者の死	Ⅴ ②蛇の子誕生予言	Ⅵ 来訪者の正体	Ⅶ 始祖誕生	Ⅷ 蛇の子孫の印
1	京畿・驪州	○無男の一人娘。衰弱していく。妊娠の気配	×後園の池を見物時スッポン発見	○青衣童子・烏帽子姿	○苧環の糸	池	×	×	○スッポン	○昌寧曺氏の始祖・曺継龍	○膝の下と脇の下に鱗(継龍)
2	京畿・議政府	×子供を一人置いて外出	×	○童子参	○苧環の糸	×	×	×	童子参	×お金持ち	×

3	江原・襄陽	○大事な美しい一人娘、妊娠の気配	×	○青い服を着た青年	○苧環の糸	○池	×	×	○大きな亀	亀の子	×
4	江原・平康	○婚期を逃した独身の女、妊娠	×	○青い服を着た男	○針と糸	○大きな沼（馬岩沼）	×	○娘の親が殺す	○亀	○始祖・蔡元光誕生。気骨、文武優れる。	○名字を「蔡」にしたのは、亀に因んだもの
5	忠北・忠州	○無男の一人娘。婚期を逃す	○別室を使用	○体が冷たい獣	○苧環の糸と針	○塩田	○背中を刺され	×	○ミミズ	子の非凡さ、鶏足山由来	
6	忠北・中原	○大臣の娘	○草家の別室	○烏帽子姿の童	○針と糸	○池（父と、下女と）	○塩と針に刺され	×	○ミミズ	塩田原の由来	
7	忠北・永同	○無男の一人娘、成人した娘		○烏帽子姿の男、子誕生	○針と糸	○城隍祀	○針に刺され	×	○ミミズ	○黄澗甄氏の始祖	×
8	忠南・大徳	×子供を一人置いて外出	×	×	○苧環の糸を髪の毛に括る	人参畑	×	×	○人参	×お金持ち	×
9	忠南・大徳	○婚期を逃した娘	○離れで暮らす	○美しい若者、烏帽子姿	○苧環の糸と針	×	×	×	○人参	×	×
10	忠南・燕岐	○ソウリ山の麓の娘	×	○正体の知れない男	○糸と針	○ソウリ山の頂上	○針に刺され	×	○大蛇	○貴公子、村の守護神	
11	忠南・扶余	○武王の母、寡婦	×	○赤い服、姓名を言わない男、妊娠の気配	○苧環の糸と針	○南池	×	×	○魚竜	男の子・薯童、非凡さ、武王	

12	全北・南原	○美しい婚期を迎えた娘。姦夫の噂	×	○紫色の男	○苧環の糸と針	○辟村の山の麓の窟	○針に刺され	○お腹に子供があると予言	○百足	○甄萱誕生、以下虎の養育	
13	全北・南原	○女が登山し、小便	×	○青年、妊娠	○糸	○登山して小便した場所	×人から大蛇に変身	×	○大蛇	○大蛇誕生、自分の前世を語る	★丹塗矢説話を連想
14	全北・沃溝	○寡婦で高貴な娘	×	○容顔の美しい男。妊娠	○糸	○醤油などの貯蔵庫	×	×	○ミミズ	○後百済の始祖・甄萱	
15	全北・井邑	○無男の長者の一人娘、夫の噂	×	×正体のわからない男	○苧環の糸と針	○裏山	○針に刺され鉄の毒で死ぬ	○朝鮮の王になる	○大きな猪	○甄萱	
16	全南・高興	○許氏の娘で婚期を迎える。妊娠の気配	×	×	○苧環の糸と針	○池	○針に刺されさらに殺す	×	○大きなスッポン	○貴公子誕生、非凡さ。平康呉氏の始祖	
17	慶北・月城	○婚期を迎えたあるお金持ちの娘、ハンセン病	×	○若者、住所を聞いても教えてくれない。妊娠	○苧環の糸と針	○池	×	×	○蛤（人形に変身して通う）	○家に置くと男の子誕生、非凡さ。青氏の始祖	★住所を教えない趣向と変身は日本書紀に近似
18	慶北・盈徳	○お金持ちの家の娘	○離れで暮らす	○烏帽子姿の若者、妊娠	糸と針	○塩山の石の下	○針に刺され塩水で殺す	×	○ミミズ	×薬を呑んでミミズの子を降ろす	★日本の昔話に近い。ミミズと塩との関連
19	慶北・尚州	○天安山城の庵に婚期を逃した女	×	×男、妊娠	紡糸と針	○山の麓の藪の中	○針に刺され	×	○ミミズ	○甄萱誕生、非凡さ、王建との戦い	

20	慶北・尚州	○針をする女	×	○烏帽子姿	○紡糸を括る	×	○針に刺され	×	○ミミズ	○ミミズの子・甄萱	
21	大邱	○金進士家の婚期を逃した娘、痩せて行く	×	○青い胴衣を着た若い青年	○苧環の絹糸と針	○大きな岩	○針に刺され、鉄を溶かす釜に入れられる	×	○ミミズ	○朝鮮釜の由来	
22	慶南・居昌	○洪川のお金持ちの許氏の娘	○秘蔵の娘で山村では婿になる人無し。痩せていく	○青い服を着た男、娘が正体を追及	○苧環の糸と針	○大きな池	×	×	○スッポン	○貴公子誕生、許氏池の由来	★秘蔵の娘→源平盛衰記に近い
23	慶南・金海	○大臣の娘、お腹が大きくなる	×鳥も飛んで通れないほど	○藁の束のようなもの	○苧環の絹糸	○谷の岩の中	○刀で殺す	×	○ミミズ	○ミミズの子誕生、父無し子の父探し、祖父に仕返し。針を抜いてやる	★常陸国風土記や山背国風土記所引の賀茂社の縁起に近い
24	慶南・蔚州	○豆満江の辺、十八歳の娘	○一人で住む	○夢の中で童子	○苧環の絹糸と針	○岩穴	○針に刺され	×	○川獺	○男の子誕生。その子が結婚して生んだ子が中国の天子	
25	慶南・東莱	○お金持ちの家の無男独女	×	○美しい男、体が冷たい	○絹糸一梱と針	○山中の大きな窟中	○鱗を下から刺される		○大きなウワバミ	×鉄と蛇は相剋だから死ぬ	
26	慶南・東莱	○お金持ちの家の一人娘	×	○美しい少年	○苧環の糸と針	○裏山の林の中の大きな窟	○針に刺され、遺体を燃やす	×	○大蛇	×	

27	済州・南済州	○お金持ちの家の大人しい娘	○離れで住み、男が近寄れないように	○坊ちゃん	○絹糸	○大きな岩の下	○殺す	×	○ミミズ	○金通精将軍の由来	○体に鱗、鱗の隙間を刺されて死ぬ
28	咸北・会寧	○李座首の一人娘	×大事に育てる。二十歳で妊娠	×正体のわからない青年	○苧環の糸	○豆満江の辺の池	○殺して埋める	×	○川獺	○男の子・名を老獺稚、結婚して生まれた子が清国の太祖	
29	咸北・城津	○広積寺の蜘蛛が娘に変身	×突然妊娠	○正体のわからない美しい男	○苧環の糸と針	○山中の池	×	×	○龍	○男の子・非凡さ、清国の天子	
30	咸北・城津	○広積寺の蜘蛛が美少女に変身	○別室で養育、妊娠	○正体のわからない童子	○苧環の糸と針	○大沼の中	○鱗が刺され、殺す	×	○龍	○男の子・逃げて清国の天子	
31	平南・平壌	○金座首・お金持ちの一人娘	×	○美しい青年、青い服、王子のような冠	○鐘突きに鐘を鳴らせる	○池	×逃げる	×	○大蛇	×	鐘は夜明けを知らせる
32	ソウル	○嫁に火種を守らせる	×	○火に小便、赤い物体	○絹糸と針	○山の藪の中	×	×	○不老草	×国から孝行賞	
33	京畿・楊平	○嫁に火種を守らせる	×	○イタチ	○苧環の糸	○藪の中	×	×	○金の甕が三つ	×三代火を守ったお陰で発見	
34	京畿・江華	○嫁が火種を管理	×	○小さい童子	○糸と針	×	×	×	○山参	×	

35	忠南・扶余	○嫁が火種管理	×	○ある者が小便	○苧環の糸と針	○垣根の下	×	×	○人参	×お金持ち	
36	忠南・扶余	○三代受け継がれる火種を嫁が守る	×	○狐、火種を消した責任で悩む	×	○裏山の城隍祠	×	×	○童子参	×国から賞をもらう	
37	全北・南原	○娘が嫁入り	×	○青い胴衣を着た人が小便	○苧環の糸	○裏山の岩下	×	×	○童参	×病人の夫を回復させる	
38	全南・新安	○長男の嫁、火を消す	×	×	○苧環の糸	○裏山の石	×	×	○童参	×お金持ち	
39	全南・和順	○嫁が火鉢を持参	×	○独身の男、火鉢に水をかける	○糸と針	○南山	×	×	○童参	×お金持ち	
40	慶北・安東	○両班の家の嫁	×	○胴衣を着た人が火を消す	○苧環の絹糸と針	×	×	×	○童参	×お金持ち	
41	慶南・晋陽	○嫁、火を守る	×	○お化け（トケビ）のような者、小便をかけて火を消す	○訪問者を追跡、松の枝で印（山の場所）	○山	×	×	○金の塊	×お金持ち	
42	慶南・蔚州	○嫁、五代受け継がれる火	×	○間抜けの鉄杖を持った人	×そのまま訪問者を追跡	○山の崖	×	×	○山参	×お金持ち	
43	咸北・鏡城	○嫁、七代受け継がれる火を監視	×	○青い服を着た女	○苧環の絹糸	○山越えの岩	×	×	○人参	×お金持ち	

右表のように、美しい娘のもとに大蛇の化身である素性の知れない不思議な男が夜な夜な通いつめ、やがて娘は身ごもり、その娘から英雄などが誕生したという韓国の苧環型蛇聟入譚の夜来者説話は、Ⅰの①〔女主人公の名〕②〔女主人公の隔離〕、Ⅱ〔来訪者の姿〕、Ⅲ〔正体把握方法〕、Ⅳ〔来訪者の居住地〕、Ⅴ①〔来訪者の死〕②〔子誕生予言〕、Ⅵ〔来訪者の正体〕、Ⅶ〔始祖誕生〕、Ⅷ〔蛇の子孫の印〕の九つのモチーフが抽出できるものである。そこで韓国の夜来者説話の資料を紹介しながら、日本の苧環型蛇聟入譚と関わってその伝承様相について詳しく論じてみたい。

Ⅰ・女主人公の名、女主人公の隔離

蛤の息子に生まれた子(30)

これは曺（チョ）氏の始祖の話であるが、あるお金持ちの家に婚期を逃した一人娘がいた。ところがその娘はハンセン病に侵され、村から離れたところに家を立てて住ませた。ある晩、娘が寝ていたところに正体のわからない若い男が訪ねてきた。そのように一晩を過ごし、明け方に帰るのを毎日繰り返すのであったが、正体を聞いても男は答えなかった。そうするうちに娘は身ごもり、体の状態も回復してきた。母が不思議に思って聞いてみると、娘は今までのことを話し出した。娘は母に苧環を用意してくれと頼み、泊って帰る男の上着の後ろ側の裾に針を刺して置いた。翌朝、苧環の糸を辿ってみると、池の中に入っていた。その糸を手繰り寄せると大きな蛤が付いて出てくるのであった。その蛤を持ち帰って家に置いた。その後、娘は男の子を生んだが、才能に優れ、体の風貌が良かった。そこで名字を貝の韓国発音の「チョ」に因んで、曺（チョ）氏とした。

右のように主人公は、「婚期を逃した独身の女」「婚期を迎えたお金持ちの娘」「お金持ちの家の一人娘」「大臣の娘」などのように高貴な身分で、箱入りの大切な娘として描かれているものが多いが、一つ欠けているのは、女性が婚期を迎えたとか、婚期を逃したとかなどと語る点である。これは娘と夜来者との交わりやそれによる妊娠はある程度までは仕方がないという設定であろう。②〔女主人公の隔離〕は、18・22・27・30などに見られるものである隔離する理由としては、「ハンセン病に侵され、村から離れたところに家を立てて住ませた」とか、他に「秘蔵の娘なので山中の離れで一人住まいをさせ、男が近寄れないようにしたりする」とかである。これは日本の『源平盛衰記』と『延慶本』において、父親が娘を秘蔵して後園に屋敷を作り、一人暮らしをさせ、外部から男が侵入できないようにしている叙述に近いが、これは却って正体の知れない男の一方的な訪問と、二人が交わるきっかけを提供している。

Ⅱ・来訪者の姿

蔡氏沼(31)

昔、平康郡楡津面にあるお金持ちが住んでいたが、その家には婚期を逃がした娘が一人いた。ところが不思議なことに娘は男と接触したことがないのに身ごもったのである。親がびっくりして聞いたところ、娘は、「不思議にも毎晩青色の衣を着た男が私の部屋を訪ねて来て、泊って帰るのでどうしようもなく、住所や名前もわかりません」と言う。その話を聞いた親は、針に糸を通して娘にやりながら、「もし今晩、その男が訪ねてきたら何も言わず、その男の裾に刺して置け」と指示した。親の言う通りにして、翌朝その糸を辿っていくと、村の前にある大きな沼である馬岩沼というところに入っていた。そこで親が糸をゆっくり手繰りあげると大きな亀が出てきた。親は娘を身ごもらせたのが亀であることを知り、その亀を沼に戻した。その後、娘は男の子を生んだが、気骨が普通ではなかった。大きくなるにつれ文武も他の人より優れ、朝廷ではこの噂を聞き、大臣に任命したが、この人が「蔡元光」という人である。名字を「蔡」にしたのは、亀に因んだものであり、名を「元光」としたのでその亀が光ったことに由来するが、この人が平康蔡氏の始祖であり、この理由により亀が住んでいた馬岩沼を蔡氏沼に改めたという。

このように来訪者の姿は、「青い服を着た男」となっているが、他の伝承では「烏帽子姿の男（童子）」「美しい男」「紫（赤）色の男」などのように多様である。この中で主流をなしていのは、「烏帽子姿の男（童子）」と「青い服を着た男（童子）」である。これは夜の来訪者が高貴な身分で異界から訪ねてきたことを表すものであり、日本の『源平盛衰記』と『平家物語』において、正体の知れない男が立烏帽子の「水色の狩衣」の姿で夜な夜な訪ねてくる趣向に近いものである。また、前述のように「水色の狩衣」を着た男は、金属採掘と関わる人物と考えられるものであるが、韓国の伝承でも男の服装の青色とは「酸化した鉄の色」を意味するものであり、男の正体が製鉄と関連する人物であることを示す。このように製鉄と関わる男は多様な姿で姫のもとに通うものであるが、次の事例は、火の信仰と関わり、来訪者を「婚期を逃した男」とするものである。

火鉢の火を消す年老いた未婚の男(32)

昔は嫁に行くとき、御輿に火鉢を持参し、その火を消さないで代々継がせるものであった。ある女が嫁に来るとき、火鉢を持ってきたが、夜中になると誰かが訪ねてきてその火を消してしまうのであった。そこで寝ないで監視していると、真夜中に年老いた未婚の男が部屋に入ってきて、火鉢の火に水をかけて帰るのであった。女は針に糸を通してその男の服の後に刺して置いた。次の日の明け方、彼女の夫を起こしてことの事情を説明し、糸を辿ってみた。糸は南山のところまで続いており、そこに行って見ると、岩の下に童参があった。そこで女は誤解を解かれ、お金持ちになって良い暮らしをした。

火種を消した不老草(33)

昔、李進士の家で嫁を迎えたが、その嫁に三代・十一年目に入る火種の入った火鉢を引き継がせ、管理させた。ところが、毎晩ある赤い物体が訪ねてきて、火鉢に小便をかけて、火を消して出て行くのであった。嫁は針に苧環の糸を通してその赤い物体に刺して置いた。後を付いて行ってみると、山の藪の中に入っており、ある草の葉っぱに針が刺さっていた。その葉っぱは実は不老草であったが、それを掘りだして病中の義姉に飲ませると病気がすっかり治った。それによって嫁は国から孝行賞をもらった。

右では、「年老いた未婚の男」や「ある赤い物体」が代々引き継がれてきた火種を守ろうとする嫁のもとに毎晩通い、小便をかけて火種を消す。そしてその正体を知るため、刺して置いた苧環の糸を辿って行った嫁に富をもたらしたというものである。このように来訪者が「嫁の守る火鉢に小便をかけて帰る行為」をどのように理解すれば良いのであろうか。ここでの小便をかける行為は、女性との性行為を間接的に示すものであり、その二人の間接的な結合は、結末のところで子の誕生を述べる代わりに、女性の嫁ぎ先に富（黄金）をもたらすという展開となっている。火神の女性と水神の大蛇（人参）との交わりによって、黄金（富）を誕生させるこの説話の背景には、鍛冶の仕事に従事する鋳物師や鍛冶師などの存在が見え隠れていると言える。女性が火の神、来訪者が蛇、二人の結合が黄金をもたらすというこの展開は、初代天皇・神武の大后の出自を伝える『日本書紀』の「神武記」に見られるものである。三島溝咋《みぞくい》の娘で、名は勢夜陀多良比売が美しかったので、美和の大物主神が見染めて、その美人が大便をするとき、丹塗矢に化して二人が結婚、その間で誕生したのが「富登多多良伊須須岐比売命」であり、またの名は「比売多多良伊須須気余理比売」で、この女性が神武天皇の妃となったのである。ここでの「多多良」とは鍛冶場で火を起こす時に使う踏鞴のこと。大蛇として象徴される大物主神と火神の娘との結合は、上記の韓国の伝承にも響く問題であった。

Ⅲ・正体把握方法

ミミズと交わった娘（朝鮮釜の由来）(34)

昔、（慶尚北道）清道郡雲門面ソルゲ洞というところは、朝鮮釜、その伝説ができた謂れは、昔、金進士の家に婚期を逃した娘が一人いたが、なぜかだんだん痩せていくのであった。親が不思議に思って聞くと、「夜毎、青い道袍（胴衣）を着た若い青年が私の部屋を訪ねて来て、交わり行為はないが、明け方になると帰るので痩せてくる」というのであった。すると親は苧環の絹糸を針に通してやりながら、「今夜訪ねて来たら胴衣の後の方に刺して置け」と言った。翌朝、親と一緒に糸を辿って行くと、ミミズ岩という大きな岩に藁束のような巨大なミミズが横になっていた。村人は鉄を溶かして、（朝鮮）釜を作り、ミミズを捕まえて来て、釜の中に入れて殺した。それ以降は、ここで鉄を溶かして朝鮮釜を作るのが絶えなかった。昔からの謂れとして老人から聞いた話だが、今は歳も過ぎ釜作りもなくなり、その伝説も消えてしまったのである。

右のように来訪者の正体が気になった親は、その正体を明かすための手段として、苧環の糸と針の道具を使う。糸と針がセットで登場するのが主流をなしているが、糸だけを使い、男の体に巻いて置く場合もある。では鉄神の象徴ともいえる大蛇の訪問と、その大蛇に糸を通した針を刺して置き、その糸をつける大蛇の居住地が大岩であったというこのサイクルを苧環型蛇聟入神話と関連して、どのように理解すれば良いのであろうか。韓国の『三国遺事』所収の「延烏郎と細烏女」説話では、鉄神の象徴される延烏郎と機織娘の細烏女が新羅を離れ日本に行くと、新羅は光がなくなり、真っ暗な状態になった。そこで細烏女が織った布で祭りを行うと元通りに戻ったと言う。このように鉄と機織は関連があると言えるが、日本の福島県相馬郡、宮城県玉造郡、岩手県遠野市などの伝承では、鉄神の化身と考えられる蛇が機織りをしている娘のもとに毎晩通っている。(35) 韓国の忠清北道鎮川郡石帳里遺跡では、二基の製鉄関連遺跡が見つかっているが、この地域は初期の百済時代の鉄生産の拠点とされたところである。そこは鉄生産の遺跡にも関わらず、糸を紡ぐ（糸を練る）ときの道具の紡錘車が大量に出土されている。紡錘車には鉄製のものもあり、鉄製品とともに服と関連する紡錘車が祭祀対象物として使われた可能性がある。食べ物の供物に使用された土器とともに紡錘車が統一新羅時代の墓に副葬品として埋蔵され、忠清北道忠州のルアム里古墳では、赤色の紡錘車が出土された。(36) また慶尚南道昌原郡茶戸里の古墳や福岡県乙隈《おとぐま》天道町の遺跡からも紡錘車が出土されたが、(38) 尹鍾均氏によればこれも祭祀用品として考えられるものであった。(39) また巨岩は神の宿る寄代である。こう見ると苧環型蛇聟入譚は祭りに置いての神話の再演ではないだろうか、それが記録として祖母嶽神話や三輪山神話の形で伝わっているのではないかと考える。『日本書紀』崇神紀天皇七年二月条には、大物主神が倭迹迹日百襲姫命（妻）に乗り移って天皇に託宣している場面が描かれているが、ここで倭迹迹日百襲姫命は神がかりする巫女、大物主神は大蛇で鉄神的存在であると言えよう。日本の昔話の方では姫が機織りする娘となっていること、鉄生産の遺跡からは糸を紡ぐ（糸を練る）ときの道具である紡錘車がたくさん出土しているのをみると、苧環型蛇聟入譚はおそらく巫女が蛇神であり鉄の神を迎える祭儀において生きた神話として機能した時期があったことが考えられる。

Ⅳ・来訪者の居住地

ミミズの子(40)

昔、ある大臣の家に娘が一人いたが、なぜか娘のお腹が大きくなるのであった。大臣が娘を呼んで理由を聞くと、「風が吹くと窓が開き、藁の束のようなものが入ってきて横になって帰る以外は心当たりがない」と答える。

すると大臣は「苧環の絹糸を用意して置いて、藁の束が入ってくると刺して置け」と言った。大臣の言う通りにして、翌朝、大臣が下男下女を連れて糸の後をつけると、谷の岩の中に入っていた。中を見ると大きなミミズがいた。大臣は怒ってミミズを刀で殺した。娘は後で男の子を生んだが、その子が大きくなると、周りの子供から「父無し子」と言われる。母親から父の居場所を言われ、父親を探して谷間の岩のところに行った。そこで大きなミミズを見つけ、「お父さん」と呼んで、体を掴むと、ミミズがその場で縮みながら刺さった針がさらっと抜けた。その後、息子は父の仇である祖父を殺したという。

南池(41)

百済の三十代の王は武王である。彼の母は寡婦で、都の南池のほとりに家を建てて住んでいた。ところが夜毎、赤色の衣を着た名前も知らない美しい男が訪ねて来て一緒に泊って、夜が明ける前に帰るのであった。寡婦は恥ずかしく、人に知られるのを恐れ、このことを人に打ち明けることができなかった。しかし体に異変が生じ、お腹も大きくなってき、いつまでも隠すことができなかったので、実家の父にすべてを打ち明けた。すると父親は、「今夜、男が訪ねてきたら苧環の糸を針に通して、帰る時に衣の裾に刺して置け」と言った。父親の言う通りに衣の裾に針を刺すと、男は驚いて慌てて逃げてしまった。翌朝、その糸を辿っていくと南池のなかに入っていた。寡婦が不思議に思って、その糸を手繰り寄せて見ると、魚竜が出てきたが、腰の方に針が刺さっていた。その後、寡婦は男の子を生んだが、大きくなるにつれ、才能に優れ、度量が計り知れず、いつも薯を掘って生計を立てていたので、国の人々は彼を「薯童」と呼んだという。

右では来訪者の居住地が「谷の岩」「南池」となっているが、韓国の諸伝承に表れた来訪者の居住地は、(1)池や沼とするものが1・3・4・6・11・16・17・22・28・29・30・31、(2)巨岩や石、窟穴とするもの4・12・18・

21・23・24・25・26・27・37・38・43、（3）山と山の藪中とするもの10・13・15・32・33・39・41・42、（4）村の神を祀る裏山の城隍祀とするもの7・36、（5）その他のもの（8の人参畑）に分類できるものであった。全体としては、『源平盛衰記』『平家物語』などに見える「巨岩や石、窟穴」とするものや、『肥前国風土記』において「褶振峰の沼」と述べる趣向に近い「池や沼」とする伝承が多いことがわかる。（4）は神の宿る祠となっているのが特徴であるが、これは『古事記』の三輪山神婚説話に見える「神の社」とする叙述に近い。（3）は正体不明の男の居住地を山とするもので、『日本書紀』や『常陸国風土記』『新撰姓氏録』の記す、男の正体が「三諸山（三輪山）」となっている伝承に類似する。

Ⅴ・来訪者の死、蛇の子誕生予言

針と大蛇(42)

昔、ある金持ちの家に男の子はなく、一人の娘がいたが、毎晩、美少年が訪ねて来て一緒に寝て鶏が鳴く頃になると忽然と姿を消すのであった。部屋を出入りする障子には破れもなく、部屋の窓紙にも小さい針の穴さえ空いていなかったので、どのように出入りするのか、知る方法もなかった。何度も住まいと氏名を聞いたが、返事をしてこないものであった。それればかりではなく、男の体は冷気が漂っており、邪悪なものかも知れないと思い、避けようとしたができなかった。そうするうちに娘の体に異常が生じた。ある日、娘の父が家中を巡回していたところ、娘の部屋の窓に男の影が映っていたので、翌朝、娘にそのわけを聞いたところ、以上のような事実がわかったのである。娘は父親の指示通り、苧環の絹糸を針に通して置き、その日の夜、少年が訪ねた時にこっそりと襟元を刺した。そうすると少年は驚いて逃げ出した。翌朝糸を辿って見ると、裏山の洞窟の中に大蛇一匹が針に刺されて死んでいた。鉄と蛇は相克だから小さい針に刺されても蛇は死ぬものであり、娘はその後、蛇の子供を生んだという。

右では、娘のもとに通った男の正体が大蛇であり、その大蛇が針に刺さって死んだと、大蛇の死を述べている。韓国の伝承は、先ずは大蛇やミミズの、(1)死を述べるものと、(2)死を述べないものとに分類ができ、(1)死を述べるものは、(A)針に刺され死ぬもの、(B)針に刺され、蛇(ミミズ)を親などが殺すもの、とに分類できる。(1)死を述べるものの、(A)針に刺され死ぬものには5・7・10・12・15・19・20・24・25があり、(B)針に刺され、蛇(ミミズ)を親などが殺すものには、4・6・16・18・21・23・26・27・28・30がこれに属する。(2)死を述べないものには1・2・3・8・9・11・14・17・22・29・30・31・32〜43の伝承がある。これを見ると韓国の伝承は、死を述べるものと、死を述べないものがそれぞれほぼ半分の割合を占めている。韓国の「針に刺され死ぬもの」は、日本の『源平盛衰記』の伝承に近く、(2)死を述べないものは、『古事記』『平家物語』『新撰姓氏録』の伝承に近い。また針に刺されたにも関わらず、それで終わることなく、さらに娘の親が塩水や鉄を溶かす釜に入れたり、遺体を燃やし、刀で来訪者を殺したりする趣向は、韓国の伝承の特徴といえるが、日本の徳島県名西郡《みょうざいぐん》では、娘が生んだ蛇の子に熱湯をかけて殺したり、宮城県遠野市では親蛇を鎌で殺したりするので一概には言えない。(43) 日本の昔話の場合、子供の父親である蛇を直接殺すという方法はあまり取らず、単に針に刺されて死ぬという、叙述を見せるのが主流をなしている。親が糸を辿って行って蛇の親子の会話を立ち聞きする趣向は、韓国には見られない日本的な特徴である。15の伝承では針に刺され、鉄の毒で死んだとあり、25の伝承では鉄と蛇は相克だから針に刺されてすぐ死ぬと語っているが、これは先ほどの鉄を溶かす釜に入れてミミズを殺したり、刀で来訪者を殺したりする伝承にも響く。大蛇がなぜ鉄の毒で死ぬという設定となっているのかについての問題であるが、前述した大蛇の化身としての男が着た「水色の狩衣」は、鉄の酸化した色で、大蛇はすなわち鉄人そのものであり、『源平盛衰記』では大蛇を「眼は銅《あかがね》の鈴を張るが如く、口は紅を含めるに似たり」と描かれているように、大蛇は鉄と関連するものであった。また、『古事記』では、須佐之男命が大蛇の尾を切るとき、中から神剣の草薙太刀が表れたとあり、大蛇と鉄とは関連が深い。そこで大蛇は鉄そのものであることがわかり、大蛇が鉄の毒によって死んだというのは、大蛇を邪悪なものとして看做すよりは、大蛇の犠牲によってより良い鉄を誕生させる意味が込められているといえよう。下原重仲（一七三八〜一八二一）という鉱山師が記した『鉄山秘書』には、金屋子神の屍骸を神の託宣により、タタラの柱に立てかけると、鉄がよく吹けたとあり(44)、韓国の「エミレの鐘」では、村の娘が鉄を溶かす溶鉱炉に飛び込むと良い鐘ができたという(45)。後の時代になるとこの考えが崩れて民間では蛇を邪悪なものとして節句の菖蒲湯や菊酒、桃酒などを飲ませておろすという伝承が生まれたと考えたい。

甄萱は天上から流配された百足の息子(46)

新羅時代のある家に婚期を逃した娘がいたが、親が結婚させようと聞いてみても娘は返事をしないのであった。それによって娘には男がいるので嫁に行かないのではという噂が立った。父が娘に噂は本当かと聞いたら、娘は次のように答えた。離れで寝ていたら紫の衣を着た男が鍵をかけて置いても入ってきて肩を叩き、声を出したら息を吹き込んで気絶させ、それが一年も続いているということであった。娘の話を聞いた父は、苧環の糸を針に通して娘に渡しながら、「男が訪ねてきたら紫の衣に刺して置け」と言った。娘は父の教え通り、男の衣に針を刺した。そうすると男は驚きながら、「自分は天上から降りてきた者で、これからお腹に子供ができるけど耐えられるか」と言って、どこかへ消えるのであった。翌朝父が娘を連れて糸を辿って山に行ってみると、洞窟があり、その中に入ってみると、大きなムカデが針に刺されて死んでいた。娘はだんだんお腹が膨らみ息子を生んだが、それが後百済の始祖・甄萱である。

甄萱の誕生(47)

甄萱は全羅南道の光州で生まれた。彼の母が独身のときのことである。彼女は金長者の一人娘で、嫁に行こうともせず、親も大切な一人娘なので嫁に行かせようとしなかった。そこへ毎晩男が泊って帰るのであった。親は娘に噂は本当なのかと聞くと、娘は毎晩、正体不明の男が泊って、明け方には風のように去っていくというのであった。そこで親は二度と男が訪ねて来ないように針に糸を通して渡し、もしその男が来たら襟元に刺して置けと指示した。親の言う通りに衣に針を刺すと大きな金の豚が出て行ってしまうのであった。出て行きながら、「お前のお腹の子供は天下の王、三韓の王になるところであるが、このように私を刺し殺したので、一国の王しかなれないであろう」と予言した。翌朝糸を辿ってみると裏山の洞窟中に入っており、よく見ると大きな金の豚が針に刺されて死んでいた。襟元に刺すつもりが、間違って臍に刺したのであった。その後、娘は子供を生んだが、それが甄萱である。

右の「甄萱は天界から流されたムカデの息子」では、娘が父の教え通り、男の衣に針を刺した。そうすると男は驚きながら、「自分は天上から降りてきた者で、これからお腹に子供ができるけど耐えられるか」と言って、どこかへ消えて、糸をつけると、洞窟中に入っており、正体がムカデであったというもので、お腹の子供のことを予言するものとなっている。また「甄萱の誕生」では針に刺された金の猪が部屋を出て逃げながら、「お前のお腹の子供は将来天下の王、三韓の王になるところであったが、このように私を刺し殺したので、一国の王しかなれないであろう」と、王にはなるが、不完全な状態の王になると、子供の将来を予言している。このようにこれから生まれる子供が不完全な者であると予言するのは、日本の『源平盛衰記』において、「あなたの腹に一人の男の子が宿った。もし十か月で生まれれば日本国の大将になれるが、五か月で生まれるので九国の武士しかなれないであろう」と、大蛇が姫に不完全な蛇の血を引く子の誕生を予言する趣向に酷似している。この点では、韓国の伝承は、蛇の子誕生を予言している、『源平盛衰記』に近似していると言えよう。

Ⅵ・来訪者の正体

火種と福運のついた嫁(48)

ある家に女が嫁に来たが、三年間を守らなければならない火種が夜になるとよくも消えるのであった。そこで嫁は追い出される羽目になり、ある日、寝ないで火を守っていた。その時、あるトケビ（お化け）のようなものが入ってきて、竃の入口に小便をかけて置いて帰るのであった。嫁がそのトケビの後をついて行ってみると、トケビは裏山に上る途中にその姿を消した。消えたところに印をつけて置いて家に帰ってきたが、翌日も火種は消えていた。嫁は自分が見たことを姑に話し、一緒に印をつけた場所に行った。そこの土を掘りだすと中からたくさんの金の塊が出てきた。嫁は福に巡り合い、追い出されないでお金持ちになって良い暮らしをしたそうだ。

これは大歳の火を守る女が火をもらう代わりに棺桶を預かり黄金を得るという、昔話の「大歳の火」に近いものであるが、訪ねて来たものが人間ではない「トケビ（お化け）、であり、その正体が金の塊であったというものである。韓国の伝承は、来訪者の正体によって、（1）動物型と、（2）人参（山参〈山の高麗人参〉、不老草）・黄金型に分類でき、（1）の動物型の場合は、（A）ミミズ、（B）大蛇・龍、（C）その他の動物に分類できる。（1）の（A）ミミズの場合は、5・6・7・14・18・19・20・21・23・27、（B）大蛇・龍は、10・11・13・25・26・29・30・31、（C）その他の動物には1・3・4・12・15・16・17・22・24・28が属する。（2）人参（山参〈山の高麗人参〉・黄金には2・

8・9・32～43がある。韓国の場合、来訪者の正体が1）の（A）ミミズが多いのが特徴であり、この点は蛇の伝承が殆どと言える日本の伝承と大きく相違している。ミミズは韓国語で「チロンイ」と発音するが、これを漢字で「地龍」と表記する場合があり、漢方でも「地龍」「赤龍」と称し、ミミズの表皮を乾燥させたものを発熱や喘息の発作の薬として使っている。そうなるとミミズの伝承も、大蛇・龍の分類に入れることができる。ミミズは再生力の強いもので体が切れても切れた部分を元通りに再生させる力を持つ。そこでミミズの再生力は昔から不死の力を持った動物として看做された。特に一匹のミミズの体には雌雄の生殖器官が同時に付いており、その神秘さは異類婚姻譚と結び付き、英雄誕生説話を生ませた。それの代表的なものが、苧環型蛇聟入に属する後百済国の始祖由来を語る甄萱神話である。その強力な再生力は、脱皮を繰り返して成長する蛇にも通じる。（C）その他の動物としては、スッポン・亀・蛤・川獺のように水と関連するものが多いが、百足や猪の場合もある。スッポンや亀は頭が男性の性器に似ているので、男性の象徴として導入されたものと考える。百足や猪の場合も体が細いイメージがあり、男性のシンボルとして使われたものと推測される。32～43は、来訪者の正体が山参（山の高麗人参）や黄金で、山参（人参）の場合は赤みのある、細い形は男性のシンボル、また、前半の何代も引き継がれてきた火種を大事に守る、嫁への補償として導入されたものであろう。韓国では黄金を得る伝承よりは、山で自生する高麗人参の山参を得る伝承が多いのは、万病統治や長寿の薬として高値の付く山参に対しての韓国人の意識が反映されたものと考えられる。

また右の伝承は日本の「大歳の火」に近似するものである。これは大歳の火種を大事に守る女がいたが、ある日火種が突然消えてしまった。困った末に女が外を見ていると、提灯を持った人が近寄って来る。その人に火をもらう代わりに棺桶を預けられた。棺桶を取りに来るという約束の三日が過ぎても来ないので主人が開けてみると小判が出てきたというもので(49)、苧環の糸と針が登場しない点では苧環型蛇聟入譚と大きく相違するが、火種を大事に守る女が小判を得てお金持ちになる点では一致している。火と死と金属のモチーフを含む、この話は鋳物師の伝承と関係があろう。先ほど触れた『日本書紀』の初代天皇神武の大后の出自を伝える「神武記」の火の神と考えられる勢夜陀多良比売と、大蛇として象徴される大物主神と火神の娘との結合は、韓国の説話において、火種を守ろうとする嫁と、男性の性器の象徴とされる山参（人参）との結合、それによる黄金（山参）の発見という叙述に通じるもので、この説話の背景には金属技術を持った製鉄集団が見え隠れていると言えよう。

Ⅶ・始祖誕生

金通精将軍(50)（父蛇殺害・始祖由来型）

高麗時代の時である。あるところに寡婦が住んでいたが、日に日に腰の周りが太くなっていった。村人は夫もない人が子供を持ったと噂をした。寡婦は事実を打ち明けなくてはいけないと思って、村人に、「毎日窓の鍵を閉めて寝ているのに、どこから入ってくるのか、ある男が訪ねて来て一緒に泊って帰る」と言った。村人は、「その男が訪ねた時に、糸を体に括って置けば正体がわかるだろう」と教えた。村人の教え通り、男の腰に糸を括って置いた。翌朝、糸は窓の穴を通じて外に出ており、家の礎石の下に入っていた。その礎石を持ちあげて見ると糸に括られたミミズが中にいた。寡婦は気味が悪くなり、ミミズを殺した。寡婦はだんだんお腹が大きくなり、可愛い男の子を生んだ。男の体の全身には鱗が散りばめられており、脇には小さい羽が付いていた。村人は男の子がミミズと交わって生まれた者だとして、ミミズの文字に因んで「ジントンソン」と呼んだ。この人が金通精将軍であるが、彼は弓を良く射り、空を飛びまわり、呪術を使う人だった。それで三別抄軍の大将軍になった。

これは、寡婦に通った男の正体がミミズで、そのミミズを殺したが、彼女から子供が産まれたというものである。また男の体の全身には鱗が散りばめられており、脇には小さい羽まで付いていた。そこでミミズの文字に因んで「ジントンソン」と呼び、後で彼が三別抄軍の大将軍になったというもので、『源平盛衰記』に近い叙述となっている。このように、ミミズや蛇・龍などの血を受け継いだ子供が一族や国の始祖、あるいは将軍、村の守護神になるというものであるが、これは前述の『日本書紀』や『肥前国風土記』以外の日本のすべての伝承にも見えるものであった。

塩田原の由来(51)（地名由来型）

昔、忠州地域でチリ王が王につきたいという話があったそうだが、その話を尋ねれば次のようである。昔、ある大臣の家で草家を建てて、そこで娘の勉強をさせたが、夜中になると烏帽子姿の童が訪ねて来て、意地悪をして帰った。娘がその正体を聞いても答えがなかったので、その行方を知るため、針に糸を通して童の道袍（胴衣）の裾に刺して置いた。翌朝父を呼んで、今まで起きたことを説明し、家の下女たちを連れて糸を辿っていくと、池の中に入っていた。父は下女たちに池の中に塩を撒けと言った。しばらく経つと池の中から大きなミミズが出て来て死んだが、体の後側に針が刺されていた。そこでミミズを池の中に埋めてそこを塩田（塩海）と呼んだ。

鶏足山由来(52)（地名由来型）

昔、鶏足山の麓に老夫婦が住んでいたが、男の子はなく、一人娘と住んでいた。娘が婚期を迎え、別の部屋を使わせたが、親が見ると娘の部屋に誰かが寄って帰るようであった。娘に聞くと、「人なのか獣なのかよくわからない」と言う。親は苧環と針をやりながら、泊って帰る人に刺して置けと言った。ある晩、娘の部屋の窓が開き、体の冷えた獣がお腹に這い上がってきたので親の指示通り、背中に針を刺して置いた。翌朝糸を辿って見ると塩田に入っていた。村の村長などがそこの水を外に汲みだしたらミミズ一匹が針に刺されたまま死んでいた。その後、娘は身ごもり、十か月目に子供が生まれた。その子はとても賢く、一つを教えたら十を知り、十を教えたら百を知るほどであり、体が猛々しかった。力が強かったので岩を抱えて南山に登り、城を築いて戦っていたが、力が尽きるとその塩田に入って浸かって出てきたら強くなり、戦で勝ったりした。そこで隣の村から何百袋ものの塩を運んで塩田に入れ、ミミズの子孫の甄萱が浸かって出てきたところ、体がしんなりとなり、死んでしまった。鶏がミミズを食べているが、二度とミミズのようなものがでてこないように、その山を鶏足山と名付けた。

右は塩田原や鶏足三の由来を語る「地名由来型」に属するものであるが、「塩田原の由来」は、父と下女たちが糸を辿っていくと、糸は池の中に入っており、烏帽子姿の童の正体がミミズであったというものである。そこで父は下女たちに池の中に塩を撒けと言った。しばらく経つと池の中から大きなミミズが出て来て死んだが、見ると同体の後側に針が刺さっていた。そこでミミズを池の中に埋めてそこを塩田（塩海）と呼んだというものである。源平盛衰記でも、塩田の大夫が登場するが、塩田大夫の塩田は、蛇と塩との関連から導入されたものかも知れない。塩と蛇との問題は次の伝承にも表れている。

塩山のミミズ(53)（蛇の子堕胎型）

塩山からミミズが出たといわれる。由緒のある家の娘のところに、烏帽子姿の胴衣を着た美男子が訪ねてくる。不思議に思った娘は、針仕事の糸を男の胴衣の端に巻いて置いた。その後、娘はお腹が大きくなった。娘の様子に気づいた父親が怒って殺そうとすると、娘は、「ある晩、青色の服を着た男が部屋に訪ねてきて、殺すと言われたので仕方がなかった」と答える。二人が糸をつけると、慶州・塩山の岩の下に入っていた。中には千年も過ぎたミミズがいた。そこで釜水に塩を入れて沸かして、その塩水を岩下の溝に撒いた。するとミミズが出て来て死んだ。ミミズは針に刺されていた。娘は薬を飲んでお腹のミミズを下ろした。

これは釜で沸かした塩水を岩下の溝に撒いてミミズを殺し、さらには娘が薬を飲んでお腹のミミズの子を下ろしたという堕胎型に属するもので、韓国ではあまり伝わっていないものである。しかし、日本では菖蒲の湯に浸かったり、菖蒲酒などを飲んだりして宿った子供を降ろすことが語られている昔話が多い。これと関連する伝承として、沖縄県読谷村《よみたんそん》の「三月三日の浜下り由来」では、女が蛇の子供を妊娠していたが、昔からの風習により、三月三日、海辺に行って白砂を踏んだところ、毒蛇の子供が次から次と降ろされ命拾いした」とあり、同県多良間村《たらまそん》の「張水《はりみず》の神」では「三月三日餅を作って海辺に出て踊ったら降ろされる」といわれ、その通りすると流産した」という。(54)また同県国頭郡大宜味村でも「女が婆に教えられて三月に浜下りをして塩水を浴びると蛇の子が下りた。それから女は三月三日に浜下りをする」(55)とあり、鹿児島県大島郡喜界島でも「母が娘を海に連れて行き、七日間潮を浴びせると蛇の子が無事に下りた」(56)とある。上記の韓国の伝承は、沖縄や鹿児島の伝承に類似すると言えるが、このように蛇と塩とは深い関連があり、祖母嶽伝説において塩田大夫の「塩田」の場合も、沖縄の浜下りなどの由来から推測すると、蛇と塩との関連から導入された名前である可能性が高い。以上のことから、韓国の諸伝承の始祖誕生の個所は、（1）始祖由来型、（2）父蛇殺害・始祖由来型、（3）地名由来型、（4）山参・黄金型、（5）蛇の子誕生型、（6）蛇の子堕胎型に分類できるものであった。

Ⅷ・蛇の子孫の印

昌寧曺氏の始祖・曺継龍(57)

昌寧曺氏の始祖は曺継龍というが、その理由は次のようである。李氏の家に男の子はなく、一人娘がいた。娘が婚期になったので嫁に行かせようとしたところ、体がだんだん弱くなり、病に倒れた。ある日父が娘を呼んで、「なぜ弱くなったのか」と聞いた。娘は、「去る正月、外に出て庭園の池を眺めていたら、スッポン一匹が池から出て来たので驚いて部屋に戻り、そのまま眠りについたのです。しかし少し不思議な感じがして起きて見たら、ある青衣童子が私の部屋で横になっていたが、すぐ外に出てしまうのでした」と答えた。そこで母からもらった苧環の糸を男の道袍〔胴衣〕の帯に括って置いた。糸を辿って見ると池に入っていた。その糸を手繰り寄せると、正月に見たスッポンが付いて出てくるのであった。その後、娘は妊娠して男の子を生んだが、膝の下と脇の下に鱗があったので、龍の鱗、それを継ぐという意味で継龍という名前と曺という名字を国から賜った。

金通精将軍(58)

秦始王〔甄萱王〕の話をすれば、昔、あるお金持ちの家に大人しい娘が一人住んでいた。別邸を作り、そこに住ませた。大事な娘なので外から男が出入りできないようにするためであった。ある日娘は父に、「夜寝る時、素姓のわからない坊ちゃんが訪ねてきて、横になってから帰る」と言った。すると父親は絹糸をやりながら、「その人が訪ねてきたら、背中に糸を結びつけるように」と指示する。翌朝、糸の後をつけると、大きな岩の下に入っていた。鉄の道具で土を掘り、岩を片づけて見ると、中にミミズがいた。ミミズを殺し、後で娘は子供を生んだが、大きくなって金通精将軍になる。戦争が起き、その将軍は城を築いて敵を退けった。しかし敵軍が鉄の蓆を利用して攻撃してき、刀で体の鱗が立った隙間のところに刀刺したので金通精将軍は死んだ。

右の「昌寧曺氏の始祖・曺継龍」は、来訪者が娘のところに通いその娘は妊娠、一人の息子を生んだが、それが昌寧昚氏の始祖・昚継龍であるというものであるが、彼の膝と脇の下には鱗があり、龍の鱗とそれを継ぐという意味で継龍という名前と昚という名字を国から賜ったというものである。次の「金通精将軍」は、ミミズの子孫である、金通精将軍の体には、その印として鱗があったが、将軍になった彼は戦争でそこを狙われ命を失ったというもので、日本の百合若大臣のように鉄人の弱点を語っている。また鉄の道具で土を掘り、ミミズを殺したとあり、これは鉄とミミズ（蛇）とが関連があることを示すものである。中国の弥勒県核桃寨に住む彝族の伝承において、木で作った雌雄の龍を結婚させる儀式が実際に再演されるというが、巫師によればこの儀式は太古の母親を祀るために行われ、当地の彝族の祖にあたる女は、龍との間に祖先を生んだのであり、このため今に至るまで彝族の嬰児の腰には龍の涎の跡があり、足の爪が二つに割れているのは龍が触れた跡であるという。[59]これは苧環型蛇聟入譚の始祖由来譚が祭りのおいて生きた神話として直接機能するという点で注目すべき伝承である。このように生まれた子供の体に龍の涎の跡があったというのは、上記の韓国の伝承において、生まれた子孫の体に龍の鱗があるという趣向に近似し、日本の『源平盛衰記』と『延慶本』の祖母嶽伝説にも同じ叙述が見られるものであった。だから龍や大蛇（ミミズ）の血筋を引いた子供の体に龍や蛇の跡があるというのは、単に日本だけの問題ではなく、東アジア全体の流れの中でその伝承関係を考える必要があろう。

七　緒方三郎惟栄始祖神話と緒方三社の原尻滝の川越し祭

先ほど論じたように、中国の弥勒県核桃寨に住む彝族の伝承において、木で作った雌雄の龍を結婚させる儀式が実際に再演され、苧環型蛇聟入譚の始祖由来譚が祭りのおいて生きた神話として直接機能するものであった。ではははたして日本には、苧環型蛇聟入譚と関わる祭りは存在しないのであろうか。豊後大野市緒方町には、苧環型蛇聟入譚に属する「緒方三郎惟栄始祖神話」と関わって緒方三社の原尻滝の川越し祭が毎年開催される。恐ろしい大蛇の子孫といわれる惟栄はもともと平家側の平資盛の家人であったが、後にはこれに反逆し、源氏側について大宰府に滞在していた平家を攻撃して九州から追い出す。その後、平家陣営を助けていた宇佐八幡宮の宮司である宇佐氏を攻撃するため、宇佐神宮に侵入して火をつけ神宮を焼き払う。伝承によれば惟栄は宇佐神宮に火をつけて焼き払う時、矢が飛んで来て身に当たったが、神の怒りをかい、めりこんだ矢を抜こうとしても抜くことができなかった。それで自領に故郷である豊後大野市の緒方町に帰り、八幡神のための神殿を建立して神を祀ることなどを約束すると、刺さった矢も

原尻の滝

神輿に母神を乗せ冷たい川を渡る青年たちによる
「緒方三社川越祭」

抜け、負傷した体もきれいに治ったという。豊後大野市に帰ってきた惟栄は宇佐八幡神との約束通り、山（元宮）で矢を射て八幡神の居場所を探したが、最初の矢が落ちたところに一宮八幡社、第二の矢が落ちたところに二宮八幡社、第三の矢が落ちたところに三宮八幡社を勧請したという。一宮八幡社の祭神は応神天皇の父である仲哀天皇、二宮八幡社の祭神は応神天皇、三宮八幡社の祭神は応神天皇の母・神功皇后が祀られており、今も豊後大野市緒方町にはこれらの神宮が伝わっている。毎年十一月中旬の土曜日と日曜日にこれら八幡神の合同祭が緒方町で開催されるが、一年に一度だけ、三宮八幡社にいる母神が子神に逢うために山をおり、息子のいる二宮八幡宮で一夜を過ごすという。母神のいる三宮八幡宮から息子の祀られている二宮八幡宮までは約二・三キロメートル離れており、そこへ行くためには原尻の滝（川）を渡る必要がある。神輿に母神を乗せ冷たい川を渡る青年たちによる「緒方三社川越祭」が緒方町で今でも盛大に開催されている。(60)

以上のように緒方三社の創建は源平合戦と関わり、惟栄が宇佐神宮を焼き払い、神の怒りによる緒方三社の造営から始まったことになっているが定かではない。『豊後国誌』によれば「治承二年八月、緒方惟栄この三祠を建つると云ふ」(61)とあり、一一八七年に緒方三郎惟栄がこの緒方三社を創建したことになっている。筆者は「緒方三社川越祭」には、苧環型蛇聟入譚に属する緒方三郎惟栄の始祖神話や火遠理命（山幸彦）と豊玉姫命の神婚説話が投影されており、祭りはそれの再演だと考える。緒方三郎惟栄氏祖神話に登場する花の御本姫は三宮に祀られている神功皇后、大蛇は一宮の仲哀天皇、その間の蛇の子は二宮の応神天皇（八幡神）にそれぞれ対応する。前述したように緒方三郎惟栄始祖神話は、神武天皇の祖母である豊玉姫命や兄の彦五瀬命神話と結び付いて伝承されるものであった。そうなると、三宮の神功皇后は豊玉姫命、一宮の仲哀天皇は火遠理命（山幸彦）、二宮の応神天皇は鵜葺草不合命となり、海宮で結婚をして身ごもった豊玉姫命が子供を産むために川（海宮）を渡って火遠理命のいる地上を訪問し、海辺で天孫の鵜葺草不合命を産む。そして見るなという出産の禁忌が破られ、怒って海に帰ってしまう。そこで海と陸との断絶が始まったと記紀神話は記しているが、一年に一回母神が我が子神に会いに川を渡る「緒方三社川越祭」は、こうした神話が実際に祭という形として機能し、伝承されてきたものではないだろうか。では「緒方三社川越祭」を始めた人は誰なのか問題になるが、神武天皇の祖母である豊玉姫命信仰を持ち込み、自らの祖先を嫗嶽（祖母嶽）明神として信仰してきた豊後大神氏であろう。渡辺澄夫氏『源平の雄　緒方三郎惟栄』(62)によれば、祖母山から東方への豊・日境界の山々には豊富な銅やその他の鉱山が続くという。緒方氏を祖とした大神氏一族はおそらく銅・鉄・水銀（朱）などの金属技術を持った集団であった。(63)また豊後大神氏は、嫗嶽明神を氏祖神として水の支配者となり、緒方川、緒方盆地を神話により正当化した。さらに彼らは緒方川だけではなく、大野川、大分川、五ヶ瀬川、豊後水道に渡る広範囲の勢力圏を形成したものと思われる。(64)『源平盛衰記』や『平家物語』では大蛇の正体について、嫗嶽明神や高知尾明神の垂迹と記すように、祖母山を境に豊後国と日向国に跨って暮らす豊後大神氏はこうした祭りを通じて自らの血筋が天皇家と繋がっている神聖な存在であることを強く主張し、こうした「緒方三社川越祭」を通じて祖母山を中心とする当地やその周辺地域の結束を図りながらその統治基盤を確立させたものと考える。

おわりに

従来学界においての苧環型蛇聟入譚についての研究は、『古事記』収載の「三輪山神婚説話」を中心に考察が行われ、豊後や日向地方を背景にしている「祖母嶽伝説」に中心を置いて考察した論考は皆無に近いものであった。そこで本稿では、豊後国と日向国を舞台とする、『源平盛衰記』や『平家物語』収載のいわゆる、「祖母嶽伝説」と韓国の「苧環型蛇聟入譚（夜来者説話）」との比較を通じて両伝承の特色を鉄文化の視点から論じてみた。また従来の研究では日本には卵生型氏族神話や卵生神話が縁遠いものとされてきたが、前述のように民間伝承の苧環型蛇聟入譚のなかに密かに伝承されるものであった。そこで以上述べたことを簡単にまとめればおよそ次のようである。

（一）『源平盛衰記』『平家物語』の祖母嶽伝説では、中央で編纂された『古事記』や『日本書紀』などと違って、豊後国や日向国を舞台として展開されているのが特徴であった。特に祖母嶽伝説は、『古事記』にはない、日本の昔話に多く存在する「立ち聞き型」に近い叙述が見られており、『古事記』の三輪山神婚説話とその趣向を異にしている。そこで両者は原拠とした説話が必ず同一のものであるとは言いにくく、大和の神話をそのまま、豊後国に移植され再現したとも考えにくい。また日本の「立ち聞き型」には、節句の由来と関わって、子種を否定する伝承が多く見られ日本的特徴といえるが、この話型はすでに韓国の伝承にも見られるもので中国からの直接影響というよりは朝鮮半島との関連から論じる必要性が出てきた。

（二）『源平盛衰記』では、「目は銅の鈴を張ったようで口は紅を含んだよう」と生まれた子供について、異名を「皸童」、または「皸大弥太」、「銅大太」（大神系図）とし、『延慶本』では大太、赤雁大太となっており、鳥の名を付しているのが特徴であった。これは赤雁と鉄との関連から考えるべきであり、緒方氏をその祖とした大神氏は、製鉄文化を持った金属技術集団であることが考えられるものであった。

（三）『源平盛衰記』と『平家物語』では、夜の訪問者の服装が「水色の狩衣」、韓国では「青色」であった。水色とは、普通無色透明であるが、池や湖などの色のように、緑みのある青色である。この青色とは酸化した鉄の色を表すこともあり、夜訪問してくる男がおそらく鉄文化と関連する人物であることが想定できるものであった。

（四）鎌倉時代の『平家物語』などに見える、大神氏の祖神としての嫗嶽山の嫗嶽大明神が江戸時代に入り、彦五瀬命の祖母である豊玉姫命信仰と結び付き、祖母嶽や祖母嶽明神（大蛇の霊）と同一視されるようになったことが推測される。こうした豊玉姫命信仰を持ち込んだのは豊後大神氏であり、自らの血筋が天皇家と繋がる神聖で貴い存在であることを主張することによって、当地の統治基盤を確立させようとしたのであろう。

（五）『古事記』の三輪山神婚説話や『源平盛衰記』など収載の祖母嶽神話には、卵生要素が見られないし、学界では従来、日本には卵生型氏族神話が縁遠いものとされてきたが、苧環型蛇聟入譚の卵生型始祖神話や卵生説話の形として多数伝承されているので、従来の学界の説は再考する必要がある。また卵生要素のない文献の苧環型蛇聟入譚より卵生型始祖神話の方が古いことが考えられ、文献に記されるときに編者の意向によって卵生要素が意図的に外された可能性が考えられる。

（六）従来韓国の学界では、後百済国の始祖王の甄萱に山神の化身と言える虎が来て彼に乳を飲ませて育てたと記す『三国遺事』の記録について、虎に対する韓国人の固有信仰として捉える傾向が強かったといえるが、虎が乳を飲ませる趣向はすでに中国の雲南省の苧環型蛇聟入譚に見えるので、甄萱伝説への直接的な影響関係も検討する必要性が生じた。

（七　）鉄神の象徴ともいえる大蛇の訪問と、その大蛇に糸を通した針を刺して置き、その糸をつける大蛇の居住地が大岩であったというこのサイクルを苧環型蛇聟入神話と関連して、どのように理解すれば良いのかであるが、韓国の古墳では、鉄生産遺跡にも関わらず、糸を紡ぐときの紡錘車が大量に出土されている。紡錘車には鉄製のものもあり、鉄製品とともに服（機織りの巫女）と関連する紡錘車が祭祀対象物として使われた可能性が高く、苧環型蛇聟入譚の原風景は、おそらく巫女が蛇神であり鉄の神を迎える祭儀において生きた神話として機能したものにあったと考えられる。

（八）　中国の弥勒県核桃寨に住む彝族の伝承において、木で作った雌雄の龍を結婚させる儀式が実際に再演され、苧環型蛇聟入譚の始祖由来譚が儀礼と結び付いて伝承されるように、豊後大野市に今も伝わる「緒方三社川越祭」は、豊後大神氏の始祖伝承や豊玉姫命神話の神婚説話の再演であり、実際に祭という形で受け継がれてきたものであろう。豊後大神氏はこうした祭りを通じて自らの血筋が天皇家と繫がっている神聖な存在であることを強く主張し、「緒方三社川越祭」を通じて祖母山を中心とする当地やその周辺地域の結束を図りながらその統治基盤を確立させたものと考える。

最後に韓国忠清南道燕岐郡西面双流里のビアム寺の「ソーリ山伝説」(65)を紹介して終わりたい。昔、ソーリ山の麓に一人の娘が住んでいた。ところが婚期を迎え、結婚する年頃になった時、素姓の知らない男が夜毎訪ねて来て泊って帰るのであった。これを不思議に思った娘は、ある日の夜、訪ねてきた男の衣の裾に糸を通した針を刺して置いた。翌朝、明るくなると彼女は糸を辿って行ってみた。すると糸はソーリ山の頂上の近くに至った。そこには大きな蛇が死んでいた。その後、女は男の子を生んだが、貴公子になり、村の神になったといわれる。ここで寺の名前になった「ビアム」とは、蛇の意味である。今はソーリ山と呼び、高さは三八三メートルであるが、日本の祖母山の古名である「曾褒里能耶麻」(66)を連想させる。この山は神婚神話を伝える三輪山のような地勢を持ち、山の両側から川が流れ、双流里という村で合流して神市としての風水を持つ。その蛇寺とその周辺からは七世紀の仏像が七体も発見された。また昔、この地域は鉄の産地であり、その周辺地域の忠州などの錦江流域は、百済時代初期の鉄の産地でもあり、そこは『日本書紀』巻九・神功皇后五二年条に見える、谷那鉄山の地とも言われている。また、甄萱伝説の伝承地には、大分の宇田姫社の蛇が通ったという洞窟の穴のような、彼の出生と関連する洞窟が存在する。彼が出生した場所は、韓国慶尚北道の尚州で、その尚州にはＢＣ五八年に沙伐国という国が存在した。この沙伐国は鉄を生産して倭などに輸出した国とも伝わる。
このように苧環型蛇聟入譚の伝承地である祖母山や三輪山と韓国のビアム寺（蛇寺）のソーリ山などは、山を背景にして両側から川が流れ、合流する神市としての風水を持ち、またそこは古来より鉄の産地でもあり、苧環型蛇聟入譚の伝承地でもあった。

注

（1）日本側の主な論考としては、鳥居龍蔵氏「三輪山伝説」（『鳥居龍蔵全集』の第一巻『有史以前の日本』一九二七）、松前健氏「渡来氏族としての大神氏とその伝承」（『日本のなかの朝鮮文化』四十三号、一九七九）、大林太良氏「三輪山伝説の原義と系統」（『東アジアの王権神話』一九八四 弘文堂）、渡辺澄夫氏『源平の雄 緒方三郎惟栄』（一九八一 第一法規出版株式会社）、富来隆氏「大神氏の始祖惟基をあかがりの大弥太ということについて」（一）〜（三）（『佐伯史談』一二九、一三〇、一三一）、小林武一氏『緒方三郎惟栄と姥社・小松社』（二〇〇六）などがある。韓国側の主な論考としては、孫晋泰氏『朝鮮民族説話の研究』（一九七二 乙酉文化社）、蘇在英「異類交媾考」（『国語国文学』四二・四三合併号、一九六九）、崔仁鶴氏「韓国昔話のタイプインディックス」（『韓国昔話の研究』一九七六 弘文堂）、同氏「火の神型昔話の比較─韓・日・沖縄の資料を中心に─」（『日本昔話研究集成二』一九八四 名著出版）、同氏「夜来者型説話の形態（構造）」（『韓国民譚の類型研究』一九九四 仁荷大学出版部）、張徳順氏「韓国の夜来者伝説と日本の三輪山伝説との比較研究」（『韓国文化』三号、一九七七）、金和経氏『韓国説話の研究』（一九八七 嶺南大学出版部）、文璨植氏「韓国の甄萱説話と日本の活玉依姫説話の比較研究─両説話の作品を中心に─」（光州大学民族芸術研究所『論文集』巻二、一九九三）、徐大錫氏「夜来者説話の神話的性格」（『韓国神話の研究』二〇〇一 集文堂）、李ジョン氏「夜来者説話の神話的性格と伝承に関する研究」（韓国古典文学会『古典文学研究』二〇〇一）、同氏「夜来者説話との関係から見た火種と童参─火の信仰に関する比較民俗学を兼ねて─」（東アジア古代学会『東アジア古代学』第一八輯、二〇〇八・十二）、権テヒョ氏「代々受け継がれてきた火種譚の性格と火の起源神話的面貌」（韓国口碑文学会『口碑文学研究』二六、二〇〇八）、金均泰氏「韓中日夜来者型説話の比較研究」（比較民俗学会『比較民俗学』第二六号、二〇〇四）、崔ヨンシン氏「夜来者説話研究」（延世大学大学院修士論文、二〇〇五・十二）、李スクキョン「韓日夜来者型説話比較研究」（水原大学教育大学院修士論文、二〇一〇・六）などがある。

（2）福田晃氏「昔話の発生と伝播」（『日本昔話研究集成二』一九八四　名著出版）。

（3）魯成煥氏他「韓日夜来者説話の一研究」（蔚山大学『研究論文集』第十五巻第二号、一九八四）、同氏「古事記三輪山伝説の一考察―韓日移動関係を中心に―」（韓国日語日文学会『日語日文学研究』六巻一号、一九八五）。

（4）山口佳紀・神野志隆光校注訳『新編日本古典文学全集1・古事記』（一九九七　小学館）。

（5）渡辺澄夫氏『源平の雄　緒方三郎惟栄』（一九八一　第一法規出版株式会社）。

（6）前掲注（5）に同じ。

（7）真弓常忠氏『日本古代祭祀と鉄』（一九八一　学生社）。

（8）「佐毘売山神社」（『日本歴史地名大系』第三三巻、一九九五）参照。

（9）「蛇聟入・苧環型」（関敬吾『日本昔話大成　第二巻　本格昔話一』一九七八　角川書店）。

（10）太田重澄著『寺社考』（一七四一）。

（11）前掲注（5）に同じ。

（12）前掲注（9）に同じ。松本孝三氏「蛇聟入」（稲田浩二・大島建彦・川端豊彦・福田晃・三原幸久編『日本昔話事典』一九九四　弘文堂）参照。

（13）富来隆氏「大神氏の始祖惟基をあかがりの大弥太ということについて」（一）～（三）（『佐伯史談』一二九、一三〇、一三一）

（14）二豊文献刊行会編『豊後国誌』（一九三一　朋文堂）所収。

（15）『復刻太宰管内志』（一九七八　防長史料出版社）所収。

（16）佐々木安麿氏『寺社考』（一九八一）所収。

（17）肝煎御霊祠　豊国誌曰（祖母嶽神社）三重ニアリ。コレ大神氏祖神祖母嶽大蛇ノ霊也。祖母嶽ハ所謂嫗嶽也。（宇林拾葉に曰く嫗嶽明神日州也在豊後境）即チ蛇鱗三枚ヲ神体トシテ崇め奉ル。天正一四年（一五六八年）薩兵ノ為ニ奪ワレヌ。ソノ後文禄ノ頃、此社ノ神木ヲ切ル事アリシニ白鷺来ッテ樹上ニナク。人猶是ヲ覚ラズシテ斧ヲ入ル。忽チ鮮血斧下ニ流ル故ニ野良ニ杉百本ヲ植エテ慰ムト云フ。

(18) 第一章「南方系神話要素」の第一節「卵生族神話」（『三品彰英論文集　第三巻』一九七一　平凡社）所収。
(19) 前掲注（9）に同じ。
(20) 前掲注（9）に同じ。
(21) 稲田浩二氏『日本昔話通観』第24巻（一九八〇　同朋舎出版）。
(22) 前掲注（21）『同書』第26巻（一九八三）。
(23) 前掲注（9）に同じ。
(24) 前掲注（9）に同じ。
(25) 前掲注（9）に同じ。
(26) 前掲注（21）『同書』第24巻（一九八〇）。
(27) 芹原孝守氏「雲南彝族の三輪山型説話」（『比較民俗学会報』第二四巻第四号　通巻第一一八号、二〇〇三・十二）。
(28) 項青氏「東アジアの〈卵生神話〉の受容考・その一―中国における呑卵型を通じて―」（『国語国文学研究』第四九号、二〇一四・三）。
(29) 前掲注（27）に同じ。
(30) 韓國精神文化研究院語文研究室編『韓國口碑文學大系』7―1（一九九四）。
(31) 崔常壽『韓国民間伝説集』（一九八四　通文館）。
(32) 前掲注（30）『同書』6―11。
(33) 崔雲植氏『韓国の民譚』（一九八七　詩人社）。
(34) 前掲注（30）『同書』7―13。
(35) 前掲注（9）に同じ。

(36) 尹鍾均氏「古代鉄生産に関する一考察―中南部地域の考古学的成果を中心に―」（全南大学大学院修士論文、一九九八）。
(37) 李健茂・尹光鎭・申大坤・鄭聖喜「義昌茶戸里遺跡発掘進展報告Ⅲ（韓国考古美術史研究所『考古学誌』七、一九九五）。
(38) 川越哲志氏「板状鉄斧」（『弥生時代の鉄器文化』一九九三　雄山閣出版）。
(39) 前掲注（36）に同じ。
(40) 前掲注（30）『同書』8―9。
(41) 前掲注（31）『同書』。
(42) 孫晋泰氏『韓国民族説話の研究』（一九八二　乙酉文化社）。
(43) 前掲注（9）に同じ。
(44) 森浩一氏『日本古代文化の探求』（一九七四　社会思想社）。
(45) 「韓国の炭焼長者―シャーマンと鉄文化との関連から―」（福田晃・金賛會・百田弥栄子編『伝承文学比較双書　鉄文化を拓く炭焼長者』二〇一一　三弥井書店）。
(46) 前掲注（30）『同書』5―1。
(47) 前掲注（30）『同書』5―6。
(48) 前掲注（30）『同書』8―3。
(49) 「大歳の火」（前掲注（9）『同書』所収）。宮崎一枝氏「大歳の火」（前掲注12『日本昔話事典』所収）。
(50) 玄容駿氏『済州島伝説』（一九九六　西門文庫）。
(51) 前掲注（30）『同書』3―1。
(52) 前掲注（30）『同書』3―1。
(53) 前掲注（30）『同書』7―6。
(54) 前掲（21）『同書』第26巻（一九八三）。
(55) 前掲（21）『同書』第26巻（一九八三）。
(56) 前掲注（9）に同じ。

(57) 前掲注(30)『同書』1—2。
(58) 前掲注(30)『同書』9—3。
(59) 前掲注(27)に同じ。
(60) 拙稿「大分の緒方三郎惟栄始祖伝説・国宝宇佐八幡宮伝承と韓国—その伝承地を訪ねて—」(『ポリグロシア』第一三巻、二〇〇七・十)。
(61) 前掲注(14)に同じ。
(62) 前掲注(5)に同じ。
(63) 富来隆氏前掲注(1)に同じ。
(64) 前掲注(5)に同じ。
(65) 張徳順氏『韓国説話文学研究』(一九七八 ソウル大出版社)。
(66) 『日本書紀』巻第二の「神代 第九段」に「添山、此をば曾褒里能耶麻といふ」とある。

参考文献

○福田晃・金賛會・百田弥栄子『鉄文化を拓く炭焼長者』(二〇一一 三弥井書店)。
○金賛會『本地物語の比較研究—日本と韓国の伝承から—』(二〇〇一 三弥井書店)。
○金賛會「大分の緒方三郎惟栄始祖伝説・国宝宇佐八幡宮伝承と韓国—その伝承地を訪ねて—」(『ポリグロシア』第一三巻二〇〇七)。
○渡辺澄夫氏『源平の雄 緒方三郎惟栄』(一九八一 第一法規出版株式会社)。
○富来隆氏「大神氏の始祖惟基をあかがりの大弥太ということについて」(一)~(三)(『佐伯史談』一二九~一三一。
○魯成煥氏他「古事記三輪山伝説の一考察—韓日移動関係を中心に—」(韓国日語日文学会『日語日文学研究』六巻一号一九八五)。
○真弓常忠氏『日本古代祭祀と鉄』(一九八一 学生社)。

○関敬吾氏『日本昔話大成　第二巻　本格昔話一』（一九七八　角川書店）。
○稲田浩二・大島建彦・川端豊彦・福田晃・三原幸久編『日本昔話事典』（一九九四　弘文堂）。
○三品彰英氏『三品彰英論文集　第三巻』（一九七一　平凡社）。
○稲田浩二氏『日本昔話通観　第二四巻』（一九八〇　同朋舎出版）。
○芹原孝守氏「雲南彝族の三輪山型説話」（『比較民俗学会報』第二四巻第四号　通巻第一一八号　二〇〇三）。
○韓國精神文化研究院語文研究室編『韓國口碑文學大系』。
○金和経氏『韓国説話の研究』（一九八七　嶺南大学出版部）。
○李ジヨン氏「夜来者説話との関係から見た火種と童参―火の信仰に関する比較民俗学を兼ねて―」（アジア古代学会『東アジア古代学』第一八輯　二〇〇八）。
○金均泰氏「韓中日夜来者型説話の比較研究」（比較民俗学会『比較民俗学』第二六号　二〇〇四）。

第二章　鉄文化を拓く韓国の「炭焼長者」

はじめに

韓国の「炭焼長者」は、昔話（民譚）、伝説、民間神話として伝承されており、この三つのジャンルに分類され研究が行われてきた。その研究は、一九三〇年代、申采浩氏（『朝鮮上古史』）によって文献説話の検討から始まる。すなわち、これは十三世紀に成立した『三国遺事』巻二に記されている、「薯童説話」についての研究である。昔話としての本格的な研究は、一九七〇年代、崔雲植氏の「追い出された女人発福説話考」（韓国民俗学会編『韓国民俗学』六）からスタートする。

その後、李承均氏の「女の福分系民譚研究」（大邱啓明大学大学院修士論文、一九八一）、金奭培氏の「人間の福分系民譚研究」（韓国文学と言語文学研究会編『文学と言語』三、一九八二）、金榮晩氏の「追い出された女人発福説話の女性象徴研究」（釜山大学国文学科編『国語と国文学』、一九八三）、金大琡氏の「女人発福説話の研究」（ソウル梨花女子大学大学院博士論文、一九八八）、李志映氏の「人間の福分系民譚の伝承変異研究」（ソウル大学国語国文学科編『冠嶽語文研究』、一九九〇）、玄丞桓氏の「自分の福分で生きる系説話研究」（済州大学大学院博士論文、一九九二）などの論考が続々発表された。これらの論文の題名からもわかるように、韓国では日本の「炭焼長者」に対応する説話を「追い出された女人発福説話」、「女の福分系民譚」、「人間の福分系民譚」などと呼んでいる。ただし、日本で出版された崔仁鶴氏の

『韓国昔話研究』(弘文堂)では、本格昔話として「炭焼長者」と題名が付けられているが、これは関敬吾氏の『日本昔話集成』によって分類されているためであると思われる。いずれにせよ韓国においての炭焼長者説話は、日本と同じように家を出た女性の結婚相手が殆どと言ってもいいほど炭焼き男であり、再婚型では女性の身分がすべて刀を扱う白丁の娘となっているが、従来、韓国の研究者には「炭焼長者説話」と鉄文化との関わりについてはあまり関心が及んでいなかったのが事実である。

一　韓国「炭焼長者」の先学の分類と問題点

崔雲植氏は前述の「追い出された女人発福説話考」において、七本の「炭焼長者」の伝承資料を取り上げ、「追い出された女人発福説話」と名付け、次のようにまとめられている。

A　①自分の福分で生きていると答えた末娘が追い出される。
②炭焼きと出会う。
③炭窯で金の塊を発見する。
④お金持ちになり、豊かに暮らす。

B　①夫の虐待で妻が家を出る。
②炭焼きと出会う。
③炭窯で金の塊を発見する。
④結婚してお金持ちになり、豊かに暮らす。

C　①道士の指示で婚期を逃した娘が家を出る。

②炭焼きの男に出会う。
③炭窯で金の塊を発見する。
④結婚してお金持ちになり、豊かに暮らす。

D
①自分の福分で生きると答えた末娘が追い出される。
②乞食に出会う。
③石垣の中から金を発見する。
④結婚してお金持ちになり、豊かに暮らす。

E
①自分の福分で生きると答えた末娘を貧しい青年と結婚させ、追い出す。
②夫婦が山の中に入り、炭を焼く。
③炭窯で金の塊を発見する。
④お金持ちになり、豊かに暮らす。

F
①自分の福分で食べて生きると答えた娘を炭焼きの男と結婚させ、追い出す。
②炭窯で金の塊を発見する。
③お金持ちになり、豊かに暮らす。

G
①お金持ちの家に嫁に行きたがらない三番目の娘をわざと貧しい炭焼きと結婚させる。
②小さい井戸の中から金を発見する。
③お金持ちになり、豊かに暮らす。

崔氏は後で紹介する、「親の非運を語るもの（初婚A型）」に属し、済州島のシャーマンが伝承する「三公本解」巫歌を取り上げ、それは昔話「追い出された女人発福説話」と基本段落が一致し、同じモチーフが含まれている。その点から考えると、巫歌は昔話（民譚）を受容して成立したものと推測されるが、反対に巫歌の内容が昔話に取り込まれたのかどうか、あるいは同時発生して巫歌と昔話がそれぞれ伝承されてきたのかどうか、この問題についてはもっと深い研究がなされるべきだと論じ、慎重な姿勢を取っている。

また崔氏は、『三国遺事』巻二に伝わる「薯掘り長者譚」に属する、「武王説話」との関係について、「済州島の三公本解と同じ系統の説話」であり、「武王説話は史実の記録ではなく、武王という歴史的人物を非凡な人物として描き、聖化させるために既存の口承説話を借用して武王個人の話として記録して置いた」と述べている。日本の「炭焼長者」に対応する昔話について、「追い出された女人発福説話」と命名したのは興味深いが、すべての伝本が親から追い出される叙述を見せていないので氏の主張はやや問題を含んでおり、また本格的な分類には至っていない。

右の説話について本格的な分類を試みたのは金大琡氏である。金氏は梨花女子大学大学院に提出した博士論文「女人発福説話の研究」において、これらの説話を「女人発福説話」と名付け、七十五本の伝承資料を詳細に分析して、「自分の福分で生きる」（四十四本）「福分持ちの嫁Ｉ」（二十一本）「福分持ちの嫁Ⅱ」（十本）の三つに分類されている。

自分の福分で生きる

Ａ　昔、ある所の豊かな家に父親と三人の娘が住んでいた。

Ｂ　父親と娘たちが問答を交わすが、三女は父の怒りをかう。

Ｃ　三女は家から追い出される。

Ｄ　三女は炭焼きの男に出会う。

Ｅ　妻が金を発見する。

F　妻の指示で金を処分して夫婦はお金持ちになる。
G　妻の実家は三女を追い出してから没落する。
H　三女は父親との再会を予見し、準備する。
I　三女は父親と再会し、親孝行する。

福分持ちの嫁Ⅰ

A　昔、ソウルに住んでいる大監（正二品以上の高官）に一人息子がいた。
B　大監は観相を見る能力があったが、自分の息子は貧相であった。
C　大監は白丁《ぺくちょん》（賤民）の娘ではあるが、福分持ちの彼女を嫁にする。
D　父親の死後、夫は妻を追い出す。
E　家を出た嫁は炭焼きの男に出会う。
F　妻が金を発見する。
G　妻の指示で金を処分して、夫婦はお金持ちになる。
H　妻は大監の遺言を思い出し、乞食宴会を開く。
I　白丁の娘は元の夫と再会し、その家に帰って再びお金持ちになる。

福分持ちの嫁Ⅱ

A　父親が産神の交わす話を盗み聞き、自分の息子には福分がなく、白丁の娘には大きな福分があることを知る。
B　成人すると、二人を結婚させる。
C　お金持ちになる。

D　白丁の娘が家から追い出される。
E　家を出た白丁の娘は炭焼きの男に出会う。
F　妻が金を発見する。
G　妻の指示で金を処分して、夫婦はお金持ちになる。
H　妻は元の夫を思い出し、乞食宴会を開く。
I　妻は元の夫と再会し、その家に帰って再びお金持ちになる。

右の分類によれば、「自分の福分で生きる」は後で論じる、「炭焼長者」の「初婚A型（親の非運を語るもの）」と「親の非運を語らないもの（初婚B型）」、「福分持ちの嫁I」は「炭焼長者」の「再婚A型（占い型）」、「福分持ちの嫁II」は「炭焼長者」の「再婚B型（産神問答型）」に属するものである。金大琡氏の分類は、韓国の「炭焼長者」を「女人発福説話」と名付け、本格的な分類を試みた点で大きく評価される。しかし、「自分の福分で生きる」には「G妻の実家は三女を追い出してから没落する」を含んでいない伝本もあり、もう少しきめ細かな分類が必要であろう。

玄丞桓氏は済州大学大学院に提出された博士論文「自分の福分で生きる系説話研究」において、「炭焼長者」が日中韓に伝承されていることに注目し、大きく「初婚型」と「再婚型」とに分けて、三国間の比較研究を詳細に試みている。玄氏のまとめた韓国の「自分の福分で生きる系説話」は、初婚型・四十五例と再婚型・三十二例であるが、その内容は次のようである。

初婚型

一　昔、ある所に両親と三人の娘が豊かに暮らす。〔三人の娘〕
二　父親は娘たちに「誰のお陰で良い暮らしをしているのか」と問答を交わすが、三女だけは「自分の福分のお陰

だ」と答えて、父親の怒りをかう　〔問答〕
三　三女は家から追い出される。　〔追放〕
四　三女は薯掘り（または炭焼き男）と出会い、夫婦になる。　〔結婚〕
五　妻が金を発見する。　〔金の発見〕
六　妻の指示で金を処分し、夫婦はお金持ちになる。　〔お金持ち〕
七　妻の実家は三女を追い出してから没落する。　〔実家没落〕
八　三女は父親との再会を予見し、準備する。　〔再会準備〕
九　三女は父親と再会し、親孝行する。　〔再会孝行〕

再婚型

一　福分のない両班の息子と福分のある白丁の娘が結婚する。　〔結婚〕
一ａ　観相をよく見る大監の息子には福分がなく、白丁の娘には福分がある。　〔観相〕
一ｂ　大監が産神の問答を盗み聞くと自分の息子より、白丁の娘が豊かに暮らせる福分であった。　〔産神問答〕
二　白丁の娘が嫁先から追い出される。　〔追放〕
三　家を出た妻は炭焼き男に出会う。　〔再婚〕
四　妻が金を発見する。　〔金の発見〕
五　妻の指示で金を処分し、夫婦はお金持ちになる。　〔お金持ち〕
六　妻が乞食宴会を開く。　〔乞食宴会〕
七　妻は元の夫に再会し、その家に帰って再びお金持ちになる。　〔夫婦再会〕

玄氏は、説話の各段落をモチーフで示し、金氏の分類した「自分の福分で生きる」は「初婚型」、「福分持ちの嫁Ⅰ」と「福分持ちの嫁Ⅱ」は「再婚型」として分類されている。また、玄氏の分類した初婚型は、一〔三人の娘〕～九〔再会孝行〕までの九つのモチーフ構成になっているが、これをさらに亜型一：八〔再会準備〕の欠けたもの、亜型二：七〔実家没落〕八〔再会準備〕の欠けたもの、亜型三：八〔再会準備〕九〔再会孝行〕の欠けたもの、亜型四：七〔実家没落〕八〔再会準備〕九〔再会孝行〕の欠けたものなどに細分して分類されており、再婚型の場合も同様の分類をされている。玄氏の分類は韓国において初めて日中韓の比較研究を行ったところに意義があり、亜型を使って、金大琡氏より詳細に分けて分類している点は評価できるが、亜型一、亜型二などと言うよりは、話型のタイトルをつけて分類した方がよりわかり易かったのではないかと考える。

二　韓国の「炭焼長者」の話型と特色

「炭焼長者」という名称が中国では家を出た女性の結婚の相手が必ずしも炭焼の男に限らないということで問題になっているが、韓国では日本と同じように結婚相手の職業はほとんどが炭焼きとなっている。筆者は韓国「門前本解」と「炭焼長者」（『昔話―研究と資料―』二十四号）において「炭焼長者」を分類したことがある。先ず、「炭焼長者」は先学の分類通り大きく初婚型と再婚型に分けられるが、再婚型の場合、冒頭部分に占いのモチーフを含んでいる伝承を「再婚A型（占い型）」とし、A型の占いのモチーフに対応する産神問答のモチーフを含んでいる伝承を「再婚B型（産神問答型）」と分類した。また、韓国の昔話には今のところ見えず、民間神話としてしか伝承されない、夫婦の離別から始まる、いわゆる日本の「葦刈系説話」や再婚型の「炭焼長者」を「再婚C型（夫婦離別型）」に分類した。初婚型の場合も、従来の先学の分類と違って、親の非運を語る伝承を「初婚A型」、親の非運を語らない伝承を

「初婚B型」に分類した。

（一）初婚型

初婚A型（親の非運を語るもの）

（一）昔、ある金持ちの家に三人の娘が住んでいた。ある日父は三人の娘を呼んで、「誰のお陰で幸せに暮らしているのか」と聞く。長女と次女は「父のお陰だ」と答えるが、末娘は、「私の福分のお陰だ」と答える。〈福分の娘〉

（二）そのため、末娘は父の怒りをかって家から追い出される。〈末娘の追放〉

（三）末娘は山中で貧しく暮らしている炭焼と出会って結婚し、炭を焼く場所で黄金を発見する。〈結婚・黄金発見〉

（四）夫は黄金の値打ちがわからないが、妻に教えられ黄金を売って長者となる。〈長者〉

（五）末娘を追い出した実家はすぐ没落し、父は乞食となる。〈父の非運〉

（六）父は豊かに暮らしている末娘の家に物乞いに行く。〈父の訪問〉

（七）末娘は、訪ねてきた乞食が父であることを知って、家に迎え、酒飯をもてなす。〈親子の確認〉

（八）末娘は、迎え入れた父と幸せに暮らす。あるいは父は「私の福分のお陰だ」と言った娘が正しかったことを認める。〈福分認定〉

右の「初婚A型」は、北朝鮮地域から韓国本土や済州島まで広く伝承されているもので、今まで約五十例が報告されている。これは前述の金大琡氏の分類した、「自分の福分で生きる」に対応し、玄丞桓氏の分類した初婚型に属するものである。韓国の「初婚A型」は、馬場英子氏（「日本の「炭焼長者」に対応する中国の話について」、『口承文芸研究』

十七号）がまとめられた中国の初婚型に対応するものである。
一　金持ちが娘（たち）にだれのお陰の幸せかとたずねる。
二（末）娘が自分自身の福分によるものと答える。
三　父は怒って娘を（最も貧しい男とめあわせて／馬や牛に乗せて）追い出す。（牛や馬が足を止めた家の貧しい男と夫婦になる）。
四　娘夫婦は財宝を見つけて、金持ちになる。
五　父は娘が正しかったことを知る。

右は、千野明日香氏の示す「自分の運命によって生きる王女」（『口承文芸研究』十七号）に対応するものである。韓国の「初婚A型」は後の「再婚A型」と「再婚B型」の発端部にある「占い」や「産神問答」のモチーフが「誰のお陰で幸せに暮らしているのか」と、親子問答による父と娘の葛藤によるものがほとんどである。日本では縁談に恵まれていない姫が「神のお告げ」ではるばると離れたところの炭焼き男を訪ねる叙述と対応するものであるが、韓国や中国に見える、親子問答による末娘の追放（もしくは末娘自身が家を出る）の形を取らないのが日本的特徴である。

韓国の場合、親子問答で親の期待通りに応えない末娘に怒って家から追い出すのが主流をなしているが、娘が炭焼き男に嫁に行きたいと言って父親から怒られ追い出される伝承もある。もしくは末娘自らが家を出る伝承もある。ある伝本（京畿道）では召使いが山の中に連れて行って捨てることによって炭焼きに出会ったり、ある伝本（平安北道）では怒った父親が末娘を木の箱に入れて川に流すことによって炭焼き男に出会ったりもする。韓国の場合、末娘の結婚相手の職業がまれに乞食（もしくは下人）の炭焼き男、悪人、貧乏人となっていることがあるが、日本と同様に殆どが貧しい炭焼き男となっている。この点は末娘の結婚相手が柴刈り、乞食、下男、蛙獲りなど、炭焼き以外にも様々な職業として登場する中国の伝承と違う。韓国の場合も日本と似通って、説話の伝播者が炭を焼いて鉄を精錬する鍛冶屋であったことが考えられよう。

さらに山の中で暮らしている炭焼き男は殆どが母親と一緒に暮らす（まれには両親と暮らす）ものとなっており、父親と暮らしているものは一つも見当たらないことから母子関係が重視されていた時代の反映かとも受け取れる。

また、黄金発見の場所は、普段の仕事場である炭を焼く場所（炭窯やその周辺）が主流をなしているが、山の中の泉であったり（全羅南道）、金の代わりに韓民族と親しみの深い人参を得たりする（慶尚北道）伝承もある。韓国のすべての伝承が炭焼き男は仕事場が黄金に恵まれている状況にありながらも、その黄金の価値がわからない無知な者として表れているのに対して、妻は黄金の価値がわかり、それを拾って家の繁栄をもたらす存在となっている。しかし、韓国の伝承は日本の伝承によく見える、妻が実家の母親からもらった金を炭焼きの夫に渡して買い物を頼み、無知な夫は金の価値が分からず、「池の水鳥に投げつけて手ぶらで帰ってくる」という叙述が見当たらないので、その文化的背景を糾明する作業も必要であろう。

あるいは韓国の伝承での妻は、無知な炭焼きの夫に、「明日、炭窯の石を背負ってある里に行って降ろして待っていると、必ず買い手が現れるでしょう」「誰かが炭窯の石を買いたいと言ってきたら、いくらくれますかなど一切聞かずに、ものを見て適当に計算して下さいと、とにかくそれだけ言いなさい」と、妻は買い手が現れるのを予言したり、炭窯の石（黄金）の売る方法などを教えたりする。また、金を買う人も日が沈む頃に現れたり、背丈がすんなりしてざっくりとした大きな服装を着た老人が杖をついて金を買いに現れたりするなど、普通とは違う異人のような印象を与えているのが特徴である。

「親の非運」についてみると、福分のある末娘が家を出ると豊かだった家は落ちぶれ、母親は死に、中国と同じように父親は乞食になる伝承例が多く見られる。また「父のお陰だ」と答えて父親を喜ばせた長女と次女は金持ちの家に嫁に行くが、その後、貧しくなったという伝承例もある。

末娘との再会は、父親が乞食になって末娘の家を訪ねて行くのが主流をなしているが、末娘が父親と会うために乞食宴会（江原道、慶尚南道、済州島）を開いたり、家の門を開けるとき、「ウネさん、ウネさん……」と娘の名前を呼ぶ声がするように作って置いたりして再会が実現できた伝承例もある。また、没落して乞食となった父親が自分の家を訪ねてくることを予言したりもする。このように、再婚型では追い出された先妻が先夫を思って宴会を開く叙述が強く主張されているのに対して、「初婚A型」では追い出された末娘が乞食となった親を思って宴会を開くと言う叙述はやや希薄なものになっている。

あるいは、「初婚A型」の結末部では、訪ねてきた父親に末娘は、「あの時、お父さんとお母さんは、自分の福分のお陰だと答えた私をけしからんと思ったかも知れないけど、だれでも自分が食べていけるぐらいの福分は持って生まれるものです。生まれつきのものなので私がお母さんとお父さんにそのように言いましたが……」と、自分の生まれつきの福分を強く主張して父親に確認させている。これに対して父親は末娘の主張を認める叙述となっており、この点は日本の伝承よりは中国の伝承に近いと言えよう。また殆どの資料が自分を追い出した父親を恨むことはなく、「お父さん、これからは何処へも行かないで私と一緒に暮らそう」と、やさしい態度で親を迎えており、親孝行な末娘として描かれている。韓国の「初婚A型」の場合、中国の伝承のように、「父親が自分の生まれつきの非運を恥じ悲しんで竈に飛び込んで自殺し、最後に竈神として現れた」と竈神の由来を語る伝承は見当たらないが、「あの時、お前を叱った私がとても恥ずかしい。その後、娘の家で一生を楽しく過ごして死んだ」と父親の死に触れる伝承（京畿道、忠清南道、慶尚北道）もあり、この点は、中国の竈神の伝承にやや近いと言えよう。

神話としての「薯掘り長者」

この親の非運を語る「初婚A型」は、済州島のシャーマンのシムバンの神話としても伝承されている。

（一）昔、上の村に住む男の乞食と下の村に住む女の乞食が結婚して三人の娘を生む。末娘であるカムンジャン姫が生まれると家は豊かになる。ある日父は三人の娘を呼んで、「誰のお陰で食べて暮らしているのか」と聞く。長女と次女は「父のお陰だ」と答えるが、末娘のカムンジャン姫は、「私の臍の下の縦線のお陰だ」と答える。〈福分の娘〉

（二）怒った父は、カムンジャン姫を黒牛に乗せ、家から追い出す。〈末娘の追放〉

（三）カムンジャン姫を追い出した父は門の柱にぶつかって盲目となり、元の乞食となる。〈父の非運〉

（四）カムンジャン姫は貧しく暮らしている芋掘りと結婚し、薯を掘る場所で黄金を発見する。〈黄金発見〉

（五）夫は黄金の値打ちがわからないが、妻に教えられ、黄金を売って長者となる。〈長者〉

（六）カムンジャン姫は親を思って夫と相談して乞食宴会を開く。親は姫のところを訪ねてくる。〈父の訪問〉

（七）カムンジャン姫は訪ねて来た親を迎えて酒飯をもてなし、親は末娘であることを知り驚いて目がぱっと開く。〈親子確認〉

（八）カムンジャン姫は親とともに幸せに暮らす。（カムンジャン姫は親に裕福な暮らしは自分の福分によるものであることを確認させる）。〈福分認定〉

「三公本解」は、済州島だけに伝承されるもので、今まで約五本の伝承が採録されている。「三公本解」は、家を追い出された娘が炭焼長者ではなく、薯掘りと結婚して長者となるもので、炭焼が薯掘りとなっている違い以外は「初婚A型」の炭焼長者と同じ展開を見せている。

「三公本解」の三公神は、人間の「業《おぷ》（運命）」や前生を管掌する神である。「業」とは本土では「クエビトッタ」と言い、漢字では「鬼業」を当てて「鬼神の業」とも考えられ、神が降りた巫覡は神の告げによって業《おぷ》（運命）である鉄製の巫具類を探し出して祀っている。「三公本解」では父親が自分の生まれつきの非運を悲しみ恥じて自殺して竈神になるという展開にはなっていないが、人間の業を管掌するという点で一家の運命を司る中国の竈神的な性格を持つ。

仏典の『雑宝蔵経』の第一孝養篇に「善光王女」の説話が載っているが、黄仁徳氏（「仏教系韓国民譚研究」忠南大学博士論文、一九八八）や金大琡氏（「女人発福説話の研究」梨花女子大学大学院博士論文、一九八八年）、松原孝俊氏（「朝鮮の炭焼長者系説話の比較研究序説」）（『口承文芸研究』十七号）によって「女人発福説話」との関連が指摘されている。

王様が「お前は私の力ですべての人たちから愛と尊敬を受けているのだ」と言うと、姫君は「それは間違いで、私の業力のお陰だ」と答える。また、乞食と結婚をして宝を見つけて王様の宮殿より立派な家を建てて、訪ねて来た父王に「自らの業によってこのような恩恵を受けているのだ」と確認させるなど、韓国の「三公本解」ときわめて類似しており、その関連が注目されるが、「炭焼長者」（薯掘り長者）」の核心要素とも言える炭や黄金発見などが見られないので、韓国への仏教説話としての直接的移入説には疑問が残る。「三公本解」は「善光王女」のような人間の業を語る仏教説話の影響下にあることは考えられるが、炭（火）と鉄との関連から考えた場合、仏教説話からの直接的影響というよりは、火の中に飛び込み自殺をして竈神になるという、一家の運命を司る中国の竈神やその祭祀との関連から理解すべきであろう。

「三公本解」では、三公神を迎える「前生遊《のり》び」という儀礼が行われるが、杖をついて盲人の乞食夫婦に扮した二人の小巫が祭場を訪ねてくると、司祭者である首巫と対話が始まる。乞食夫婦は、「どこへ行けば御馳走がいただけるか」と、語りながら祭場を歩き回る。そして末娘を追い出してから乞食になって盲人宴会の場に現れるまでの経緯を語り、算盤（占い道具）を落として吉凶を占う。次は「福は入り、悪縁は出ていけ」と乞食夫婦による悪縁払いが始まり、妻の乞食が「この奴が悪い前生だ」と杖でなぐって、外に追い出すところで儀礼は終わる（玄容駿氏『済州島巫俗の研究』一九八五　第一書房）。

百田弥栄子氏（「中国の炭焼長者」）によれば、中国の竈神祭りは唐代まで遡れ、「華中から浙江、山東一帯にかけて旧暦十二月一日から二十四日までに乞食の一隊が顔に化粧をほどこし炭を塗り、もしくは面具をつけて市中を跳梁し、もしくは竈夫婦に扮した乞食を中にして、手と手に竹杖を持って家々に福を与えて回る」「旧年の汚れを祓い、疫病を遂って新春を迎える鬼はらいの行事であった」とされるが、「三公本解」や「三公迎え」儀礼はこうした中国の竈神の由来譚や竈神祭りとの影響関係が考えられよう。

問題はなぜこの「炭焼長者譚」をシャーマンである巫女が語るのかであるが、巫女が祭りを行う場合は刀、押し切り、鈴、鐘などの道具が絶対的に必要となる。これを作るのが鍛冶屋である。このように巫女と鍛冶屋は深く関わる仕事であり、巫女と鍛冶屋が夫婦となって巫覡活動をする場合もある。本土の炭焼長者の「初婚A型」が済州島ではシャーマンの神話として伝承されていることは、こうした巫女と鍛冶屋（炭焼）が深く関係していたことを示してくれる。

初婚B型（親の非運を語らないもの）

（一）昔、ある貧しい家に父と三人の娘が住んでいた。ある日、父は三人の娘を呼んで、「どの家に嫁ぎたいのか」と聞く。長女と次女は、「金持ちの家だ」と答えるが、末娘は、「貧しい家だ」と答える。（別本、父は「誰が貧しい炭焼に嫁ぎたいのか」と聞く。長女と次女は「炭焼はいやだ」と答えるが、末娘は自分が嫁ぎたいと答える）。〔福分の娘〕

（二）怒った父はカムンジャン姫を家から追い出す（別本、怒った父は末娘を貧しい炭焼と結婚させる）。〔末娘の追放〕

（三）末娘は山中で貧しく暮らしている炭焼と出会って結婚し、炭焼窯で黄金を発見する。〔結婚・黄金発見〕

（四）夫は黄金の値打ちがわからないが、妻に教えられ黄金を売って長者となる。〔長者〕

（五）長者となった末娘は夫とともに幸せに暮らす。〔栄華〕

管見し得た「初婚B型」は、京畿・南楊州から慶南・晋陽まで八例であるが、これを先の「初婚A型」と較べてみると、「初婚A型」に見える〔父の非運〕〔父の訪問〕〔親子の確認〕などのモチーフを欠いており、異同が見られる。また、この韓国の「初婚B型」を、関敬吾氏の『日本昔話集成』の初婚型に対応させてみると、日本の初婚型は発端部を夢の告げによる姫君と炭焼との結婚とする点において韓国のものと違っている。が、親の非運を語らない韓国の「初婚B型」の方が親の非運を語る「初婚A型」より日本の初婚型に近接していると言えよう。

親の非運を語らない初婚型の「炭焼長者」は、伝説として、百済国第三十代王である武王（六〇〇～六四〇）の由来を語る「薯童物語」（『三国遺事』巻二）として伝承されている。

伝説としての「薯童物語」

（一）百済国の第三十代　武王の名は璋である。彼の母は寡婦で都の南にある池のほとりに家を建てて住んでいるうち、その池の龍と交わって子供が生まれ、幼き名を薯童と言い、いつも薯を掘って売り、それで暮らしをたてていたのでみんなからそう呼ばれるようになった。〔薯掘の薯童誕生〕

（二）その頃、新羅国の都に真平王の第三の王女で善花姫というとても美しい姫様が住んでいた。薯童はその噂を聞いて、髪を剃り坊主の姿で都に上り、「善花姫様は、こっそりと嫁入りなされて、夜には薯童様を抱きしめて去る」という童謡を作って子供達に歌わせた。〔童謡のお告げ〕

（三）その童謡が王様の耳に入り、善花姫は遠く離れた島に流されるようになり、都を発った。〔姫君の下向〕
（四）善花姫は旅の途中でやってきた薯童と出会い、あの童謡がことの起こる前触れであったのだと信じ、一緒に百済国に辿り着き暮らすことになった。そこで善花姫が持参した黄金を取り出して薯童に与えると、薯童は笑いながら、「これは何ですか」と言った。善花姫は、「これは黄金です。これだけあれば百年の富でさえ大丈夫です」と言うと、薯童は、「こんなものなら私が小さい時から薯を掘っていた所にいくらでもある」という。二人がそこへ行ってみるとたくさんの黄金があった。〔結婚・黄金発見〕
（五）二人は黄金を山のように積み集め，善花姫の父である新羅の真平王（第二十六代、五七九〜六三二）に送ることとし、龍華山にある獅子寺の知命法師にお願いした。すると法師はたくさんの黄金を神秘な力で一夜のうちに新羅の宮殿に送った。〔黄金送り〕
（六）真平王はこのような神秘に満ちた出来事を不思議に思い、いつも安否を問い、これによって薯童は人望を得て王様（百済）となる。〔王位継承〕
（七）ある日、王様（薯童）が夫人（善花姫）を連れて獅子寺に参る途中、龍華山の下の大きい池から弥勒仏三尊が浮かび上がってきた。〔弥勒仏三尊の出現〕
（八）王様夫妻はそこに寺を建立することとし、知命法師に相談すると、法師は神秘な力で一夜のうちに池を埋め平地にしてしまった。そこに弥勒三尊と、会殿、塔、廡廊を各々三カ所に建て寺名を弥勒寺と名付けた。新羅国の真平王がいろいろな工人を送ってきて助けてくれた。〔弥勒寺建立〕

福田晃氏は、伝説としての日本の「炭焼長者」を「王権伝説」「長者伝説」として分類されている。氏は「王権伝説・長者伝説ともに、例外なく炭焼長者の初婚型によっている。炭焼長者の伝承は初婚型が元初的なものであること

薯童の誕生地の馬龍池、母がこの池の龍と交わる（韓国全羅北道益山市）

を示す」と述べ、再婚型の「炭焼長者」はあくまでその派生形としてとらえられている。

前頁の「薯童物語」は、福田氏の分類によれば、「王権伝説」「長者伝説」に属するものであるが、氏のあげた大分県大野郡三重町内山（臼杵市深田）に伝承される「真名野長者物語」は、およそ次のような内容を持つ。

第一部　炭焼小五郎物語（炭焼長者・初婚型）

（一）　豊後国（三重町）の玉田の里に子供が生れ、幼き名を藤次と言い、三歳に父、七歳に母と死に別れ、孤児となる。炭焼き又五郎に育てられ、その跡を継いで名を改め炭焼小五郎と呼ばれるようになる。
〔炭焼小五郎誕生〕

（二）　その頃、奈良の都に大臣の娘で玉津姫というとても美しい姫様が住んでいたが、顔に黒い痣が出来て結婚する相手が無く嘆き悲しんでいた。三輪明神に祈ると、「汝が夫有りと雖も、遠く山海を隔つ。是より西国、豊後三江の山里に炭焼きの小五郎という者なり。吾が名も知らざる山賤なり。然れども此の者と嫁せば富貴自在にて、長者となるべし」というお告げがある。
〔神のお告げ〕

（三）　玉津姫は炭焼小五郎を訪ね、都を出て豊後に下り、神の導きによって三重町に着く。
〔姫君の下向〕

（四）　玉津姫は炭焼小五郎と出会い、神のお告げで都からはるばる下った話をすると、炭焼小五郎は困惑する。そこで玉津姫が持参した黄金を取り出して炭焼小五郎に与えて買い物に行かせると彼は黄金の値打ちが分からなく、池で遊んでいる鴛鴦に投げつけて手ぶらで帰ってきた。玉津姫が「あれは黄金という大事な宝物です」というと炭焼小五郎は笑いながら、「こんなものは池の周りや炭焼き窯にいくらでもある」という。二人が池に行ってみると、池にはたくさんの黄金があった。〔結婚・黄金発見〕

（五）　その時、池の中から金色の亀が浮かび上がってきた。亀は、「あなた方夫婦にこの宝を差し上げよう」と言って、金色の鴛鴦に姿を変え、西をさして飛び去った。神のお告げの通りその池で顔を洗うと姫は黒痣がとれ美人となり、小五郎は美男子と生れ変わった。〔亀の出現〕

（六）　小五郎と玉津姫は黄金を集め、あっという間に長者となる。世間の人は小五郎を真名野長者と言うようになる。〔長者〕

（七）　長者夫婦は山王神のお告げ通りきれいな女の子をもうけ、般若姫と名づける。その翌年、百済の船頭・龍伯が一寸八分の黄金の千手観音を持ってきて般若姫の守り本尊とし差し上げる。長者夫婦は唐国の天台山に黄金三万両を送った。〔黄金送り〕

（八）　天台山では百済の僧・蓮城法師に薬師観音の像を持たせて日本に送り、長者は薬師観音を迎え喜んで朝夕祈念する（伝説では蓮城寺〈内山観音〉を建立する）。〔蓮城法師の来朝〕

第二部　欽明天皇の恋物語（絵姿女房・難題解決〈女房〉型）

（九）　般若姫の美しさは長安の都にまで知られ、帝は般若姫の絵姿を描いて来るように命じ、絵描きが日本に来て絵図に写して帰えるほどであった。〔絵姿女房〕

（十）　般若姫の美しさは奈良の都にまで広がり、唐の絵描きが描き残した絵姿（玉絵箱）は天皇（欽明天皇）の手に入る。〔絵姿の飛翔〕

（十一）　般若姫の絵姿に惚れた天皇は、勅使を派遣して、「白胡麻・黒胡麻・菜種の実・芥子の実をそれぞれ千石納めること、虎の皮・ラッコの皮・豹の皮をそれぞれ千枚納めること、白布千端・黒布千端・錦千巻・綾千巻・珊瑚五百粒・瑠璃珠五百粒に千粒の珠を添えて納めること」の難題を出して、「ひとつでも解決しなければ姫を連れて来い」と言う。〔天皇の難題〕

（十二）　長者は巨大な財力でその難題のすべてを解決する。〔難題解決〕

（十三）　天皇は、「三度の難題を出したことは自分の過ちだった」と言って、勅命に違反した小五郎の罪を許してやり、「真名野長者」という称号を与える。〔栄華〕

第三部　用明天皇物語（草刈り山路説話）

（十四）　橘豊日皇子（後、用明天皇）は、般若姫の絵姿を見て恋しくなり、姿を変え三重町に下る。山路と名付けられ、長者家の牛飼いとして入って働いてもなかなか姫の姿を見ることができなく、夜もすがら牛に乗って笛ばかり吹き神に祈った。そのとき、般若姫は急病となり、神の神託によって山路が見事に三度の的を射ると姫の病気が治り、やがて山路は般若姫と契りを結ぶ。〔用明天皇物語〕

第四部　般若時建立（草刈氏由来）と蓮城寺建立

（十五）　皇子は都に帰り用明天皇となり、般若姫は女の子を出産、玉絵姫と名付ける。般若姫は天皇を慕って都に向かうが、その途中、海難に遭い十九歳という若さでなくなる。〔玉絵姫の誕生と般若姫の死〕

（十六）　伊利大臣の三男・金政公は玉絵姫と結婚し、金政公は橘豊日皇子が長者の家で草刈りをしたことに因んで氏

を草刈りと号し、名を左衛門、姓を橘、諱を氏次と称することにした。〔玉絵姫・金政公の結婚と草刈氏由来〕

(十七)　長者は般若姫の供養のため、豊後国に蓮城寺と満月寺、周防国に般若寺、伊予国に太山寺を建立する。〔般若寺の建立〕

(十八)　これより先百済の僧・蓮城が来朝、長者の家を改築して内山蓮城寺を建立する。長者はよく長寿を保ち、この世を去る。〔蓮城寺建立〕

このように、「真名野長者物語」は、大きく、前半の炭焼小五郎の誕生から黄金を発見して真名野長者になるまでの「炭焼小五郎物語」と、昔話の「絵姿女房（難題解決〈女房〉型）」の話型に属する「欽明天皇の恋物語」と、室町時代の幸若舞曲「烏帽子折」や御伽草子の「京太郎物語」などに見えるいわゆる用命天皇が草刈りの姿に身を変え、きれいな姫君を訪ねて行く「用命天皇物語（草刈山路説話）」などで構成されている。

「絵姿女房」は、ある男が美しい女性と結婚し、妻の絵姿が風に飛ばされ殿様の手に入り、妻を奪われるが、妻の機知によって再会、男が殿様となって幸せに暮らすという話。これには大きく「桃〈物〉売型」と「難題解決（女房）型」があり、「真名野長者物語」に含まれている内容は欽明天皇が真名野長者に難題をかけて娘をよこせということなので、「難題解決（女房）型」に属する。

このようにみると「真名野長者物語」は、「炭焼長者」だけではなく、「絵姿女房」、そして「草刈山路説話」などいろいろな説話がミックスされて構成されていることがわかる。「真名野長者物語」はもともと第一部の「炭焼小五郎物語」が中心で、後で「絵姿女房」や「草刈山路説話」などが取り込まれたことが考えられる。

前述の「薯童物語」と「真名野長者物語」を較べてみると、「薯童物語」は昔話の「炭焼長者」と違って、(一)のところで、幼き時代薯掘だった薯童の誕生を最初に述べるところから始まる。この点は「真名野長者物語」でも同じで

薯童夫妻が黄金を発見したという五金山（韓国全羅北道益山市）

ある。そして、その薯童のところに身分の尊い新羅の王女の娘・善花姫が訪ねて来て一緒に暮らす。王の姫様という身分が高い姫が炭焼（薯童）を訪ねていくという点で「真名野長者物語」と一致している。また、善花姫が持参していた黄金を取り出して薯童にあげると、彼はお金の値打ちが分からなく、「こんなものは薯を掘っているところにたくさんある」と言う。二人はその黄金を発見して長者になるのではなく、その黄金を善花姫のお父さんに送って王様になるのである。黄金を送るという趣向は「真名野長者物語」でも見られる。普通の昔話では、薯掘り、または炭焼が長者になるところで話が終わっているが、ここではさらに池の中から弥勒仏三体が浮かび上がってくる。この池の中から弥勒仏三体が浮かび上がってくるという趣向は、「真名野長者物語」では池の中で亀が浮かび上がってくる叙述と一致している。そして王になった薯童はその池を埋めてそこに寺を建てるが、それが弥勒寺の開基である。つまりこの物語は寺院縁起説話となっているが、「真名野長者物語」においても「蓮城寺」という寺院縁起説話となっている。

柳田国男氏は、豊後国の「炭焼長者譚」（玉世姫は巫女、炭焼き小五郎は鉄神）の古態を宇佐神宮の八幡信仰に求められた。すなわち大神比義は巫女、八幡神は鍛冶神であり、二人の結合によって新しい鉄神（童子）を誕生させるものであった。これを受けて「真名野長者伝説」の地元大分の郷土史家・

芦刈政治氏によれば「真名野長者伝説」は、「玉津姫は巫女、炭焼き小五郎は砂鉄を溶解する村下（タタラ師の長）や大鍛冶・小鍛冶・鋳物師などのタタラ場の総差配者で、巫女の玉津姫が炭焼き小五郎という製鉄の神に寄り付いて火の神を誕生させ鉄を得る」神話であると解釈された（平成十八年度日本昔話学会大分大会講演）。この考えは韓国の「薯童物語」にも通じるもので、薯童は鍛冶屋であり、百済国第三十代の武王の由来を語る彼の王権は鉄文化に大きく支えられて伝承されるものであった。

「薯童長者」と「炭焼長者」の名称問題

そこで日韓両国だけに限って伝承されている「薯掘り長者」と「炭焼長者」との名称の問題について考えてみる。土肥健之助氏編の『大分県方言類集』（国書刊行会）によれば宇佐郡などでは「炭」を「イモジ」という。また、柳田国男は石川県金沢市に伝承される「薯掘り藤五郎」を紹介し、「この種の話の伝播を助けた者は金属の売買を生業とした旅行者の群れである。炭焼の重要な目的は金属の制御を行なうためである」ことを述べ、「薯掘り藤五郎のイモはイモジとみてもよい」と論じられる（「炭焼小五郎が事」（『海南小記』）。

また、柳田国男氏は『海南小記』で、「黄金発見の伝説は、もともと鋳物師の仲間の運搬したものらしい。彼らは近世の平和時代に入るまで便宜の地に仮住まいして鋳物の業を営み、炭焼はその副業であった。すなわち炭焼長者譚はまだ中世の交通不便な時代から、すでに国の隅々まで、鋳物師によって運搬され、それぞれの土地に土着し、ぬくべからざる伝説となったのである」と述べる。

貴金属に関する通俗書の中では、良質な鉱脈を掘り当てることを「薯を掘る」と、説明されている。「イモヅル」とか「金ヅル」という言葉は鉱山師が使いはじめており、「薯掘り」とは鉱山師が使う隠語であった（森田柿園編・日置謙校訂『加賀志徴』巻十、原田行造氏「金沢と芋掘長者伝承―藤五郎伝説の特徴と成長過程―」〈『日本海域研究所報告』第十三

号〉、美田幸夫氏「新説・芋掘り藤五郎」）。

このように見てくると韓国の薯童の場合も、単なる薯掘の童ではなく、砂鉄・黄金を掘り出し、炭を焼いて鉄を製錬する鋳物師・鍛冶族で、莫大な財力を元にその地域を支配し、ついには百済の王様になったことが考えられる。遠い昔の百済時代に炭をイモジと呼んだのかどうかが問題となるが、前述したように大分県宇佐地方では「炭」を「イモジ」というところから、私は距離的にとても近く、文化的にも密接なかかわりを持っていた百済のことばにも「炭」を「イモジ」と称した時期があったのではないかと推測している。すなわち、「薯童」は「炭焼の童子」、または「鋳物師・鍛冶屋」とみるべきであろう。

百田弥栄子氏（前掲同論文）は、山薯は中国では「鉄卵であり、鉄水であって、鉄人の好物であった」「山薯はその根に砂金を吸い寄せる性質があった。薯掘りの若者の薯畑には金がいっぱいだったことだろう」と論じておられるが、中国においても薯は炭（鉄文化）と深い関連があり、それは韓国や日本のだけに存在する「薯掘り長者」と「炭焼長者」が同類の説話からスタートしていることを暗示してくれるものである。

（二）再婚型

韓国「炭焼長者」の再婚型は、占い型の「再婚A型」、産神問答型の「再婚B型」、夫婦離別型の「再婚C型」に分類できるが、ここでは占い型の「再婚A型」と産神問答型の「再婚B型」を紹介する。

占い型（再婚A型）

（一）昔、ある大臣の家に息子がいた。大臣は占いができる者で、自分の息子の運勢を占ってみると、一生物乞いをして暮らすという結果が出る。〔大臣の占い〕

（二）大臣は嫁を探して全国を歩き回り、家に福運をもたらしてくれる身分の低い白丁の娘に逢い、むりやりに息子と結婚させたところ、家は豊かになる。〔福分の娘〕
（三）大臣が死ぬと夫は妻が身分の低い白丁の娘であることを嫌って家から追い出す。〔夫婦の離別〕
（四）妻は貧しい炭焼と再婚し、炭を焼く場所で黄金を発見する。〔再婚・黄金発見〕
（五）夫は黄金の値打ちがわからないが、妻に教えられ、黄金を売って長者となる。〔長者〕
（六）先夫は妻を追い出してからすぐ零落して乞食となる。〔先夫の非運〕
（七）先妻は先夫を思って乞食宴会を開く（または、先妻は先夫の家に物乞いに行く）。〔先夫の訪問〕
（八）先妻は先夫を迎えて食事をもてなすが、先夫は気づかない。先妻が昔の女であると告げると、先夫は先妻であることを知る。〔夫妻の確認〕
（九）先夫は前非を悔いる。先妻は先夫の罪を許し、復縁して黄金を持ち帰って幸せに暮らす。〔福分認定〕

この型に属するものとして管見し得た伝本は、忠北・済州から慶南・河東魔で二十一例である。この「再婚A型」は馬場英子氏による中国側の「夫婦の福分（竈神由来）」、千野明日香氏の「金貨を見分けられない乞食」に対応するものである。千野氏が提示されたものは、次のようである。

1（占いの結果、夫は福分がなく、妻は福分がある）。
2　夫が自分の都合で離縁する。
3　妻は別の男と再婚して（財宝を発見し）裕福に暮らす。
4　夫は乞食になり、（知らずに）妻を訪ねる。
5　妻は財宝を食べ物の中に隠して夫に与えるが、夫は気付かずに失う。

6　自分に運のないことを知って夫は自殺する。／竈神になる。

右の中国の「金貨を見分けられない乞食」は、自殺した夫が最後に竈神に示現するという展開以外は韓国の「炭焼長者」の「占い型（再婚A型）」に酷似しており、今のところ日本には見当たらない伝承である。

先学の研究では、中国の「金貨を見分けられない乞食」が日本の再婚型の「産神問答」に直接対応するものとして論じられているが、韓国には中国の「金貨を見分けられない乞食」に対応する「占い型（再婚A型）」と中国には見えない再婚型の「産神問答型」が同時に存在しており、日本の「産神問答型」は韓国の「産神問答型」との関連から論じなければならないであろう。

また、中国の伝承は「自分に運のないことを知って夫は自殺する」となっているが、韓国の伝承は中国の伝承のように先夫が自殺するという極端な方法を選ばず、先夫は前非を悔いり、さらに先妻は夫の罪を許すという展開を見せている。

また、韓国のすべての伝承が、「この子は父親が死んだら乞食になるに違いない」と、大臣などの地位の高い父親が息子の運勢を直接占うのに対して、中国の伝承は父親ではなく、占い師にお願いをして息子の運勢を占うことになっている。そこで韓国の殆どの伝承では自分たちが死んだ後、息子が乞食になることは避けたいと、父親が全国を歩き回り、福分はあるが、身分の賤しい「白丁の娘」を見つけて積極的に結婚のリクエストをするが、白丁の娘の父親は身分の差があまりにも大きいので恐れて、「小生を殺してください」とまでいうが、大臣は無理矢理に息子と結婚させることとなっている。数は少ないが、白丁の娘以外に、餅屋の孫娘（全羅北道）、炭焼きの娘（慶尚南道）、下男の娘（全羅北道）となっている伝承も存在するが、福分持ちの「白丁の娘」を見つけ出して父親が福運のない自分の息子と結婚させるのが韓国的特徴と言える。韓国のような息子の運勢を補う福分持ちの娘を探し出すのは、中国では漢族には少なく、ミヤオ、トン、ヤオ族などに見られる（馬場英子氏前掲論文）。

韓国の「占い型（再婚A型）」では、大臣が死ぬと妻が白丁の娘であることが噂され、夫は、「お前は白丁の娘でしょ？　元々私と一緒に暮らしていく身分ではなかったのでお前の行きたいところに行きなさい」と、福分持ちの妻を家から追い出す伝承が中心をなしている。しかし、白丁の娘であることが周りに噂されると、「実は私は白丁の娘なんだよ。ところがあなたのお父さんが先に求婚してきたのであってうちから求婚はしてないのよ」と、妻が「白丁の娘」であることの知らない夫に告白し、妻自らが家を出る伝承もある。韓国の伝承は「白丁の娘」を理由に離縁するのが主流をなしているが、中国の伝承では貧しさ、あばた、不美人、嫁の実家の没落（百田弥栄子氏前掲論文）など韓国よりは離婚の理由が多様である。

家から追い出された妻の再婚相手は、初婚型と同じようにすべての伝承が炭焼きとなっており、炭窯で黄金（窯石）を発見しそれを夫に売らせ長者になるなど、その伝承者は鉄文化と深く関わった者と考えられる。

黄金を売って長者になった夫婦は田んぼを購入したり宮殿のような立派な家を建てたりし、子宝にも恵まれ幸せに暮らす。しかしある日妻は元の夫を思い出して、「おそらく彼は今頃乞食になってどこかをさ迷っているはずだ。私たちはこれくらいの財産さえあればいくらでも裕福に暮らしができるから、乞食宴会を開きましょ？」と今の夫に言い出す。このように先夫のことを心配したりもするが、「三つの黄金の甕をここに埋めて置くから自分が死んだらこれで生きていきなさい」と、優しく遺言を残してくれた昔の舅のことを思い出して申し訳ない気持ちになる伝承もある。どちらかと言えば自分を大臣家の嫁として選んでくれたのが舅だったので、先夫よりは舅を思う伝承が優勢である。また、韓国の伝承では先夫を思い出して、乞食宴会を開いて再会をするが、この乞食宴会は、中国の伝承では息子の誕生祝いの宴会に客に混じって訪ねてくる盲目の乞食に対応するものである。先夫を思ったり、舅のことを思い出したりして乞食宴会を開くなど、先夫や家族のことを気にして乞食宴会を開くのは韓国の伝承の特徴のように思われる。勿論乞食宴会を開いて先夫に再会する伝承だけあるものではない。忠清南道や全羅北道、慶尚北道、慶尚南道の伝承では先夫が乞食になって直接先妻の家を訪ねてくる。

訪ねてきた先夫に妻は、「私の顔がわかりますか?」と聞くと、先夫は自分の元の妻に違いないので、申し訳ない気持ちもあり、恥ずかしくなって何も言えず頭をぐったり下げて前非を悔いる叙述となっている。中国の伝承では先夫は自分に福運がないことを恥じて自殺したり、自殺して竈神になったりするが、韓国の伝承では恥ずかしいとは思うが、自殺などの極端な方法は選ばないのが特徴である。韓国の伝承はさらに前非を悔いる先夫に対して、「申し訳なく思う必要はありません。人の人生というものはすべてが生まれつきの運命によるものです。人の力ではどうすることもできないのが運命なので、あなたも生まれつきの薄運のため苦労しているのだよ」と、妻はすべての運命が生まれつきの福運によるものであることを認識させ、先夫の罪を許してやる展開となっている。

その後は、殆どの伝承が現在一緒に過ごしている炭焼きの夫とは別れて先夫と復縁することになっている。今の時代なら誠に勝手な女で多額の慰謝料でも請求されそうだが、今の財産をそのまま残して元の家に帰りたいという妻に、「それではだめだよ。私たちの財産をちょうど半分ずつ分けて、半分を持って行きなさい」と、炭焼き男は強引な妻の行動をそのまま認める情けない男として描かれている。いや情けない男というよりは今の富を築いたことや、炭焼き男の運命を左右することなど、すべてのことが妻側にあり、何の力もない炭焼き男はそれを認めざるを得なかったであろう。でもすべての伝本が炭焼き男を捨てて元の夫の家に帰って暮らすものではない。慶尚北道の伝承では、訪ねて来た先夫に縁りを戻すのは世間の道理ではないと少しの財産をあげて送り返すこととなっている。

あるいは炭焼き夫と先夫との間で上手いこと二股暮らしを認める伝承もある。復縁して先夫の家で暮らすことになった妻は、「私がこうした理由で炭焼き男のところに行って、百年の契りを結んで、そこで三人の息子を生んで帰ってきたので、一年はこちらで住み、一年はあちらに行って住むから理解してね」と言っており、大臣家の息子は、自分には四日間の粟の粥も食べられないぐらいの貧相を持って生まれたので、彼女を送り返すとまた飢え死になる運命であることがわかって、二股暮らしを認める叙述となっているのがとても面白く昔話らしいところである。

産神問答型（再婚B型）

（1）ある両班（ヤンバン、支配階級）が欅《けやき》の下で寝ていた。そこに産神が現れ、「今夜両班の家と身分の低い白丁の家にそれぞれ男の子と女の子が生れた。女の子が生れた家は私を丁寧に迎えてくれたので一生食べていける福運を与え、両班の家は私を虐待したので一日分の食事だけを与えて帰ってきた」と語る。〔産神問答〕

（2）びっくりして家に帰ってきた両班は、身分の低い白丁の家を訪ね、「この二人は同年同月同日に生れたので、大きくなったら結婚させよう」という。まもなく二人は成人し、約束通り結婚させたところ両班の家は豊かになる。〔福分の娘〕

（3）親が死ぬと夫は妻が身分の低い白丁の娘であることを嫌って家から追い出す。〔夫婦の離別〕

（4）妻は貧しい炭焼と再婚し、炭を焼く場所で黄金を発見する。〔再婚・黄金発見〕

（5）夫は黄金の値打ちがわからないが、妻に教えられ、黄金を売って長者となる。〔長者〕

（6）先夫は妻を追い出してからすぐ零落して乞食となる。〔先夫の非運〕

（7）先妻は先夫を思って乞食宴会を開く（別本、先妻は先夫の家に物乞いに行く）。〔先夫の訪問〕

（8）先妻は先夫を迎えて食事をもてなすが、先夫は気づかない。先妻が昔の女であると告げると、先夫は先妻であることを知る。〔夫妻の確認〕

（9）　先夫は前非を悔いる。先妻は先夫の罪を許し、復縁して黄金を持ち帰って幸せに暮らす。〔福分認定〕

管見し得た「産神問答型（再婚Ｂ型）」は、ソウルから慶北・蔚州まで十例である。この韓国の「産神問答型（再婚Ｂ型）」を先の「占い型（再婚Ａ型）」に較べてみると、発端部の占いのモチーフが産神問答のモチーフになっている相違以外は、ほぼ「占い型（再婚Ａ型）」のモチーフ構成に沿うものと言えよう。

これは柳田国男氏が『日本昔話集成』で派生昔話の因縁話に収められた「運定め話」（その一）、関敬吾氏が『日本昔話集成』の本格昔話に収められた「一五一・Ａ産神問答」、福田晃氏が『日本昔話事典』で挙げられた「男女の福分」に対応するものである。あるいは、大島建彦氏が「民間説話の系譜」という論考のなかで「運定め話」について詳しく論じておられるが、そのＡ「男女の福分」がこれに対応するものである。大島氏の論文で紹介された資料を見ると、最後に男は死んで竈神に示現したという伝承もあり、この点が韓国の伝承と相違するところである。

この「産神問答型（再婚Ｂ型）」は、中国には存在せず、韓国と日本だけに伝承されるもので、日本の「産神問答型（再婚Ｂ型）」は、中国の「金貨を見分けられない乞食」に直接対応するものとは言えない。むしろ日本の竈神の由来を語る「産神問答型（再婚Ｂ型）」は、韓国の「産神問答型」と、夫婦の離別から始まり、竈神の由来を語る中国の「再婚型」との複合型と言えるもので、両者の関連から論じられるべきであろう。

まず、欅（双墳墓、村の堂、城隍堂、墓）の下で産神同士の交わす会話を盗み聞くのは、支配階級の両班や大臣、大臣の息子、進士、塩売りなど、多様に表れている。「ああ、あの人は李進士で……、この人は金進士だそうだよ。身分の低い白丁がその村に住んでいたが、その人は牛を屠殺する白丁だったたって。ところがその白丁はとてもお金持ちだったそうだよ。お金持ちなのに、ああ、金進士は貧しかったって」とあるように、金進士や両班、大臣の息子など支配階級と言っても今は落ちぶれて物乞いや塩売りなどをしている、皆没落して貧しく暮らしている者である。

その神様は二人の産神が主流をなしているが、その産神の一人が「金進士の家は本当に産神に捧げるご飯ぐらいも炊く余裕がなくて、便所の古木を取り出してご飯を炊いてくれたのよ。あまりにも汚かったので食べないままで帰って来たのよ」と、自分に対して冷遇したので一生貧乏に暮らす福分を授けたと語る。これに対してもう一人の産神は、「白丁の家は私を待遇してくれたので一生食べていける福分を与えてきた」と語る。

この産神同士の会話を直接聞いた父親は自分の息子が成人すると福分持ちの白丁の娘と結婚させるが、ある伝承（京畿道、慶尚北道）では産神の話を直接父親が聞くのではなく、父親（両班）の友たちの読経師の巫覡や大師が直接、福分持ちの白丁の娘の将来を語り、もし二人を結婚させたら一生裕福に暮らせると教えてくれる。これには産神の会話のモチーフが見当たらず、産神に対応する巫覡や大師が二人の運命を述べるもので、「産神問答型」よりは、「占い型」に近いかも知れない。もしくは二人の塩売りが村のある部屋で泊まる時、夢の中で産神の会話を聞き（全羅南道）、ある伝承（慶尚北道）では通り過ぎの塩売りが産神の話を聞いてその会話の内容を両班に伝える場合もある。

前述の「占い型（再婚A型）」では、白丁の娘は大臣の息子と結婚して、大臣の地位や財力もあって、そこでは受身的に暮らし、生れつきの福分の力もあまり発揮できないものとなっているが、炭焼き男と再婚してから持って生まれた福分の力を見せつけている。これに対して「産神問答型（再婚B型）」では、大臣家と言っても非常に貧しかったので「白丁の家からお米やお金などをどんどん運んできたって。それで一瞬でお金持ちになったそうだよ」と言えるほど、白丁の娘は大臣家に嫁いでからすぐその活躍ぶりを見せるのが特徴である。

また、「占い型（再婚A型）」では、白丁の娘は舅の死後、家から追い出されるのが主流であったが、この「産神問答型（再婚B型）」ではいくつかの伝承を除いて舅が生きている状況で追い出される伝承が多数を占めており、両伝承の間に差が見られる。ある伝承（慶尚北道）では白丁の娘のお陰で金持ちになった大臣家のお祖父さんは、孫が白丁の娘と結婚したことで同僚から苛められ、別れたいと聞き、それを認めて白丁の娘を追い出すものもある。さらに家を出た白丁の娘は占い師を訪ね自分の将来を占うが、「道を行く途中で最初に出会った人、黒い肌の人間でも白い肌の人間でも気にせず、その人の嫁になって、彼に付いていって暮らしなさい」という占い師の予言を信じ、炭焼き男と再婚しており、このモチーフだけ見れば、日本の初婚型に表れる「神のお告げ」によって炭焼き男を訪ねていく叙述と一致する。またある伝承（慶尚北道）では大臣家に嫁に行った白丁の娘が自らの力で金持ちとなり、息子を生んで幸せに暮らしていたが、自分の実家が白丁の身分であることが息子の結婚の障害になると思って、妻自らが家を出る伝承もある。

では、この「産神問答型（再婚B型）」では、同年同月同日に生まれた二人が結婚して何故離婚という破局を迎えなければならなかったのか。常光徹氏は、名著『しぐさの民俗学』（二〇〇六 ミネルヴァ書房）において、「同時に同じ」ことが起きることを忌み嫌う習俗について詳しく論じ、桂井和雄氏の「相孕み覚え書き」の論考を紹介されている。

「高知県幡多郡大月町小才角では以前一軒の家に妊婦が二人同居するのを相孕みと呼んで忌み嫌った」「高岡郡東津野村芳生野では一軒の家に同じ年に生まれる予定の妊婦が二人いるのを忌み、どちらかが育ちにくいと言い、生き物が妊娠している場合には、その生まれた子を捨てる」という。また常光氏は、「二組の結婚式を同じ日にすると一組は負けて別れるようになる（佐賀県東脊振り村）」「一つに黄身が二つある卵を食べると双子が生まれる（東京都）」「掃除をしていて塵を取るとき、二人が一緒に一つの塵取りに掃き入れると仲が悪くなる（奈良県）」「二人が同じ時刻に同じ家から出て、違った方向へ行くことを忌む（愛知県）」など、同時に同じことが起きることへの禁忌の事例を数々紹介されている。

最近放映された韓国の「善徳女王」は、新羅第二十七代の善徳女王（六三二～六四七）の子供の時代から王に上るまでの波乱万丈の過程を描くものであるが、その善徳女王は双子で生まれたので赤ちゃんのときに捨てられ、苦難の末に王様の地位まで上りつめたと伝える。当時の新羅王家では、双子が生まれると男子の王孫が跡絶えるといって忌み嫌い、殺すか捨てる習俗があった。「炭焼長者」の「産神問答型（再婚B型）」にはこうした同時に同じことが起きることへの禁忌の習俗が習合され誕生したものではないだろうか。

前述の「占い型（再婚A型）」では、炭焼き男と再婚して豊かに暮らす白丁の娘は、先夫や舅を思い出して乞食宴会を開き、どちらかと言えば先夫よりは舅を思う伝承が優勢であった。これに対して「産神問答型（再婚B型）」は舅が生きている状況で白丁の娘が追い出される伝承が多数を占めており、それと関わって舅よりは先夫と残してきた子供のことを思って乞食宴会を開くのが優勢である。また最後は「占い型（再婚A型）」と同じように先夫と再会をした先妻は先夫の家に帰って暮らす伝承が中心となっている。

両伝承のどちらかが古形なのかとしたら、中国にも「占い型（再婚A型）」が伝承されている点、韓国においての伝承の数が「産神問答型（再婚B型）」より「占い型（再婚A型）」の方が圧倒的に多い点、「占い型（再婚A型）」に見える力強い大臣像が「産神問答型（再婚B型）」では貧しくて没落した弱い大臣像として表れており、「産神問答型（再婚B型）」は「占い型（再婚A型）」より派生したことが考えられよう。

三　神話としての韓国の「竈神由来」（「夫婦離別型」）

竈神の由来を語る、「門前本解」は、韓国済州島のシャーマンの「クンクッ」（大賽神）巫祭において唱えられる神話である。従来、先学の研究では、韓国には中国や日本に対応する竈神物語が存在しないものとされてきたが、韓国の済州島で密かに伝承されるものであった（拙稿「門前本解」と「炭焼長者」『昔話―研究と資料―』二十四号、「門前本解」と「釜神事」『立命館文学』五四九号）。

この「門前本解」は、門前神や柱木神の由来も同時に語られ、少し複雑な様相を見せているが、よく観察してみれば、夫婦の離別から始まり、竈神の由来譚となっている日本の再婚型の「炭焼長者」や「葦刈系説話」に類似するものである。その「門前本解」は次のような内容を持つ。

（一）趙丞相の娘と守門大将の息子とが結婚して、七人の若子を生む。貧しさゆえに女の勧めで、男は商売のための米を買いに船に乗って梧桐国へ出かけるが、三年が過ぎても帰って来ない。〔夫婦の離別〕

（二）男はノイルジェデキイルの娘に騙されて一緒に住み、持って行った財産を使い果たして貧しく暮らしている。〔先夫の非運〕

（三）女は心配して梧桐国へ赴き、鳥追いの子の教示で夫の住む所を訪ねる。〔先妻の訪問〕

（四）女はその家に入って糠粥の壷に据えて座っている者が、先夫であることを知り、一夜泊めてくれと頼む。〔先夫の確認〕

（五）男は女が炊いてくれた御飯を食べてみて先妻であることを知る。〔先妻の確認〕

（六）ノイルジェデキイルの娘は女を水浴に誘って殺し、先妻を装って男と一緒に元の家に帰る。七人の若子たちは、ノイルジェデキイルの娘が家をよく探せず、鍵や米などの置く場所がよくわからないのを見て、実母ではないと悟る。〔継母の確認〕

（七）ノイルジェデキイルの娘は、仮病をつかって、自分の病気は七人の若子の肝を食べなければ治らない病気だという。〔継母の奸計〕

（八）　末子の緑頭聖人は、刀を持っている父に自分が兄たちを殺して肝を取って来ると偽って、兄たちとともに山に入り、六匹の猪の肝を取って家に戻り、それをノイルジェデキイルの娘に渡す。〔若子の苦難克服〕

（九）　ノイルジェデキイルの娘は、肝を食べずに布団の下に隠して置く。それを覗いて見た緑頭聖人が部屋に入って殺そうとすると、ノイルジェデキイルの娘は厠に逃げ込んで五尺の髪の毛で首を括って死ぬ。男も逃げて家の入口の柱木にかかって死ぬ。〔継母の懲罰〕

（十）　七人の若子たちは舟に乗って梧桐国に行って母の死体を探し出して、西天花畠から呪花を持って来て生き返らせる。女は竈神、男は柱木神、継母は厠神、末子は一門前の神、六番目の兄は後門前の神、それ以外の人は東・西・南・北・中央の大将軍にそれぞれ現れる。〔神々示現〕

そして、最末尾は、

○その時の祭法に因んで今日も三名日（祝祭日）・忌日の折には、門前祭を行ってからその御膳の供物を少し取って屋根の上にお供えし、また、御膳の供物を少し取ってお母さんの竈神にお供えするものであります。ノイルジェデキイルの娘は、厠で死んだので厠道夫人（厠神）にさせ、その時の祭法に因んで便所と台所が向かって立っているとよくないということです。台所のものを便所へ持って行ってはならないし、便所のものを台所へ持って行ってはならないということです。〔玄容駿氏本〕

○私は一門前（の神）に入り立ち、内門前の十八を占め、外門前は二十八を占め、門前神の知らない公事があり、主人の知らないお客がいましょうか。私の受けて余ったものは竈王婆様、母上の前に捧げましょう。ノイルジェデキイルの娘は、厠の祟りとして入り立つことを定め、父上は柱木神、母上は竈王婆様、私は一門前に入り立ち、私が受けて余ったものは、竈神の母上の前に捧げましょう。〔張籌根氏本〕

と、門前祭と竈祭の由来を主張する形で結んでいる。

「門前本解」は、今まで約六例が採録されているが、貧しさゆえに夫婦が別れ、再婚している夫の家を妻が訪ね、元の家に戻り、最後に夫は逃げて死に、妻が竈神として現れるものである。男が再婚するところが日本や中国の伝承と違うが、「門前本解」は、流浪・苦難する七人の若子の中で末子の緑頭聖人を中心に物語が展開されていることから末子が門前神に示現するのは自然であると言えよう。しかしある伝承では夫は門前神、七人の若子たちはそれぞれ北斗七星に示現する叙述となっており、異同が見られる。「門前本解」で七人の若子たちが最後に七つの星に現れるという叙述は、「継子虐め」譚と言える本解「七星クッ」にも見られるモチーフである。こうした異同があるにも関わらず、妻が竈神に示現したという叙述は諸本とも共通するものである。この事実から考えてみても「門前本解」は、夫婦の離別から始まって最後にその主人公が竈神に示現するという「炭焼長者譚」の「再婚C型」の話型に属するのは間違いないであろう。

この「門前本解」は、福田晃氏が分類した「伝説としての産神問答・竈神由来」のなかの「葦刈説話と竈神由来」に準ずるものである。

『神道集』巻七「接州葦刈明神事」は、『大和物語』一四八段の「蘆刈」や『今昔物語』巻第三十「身貧男去妻成摂津守妻語第五」に対応する説話である。それは、「抑此葦刈明神申」と始めるもので、難波の浦の葦刈明神の由来を叙述する縁起物語である。その梗概はおよそ、次のようである。

（一）摂津の国難波の浦に二人で浮世の暮らしをしている夫婦がいた。前世での所行が悪かったせいか家の貧しいことこの上もなく、毎日自分たちの宿業を嘆いていた。ある日の暮れに二人は、「今夜からはもう同じ所でいっしょに夜を明かしがたい」と言ってお互いに行く先がわからないまま別れて縁者を求めてさ迷った。

（二）男の方はどうにもならず、難波の浦で葦を刈って都合のいい日に市場に出てそれを売って浮世の暮らしをする身となった。〔夫婦の離別〕〔先夫の非運〕

（三）しかし、女の方はよい縁者に出会ってそこに留まるうちに縁者の世話ですばらしい人の妻になることが決まった。〔再婚裕福〕

（四）多くの人が前後に付き添い、りっぱな輿に乗って力者ともに担がれ嫁先へ赴く途次、難波の浦を通った。〔先妻の訪問〕

（五）輿の中から外をふと見ると、傍らの浜の砂に先夫が葦を二束背負って休んでいた。女はあまりの哀れさに肌に着けていた小袖を脱いで、「今日はわたしの父母の命日です。あそこで休んでいる男は寒そうに見えるから両親の供養のためにこの小袖をあげましょう」と言って、輿の中から差出したので前後に付き添う人々が受け取って先夫に与えた。〔先夫の確認〕

（六）先夫は喜びながらも不思議に思って震えながら立ち寄って受け取りつつ、御簾の中を覗いて見ると自分の元の妻であった。先夫は背負った葦を浜に打ち捨てて、先妻からもらった小袖を肩にかけて、「君ならて葦し刈けり思よりいととなにはの浦そ住み憂き」と詠んで、海へ飛び込んでしまった。女も先夫の後を追って、「南無」という声とともに海へ飛び込んでしまった。〔先妻の確認〕

（七）その後、二人は海神の通力を得て神と現われた。難波の浦の葦刈明神がこれで、男体は本地が文殊師利菩薩、女体は本地が如意輪観音である。〔神々示現〕

以上のように『神道集』の「葦刈明神事」と「門前本解」は、発端の（一）〔夫婦の離別〕から結末の（十）〔神々示現」までのモチーフ構成によるものであるが、「門前本解」が含んでいる「継子虐め」のモチーフを削り取れば両者はそのモチーフ構成においてきわめて近似していると言えよう。「葦刈明神事」の場合は、「門前本解」のように最後にその主人公が竈神に示現するという叙述を見せず、夫婦ともに海へ飛び込んだ後、難波の浦の葦刈明神に示現するという「男女の入水」のモチーフによっており、異同が見られるが、『今昔物語』に先行する『大和物語』においては、「人の家に逃げいりて、竈のしりゑにかがまりてをりける」と結んでおり、福田晃氏は「竈神の由来」に準じたもの推測される。

韓国では、竈神の由来譚「門前本解」が民間の巫覡によって伝承されているが、日本では、「竈神由来」は竈祓いによって国々を歩く下級芸能者によって流布され、それがやがてそれぞれの竈信仰のなかで、語り継がれてきたものと推測されている（福田晃氏「神道集巻八釜神事の背景」、「甲賀の唱門師―〈神道集巻八釜神事の背景〉補説」）。

竈神と門前神

次の問題は、元来、竈神の本地物語として伝承されていたはずの「門前本解」は、竈神の由来譚だけではなく、門前神や厠神の由来譚まで同時に語らなければならなかったのか、その理由が問われなければならないであろう。この「門前本解」の場合もそうであるが、日本と中国とは違って韓国では竈神は女神である。『三国志』の東夷伝によると、朝鮮の弁辰では家の西の方に台所を作って置いてそれを祭ったという記録が見える。西というのは陰と女性を表す方位である。韓国の諺に、奥の間に行ってみれば姑さんの話が正しく、台所に行ってみればお嫁さんの話が正しいという。また、私が幼い頃、うちの台所に入ったことがあるが、祖父から「男の奴が台所に入るなら男の象徴である唐辛子を切り取って捨てなさい」と厳しく叱られたことがある。幼い自分にとって祖父の言うことはとても衝撃的で、それ以来、男は何故台所に入ったらいけないのか、疑問を持ち続けてきたが、これは台所という場所が女性だけの聖なる空間を意味することであった。また、昔、韓国の民間では、竈の壁の方に「竈王器」と呼ばれる小さな器を置いて、それを竈神の神体として祀るのが一般的であった。私の幼い頃、うちの祖母は毎日の早朝に近くにある聖なる井戸水を自ら汲んできて、この竈神に供えたりした。その祀り方は、地方によって違って、毎日または十五日に供えたり、特別な日に供えたりする。あるいはまた、竈神の神体の場合も地方によって異なるが、韓国・東海岸地域の江原道では、座布団の形に折った紙と干し明太を壁に掛けて置き、米壺を竈の後に置いてそれを神体として祀る。また、慶尚道地方では釜蓋を裏返しにして神体とし、その上に供え物を乗せてこれを祀る。さらに他の地域では布切れの入っている瓢、または布切れか白紙でそれの神体とする。しかし、竈神はあくまで家の神であるのでその権限は家族だけに限られるものであり、その家の最年長の女性が竈祭を司る。あるいは、場合によっては日本・九州地方の地神盲僧との関わりが指摘されている盲人の読経師を招いて祭をお願いすることがある。私も子供の時に、時々その祭を見た記憶がある。その時、盲人の読経師は台所に座り、鼓や銅鑼の伴奏に合わせて巫経の竈王経を大きな声で語ったのである。

また、昔、韓国の民間の台所ではこの竈神の神体とともに水神の龍王を祀る水瓶が置いてあった。この信仰は日本の場合は、「竈神と厠神は夫婦である」とか、「便所の神と泉の神は夫婦である」とかと関わるものであると言えよう。このように竈神と水神は深く関わるものであり、厠神も結局は水神であり、家の神であることなどから本解と無理なく結合したと考えられるのである。

次の問題は、「門前本解」の諸本の中では最後に、「ノイルジェデキイルの娘は、厠で死んだので厠神にさせ、その時の祭方に因んで便所と台所が向かって立っているとよくないということです」と、竈神と厠神が仲の悪い理由が説明されているが、はたしてそれが済州島の固有の信仰によるものか、または外部からの影響によるものかが明らかにされなければならないであろう。これについて民俗学者である張籌根氏は『韓国の民間信仰』において、これを済州島の「門前本解」だけの伝本に見られる展開であり、済州島生まれの固有の信仰のように述べておられる。が、私が確認した限りでは、この展開は決して済州島の固有のものではなく、中国からの影響によるもののようである。それは次の大藤時彦氏の「厠神考」という論考の中から確認できる。

支那では厠神を紫姑神と称してゐるが、その由来譚に昔護陽の李景なる仁が萊陽の何麗卿といふ女を迎へて思ひ者としたので、本妻が之を深く嫉んで、正月十五日に厠の中で殺して終った処、何麗卿が祟ったので其後正月毎に厠神として祀ったことが文献にみえてゐる。

その文献がどういうものかは注がないのでよくわからないが、こうした伝承が済州島にも伝えられており、その伝承がある時期に「門前本解」と結合して、本妻を竈神、継母を厠神とする祭文が生まれたと考えている。

次は、この「門前本解」の名称ともなっている門前神はどういう性格の神かが問われなければならないであろう。済州島では門前神は家の本棟の中央の板の間に居住する神と位置づけている。済州島のシャーマン・シムバンが「門前本解」の冒頭部分か結末の部分において、「門前を知らない恭神がいましょうか、主人を知らない旅人がいましょうか」「門前神の知らない公事があり、主人の知らないお客がいましょうか」と語っているように、門前神は家の家事一切を司る神となっている。家の神として中央の板の間に住む神として認識しているところから考えてみると、その性格は本土の家の最高神である城主神（成造神）と対応する。実際、「門前本解」でも、七人の若子の中で、長男・次男・三男または四男が城主神と示現するという叙述を見せており、両者は深く関わっていることは確かである。この城主神は人間でいうならばその家の戸主に譬えられる。韓国の中部地方では板の間の壁面に白紙を折り畳んで付け、それを神体として祀る。また、南部の慶尚道・全羅道地方などでは板の間に瓶を置いて中に籾または麦を春毎に入れ替えて神体とする。ともあれ、この城主神は家の最高神で、同じく家の神である竈神より高い地位にある神であり、それが済州島の場合は門前神である。こうした韓国・済州島の風土・信仰と響き合いの中で誕生したものが「門前本解」であり、それが元来は竈神の本地だけを主張したはずの本解を大きく変容させ、門前神と厠神の由来も同時に主張する物語となったのである。

おわりに―鉄文化の担い手としての炭焼きと白丁―

以上のように、韓国の「炭焼長者」は、昔話、伝説、神話として伝承されるものであった。その「炭焼長者」の話型は「初婚型」として「初婚A型」（親の非運を語るもの）、「初婚B型」（親の非運を語らないもの）、再婚型としては「再婚A型（占い型）」、「再婚B型（産神問答型）」、「再婚C型（夫婦離別型）」として分けられるものであった。

初婚型の場合、親の非運を語る「初婚A型」は中国と韓国だけに見られるタイプであり、「初婚B型」（親の非運を語らないもの）は中国・韓国・日本の三国が共有していると言えるが、日本の場合、姫君と炭焼との結婚を夢の告げとする点が、父子の問答の形を取っている中国や韓国のものと違っている。

再婚型の場合、先学の研究では、中国の「金貨を見分けられない乞食」が日本の再婚型の「産神問答」に直接対応するものとして論じられているが、韓国には中国の「金貨を見分けられない乞食」に対応する「占い型（再婚A型）」と、日本には存在し、中国には見えない再婚型の「産神問答型」が同時に存在しており、日本の「産神問答型」は韓国の「産神問答型」との関連から論じる必要性が出てきた。また「産神問答型（再婚B型）」は、中国には存在せず、韓国と日本だけに伝承されるもので、日本の「産神問答型（再婚B型）」は中国の「金貨を見分けられない乞食」に直接対応するものとは言えない。むしろ日本の竈神の由来を語る「産神問答型（再婚B型）」は、韓国の「産神問答型」

と、夫婦の離別から始まり、竈神の由来を語る中国の「再婚型」との複合型と言えるもので、両者の関連から論じられるべきものであった。そこで日本の「産神問答型」の伝播関係をみれば、中国の「再婚A型」の「占い型」が韓国に入り、その「占い型」から「再婚B型」の「産神問答型」が派生し、その「産神問答型」が日本に入って伝承されたものと考えられる。

また、従来の先学の研究では、韓国には中国や日本に対応する竈神物語が存在しないものとされてきたが、韓国の済州島において夫婦離別から始まり、竈神の由来を語る民間神話の「門前本解」として密かに伝承されるものであった。

韓国の「炭焼長者」は、日本と同じように家を出た女性の結婚相手が殆どと言ってもいいほど炭焼き男となっており、シャーマンによる「三公本解」や「門前本解」としても伝承されるものであった。次章の「シャーマンと炭焼長者」でも述べたように、韓国のシャーマンは鍛冶屋としても活動しており、また鍛冶屋は炭を焼いて鉄を精錬する炭焼きでもあった。黄金の価値が全く知らなかった男性が黄金の価値や鉄を有効に使う高度な文化を持った福分持ちの女性と結婚することによって、彼は鉄を溶解して武器や農機具を精錬する鍛冶屋となり、大きな富や権力を獲得できたのであろう。

また、韓国の再婚型の「炭焼長者」では、殆どの伝承が女性は身分の賤しい「白丁の娘」となっているのが特徴であった。特に「占い型（再婚A型）」では、大臣が死ぬと妻が白丁の娘であることが噂され、夫は、「お前は白丁の娘でしょ？　元々私と一緒に暮らしていく身分ではなかったのでお前の行きたいところに行きなさい」と、白丁という身分を理由に福分持ちの妻を家から追い出す内容となっている。ではまず白丁の娘はなぜ差別されたのか。また、炭焼き男はなぜ白丁の娘と結婚しなければならなかったのか。結論からいえば炭を焼いて鉄を精錬する炭焼き（鍛冶屋）も刀を使って屠殺業を行う白丁もともに鉄文化と深く関わる存在であった。

白丁は、高麗時代には広範囲に存在していた農民を指す言葉であった。それが朝鮮時代に入り、賤民の身分の一つとして家畜を屠殺する屠殺業者を意味する言葉として使われ、彼らは過酷な差別を受けた。朝鮮時代の身分制度は細分化され、高麗時代よりも複雑になり、大きく国王、両班、中人、常人、賤民に分けられたが、この中で白丁はムーダン（巫覡）と一緒に最下位の賤民に属していた。また白丁は甲午改革（一八九四年）によって法律上は白丁の身分から開放されたが、その差別はすぐ消えるものではなかった。白丁は当時四十余万名が存続し、集団をなして村を形成しており、一般の人との交流も避け、階級内婚を行った。「炭焼長者」の「占い型（再婚A型）」において「お前は白丁の娘でしょ？」と言って、大臣の息子が妻の白丁の娘を家から追い出す叙述はこうした当時の身分制度の反映と言えよう。

最近放映されている韓国の時代劇の「済衆院《ちぇじゅんうおん》」は、朝鮮時代に最下位の身分として差別の中で生きる白丁出身の主人公が身分を隠して医師の国家試験に合格して「済衆院」の医師になる過程を描いたドラマであるが、それの初回は白丁が牛を屠殺する場面から始まる。牛を屠殺する前に鎮魂の儀礼が行われ、主人公の白丁は牛を屠殺する作業に入るが、ミスして刀を地面に落としてしまう。地面に落とした刀を主人公の白丁が拾おうとすると、白丁の長は邪気や不浄なものが付いたといって酷く叱り、当分の間は刀を握って白丁の仕事をするのはやめろと謹慎処分を下すのである。この白丁の刀は神から授かった神聖な刀で、殺生の刀でもあり、後、「済衆院」の医師になってから手術を通して人を助ける聖なる刀でもあった。白丁はこのように刀を神から授かったものとして神聖なものとして大事に扱っていたのである。白丁は親が亡くなると三年間、普段大事に使っていた神聖な刀を綺麗に洗って小部屋の棚に納めて置いて仕事を休んだり、また自分が亡くなる直前には一生使ってきた刀を運び、刀とともに差別の中で生きてきた過酷な自分の人生を思い出し、刀を手で触ったり、またその刀を胸に抱いて亡くなるという。このように白丁にとっては鉄で作られた刀はとても神聖なものであり、自分を一生守ってくれた守護神でもあった。

牛馬などの家畜を屠殺する白丁の仕事は常に犠牲になった動物への感謝と鎮魂の儀礼が伴われるものであった。韓国済州島のシャーマンによる「地蔵本解」は蚕の由来を語る本地物語であるが、日本の「蚕の本地」との関わりが考えられるものである。「地蔵本解」は済州島のシャーマンによる「大《くん》クッ」のなかの「十王迎え」の祭事で唱えられており、同じ「大《くん》クッ」のなかの十王以上の高い位を持つ神々を送る準備をする「ヤグンスギム」という祭事では単独で語られる。「大《くん》クッ」の「十王迎え」で「地蔵本解」が唱えられてからすぐ「三千軍兵ジルチム」という祭事が行われるが、この祭事で「三千軍兵チサビム」とか「シミェンジルチサビム」とかという儀礼があるが、これは戦乱時に死んだ軍兵や屠殺業を行う白丁の霊を呼び降ろして慰めるものである。

さらに「地蔵本解」は「小《チャグン》クッ」の「神迎　庁大膳床《こむよんちょんでじょんさん》」という神々を迎えて大きくもてなす儀礼でも唱えられる。ここで主人公の「地蔵姫」は、家畜の屠殺業を行う白丁という集団の守護神となっており、「神迎　庁大膳床《こむよんちょんでじょんさん》」は彼らの職業の繁昌を願う儀礼である。「神迎庁大膳床」というクッでは、今日でも実際に刀で牛を殺し、それを生け贄として神様にささげる儀礼を演劇的に実演して見せるという（玄容駿『済州島巫俗資料事典』（一九六七　ソウル新丘文化社）。日本の「オシラ祭文」に対応する「地蔵本解」がこうした動物犠牲の祭りで唱えられていることは注目に値する点である。このように刀で生業を営む白丁は鉄文化の担い手であり、それは「炭焼長者」の再婚型において、鉄を精錬する炭焼き男と再婚する女性が殆ど言っていいほど身分の賤しい「白丁の娘」となっていることへの理由ともなる。

屠殺業は白丁の代表的仕事で、全国の屠殺業をほとんど白丁が管理した。屠殺業は肉類の販売や革の値上がりなどで利益が多く、賤民の身分なので国家に税金を納める必要もなかったので巨額の富を得ることができたのである。そこで中人や常人の中では生活が困難になると自ら白丁と称して兵役も免れ、お金を稼ぐ者も出てきた。また白丁出身の富豪の中には財産家と言われ、白丁の身分でありながら教育機関の「書堂」や「郷教」などで教育を受ける者もいた。十九世紀後半にはソウルと地方の豪族たちは白丁の専有物であった屠畜場の経営権を奪ったりもした。こうした当時の白丁をめぐる社会情勢は炭焼長者の再婚型によく反映されていると言えよう。たとえば、「炭焼長者」の「占い型（再婚A型）」では、大臣は貧相を持って生まれた息子を福分持ちの白丁の娘と結婚させ、大臣の地位や財力を見せつけて権威が維持されているが、「産神問答型（再婚B型）」になると、大臣は何の財力も権力も保持しない没落した階級として登場する。それは大臣家と言っても「白丁の家からお米やお金などをどんどん運んできたって。それで一瞬でお金持ちになったそうだよ」と言えるほど、大臣家は没落した貧しい家となり、その存在感は殆どなく、却って身分の低い白丁の娘の方が大臣家に嫁いでからすぐその財力や存在感を示している。こうしたことは没落した支配階級より白丁の方が肉類の販売などで大きな利益を出し、巨額の富を得たという当時の社会情勢の変化がこの「炭焼長者」の再婚型によく投影されていると言えよう。

参考文献
○金大椒氏「女人発福説話の研究」（ソウル梨花女子大学大学院博士論文、一九八八）、同氏『韓国説話文学研究』（一九九四　ソウル集文堂）。
○崔雲植氏「追い出された女人発福説話考」（韓国民俗学会編『韓国民俗学』六）。
○玄丞桓氏「自分の福分で生きる系説話研究」（済州大学大学院博士論文、一九九二）。
○韓国精神文化研究院編『韓国口碑文学大系』（全巻）。
○馬場英子氏「日本の炭焼長者に対応する中国の話について（『口承文芸研究』第十七号、一九九四・三）。

○千野明日香氏「炭焼き長者譚と中国の類話」（『口承文芸研究』第十七号、一九九四・三）。
○福田晃氏「日本の炭焼き長者─昔話と伝説との間」（『鉄文化を拓く　炭焼長者』二〇一一　三弥井書店）。
○百田弥栄子氏「中国の炭焼き長者」（『鉄文化を拓く　炭焼長者』二〇一一　三弥井書店）。
○金賛會「韓国・門前本解と炭焼長者」（『昔話研究と資料』二四号、一九九六・七）。
「門前本解と釜神事」「葦刈明神事」（『立命館文学』五四九号、一九九七・三）。
○徐知延氏「朝鮮の白丁身分の起源に関する一考察（上）（下）」（『部落解放研究』No一七二・一七三）。

第三章　シャーマンと「炭焼長者」

はじめに

韓国の鍛冶伝承については、依田千百子氏（『摂南大人文科学』第三号）が詳しく論じられているが、従来、炭焼長者説話を民間の巫覡と鉄文化との関連から具体的に考察した論考はあまり見られない。そこで本稿では、炭焼長者説話を韓国シャーマンの成巫体験や成巫儀礼、また彼らが伝承する民間神話の本解や文献説話を取り上げながら鉄文化の視点から考察してみたい。

一　シャーマンの伝える「炭焼長者」

韓国の「炭焼長者」は、大きく初婚型と再婚型に分類されるが、初婚型は親の非運を語る「初婚A型」と親の非運を語らない「初婚B型」に分類できる。

（一）昔、ある金持ちの家に三人の娘が住んでいた。ある日父は三人の娘を呼んで、「誰のお陰で幸せに暮らしているのか」と聞く。長女と次女は「父のお陰だ」と答えるが、末娘は、「私の福分のお陰だ」と答える。〔福分の娘〕

（二）そのため、末娘は父の怒りをかって家から追い出される。〔末娘の追放〕

（三）　末娘は山中で貧しく暮らしている炭焼と出会って結婚し、炭を焼く場所で黄金を発見する。〔結婚・黄金発見〕
（四）　夫は黄金の値打ちがわからないが、妻に教えられ黄金を売って長者となる。〔長者〕
（五）　末娘を追い出した実家はすぐ没落し、父は乞食となる。〔父の非運〕
（六）　父は豊かに暮らしている末娘の家に物乞いに行く。〔父の訪問〕
（七）　末娘は、訪ねてきた乞食が父であることを知って、家に迎え、酒飯をもてなす。〔親子の確認〕
（八）　末娘は、迎え入れた父と幸せに暮らす（父は「私の福分のお陰だ」と言った娘が正しかったことを認める）。〔福分認定〕

右の昔話「炭焼長者」は、親の非運を語る「初婚A型」に属するものであるが、親が自分の娘に「誰のお陰で幸せに暮らしているのか」と聞いており、長女と次女は「父のお陰だ」と答えるが、末娘だけが「私の福分のお陰だ」と答えて家から追い出される叙述となっており興味深い。

この親の非運を語る「初婚A型」は韓国済州島ではシャーマン（シムバン）の民間神話「三公本解」としても伝承されている。

（一）　昔、上の村に住む男の乞食と下の村に住む女の乞食が結婚して三人の娘を生む。末娘であるカムンジャン姫が生まれると家は豊かになる。ある日父は三人の娘を呼んで、「誰のお陰で食べて暮らしているのか」と聞く。長女と次女は「父のお陰だ」と答えるが、末娘のカムンジャン姫は、「私の臍の下の縦線のお陰だ」と答える。〔福分の娘〕
（二）　怒った父は、カムンジャン姫を黒牛に乗せ、家から追い出す。〔末娘の追放〕

（三）カムンジャン姫を追い出した父は門の柱にぶつかって盲目となり、元の乞食となる。〔父の非運〕
（四）カムンジャン姫は貧しく暮らしている薯掘りと結婚し、薯を掘る場所で黄金を発見する。〔黄金発見〕
（五）夫は黄金の値打ちがわからないが、妻に教えられ、黄金を売って長者となる。〔長者〕
（六）カムンジャン姫は親を思って夫と相談して乞食宴会を開く。親は姫のところを訪ねてくる。〔父の訪問〕
（七）カムンジャン姫は訪ねて来た親を迎えて酒飯をもてなし、親は末娘であることを知り驚いて目がぱっと開く。〔親子確認〕
（八）カムンジャン姫は親とともに幸せに暮らす。またはカムンジャン姫は親に裕福な暮らしは自分の福分によるものであることを確認させる。〔福分認定〕

右の「三公本解」は、家を追い出された娘が炭焼長者ではなく、薯掘りと結婚して長者となるもので、炭焼が薯掘りとなっている違い以外は先ほどの昔話の「炭焼長者譚」とほぼ同じ展開を見せている。「三公本解」の三公神は人間の「業《おぶ》（運命）」を管掌する神である。「業」とは本土では「クエビトッタ」と言い、漢字では「鬼業」を当てて「鬼神の業」とも考えられ、神が降りた巫覡は神の告げによって鉄製の巫具類を探し出して祀っている。または「クエビ」とは、漢字では「亡父」とも書き、昔巫業を行った父親の神霊として見なされる場合もある。カムンジャン姫が薯掘りの場所で金を見つけるのは、シャーマンが流浪の末に神体となる鉄製の巫具類を掘り出して、それを神体として祀ることと対応し、姫と結婚したという薯掘りは柳田国男氏のいう通り炭を焼いて鉄の鋳造に関わった鋳物師との関連が考えられる。大分県宇佐では炭をイモジということ、また今も鉱山師が使う方言に「金銀のつるにあり付たるを薯づるを得たりと言へりとぞ」（森田柿園編・日置謙校訂『加賀志徴』巻十、原田行造氏「金沢と芋掘長者伝承―藤五郎伝説の特徴と成長過程―」〈『日本海域研究所報告』第十三号〉とあるように、薯掘りと炭焼きは職業として大差がないことが考えられる。また「イモヅル」とか「金ヅル」という言葉は鉱山師が使いはじめており、「薯掘り」とは鉱山師が使う隠語であったことから韓国の薯童の場合も、単なる薯掘りの童ではなく、砂鉄・黄金を掘り出し、炭を焼いて鉄を製錬する鋳物師・鍛冶族であったろう。

また、前頁の「薯掘り長者」において、(7)「親子確認」は、子シャーマンの巫業継承関係を拒否していた親シャーマンがそれを認めたことを意味し、(8)「福分認定」は鉄製の巫具継承が済み、巫女としての資格が認められ、新しいシャーマンとして誕生したことをいい、これによって成巫は達成されたものであろう。

問題はなぜこの炭焼長者譚をシャーマンである巫女が語るのかであるが、巫女が祭りを行う場合は刀、押し切り、鈴、鐘などの道具が絶対的に必要となる。これを作るのが鍛冶屋である。このように巫覡と鍛冶屋は深く関わる仕事であり、巫覡と鍛冶屋が夫婦となって巫覡活動をする場合もある。

二　北朝鮮の黄海道シャーマンの成巫体験・成巫儀礼に見られる鉄文化

シャーマンは、司祭者(priest)、治療師(medicine)、占い・預言者(prophet)としての職能を持つが、これ以外にも韓国のシャーマンは鍛冶屋としても活動していた。一九三〇年代までも韓国湖南地域(全羅道)のシャーマン家の男性の中から民俗芸能として有名なパンソリの名人が輩出されるが、彼らにとってパンソリの名人になるのは最高の出世であった。しかし不幸にも声帯が悪くてパンソリの名人になれない場合は、クッ(祭り)で楽器を演奏する人になったり、クッの進行を手助けする人になったりしていた。もう一つ彼らが選べる道は鍛冶屋になることであった。鍛冶屋は村ごとに存在しており、彼らが管掌する鍛冶区域は売買の対象にもなっていた。李杜鉉氏の『韓国巫俗と演劇』(一九九六　ソウル大学出版部)によれば、鍛冶が行われる場所を「ソンニャンカン」または「タタラ場」とも言うが、「ソンニャンカン」から出た「ソンニャンする《はだ》」は、鉄を火の中で鋳ることを指し、「ソンニャン遊び」は鍛冶屋がつけで作ってあげた鉄の道具類の代金を大晦日に回収に回ることを言うのである。

ところで北朝鮮の黄海道地域では、シャーマンが家々を回りながら「鉄乞い」をして鉄類を集めて神像を作ったことが村山智順氏（『朝鮮の巫覡』、一九三二）によって報告されている。

> 巫女の多くは自発的ではなく所動的になったもので、通例二十三歳の頃俄然に精神に異常を呈し、神の告げだと云って各種の吉凶禍福を説き、又諸方を徘徊しながら、各戸を遍歴して鉄類及び衣類を蒐め来り、之を以て神像を作って一定の場所に安置し朝夕祈祷をする。かくして自他ともに之は巫になる兆であると認めるや、先輩の巫に就いて二三月間の修業をした後独立して巫業に従ふのである（黄海、南川）

右では巫病にかかった女性が鉄乞いを行って自ら始祖神として祀る神体を作り、成巫儀礼後、二・三か月間修業を行い、巫業を行ったとあり、シャーマンの成巫儀礼や巫覡らの祀る始祖神が鉄文化と深く関わっていたことを示している。

成巫体験と鉄文化

韓国の著名な民俗学者の一人である李杜鉉氏は、一九八一年と一九八七年に北朝鮮の黄海道出身でソウル居住の降神巫・金錦花氏の成巫体験を詳しく調査されている（前掲同書）。彼女は十歳頃から巫病の症状があらわれ始めた。彼女の成巫体験は、次のようなものであった。

（一）金錦花の両親は夫婦がほぼ同じ夢を見ており、それは青龍と黄龍が天に昇る夢で特に母親は雷鳴のなかでスカートに将軍刀と鈴を抱く夢を見て彼女が生まれた。男の子の誕生を願っていた父親は失望し捨てろとまで

言ったが、母親はそのまま育てた。〔異常誕生〕

(二) 小学校に通う頃から密かに裏山に登って斫刀《おしきり》の上に載ったり、貝殻で鈴を作ってそれを振りながらクッ(祭)を行ったりしていた。〔巫覡予兆①〕

(三) 横腹や背中が痛かったり、頭痛がしたり、全身の疼痛が続いたので周りから早死にすると言われ、縁側の踏み台に上がるのも精一杯であるほど衰弱していた。〔巫病〕

(四) 十三歳で父親が亡くなった。その年、五歳年上の「呉」の名字を持つ男と結婚をした。嫁に行ってから一年後、やっと里帰りが許され実家に戻ったが、腸チフスにかかった。病気が回復し、嫁ぎ先に帰ってきたが、仕事があまりできないからと言って義母がいつも殴ってきたので虐待に耐えきれず逃げて山の中で寝泊まりした。〔結婚〕

(五) 全家族が総出で探しに来たが、結局婚家には戻らず、十六歳の春、母方の祖母が住んでいる龍淵《よんよんみょん》面婦岩村に送られた。祖母を助けて畑仕事をしたり、手伝いをしたりしたが、心が落ちつかず何故か悲しい思いが脳裏から離れなかった。口から血を吐いたりもした。〔流浪・苦難〕

(六) このような症状が続いたので母の指示でその年の冬、弟と妹と一緒に富民《ぶみんみょん》面石渓村の親戚の家に行って部屋を借りて住むようになった。このときから不眠症が続き、明け方になってやっと深い眠りに入った。不眠症のため体がひどく痩せ、夢に虎が現われ腰をくわえて振り回したりした。悲鳴をあげて目が覚めたら、身動きも出来ず起き上がれなかった。夢の中で赤い蛇やら黒い蛇が全身を巻き付け、目が覚めたら冷汗が流れ痣もできていた。また、白い髭をはやした老人が現れ何かを告げたりした。外から誰かが呼ぶような気がしたり、窓から覗いているような気がしたりして怖かった。〔幻覚・幻聴〕

（七）この頃から一人で予言めいたことを言いだしたが、何か言わないと息が詰まるようで我慢が出来なかった。村のなかに患者がいたら「誰それのおばあさんは、死ぬよ」と言ったら死に、「誰それの家で今度は男の子が生まれるよ」と言ったらその通りに男の子が生まれ、「女の子が生まれるよ」と言ったら女の子が誕生した。その度に親戚のおばさんが頭を小突いて戒めたが、効果はなかった。〔神の口あけ〕

（八）このような症状が続いたので巫覡に聞いたら、「シャーマンの神事に必ず着用する紫の頭巾を被らなければならない運命だ」と言われた。〔巫覡予兆②〕

（九）十七歳になった旧正月の十五夜の月迎えの行事のとき降神した。父方の叔母から病気を治すため月迎えをして祈りなさいと言われ、粟藁を束にして自分の歳の数だけ結びを作り、その両側に松葉を挿して火をつけ、月に向かって祈った。手に持っていた松明を地面に置いて、家に帰るために凍りついた小川を渡ろうとして跳んだが転び、起き上がることができなかった。布団に包まれ部屋に連れられたが、うわごとを言い、目やにが一杯になっていた。〔降神〕

（十）朝になるやどこからそんな力が出てきたのか、四・五名の力持ちの若者が慰留しても振り切って外に飛び出た。その日、炊事場に入りご飯を盛ろうとして釜の蓋を開けたら、釜のなかには赤色、黄色、青色の糸が見え、蜂が飛び交い雀もたくさん寄って来たので水を飲ませようと水を吹っかけたら叔母から叱られた。〔不思議な力〕

（十一）月迎えをした翌日、洗濯物を盥《たらい》にいっぱい入れて小川に行って降ろして置き、そのまま駆け出し、村の家々を回りながら裳を広げて鉄乞いを始めた。石渓村は三十戸ほどの村で数日間集めると籠いっぱいになった。鉄乞いは鉄集めの歌である「鉄打令」を唱えながら鉄を集めた。「死んだ鉄を集めて生きた鉄を作り、太陽は取ってきて生きた鉄で「昇り明図」、月は取ってきて「日月明図」、星は取ってきて鈴、虹は取ってきて神刀を作り、この家にある七年も眠っている死んだ鉄、何カ月前に買って置いたしゃもじがあるはずなので持ってきなさい」と歌うと、女主人はそれらを持って来てくれた。

〔鉄乞い〕

（十二）当時、鉄乞いには鍮器《ちゅうき》を家ごとに出してくれたが、食器・お鉢・しゃもじ・さじ・たらいなどがもらえ、ある程度集まったら市場の鍮器店に行って巫具を誂えた。巫鈴や明図（神体）がよく出来上がったら有名な万神（巫覡）になれるといわれるが、金錦花巫女の場合は、溶かした鉄を火入れして一度でうまく出来上がったので鋳物師も喜んで、「将来きっと有名な万神になるだろう」といって、檀家の縁まで結んでくれた。

〔神体づくり〕

（十三）鉄乞いを一応済ました後、母方の祖母の家を訪ねて何かうわごとを言ったのか、祖母が激怒して、殺してやるといって飛びかかってくるので他家に逃げた。翌朝、母が訪ねてきて「おばさんが死にかけているからお前が行ってよく祈ってあげなさい」といわれ、行ってみたら祖母は両膝をかかえてしゃがんでいた。両膝はくっ付いていて離れず、一晩中一睡も出来ずにしゃがんでいたという。水甕に早朝一番の井戸水である井華水を汲んで置いて、両膝が離れるように祈ってくれと頼まれる。祖母は起き上がれるようになると、「もうこうなったら仕方がない、出てきて踊ってみなさい」と言い、鼓を打ってくれた。金巫女は鼓のテンポに合わせて踊り、最後にはほとんど足が床につかないほど激しく踊った。次いで祖母にむかって「神明（巫具）を出せと怒鳴りつけた。祖母は両手を擦りながら許しを請い、「すでにお前に神が降りたことはわかっていたが、孫がムーダン（巫覡）になることを誰が喜んで受け入れよう」と言いながら泣き出したので、母も周りの人も一緒に泣いた。

〔巫具継承・成巫確認〕

（十四）このときはじめて祖母がムーダンであったことを知った。次いで金巫女はスカートを広げて村に出て行って米乞いを始めた。この時、集めた米がいっぱいになった。祖母が最初の神母になってくれて、成巫式までの神事の手順を教えてくれた。〔巫業継承〕

以上はシャーマン・金錦花氏の成巫体験であるが、彼女の成巫体験は、（一）〔異常誕生〕（二）〔巫覡予兆①〕（三）〔巫病〕（四）〔結婚〕（五）〔流浪・苦難〕（六）〔幻覚・幻聴〕（七）〔神の口あけ〕（八）〔巫覡予兆②〕（九）〔降神〕（十）〔不思議な力〕（十一）〔鉄乞い〕（十二）〔神体づくり〕（十三）〔巫具継承・成巫確認〕（十四）〔巫業継承〕のモチーフ構成によるものである。異常な誕生をした姫が原因のわからない巫病をわずらい、流浪・苦難をし、彼女の身に神が降りてくる。そして降りてきた神を迎え、家々を回りながら鉄を集め、その鉄で神体や巫具を作り、成巫が確認され、最後は母方の祖母から巫業を譲り受けたというもので、彼女の成巫体験は日本の本地物語の構造とよく似ており、日本南島のユタ・カンカカリヤーの成巫儀礼とも共通性が見られ、シャーマンが鉄文化と深く関わっていたことを示してくれる。

北朝鮮の黄海道地域ではシャーマンになるものは、必ず巫病をわずらい、その巫病の中で野原をさ迷いながら、鉄で作られた巫具類を土の中から見つけ出して神体として祀る伝統があった。その鉄製の巫具類は亡くなったり、巫業を止めたりしたシャーマンが使ったもので土の中に埋めておいたものである。このように神が降りた人が神の告げによって巫具類を探し出して祀ることを「クエビトッタ」と言い、漢字では「鬼業」を当てて「鬼神の業」とも考える。または「クエビ」とは、漢字では「亡父」と書き、昔巫業を行った父親の神霊として見なされる場合もある。土の中に埋めた巫具類は主に鈴、鏡、刀と扇、巫服、巫神図などであるが、紙や布で作られた扇や巫服などは腐食してなくなるが、鉄製の鈴、鏡、刀などは完全な形で残される。昔この地方ではこの鉄製などの巫具類を見つけ出したら必ずシャーマンになると考えられ、またシャーマンになるためにはこうした鉄製の巫具類などを掘り出さなければならなかった。

この巫具類の発見は、前述の降神巫・金錦花氏の成巫体験からもよく表れているが、これらは神様として考えられ、家の中に丁寧に祀る。その後、大物のシャーマンを訪ね、神体に付いている雑神らが余計なことをしないようにと、「ホトンクッ」という儀礼を行い、彼女らには神縁の親子関係が成立する。次は成巫儀礼を行う前に、家々を回りながら約一週間かけて鉄類を集める鉄乞いが行われる。鉄乞いをするとき、巫覡によっては鉄乞いの歌をうたいながら家中を回る人もいた。こうした鉄乞いで集められたものは、一生涯巫業で使われる巫具類を作るためであり、土の中から探し出した巫具のなかで揃ってないものだけをこの鉄乞いで得た鉄類で作る。巫具類を新しく作るのにはシャーマンと関係の深い鍛冶屋にお願いするのが一般的であるが、預ける前に必ず弟子が神意を問い、神の神託によって巫具を作る。黄海道地域には昔、巫具だけを専門に扱う鍛冶屋も多数存在したという（ヤンゾンスン氏「黄海道巫俗の地域性と普遍性」（実践民俗学会編『実践民俗学』第二号）。

成巫儀礼と鉄文化

北朝鮮黄海地域のシャーマンは、神が降りてから鉄乞いを行い、身体に付いている雑神の悪霊を払い除ける「ホトンクッ」と主神を迎えて進行される成巫儀礼、そして巫女として大成できるように「ソスルクッ」などが三日間かけて行われるが、それらを済ませてから初めてシャーマンとしての資格が認められる。ここでは前述した巫女・金錦花の弟子となる崔ヒア氏の成巫儀礼を紹介する。

崔氏は成巫儀礼が行われた一九八三年当時、四十三歳。ソウル大学音楽学部卒業後、アメリカ・ロサンゼルスの南カリフォルニア大学大学院を修了し、韓国音楽や韓国舞踊などを教えたりもした。インドネシアのトランスダンスとアメリカのキバダンスも習った。アメリカに留学中、彼女の身に神が降り、約一年間巫病をわずらった。論文の資料を収集するため、しばらく韓国に帰国して韓国文芸振興院の資料館で北朝鮮黄海道地域のクッに関する録画テープを視聴する途中、いきなり身震いがし、泣き出すなどの激しい発作が起きた。この様子を見た韓国の大学の同窓生の薦めもあってシャーマンになる道を選んだという。彼女自身はアメリカから帰国する前に将来シャーマンになることを神から告げられたという。

この地域の成巫式は「ネリムクッ（降神クッ）」といわれ、前述したようにシャーマンになる人が巫病をわずらい、その巫病の中で家々を回りながら約一週間かけて鉄乞いをして神体や巫具などを作る鉄類を集めた後に行われるものである。金仁會・崔ジョンミン両氏編『黄海道ネリムクッ』（ソウル悦話堂）にその様子が金スナム氏の撮影した写真とともに詳しく記録されているのでここではそれを紹介したい。

①鈴・扇隠しと月日迎え

巫女となる崔氏が日月竿という竿を持って庭で舞を舞う間、彼女の神母となる金巫女が扇と鈴を黄色い布切れに包んでスカートのなかに隠した。日と月、星がシャーマンを常に明るく照らしてくれるものと信じ、日月星辰を巫祖神として迎え入れる。崔氏は日月星辰と玉皇上帝を迎え、次は水神の竜王を迎えて遊ばせるために竜宮を象徴する水瓶に乗って日月竿を持って舞を舞い始めた。日月竿は、玉色のチマジョゴリの中に鉄乞いで集めてきた、巫女の守護神となる青銅の鏡の明図というものを入れて松の木を挿して作られたものである。崔氏は神がかりの状態で激しく舞い踊る。昔はこの日月星辰迎えの儀礼は必ず裏庭の甕台の辺りで行われた。そこは天に通じる一番良い場所であり、天神がいつもそこを見下ろしていると信仰したからであろう。

②拝む神を告げ、その神の服装探し

崔氏は舞を舞う庭から神堂まで白い木綿を敷き、床に水瓶を置く。この白い木綿を神の通る日月橋と呼ぶ。笠を被り、赤い官服姿で正装した神母の金巫女が神堂を背にして小さいご膳の上に多様な服を積んでおき、庭に向かって座ると、金巫女の弟子たちは皆その隣に立つ。庭で舞を舞っていた崔氏がいきなり走り来て日月橋の前で神がかりして倒れる。次は神母の金巫女と神娘の崔氏との間で問答が始まった。

金：どの門から入ってきてどのように呼ばれたのかを神に聞いてみなさい。

崔：天下宮に三十三天、地下宮に二十八の数……天下宮から入ってきて地下宮と呼ばれたのだ。

金：わかった。では神を迎えなさい（崔氏は起きて舞を舞ってから再度日月橋の前でうつ伏せになる）。

金：お前はどういう神様を迎え入れるのか。

崔：日月星辰を先に迎え入れます。

金：それならその神の正体を探してみなさい（崔氏は床の上に上がって迎え入れた神体の日月竿を抱えて舞を舞う。日月竿は巫祖神のための祭りに限って立てて置くという。舞を舞っていた崔氏はお膳の前に日月竿を置いて大きく三回拝んでから再び庭に飛び出て舞を舞う。体をのけ反った後、戻しながら四方に向かって拝む動作を繰り返す。その後また日月橋の前でうつ伏せになる）。

金：今度はどういう神を迎え入れるのか。

崔：山に行って山の神様を迎えて、海に行って四海竜王様、竜宮様を迎えて来ました。

金：山の神様を迎えて、竜宮様を迎えてきたのか。なぜ迎えてきたのか。

崔：檀君お爺様の命を受け、山の神様の命を受け、大物のシャーマンとなり、子孫のない者には後継ぎを授け、貧しい者には富貴栄華を授け、病気をわずらう者には病気を治してあげ、シャーマンとしての力を付けて、玉皇様を天のように尊く祀り、衆生には誠心を尽くすこと、父母には親孝行することを告げに来ました。

金：それならわかった。また他の神がいれば迎えてごらんなさい（崔氏は舞を舞ってから床に上がってお膳の上から七星神と帝釈神の服装を探し出し、それを持って舞を舞った。そして水瓶の上に体をのけ反る）。

金：山神を迎えてから四海竜王様を迎えたのか。それならその神の正体を探してみなさい（崔氏は舞を舞いながらその神の服装を探して金に捧げる）。

金：これには大臣様の服装と姫様の服装だけで山の神様と竜王様の服装はないんじゃないか。

③隠した鈴・扇探し

巫楽器が鳴ると崔氏は舞を舞いながら、神堂に隠してある鈴と扇を探し始める。

金：（鞭で床下を叩きながら）早く探して持って来なさい（崔氏はまた起き上がって舞を舞い、服装を見つけて金に捧げる）。

金：五方神将が降りてきたというが、将軍はどういう将軍なのか。

崔：金ユシン将軍が降りて来ました。

金：その次は？

崔：チェガル将軍も降りてきています。

金：なるほどお前が天地神明を拝み、祈者（シャーマン）になる資格を整えつつあり、今度は大神（大物のシャーマン）として売れるかどうかを確めたいのでまた、探して来なさい。さあ、鈴と扇を探してくるならよく売れるはずなのに……。

金：何かまだ一粒が充分熟していないような気がするのだ。未だにお前には本当の神が降りてきてないようだ。

穀物も熟してくると頭が下がるのにお前はなおさら人間として何も知らない癖に雑神が入っているようだ。だから全うな神を迎えてしばらく舞を舞って、神の指示の通り動いてみなさい（崔氏はとても苦しそうな表情を見せながらゆっくりと舞を舞った。服装を探し出すのに八分ほどかかった。彼女は鈴と扇を探し出してオホオホと叫んだ）。

④マルムンヨルギ（神の口開け）

これは神の嫁となって初めて神口を開け、「コンス」と呼ばれる神からの託宣を語るものである。

金：神口を開けて何かを言おうとするようだが……。

助巫：（手を擦りながら）神門を開けてください。

金：さあ、誰にでも良いから一言言ってください（崔氏は目を閉じたまま、鈴を鳴らしながらクッを見ていた観衆の崔教授に近寄って彼の頭の上から扇と鈴を鳴らして神からの託宣を語る）。

崔：お前がシャーマンに付き従うということでお前の家は悲しんでいるのだ。可愛そうだ、可愛そうだ、でも、このようにシャーマンに付き添って歩いてみると、それでも世界の各国を歩き回りながらそれなりに楽しい一生を過ごすことができるであろう。オ、勇気を持って……（楽器の伴奏に合わせて舞を舞い、続けてその場に集まった人たちの一人一人に神からの神託を語る）。

⑤ノッタギ（俸禄もらい、巫女の将来を占う）

神堂の左の隅にあるお膳の上に蓋をした七つの鉢が置いてある。その中にはそれぞれ清水・米・灰汁・お金・白豆・白水などが入っている。崔氏は鈴と扇を置いて拝んだ後、金巫女の神娘たちと楽器隊にもお辞儀をする。

金：「出世の俸禄」をもらいたいのか、「銀の俸禄」をもらいたいのか。（嘘をつかない）「真の俸禄」をもらいたいのか。
崔：「出世の俸禄」をもらうのは嫌です。
金：それなら銀の俸禄をもらい、（嘘をつかない）真の俸禄をもらい、僅かな俸禄をもらいたいのか。
崔：はい、銀の俸禄、（嘘をつかない）真の俸禄、僅かな俸禄をもらってみたいです。
金：それなら俸禄を選んでみてください（崔氏は俸禄の入っている器の前で舞を舞った後、二つの器の蓋を開ける。清水とお米のものを開けた。周りのシャーマンたちはよしと言いながら喜ぶ。彼女は秣の蓋を手に取って舞を舞った後、また二つ器の蓋を開ける。灰汁と白汁の入っているものである）。
金：先ず、最初にきれいな水の入った器の蓋を開けた。水がなければ全てのことがうまくいかないので、命のようなものが水なのだ。その次にはお米の器の蓋を開けたので全ての民、貧しい民をそれぞれ見守るための蓋を開けたのだ。その次に灰汁の器の蓋を開けたのは、東西南北から呼ばれて巫女として名の知られる証拠だ。また他のも開けてみなさい（崔氏は舞を舞ってから器の蓋を開ける。白豆と秣の器の蓋を開けた）。
金：なるほど。
助巫：うまくよく開けたのだ。お金の器のものだけを残して全てを開けたのだ。
金：灰汁は不浄な人々の心をきれいに洗い流す意味があり、豆と秣を開けたのは、それを牛に食べさせると薬になり、馬に食べさせると竜馬となり、犬に食べさせると獅子となり、鶏に食べさせると鳳凰となるのだ。人の次に大事なのは牛馬なので、巫女として大成する兆しなのだ。これくらいなら神の子として、一つずつ神としての色を見せ、神の子としての充分な資格があるようなので、舞を舞ってからこちらに来て座りなさい。

⑥髪解きと髪挙げ（新巫女誕生）

神の子（新しい巫女）となったので神の世界に入るため、聖なる水で雑神を洗い流し、再度髪の毛を挙げる儀式を行う。これによって神娘と神母との関係が結ばれるものであり、神との結婚を意味するものでもある。崔氏はしばらく舞を舞ってから神母の金巫女の前に座る。

金：神様が一筋道の門も開けてくれて、大成の門も開けてくれた（松木を清水に浸して頭に振り撒く）。

金：天上玉皇上帝様、天地神明様のすべてが聖なる水を授けて下さったので、心を安らかにし、欲情を捨てるべきなのだ。慈愛の心を持って貧しい人を助け、不浄な心を洗い流すのだ（持っていた水鉢を置き、崔の簪を抜いてまとめ髪を解く。髪を解いてやりながらマンスバジ調〈クッが始まる時、神を迎え入れる歌詞。請拝ともいう〉の歌を歌う。金巫女が先に歌うと神娘たちはそれに従って繰り返しながら歌う。歌が続くなか、髪を梳って簪を挿してやる）。

⑦巫具投げ（巫業継承）

金巫女がスカートを広げて立っている崔にこれからシャーマンとなり、人間社会でやるべき仕事を歌に載せて歌いながら、崔氏に巫具を投げる。鈴は神母の金巫女が、扇は金の神娘・シンが投げる。

金：増やしに行きますよ。増やしに行きますよ。暗黒の地の民、誠を持って見守ってやり、よく助けてあげるとき、きれいな心を持ち、仇敵がいれば、親の子に対する無限な愛のようによく愛し助けてあげなさい。増やしに行きますよ。増やしに行きますよ。裳裾を掴みなさい。近くへ来なさい。どんな苦しみがあっても辛抱し、耐えて克服しなさい。正しい道へ正しい道へ、善の道へ善良な心を持って、山を越え、水を渡り、倒れたら立ち直り、立ち直ったら越えて行きなさい。また倒れる。また越えて行く。また立ちなさい。また立つとまた倒れる。克服しなさい。もらいなさい。離さないでください。無くさないでください。無視しないでください。お前の心に固く刻みなさい。もらいなさい。投げますよ。フイー（扇と鈴を弟子の崔氏に投げる。

韓国巫覡の成巫式
（『黄海道の降神クッ』より）

手に大きな刀を持っている巫神
（金泰坤氏『韓国巫神図』より）

崔氏が裳裾に巫具をもらうと、神母の金氏はよし、これで子の巫女が一人誕生したのだという）。

以上の降神クッの後は、「帝釈クッ」などの一般的な儀礼が行われるが、最後には「ソスルクッ」とも「大刀《ちゃくど》コリ」や「将軍コリ」とも言われる、新しく誕生した子巫女が鉄で作られた大きな刀に乗る儀礼が行われる。これを「将軍コリ」とも言うのは将軍が亡くなる前に使っていた大刀を巫女が舌や顔などに当てて遊んだり、鋭い大刀の刃に乗ったりして巫女としての力を示すところから付けられたものであろう。実際に新しく誕生した巫女は激しく舞い踊ってから立てておいた二つの鋭い大刀の刃に駆け上り、手に持っている刀を振り回しながら将軍が戦う真似をしたり、神からの託宣を人々に下したりする。

以上のように成巫式は、①新しく誕生した巫女が日月神の象徴とも言える「鈴・扇探しと日月迎え」、②拝む神の告げ、その神の服探し、③隠した鈴・扇探し、④神の嫁になってはじめて神口を開ける「マルムンヨルギ」、⑤神から俸禄をもらい、新しい巫女の将来を占う「ノッタギ」、⑥神と結婚し、神娘と神母との関係が結ばれ、新しい巫女の誕生を意味する「髪解きと髪挙げ」、⑦親巫女が新しく誕生した子巫女に受け継がせるため鈴と扇を授ける「巫具投げ」の順序で行われる。

前述したように、北朝鮮の黄海道地域ではシャーマンになるものは、必ず巫病をわずらい、その巫病の中で野原をさ迷いながら、鉄で作られた巫具類を土の中から見つけ出して、そのなかの明図（鏡）などは神体として祀る伝統があった。その鉄製の巫具類は亡くなったり、巫業を止めたりしたシャーマンが使ったもので土の中に埋めておいたものである。

このように鉄で作られた巫具は、実際に右の成巫式の中に登場し、①鈴・扇隠しと月日迎え、②拝む神の告げ、その神の服探し、③隠した鈴・扇探し、⑦巫具投げなどとしても演じられているのは、炭焼長者譚がなぜシャーマンの間で語られているのかを説明してくれる重要な証拠にもなる。こう見てくると巫女の誕生を実演して見せる成巫式は、鉄で作られた神体や巫具類などを新しい巫女に継承させるところにその興味の中心があったといえる。こうした巫女の成巫過程は、日光感精神話に属する韓国本土の本解「帝釈クッ」、高句麗の「朱蒙・類利神話」、済州島の「初公本解」や日本南島のユタによる「思松金」にも響くものと言えよう。

三　韓国本土のシャーマンの本解と鉄文化

本解「ウォング様請拝」と鉄文化

前述したように北朝鮮の黄海道シャーマンは、成巫儀礼を行う前に、家々を回りながら約一週間かけて鉄類を集める鉄乞いを行う伝統があった。鉄乞いをするとき、巫覡によっては鉄乞いの歌をうたいながら家中を回る人もいた。こうした鉄乞いで集められたものは、一生涯巫業で使われる巫具類や神様として祀る神体（明図）を作るためであった。

ところで北朝鮮の咸鏡道地域では、シャーマンによって鐘神の由来を語る「ウォング神請拝」（『青丘学叢書』第二二号）という本解が伝承されている。その本解は、「ウォング神の根本はいづこがその本なりや。金府徳山安養の地が本なり」と始まる。その梗概はおよそ次のようになる。

（一）金府徳山安楽寺では大きな鐘を造ろうとして托鉢僧を人里に遣わせ、家々を回りながら鉄乞いをして鉄を集めてくるように指示する。托鉢僧が源山という人の家に着いて鉄の布施を乞うと、源山の母は子供に乳を飲ませながら、「家には息子の源山しかない」という。〔托鉢僧の鉄乞い〕

（二）托鉢僧は源山の母に「女の言葉は五・六月にも霜を降らせるというのに何とそう慎みなき言葉を言うのか」といって金府徳山に帰って、鉄を溶鉱炉に溶かしていくら鐘を造ろうとしても鐘は完成できなかった。〔不浄と大鐘鋳造不可〕

（三）不思議に思った寺では托鉢僧を呼んで、「この僧よ、聞いて下さい。鉄乞いに出るとき、不浄なことをしないようにと伝えたのに何をしてきたのか、正直に告白せよ」という。托鉢僧は、「鉄乞いをしながら別に不浄なことはしていません。源山の家に着いたとき、源山の母が乳を飲ませながら家には息子以外に他はないと言われただけで、これ以外に心当たりはありません」という。そこで寺では托鉢僧に「早く降って源山を捕まえてくるように」と指示する。〔托鉢僧の再度訪問〕

（四）托鉢僧の訪問を知った母は、源山を奥部屋の堆穀の間に隠しておいて、「我が子の源山は昨日死んだ」と嘘泣きをすると、托鉢僧は奥部屋に入って鉄の串で俵を突き刺すと中から紫の血が出てきたので源山を引っ張り出して寺に連れていった。〔童子の連行〕

（六）寺の九十九の僧達が大鋏を持って源山を挟んで溶鉱炉に入れようとすると、源山は「溶鉱炉に橋をかけてくれ」といって、橋に登って東西南北に四拝し、天に向かって再拝した後、溶鉱炉に身を投げ大鐘となった。九十九の僧達が大鐘を吊ろうとしてもなかなか吊れなかったが、従兄弟の源穆が吊り方を教えた。〔大鐘示現〕

（七）従兄弟の源穆は、「我が従兄弟の源山が死んで大鐘となった。生きていて何しよう。私も死んで大鐘を打つ槌になろう」と言って溶鉱炉に身を投げ槌になった。〔槌示現〕

（八）この時より吊鐘法が生じた。鐘を夜には二十八宿、暁には三十三天を打つので、大鐘の終わりの音は「エミヘルル、エミヘルル」と鳴るのだという。〔大鐘の鳴る理由〕

（九）源山と源穆の従兄弟は死んでその魂はウォング帝釈神となった。この時よりウォング帝釈神はその本が金府徳山となった。〔帝釈神示現〕

右のように本解「ウォング様請拝」は、托鉢僧が寺の大鐘を作るため、鉄を集めようと家々を回りながら鉄乞いをする。そこで源山という子供を寺に連れて行って、溶鉱炉に入れようとすると、源山は溶鉱炉に身を投げ大鐘となり、従兄弟の源穆も身を投げて大鐘を打つ槌になり、二人の魂は帝釈神として示現したというものである。

この本解は、北朝鮮の咸鏡道咸興地域では「聖人クッ」の中で唱えられるものであり、この「聖人クッ」は日光感精神話に属する済州島の巫祖神話「初公本解」や韓国本土の本解「帝釈クッ」と同系列の本解である。

韓国慶州博物館には、高さ三・七八メートル、口径二・二七メートル、重さ十八・九トンという大鐘があるが、この大鐘は新羅国の景徳王が父王・聖徳王の冥福を祈るため七七一年に完成させたもので聖徳大王神鐘という。別称では「エミレの鐘」とも呼ばれ、鐘を完成させるまでには三十年以上の歳月がかかったとされる。これには悲しい伝説が伝わる。奉徳寺の大鐘を造るため僧達が鉄乞いに村々を回り、この鐘を造ったが何回も失敗に終わった。そこである女性の家に着き、布施を乞うと「私には幼い女の子しかいません」という。泣く泣く連れ去られ、女の子は煮えたぎる溶鉱炉の中に入れられた。こうして鐘は完成になったが、その大鐘を鳴らしたら「エミレ、エミレ」と叫びながらお母さんを探す、幼い女の子の悲しい泣き声が国中に響き渡ったので人々は「エミレの鐘」と呼ぶようになったという（崔常壽『韓国の民間伝説集』、ソウル通文館）。

この伝説は、「ウォング様請拝」のような民間神話からなったのかどうかははっきりしないが、本解では大鐘を鋳造するのに幼い子供が生贄として捧げられたというのは、鐘は神様の化身としてシャーマンによって神聖視されたことが考えられる。また、大鐘を鳴らしたら「エミレ、エミレ」と叫びながらお母さんを探す、幼い女の子の悲しい泣き声が国中に響き渡ったというのは、巫覡が鉄乞いをするとき、昔使っていた古い鉄を集めながら、「泣く鉄を探し回る」といっているのと対応する。

「ウォング様請拝」に登場する「托鉢」とは仏教から由来するが、民間でいう托鉢はシャーマンが家々を回りながら鉄類などを集めて彼らが祀る神体を作ったり、儀礼で使う巫具類を鋳造したりするのを意味する。そこでシャーマンによる本解「ウォング様請拝」のなかで登場する托鉢僧はこうした鉄類を集めるため家々を回っていたシャーマンを指すのであろう。また、彼らが連れて行った源山と源穆の従兄弟兄弟が溶鉱炉に入れられそれぞれ大鐘と槌になり、その魂が帝釈神として示現したというのは、シャーマンたちが鉄類を集め、神体を作りそれを祀ったものと思われる。前述したように北朝鮮の黄海道地域では成巫儀礼を行う前に、家々を回りながら約一週間かけて鉄類を集める鉄乞いが行われ、そこで集められたものは一生涯巫業で使われる神体や巫具類を作るためであり、こうした点は本解「ウォング様請拝」にもよく反映されていると言え、シャーマンがいかに鉄の鋳造に深く関わっていたのかを如実に示してくれる。

高句麗の始祖神話と鉄文化

一一四五年、金富軾によって編纂された『三国史記』の「高句麗本紀第一」には、高句麗の始祖・東明王（朱蒙）とその子の瑠璃王（類利）の神話（以下、「朱蒙・類利神話」する）が収載されている。その内容はおよそ次のようになる。

解慕漱の子・朱蒙の物語

（一）扶餘王の解夫婦は年老いるまで子がなかったので山川（神々）を祭って嗣子を乞う。ある日、王の乗った馬が鯤淵に至り、大石を見て涙を流す。王はこれを怪しんで人にその石を転がさせてみると小児がいる。王は喜んでその子を拾って金蛙と名づけて育て、太子とする。後、扶餘王は宰相の阿蘭弗のすすめで二や子を東海の浜の迦葉原に移して国号を東扶餘とする。解夫婦が死んで金蛙が王位を継ぐ。その旧都には自ら天帝の子・解慕漱と称するものが来てそこを再び都とする。ある日、金蛙王は太白山の南の優渤水で柳花に会う。柳花の語るところによると彼女の身の上は次のようであった。彼女は水神の河伯の娘で、弟たちと出て遊んでいるところへ自ら天帝の子解慕漱と名乗る男がやって来た。〔解慕漱の登場〕

（二）天帝の子・解慕漱は彼女を誘い熊心山の下、鴨緑江辺りの部屋の中へ連れて行って身をおかした。〔解慕漱との契り〕

（三）彼女の父母は娘が仲人も立てないで男の言うことを聞いたと責めて彼女を優渤水に追い出した。〔姫君の追放〕

（四）その話を聞いた金蛙王は不思議に思って姫君を部屋の中に閉じ込めておくが、姫君に日の光が射し込み、それによって身ごもる。〔日光感精・懐妊〕

（五）姫君はやがて大きさが五升もある一つの卵を生む。王はその卵を犬や豚に与えるがみな食べない。また、道に捨てるが、牛馬もこれを避けて通る。後に野に捨てるが、鳥がこれを覆って保護する。そこで王はこれを割ってみようとしたが、割ることができない。結局、王はその卵を母に返す。卵を破って一人の男の子が出てくる。七歳の時からはいちだんとすぐれていて人と異なり、自ら弓矢を作って射をよくし、百発百中であった。扶餘の俗語でよく射るものを朱蒙と言うので朱蒙と名付ける。〔御子の誕生〕

（六）金蛙王には七人の子がいて、いつも朱蒙と遊ぶが、その才能がみな朱豪にはおよばない。長男の帯素は「もし、早いうちに朱蒙を除いてしまわないと、おそらく後日に憂いがある。」と父王に讒言する。が、金蛙王はこれを聞き入れず、朱蒙に馬を飼わせる。朱蒙は駿馬を見つけて食べ物を減らして痩せさせ、駑馬はよく養って肥えらせた。王は肥えた馬は自分が乗り、痩せた馬は朱豪に与える。〔朱蒙の知略〕

（七）その後、朱蒙は野へ狩猟に出かけるが、射をよくし、獲った獣が多かったので王子と諸臣はまた朱蒙を殺そうと語る。ひそかにこの事実を知った母は息子に国を逃れて遠くへ行って暮した方がいいと言う。朱蒙は鳥伊・薩摩・俠父ら三人と友となり、滝滮水に至って魚や亀の助けで川を渡る。〔御子の苦難・流浪〕

（八）朱蒙は普述川のかかり、賢人の再思・武骨・默居らの三人の男に導かれ、卒本川に着く。ここを都と決めようとしたが、宮室を作る暇がないので沸流川の上に家を建てて国号を高句麗とする。〔高句麗国の始祖示現〕

朱蒙の子・類利の物語

（九）朱蒙が扶餘にいた時、礼氏の娘を娶って孕ませたが、朱蒙が亡命した後に子供が生まれ、類利と名付けた。類利が幼少の頃、路上で雀を奪って遊んでいたが、誤って水を汲む婦人の水瓶を割ったので父無し子と罵られる。〔父無し子の苦難〕

（十）婦人に罵られた類利は母に「父は誰なのか、今どこにいるのか」と聞く。類利は父の残した半分の剣を松木

の下から探して、それを持って屋智・句鄒・都祖ら三人を伴って父を訪ねて行く。〔父親探し、御子の苦難・流浪〕

(十一) 類利は父に会う。〔父子の邂逅〕

(十二) 父は「御前が私の息子なら、何か神聖なものでもあるか」と聞く。類利は空を飛んで窓の穴から射し込む日の光を遮るという神聖さを見せる。〔御子の試練〕

(十三) 父王の朱蒙は、類利の持っていた半分の剣と自分のものとを合わせてみると血が流れ、同時にその剣が繋がって一つになるのを見て太子と認める。〔剣の御子確認〕

(十四) 類利が王位を継ぐ。〔高句麗国の王位継承〕

右の「朱蒙・類利神話」は、(一)〔解慕漱の登場〕から(八)〔高句麗国の始祖示現〕までは天帝の子である解慕漱の子・朱蒙の物語として、(九)〔父無し子の苦難〕から最後の(十五)〔高句麗国の王位継承〕までは朱蒙の子・類利の物語として叙述されている。これは日光に感精して生まれた子供がやがて父を訪ね、父と邂逅するという神の子邂逅型日光感精神話に属するものであるが、韓国での日光感精神話は、A1型(父子邂逅型)、A2型(夫妻再会・父子邂逅型)、B1型(夫妻再会型)、B2型(夫妻・母子再会型)に分類できる。この中で高句麗の「朱蒙・類利神話」は、A1型(父子邂逅型)に属する。A1型(父子邂逅型)の内容はおよそ次のようである。

親シャーマンの成巫過程(日光感精神話)

① マウル太子ソンビとマウル太子夫人が結婚する。夫婦は一人の子のないことを嘆き、黄金山の寺に申し子をして聖人様を生む。聖人は黄金山の寺に入り、修行して僧になる。一方、西天西域国のチャムブンという者に美しい姫君が生まれ、ソジャン姫(タングム姫)と名付けられる。ある日姫君の母は官吏に任命され、姫君を閉じ込

めて官途につく。ソジャン姫は父母の外出後、退屈になって南山の見物に出かける。その折、黄金山の聖人がソジャン姫を垣間見てこれに恋慕する。〔聖人の登場〕

② 聖人は寺を下って、ソジャン姫の家に着き、道術で門を開けて施しを求める。機織りをしていた姫君が米を与えると、聖人はわざと底の抜けた袋でもらい、米をこぼす。日が暮れると聖人は姫君の部屋で一夜、泊めてくれと頼む。姫は男出空家の時だからと言って、それを断る。姫君は聖人にこの上を上って行ったら三神閣があり、この下を下って行ったら書斎があるからそこで泊まることを勧める。が、聖人は応じない。仕方なく泊めるが、その夜、聖人は姫君と契りを込める。〔聖人との契り〕

③ 姫君はその夜、空から降りて来た三つの赤い玉が自分のスカートの中に包まれている夢を見る。聖人は三人の若子が生まれることを予言し、形見のものを残して昇天する。その後、姫君の父母は家に帰る。姫君が迎えに出ないので母は下女にその訳を聞く。下女は姫が浮腫病にかかって患っていると嘘をつく。姫君の母は姫君の身の異様を見て、占い師に占わせてその懐妊を知る。〔日光感精・懐妊・形見・昇天〕

④ 姫君の懐妊を知った父は姫に死薬を飲ませて殺そうとする。が、姫君は聖人の道術によって助けられる。姫君は家を追い出され裏山の石箱の中に閉じ込められる。〔追放〕

子シャーマンの成巫過程（巫祖神の誕生）

⑤ 姫君は鶴の助けで三人の若子を生む。〔御子の誕生〕

⑥ 姫君の母は、姫君と三人の若子達を家に連れてきて一緒に暮らす。若子達が十歳になると書堂（寺子屋）に通わせるが、同僚にて父無し子笑われる。〔父無し子の苦難〕

⑦ 同僚に笑われた若子達は、「父は誰なのか。今どこにいるのか」と聞く。若子達は父の聖人を教えられ、聖人

の残した瓢箪の種を植えて、その蔓に従って聖人を訪ねて昇天する。途中、八仙女の助けで無事に天の河を渡って、玉皇上帝・日月星辰・仙官道士のいるところに着く。〔父親探し、御子の苦難・流浪〕

⑧　若子達は父の聖人に邂逅する。〔父子の邂逅〕

⑨　若子達は父の聖人から紙の服を着て水の中に入る試練、断崖絶壁に咲いている花を折って来る試練など、いくつかの試練を課せられるがみごとに耐える。〔御子の試練〕

⑩　聖人は刀で若子達の切った指から流れる血と自分の血が一つとなるのを見てわが子と認める。〔御子確認〕

⑪　三人の若子達は三仏帝釈となって母とともに西天西域国へ降り、衆生を救済せよと命じられる。〔神々示現〕

右のA1型（父子邂逅型）の日光感精神話は、旧高句麗地域である北朝鮮のシャーマン達の伝承する本解である。これは親シャーマンの成巫過程に対応する、日光に感精した姫君が苦難・流浪の末若子を生む部分と、若子達が父の形見の瓢箪の種を蒔いてその蔓に乗って昇天して父と邂逅、父から試練が課されるが見事に解決し、最後には刀で指を切って流れる血と血が一つになるのを見て親子関係が確認され、三人の若子は子供を守る巫神の三仏帝釈に示現するという子シャーマンの成巫過程に対応する部分となっているが、高句麗の「朱蒙・類利神話」と具体的にその構成が一致している。A1型（父子邂逅型）の本解では、父の残した形見の瓢箪の種によって親子関係が確認され、さらには親シャーマンから子シャーマンへの巫業継承が行われていない点が、鉄製の剣によって王位継承が行われる高句麗の「朱蒙・類利神話」と大きく相違している。しかし、A1型（父子邂逅型）の日光感精神話の異本とも言える、済州島のB2型（夫妻・母子再会型）「初公本解」では、三人の若子達が父から巫祖神の神体とも言える鉄製の三明斗（神刀、算盞、天文）を継承していることから考えれば、三人の若子達の三仏帝釈の示現を語る、北朝鮮地域のA1型（父子邂逅型）の日光感精神話も元々は鉄製の神体を巫祖神と祀る本解であったと言えよう。

ところが、前述の『三国史記』以外にも高句麗の「朱蒙・類利神話」のもう一つの伝承が『旧三国史逸文』（一一九三）として伝わっている。両者は、全体の叙述構成においては一致が見られるが、『三国史記』と比べて、『旧三国史逸文』はその内容が詳細に記述されている。『旧三国史逸文』の内容の特徴は次のようである。

① 天帝は太子・解慕漱を扶余王の古都に降らせ遊ばせた。解慕漱は五竜車に乗り、従者百余人は皆白鵠に乗り熊心山に止まり、十余日を経てから降ったが、首に烏羽の冠を被り、腰には竜光の剣を帯びた。朝には政事を聞き、夕方には天に昇ったので世にはこれを天王郎と言った。また、天王郎が馬鞭を持って地面を画くと銅室ができた。

② 河伯の宮に着いた天王郎は変身術を争い、河伯が庭の前の水で鯉になって遊ぶと天王郎は獺になってこれを捕まえた。河伯が再度、鹿になって逃げ出すと王は豺になってこれを追い、河伯が雉になると天王郎は鷹になって河伯に勝ち、河伯の娘と婚礼をあげた。

③ 天王郎の子・朱蒙は松譲が治める沸流国に至って、矢を射る競争で松譲に勝ち、私たちが開国して間もないし、楽器を奏してその威儀を見せつけられないので松譲に軽く見られると言った。そこで臣下の扶芬奴は隠して置いた沸流国の鼓角を探して持ってきた。松譲は朱蒙に降伏し、天が宮を建立した。朱蒙は天に感謝し、拝みながら暮らした後、四十歳に天に昇って降りてこなかった。太子は朱蒙が残した玉鞭を竜山に葬った。

④ 朱蒙王の太子・類利は同僚の者から父無し子と言われ、母に父のことを聞くと、「お前の父が扶餘を離れるとき、七嶺七谷の石の上に隠して置いたものがあるが、これを探して得る者が私の子だ」と言い残したという。これを聞き、類利は七嶺七谷に行って探してみたが、見つけられず疲れて帰ってきた。類利は家の柱から悲しい声がするのを聞いたが、その柱は石の上の松のことで、七稜の形をしていた。そこで類利は、七嶺七谷というのは七つの稜のことで、石の上の松というのは柱のことだと解読し、起きて行ってみると、柱の上には穴があり、そこから一片の

剣を得て大きく喜んだ。類利は高句麗に走って行って剣の一片を父王に奉げた。父王の朱蒙が自分のものに合わせてみると、血が流れながら一つの剣になり、空を飛んで窓の穴から射し込む日の光を遮るという神聖さを見せたので太子とする。

右のように高句麗の「朱蒙・類利神話」は、父が隠して置いた鉄製の剣を太子が探し出して、その剣によって親子関係が確認され、王位継承がなされている。鉄製の遺品による親子（師弟）継承は、高句麗国が位置していた北朝鮮の黄海道地域のシャーマンや済州島の巫覡・シムバンの成巫体験や成巫儀礼のなかで見られるものときわめて類似している。

前述したように北朝鮮の黄海道地域のシャーマンになる者は、必ず巫病をわずらい、その巫病の中で野原をさ迷いながら、鉄で作られた巫具類を土の中から見つけ出して神体として祀る伝統があった。その鉄製の巫具類は亡くなったり、巫業を止めたりしたシャーマンが使ったもので土の中に埋めて置いたものである。このように神が降りた人が神の告げによって鉄製の巫具類を探し出して祀ることを「クエビトッタ」と言い、「クエビ」とは、漢字では「亡父」と書き、昔巫業を行った父親の神霊として見なされる場合もある。類利が父王の隠した遺品を石の上の松から見つけ出すのは、北朝鮮のシャーマンや済州島の成巫体験や成巫儀礼のなかで行われるものときわめて類似している。朱蒙王や類利王の祖先となる天王郎が「首に烏羽の冠を被り、腰には竜光の剣を帯びた」というのは、彼らが鍛冶神の子孫であることを表すものである。

また、「河伯が雉になると天王郎は鷹になって河伯に勝った」というのは、製鉄王国と言える伽耶国の金首露王神話で、伽耶の首露王が脱解というものと王位争いの競争で、脱解（新羅国王）が変身して鷹になると首露王は鷲と化し、脱解が雀になると首露王は鸇《はやぶさ》と化して、脱解を降伏させる叙述と似ている。ここで鷹は鍛冶神の象徴であり、この点は鍛冶神の八幡神が鷹と変身したりする叙述と響くもので、高句麗の始祖の朱蒙王や類利王が鍛冶神の子孫であることを表してくれるものであろう。

高句麗の「朱蒙・類利神話」において父親の朱蒙は、刀剣を石上の松木の下に隠して置き、そこから悲しく泣く音が聞こえたとあるが、この点は巫覡が鉄乞いをするとき、昔使っていた古い鉄を集めながら、「泣く鉄を探し回る」といっているのと対応し、本解「ウォング様請拝」において「大鐘を鳴らしたら「エミレ、エミレ」と叫びながらお母さんを探す、幼い女の子の悲しい泣き声が国中に響き渡ったというのもこれと関連するものであろう。

このように見ると、朱蒙・類利は古い鉄材を集めて、よく鳴り響く質の良い鉄製の巫具類に作り変える鍛冶王的存在であったと言えよう。また、類利が松木の下から刀剣を見つけたというのは、前述した黄海道地域の成巫儀礼にお

古代伽耶国の古墳
（模型図、韓国慶尚南道金海国立博物館）

古代伽耶国の古墳からは出土された鉄鋌などの鉄製品
（韓国慶尚南道金海国立博物館所蔵）

いて、新入巫者が鉄乞いをして集めてきた巫覡の神体となる青銅の鏡の明図を玉色のチマジョゴリの中に入れ、松木を挿した日月竿というものを手に持って神を迎え入れていることと関わる。こう見ると松木は日月神として象徴される鉄神が降りてくる寄り代であり、朱蒙・類利は刀剣を神体として祀るシャーマンであり、鍛冶王であったことが考えられる。

また高句麗では、城の中に朱蒙祠が存在し、そこには鉄製の刀剣を神体として祀る巫女が神事を行っていたことが知られている。高句麗の古墳の壁画にも鍛冶神の神像が描かれているなどの状況からみれば高句麗は鍛冶神を信仰し、鉄文化と深い繋がりのある国家であったと言えよう。高句麗国を切り開いた朱蒙王と類利王は天帝の息子である解慕漱を祖先とする。彼らに託された文明は鉄文化であり、その事蹟は鉄文化に支持された巫女の成巫過程や日光感精神話の本解などに沿って語られるものであった。この点は、琉球王国を切り開いた王達や、鉄王国として花を咲かせた伽耶王国の金首露王神話にも共通して見られるものであった。

新羅国の脱解王神話と鉄文化

古代新羅国には第四代目の脱解王（五七〜八〇）が存在したが、彼はもともと鍛冶屋であった（『三国遺事』巻第二の「駕洛国記」）。

東海龍城国である多波那国の王と積女国の王女が結婚、大きな卵を生む。「縁起が悪い」と、箱船に入れて海に流す。その箱は新羅国の阿珍浦に漂着する。一人の老婆がその箱を拾って開けてみると、中に子供がおり、脱解と名付ける。脱解は、吐含山《とはむさん》に登り、地勢が良い瓠公《ほごん》の家を訪ね、我が家にしようと、偽りの計画を立てる。脱解は、瓠公の家の側に炭と砥石を埋めておく。二人の間で争いがはじまり、なかなか結論がでないので役所に訴えた。役人が脱解に「何を証拠にお前の家だというのか」と聞く。すると、脱解は、「私の家はもと鍛冶屋でした。しばらく隣の村に行っている間、他人が奪って住んでいるのです。ここの土地を掘ってください」と言った。言う通りに掘ってみると、なんと炭と砥石が出てきたので、脱解はそこを自分の家にしてしまった。当時の南解王は脱解が知略者であることを知って婿として迎え、これによって彼は王位についた。

前述したように、北朝鮮のシャーマンは、巫病の中で野原をさ迷いながら、鉄で作られた巫具類を土の中から見つけ出して神体として祀る伝統があった。右の脱解王神話において、脱解が土の中から炭と砥石を掘り出すのは、北朝鮮や済州島のシャーマンが土の中から神体となる鉄の巫具を掘り出すものに対応し、それを見つけ出した脱解が争いで勝利し、王様として認められたというのは、巫病の試練を克服した者が親シャーマンから鉄の巫具を継承して新しいシャーマンとして認められることに響く。このように脱解王はシャーマンとしての性格が濃厚であるが、脱解王の誕生説話から推測すれば彼は鉄を司る鍛冶屋であり、炭焼きでもあったことが考えられ、彼の王権は鉄文化に大きく支えられていたと言えよう。

おわりに

以上のように、韓国には「炭焼長者」の一類型と見られる「薯掘り長者譚」が済州島のシムバンの「三公本解」として伝承されている。「三公本解」の三公神は、人間の「業《おぷ》（運命）」を管掌する神であった。「業」とは「鬼神の業」とも考えられ、巫病にかかった巫覡は、神の告げによってその「業」となる鉄製の巫具類を探し出して祀ったりしていた。

「三公本解」においてカムンジャン姫が薯掘りの場所で金を見つけ出すのは、シャーマンが流浪の末に神体となる鉄製の巫具類を掘り出して、それを神体として祀ることと対応し、姫と結婚したという薯掘りは炭を焼いて鉄の鋳造に関わった鋳物師との関連が考えられるものであった。貴金属に関する通俗書の中では、良質な鉱脈を掘り当てることを「薯を掘る」といわれ、「イモヅル」とか「金ヅル」という言葉は鉱山師が使いはじめ、「薯掘り」とは鉱山師が使う隠語であったということを考えると、薯掘りと炭焼きは職業として大差がなかったと言える。

問題はなぜ「炭焼長者譚」をシャーマンの巫覡が語るのかであるが、韓国のシャーマンは鍛冶屋としても活動していた。韓国湖南地域では鍛冶屋は村ごとに存在しており、彼らが管掌する鍛冶区域は売買の対象にもなっていた。

北朝鮮の黄海道地域ではシャーマンになるものは、必ず巫病をわずらい、その巫病の中で野原をさ迷いながら、鉄で作られた巫具類を土の中から見つけ出して神体として祀る伝統があった。その鉄製の巫具類は亡くなったり、巫業を止めたりしたシャーマンが使ったもので土の中に埋めて置いたものである。この地方では鉄製などの巫具類を見つけ出したら必ずシャーマンになると考えられ、またシャーマンになるためにはこうした鉄製の巫具類などを掘り出さなければならなかった。

またシャーマンが成巫儀礼を行う前に、家々を回りながら鉄類を集める鉄乞いが行われた。鉄乞いで集められた鉄類は、一生涯巫業で使われる巫具などを作るためであった。鉄製の巫具類を新しく作るためにはシャーマンと関係の深い鍛冶屋にお願いするのが一般的であるが、預ける前に必ず神意を問い、神の神託によって巫具を作った。北朝鮮の黄海道地域には昔、巫具だけを専門に扱う鍛冶屋も多数存在したという。

韓国本土と同じように済州島のシムバンの祖先は、遍歴のなかで鉄製の巫具類を発見してそれを神体として祀ったりしていた。これについては、済州島シャーマニズムの研究で著名な玄容駿氏が詳しく論じられている（『済州島巫俗研究』、ソウル集文堂）が、その鉄製の巫具は「明図」とも「明斗」とも呼ばれており、「明図」とは神刀、算盞、天文の三つの鉄製の巫具をさす。シムバンはこの鉄製の巫具を家の神座に神体として大事に祀っており、それを「祖先」とも呼んでいることから巫祖より大事に受け継いだ守護神であり、守護霊でもあった。済州島のシムバンの巫業は親子（養子）関係、師弟関係で世襲されるが、シムバンになるためには必ず親や師匠から鉄製の神刀、算盞、天文の三つを受け継ぐ必要があった。この三つの巫具を所持しないと真のシムバンとしては認められなかった。

また、「明図」という鉄製の巫具を親や師匠から引き継げない場合は、新しい「明図」を作ってシムバンになるしかなかった。その場合、巫覡は檀家の家々を回り、鉄乞いをし、集められた真鍮の鉄材を鍛冶屋に持っていく。鍛冶屋は供え物を鍛冶神に捧げ、新シャーマンの父親のものを模って明図を作った。こうして作られた鉄製の明図は父親から受け継いだ巫具と同等の神霊が籠ったものとなり、これによって巫覡としての資格が得られ巫業が可能となったのである。

このようにシャーマン、鍛冶屋と炭焼きは深い関連があった。巫覡は鉄で作られた巫具類を土の中から見つけ出したり、鉄乞いをして新しく巫具類を作って神体として祀ったりしていた。そしてその神体の巫具を受け継ぐことによってはじめてシャーマンとして認められるものであったが、こうした成巫儀礼の中の鉄製の巫具類継承は、彼らの伝承する民間神話の本解や高句麗の始祖神話などの文献神話と、日本南島のユタによる「思松金」や日光感精神話の本地物語にも投影されるものであった。

さらにシャーマンが鉄を神体として祀るのは単に韓国だけの問題ではなく、国宝宇佐八幡宮の神がなぜ鍛冶神であり、疋野長者（炭焼小五郎）伝説を伝える疋野神社（熊本）の神体がなぜ鉄なのかなどの問題とも響くものであった。

参考文献

○李杜鉉氏『韓国巫俗と演劇』（一九九六　ソウル大学出版部）の「第一章　降神《ねりむ》巫堂《むだん》の鉄乞粒」、「第二章　ダンゴル巫と治匠―東北亜細亜シャーマニズムと韓国巫俗との比較研究二」。同氏「降神巫堂の鉄乞粒（鉄乞い）―東北アジアのシャーマニズムと韓国巫俗との比較研究序説」（崔吉城・日向一雅氏『神話・宗教・巫俗―日韓比較文化の試み』二〇〇〇　風響社）。

○玄容駿氏『済州島巫俗研究』（一九八六　ソウル集文堂）。同書は日本語版として一九八五年七月、第一書房より出版されている。

○玄容駿・李ナムドク氏（文）、金スナム氏（写真）『韓国のクッ一二　済州島の神クッ』（一九八九　ソウル悦話堂）。

○金仁會・崔ジョンミン氏（文）、金スナム氏（写真）『韓国のクッ一　黄海道の降神《ねりむ》クッ』（一九七一　ソウル悦話堂）。

○金賛會『本地物語の比較研究―日本と韓国の伝承から―』（二〇〇一　三弥井書店）。

○金ホンソン氏「巫俗と政治―鉄乞い、鉄降り、師弟継承権を中心に―」（比較民俗学会編『比較民俗学』二六輯）、「済州島と沖縄の降神クッと本解の比較研究」（比較民俗学会編『比較民俗学』三五輯）。

○ヤンゾンスン氏「黄海道巫俗の地域性と普遍性」（実践民俗学会編『実践民俗学』第二号、二〇〇〇・十二）。

○文ムビョン氏「済州島の巫祖神話と神クッ」（ソウル大学比較文化研究所『比較文化研究』第五号　一九九九）。

○李秀子氏『韓国文化研究叢書　済州島巫俗を通じてみた大クッの十二祭事《こり》の構造的原型と神話』（二〇〇四　ソウル集文堂）。

○山下欣一氏『奄美のシャーマニズム』（一九七七　弘文堂）。

○福田晃氏『神語り・昔語りの伝承世界』（一九九七　第一書房）。

○三品彰英氏『三品彰英論文集第二巻　建国神話の諸問題』（一九七一　平凡社）。

第四章　沈んだ島「瓜生島伝説」と韓国

はじめに

大学の授業で学生にレポートを課すと、主に地元・大分県出身の学生を中心に毎年のようにあがってくるのが昔、別府湾に存在したが、ある日突然沈んでしまったという「瓜生島伝説」である。

故柳田國男氏は、この「瓜生島伝説」と関わる話として長崎県五島列島の小値賀島から上五島に渡る船の中で高麗島の話を聞き、「高麗島の伝説」(1)としてまとめられている。

この伝説は後で詳しく紹介するが、地蔵菩薩が信心深い人々に自分の顔が赤くなったら早く逃げるようにと予言し、それを信じないで悪戯に絵具で地蔵の顔を赤く塗った悪者はすべて海底に沈んでしまったというものである。柳田氏は、「そんな有りもしない高麗島の話などをかつぎだして、人を面白く惑はしめた」人物、すなわち「高麗島伝説」の伝播者として海上を往来した九州盲僧を想定されている。

この「高麗島伝説」の類似の話が大分の地では、別府湾に沈んだ「瓜生島伝説」として伝承されている。「瓜生島伝説」については、早く市場直次郎氏が「沈んだ島の話」(2)として資料の紹介とともに詳しい考察がなされており、伝播の経路について「南洋→支那→日本」と断定されている。

また岩瀬博氏は「沈んだ島―大分県瓜生島伝説を中心に―」(3)において、各地の沈んだ島伝説を紹介し詳細に論じら

沈んだ島「瓜生島伝説」が伝わる別府湾
（立命館アジア太平洋大学の構内より）

れている。そしてこの瓜生島伝説について、柳田説を紹介し、「座頭・盲僧の文芸」としてとらえられ、沈没の予兆を文献説話では、「目が赤くなると」「卒塔婆に血が付くと」とするのに対して、各地の伝説では、「目が赤くなると」と、目にこだわっている点も盲僧伝播の痕跡であろうと推測されている。さらに「沈没予兆伝説の構造を、津波によって村が埋没するに、神の加護を受けた人間がその難を逃れた話とすれば、洪水始祖神話に通底している」と、洪水始祖神話からの派生伝説との可能性についても密かに言及されている。

これらの研究を見ると、柳田説にしろ、市場説にしろ、高麗島伝説と瓜生島伝説は、中国から直接伝来したものとされているが、そうなら、なぜ朝鮮半島に存在した高麗という国の話として伝承されているのかについての説明はなされていない。

また盲人が雨乞い行事を行うなど、水との関連が深いことからみれば、岩瀬氏の指摘の通り、「瓜生島伝説」の伝播者として民間宗教者の座頭や盲僧を想定するのは納得のいくところである。しかしそれの裏付けの一つとして、「各地の伝説に目が赤くなると目にこだわっている点も盲僧の伝播の痕跡」と推測されているが、筆者の調べたところでは、日本の伝承で目にこだわっているものはほとんど見当たらず、「ただ神像の顔が赤くなると沈没する」となっており、目にさほどこだわらないものが主流となっている。だからこれを根拠として、沈んだ島「瓜生島伝説」の伝播者を「座頭・盲僧文芸」として捉えるのはやや無理があるかも知れない。

そこで本稿では、沈んだ島「瓜生島伝説」について兄妹結婚始祖説話を含む洪水始祖神話の一類型として捉え、今まで具体的な比較研究のなかった韓国の沈没伝説「石仏、目赤くなると沈没する村」の諸伝承を紹介し、両者を具体的に比較検討し、その特徴や伝播の経路を明らかにしたい。

一　韓国の洪水神話

『古事記』上巻には兄妹結婚始祖譚と一つと見られる「イザナギ命とイザナミ命」による国づくり神話が記載されている。天の神々がイザナギ命とイザナミ命に、「是のただよへる国を修理《つくろ》ひ固めなせ」といい、そこで二神は天の浮橋に立って、天の沼矛でかき鳴らして引き揚げた時、矛先から落ちた潮が積もって島になった。それがオノゴロ島で、その島に天下りをされた。その後、二神は兄妹でありながら結婚することになるが、女神が「あなにやし、えをとこを」と先声をあげたため、欠損した水蛭子と淡島を生んだので捨て、御子の数に入れなかった。今度は天の神に聞いてやり直した結果、正常な日本の島々を生んだという。このイザナギ命とイザナミ命神話には洪水神話の兄妹結婚始祖譚の痕跡や、なぜ女神が声を先にあげたのが失敗に終わったとするのか、これはおそらく兄妹結婚を忌み恐れる思想が秘められていることが考えられる。この「兄妹始祖神話」について工藤隆氏は、「兄妹始祖神話」の「話型」を持つ神話が中国の長江流域の多くの少数民族によって語られているが、アイヌ民族や朝鮮半島の古代神話には存在しないとされ、朝鮮半島や北方地域を除く、長江流域から台湾・沖縄・九州・本州西部へ及ぶ「兄妹始祖神話文化圏」の存在を想定されている（「中国少数民族の掛け歌―ペー族―」〈岡部隆志・手塚恵子・真下厚『歌の起源を探る歌垣』二〇一一　三弥井書店〉）。確かに韓国の『三国史記』や『三国遺事』を見る限りでは氏の主張は正しいと言えるかも知れないが、一四五一年に成立した『高麗史』や民間説話には兄妹結婚説話が多数伝承されており、氏の主張には疑問が残る。
そこで次では、韓国の洪水神話のなかの兄妹結婚始祖について検討してみたい。

大洪水と人類―兄妹結婚始祖神話(4)

昔、大洪水が起こって、世界はすべて海と化し、人間がすべて絶滅してしまったことがあった。そのときただ二人の兄弟が生き残って白頭山のように高い山の最高峰に漂着した。やがて洪水が退いたので、兄妹は世間に降りてみたけれども、人間の影さえ見出すことができなかった。もしこのまま過ぎ置けば、人間の種は絶えてしまわなければならなかったけれども、だからといって兄妹で結婚するわけにもいかないので、兄妹は長い年の間、あちらこちらへと人間を探して歩いたが、そうするうちにだんだんと年を取って来るので、やむを得ず彼らは各々片方ずつの挽臼を持って、向かい合いに立っている二つの峰の絶頂にそれぞれ登り、妹は雌臼《めすうす》を以て転がし、兄は雄臼《おうす》を以て転がした。そして彼らは天の神に向かって祈った。ところが臼の両片は不思議にも谷の底で恰も人がわざわざ合わせたようにぴったりと合い付いたので、兄妹はそこで天の神の意思がわかり、二人で結婚して人間の種を再び継続させた。彼ら兄弟は実に今日の人類の祖先であるとの話である。あるいはまた、彼ら兄妹は二つの峰から青松葉をそれぞれ燃やしたところ、その煙が不思議にも空中で相合したので、天の神の意思がわかり、兄妹で結婚したともいわれている。

これは大洪水が起こり、生き残ったのが兄妹しかいなかったので結婚するしかなかったが、すぐ結婚に踏み切れない。そこで日本の『古事記』においてイザナギ命とイザナミ命が天の神に二人の行為についてうかがったように、ここでも臼を転がすという占い行為を通じて、兄妹の行為が天の神の意志とわかり、結婚して人類の祖先になったというものである。最後に兄妹しか残っていなかったので当然ながら近親相姦という重い課題に直面することになるが、この神話ではやはり臼を転がすという占い行為を通じて近親相姦という問題を避けようとする思想がうかがえる。

兄妹結婚―羅氏の始祖神話(5)

慶尚北道高霊の羅氏は今でも常民とされている。その理由は次の通りである。壬申倭乱が起こり人間は皆死んでしまったが、残ったのは二人の兄妹だけであった。二人は人間の種を残さなければならなかったが、兄妹であったので結婚するわけにはいかなかった。そこで二人は二つの山の峰にそれぞれ登り、青い松葉に火をつけながら天神に祈願した。「天神様よ、もし私たちの種を残してくれるつもりなら両方の峰から登る煙を空の上で合わせて下さい。反対に私たちの種を絶つつもりなら離れ離れに散らせて下さい」と言った。風ひとつもない天気であったのに両峰から登る煙が不思議にも空でぴったりと出合った。二人は天の意思が分かり、兄妹でありながら結婚し、後世にその種を残したのが今日の羅氏である。

これは先ほどのように、洪水によるものではなく、壬申倭乱という戦争で生き残った兄妹が、兄妹なのですぐ結婚するわけにはいかなかった。兄妹は思った末に松葉を燃やしてその煙が空中で出合うのを見て天の神の意志とわかり、結婚して羅氏の始祖を生むというものである。ここでもやはり松葉を燃やして天の意思を確認する方法を取っており、近親相姦を避けようとする努力が強くなされていると言える。

大洪水と人類―人類の祖先神話(6)

昔、大洪水が起こった。長い間の大雨と津浪のため、この世界はすべて海になってしまい、生き物は勿論のこと、人間という人間はすべて絶滅してしまった。そのうちただ二人だけが生き残って高い山頂に漂着した。二人は大きな木に載っていたのである。洪水が引き世界は元の通りになったが、人間は一人も残っていなかったので、彼ら兄弟が結婚しないと人間の種は途絶えてしまうものであった。しかし兄妹で結婚するわけにはいかなく、二人はついに老いぼれ、髪の毛も抜け始めた。その時、一匹の虎がどこからか一人の男を連れてきたので、妹はその男と結婚して子を生み、ついに今日の人類の祖先となったともいわれている。

この説話は先ほどの二つの洪水神話と違って、兄妹ゆえに結婚できない。そこで一匹の虎が一人の男を連れてきて、妹はその男と結婚して人類の祖先を生んだというものである。すなわち、二人は兄妹関係にあるので結婚ができなく、そこで人間ではない虎を使い、一人の男性を登場させ、妹と結婚させ子供が生まれたとする展開になっている。この神話ではその生まれてくる始祖の神聖さと強さをアピールしながら、一方では近親相姦に対して強く否定しようとする努力がなされていると言えよう。

大洪水と人類―日光感精型人類の祖先神話(8)

昔、ある所に大きな桂の木があり、その下には常に一人の仙女が降りてきて休んでいた。仙女は樹精に感精して一人の美童子を生み、木道令と名付け、その子が七、八歳になった頃、子を残して天に帰った。ある日のこと、急に暴風雨が降り始め、何カ月も続いたので地上は荒れ海になり、桂の木も倒れてしまった。木道令は父なる大木に乗り、何日も波に任せて流れて行った。途中、たくさんの蟻や蚊が流れきて、「助けてくれ、助けてくれ」と叫んだ。木の父に「助けても良いのか」と聞いたら、「はい」と答えたので木の上に乗せた。次は一人の男の子が流れてきて、「助けてくれ、助けてくれ」と言うので、また父なる木に聞くと、今回は「だめだ」と強い口調で言うものであった。あまりにも可愛そうだったので父に強くお願いすると、「じゃ勝手にしろ」と言ってきたので木の上に乗せた。一行は流れ流れてある島の高い峰に着き、そこには婆さんが二人の娘と一緒に住んでいたが、そのうち一人は実の娘ではなかった。やがて洪水も引き、この世は平穏を取り戻したが、すべて滅び、人間というものは男の子、女の子それぞれ二人と婆さんだけであった。やがて娘たちが年頃になってきたので婆さんは実の娘を賢い男に結婚させようとした。それを察知した拾われた男は婆さんに、「木道令は不思議な才能の持ち主です。一石の粟を砂原に巻き散らして置けば、半日も経たないうちに一石そのままを元通りの俵に戻し入れる能力を持っています。試してみてください」と、嘘を言った。木道令が困っていると、助けてあげた蟻がたくさんの仲間を連れてきてひと粒の粟も残さず、元通りに戻した。婆さんは誰に実子をあげたら良いのか迷い、「今夜二人の娘をそれぞれ東の部屋と西の部屋に入らせて置こう。どちらに当たるかはお前たちの運であろう」と言った。今回も木道令が迷っていると、助けてあげた一匹の大きな蚊が飛んで来て、「東の部屋だよ」と教えてくれる。そこで木道令は婆さんの実の娘と、拾われた男は残りの娘と結婚し、子供を生み、その二組から生まれた子供たちが今日の人類の祖先となった。

これは、桂木の樹精に感精した仙女から生まれた子供が洪水に遭い流されるが、父なる桂木に乗って無事に島の山頂に着いて助かる。そしてそこに住む老婆の試練に見事に耐え、その娘と結婚し、そこから生まれた子供が人類の祖先になったというものである。この神話は日光（太陽の光）に感精した美しい姫君が子供を身ごもり、生まれた子供が親を訪ね、その親の試練に耐え、後、人類の始祖になるという、いわゆる「日光感精神話」(9)に属するものと言えよう。この説話は洪水によって、すべてが滅び、残った二組の夫婦によってこの世が新しく創造されるという創造神話としての性格も保持していると言えよう。また子供は洪水によって流されるが、父なる桂木に乗ったお陰で島の高い峰に着き、善人と悪人二人が生き残り、そこに住む二人の娘と結婚して生まれた子供が人類の祖先になったというもので、人類起源洪水神話としての性格が強い。しかし、善人と悪人の二組の夫婦がそれぞれ他人ということ、なお彼らが結婚して人類の始祖になったということを叙しており、近親相姦による始祖誕生を否定している。すなわち、木道令という善良な男にもう一人の男を登場させ、近親相姦を避けようとする意図がうかがえる。

また善悪の人間二人を対比させ語られており、人間の善悪誕生の由来譚ともなっている。命の恩人であり、善良な男に対して、トリックを使ってお婆さんの実の娘を手に入れる優位性を確保しようとする悪い男は、誠実な蟻の善良な人間への助けによってその夢は叶えなくなる。この趣向はシャーマンの創世神話に見える、本土の弥勒と釈迦の花咲かせ競争や済州島の「天地王本解」に見える、兄妹によるこの世とあの世の統治権をめぐっての花咲かせ競争にきわめて類似する。また、「天地王本解」において善良な兄がトリックを使って花咲かせ競争で勝った弟にこの世の統治権を譲りながら、この世に悪が蔓延することを予言するのも先ほどの洪水神話に見える悪人始祖誕生ともきわめて近い。

以上、洪水神話は兄妹結婚という近親相姦が神話の核心要素となっていると言える。ただ洪水が起こるのは人類の悪によるものなのか、または神々の争いによるものなのか、あるいは偶然の自然災害として起こるものなのか、その洪水の理由がはっきり説明されていないのが特徴であるが、前述のように洪水神話は始祖神話や創世神話としての性格も強く表れていると言えよう。

誘惑峠《たるれこげ》伝説─兄妹結婚の禁忌[12]

1. にわか雨の降るある日、山深い峠道を超えていく姉弟がいた。
2. 弟は濡れた姉の体を見て情欲を感じ、罪悪感のあまり男根を石で突いて自殺した。
3. びっくりした姉は「このように空しく死ぬならせめて誘惑でもしてくれたらよかったのに（タレナボジ……）」と、突然の弟の死に嘆き悲しんだ。
4. 今でも誘惑峠（たるれこげ）、また誘惑江（たるれがん）という所が残されている。

これは洪水説話でも兄妹始祖神話でもないが、「雨の中での弟の姉に対する強い性欲」が核心要素として語られている点で、洪水による兄妹結婚始祖神話の崩れたパターンとしてとらえることができる。弟が罪悪感のあまり男根を石で突いて自殺したと叙されているところから見ると、近親相姦を犯した場合には誰でもすぐ死と直結する問題であることや近親相姦は絶対に許せないものであることが強く主張された伝承と言える。これと類似した伝承が次の「兄《お》妹《ぬい》の洞窟」にも見られる。

兄妹《おぬい》の洞窟―兄妹結婚の禁忌(13)

昔、婚姻適齢に達した兄妹が遠く離れている親戚の家を訪ねていく途中、にわか雨に出逢った。深い山中なので岩の洞窟に避難し、一晩を過ごすことになった。激しい雨とともに雷も鳴ったので兄妹は無意識的に抱き合った。夜が深まるにつれ寒さに恐怖も増し、抱き合っていた兄妹が超えてはならない線を超えようとした瞬間、突然雷の音とともに天井から岩が落ちてきた。兄妹の体は散り散りになり、二人から流れた血は山の渓谷を赤く染めた。

これは先ほどの「誘惑峠伝説」に比べ、兄妹結婚に近い形をとっており、「誘惑峠伝説」では弟だけが死を迎えるが、ここでは兄妹二人が非業の死を迎えるという悲しい結末となっており、兄妹結婚は絶対にありえない、それを犯した場合は男性にしろ、女性にしろ、すぐ死に直結する問題であることをわれわれに知らせてくれる伝承と言える。このように朝鮮半島は兄妹結婚始祖文化圏といえるものであるが、この問題を考えるために次では高麗王朝（九一八～一三九二）の祖先の誕生譚とかかわる「放尿夢洪水説話」を紹介する。

高麗王朝（九一八～一三九二）**の祖先の放尿夢洪水譚**（近親相姦）(14)

高麗王朝の王建の先祖である康忠には二人の息子がいたが、次男の名は宝育と称した。彼は慈恵の精神を備えた人で、出家して智異山に入り、修行をしていた。ある日の夢の中で、鵠嶺に登り南側に向けて小便をしたところ、その小便が国中に溢れ、山川が銀色の海に変わった。翌朝、兄の伊帝建に夢の話をすると「お前は必ず天を支える柱（子供）を生むだろう」と言って、自分の娘を弟の妻として与えた。その宝育の四代目の子孫が高麗王朝を開いた王建である。

これは放尿夢洪水譚といえるもので、その古い伝承は、三国を統一した新羅時代第三十代の文武王（六六一～六八一）の誕生譚（『三国遺事』巻一、太宗春秋公）に見えている。このように高麗王朝を開いた王建の祖先は洪水説話と結びつき、弟が兄の娘と結婚するという近親相姦による兄妹結婚に近い形を取っており、またそれは王権とも結びついている。次にあげる高麗王朝の顕宗王誕生譚も、放尿夢洪水譚となっている。

高麗王朝の顕宗王（九九二～一〇三一）の放尿夢洪水譚（近親相姦）(15)

高麗王朝第五代目の景宗王（九五五～九八一）の后である皇甫《ふあんぼ》氏《し》は、王の死後、王宮を出て王輪寺の南側にある私邸で住んでいた。彼女は鵠嶺に登って小便をし、それが都中に溢れて銀の海になる夢を見る。巫女に占ってみると、「もし息子が生まれると一国の王になるだろう」という。「寡婦の身なのにどのように息子が生まれるだろうか」と答えた。一方、彼女の父方の叔父である安宗（高麗王朝始祖王の七番目の王子）の邸宅は后の私邸から近いところにあったが、往来するうちに密愛をして后は妊娠し、そこから生まれたのが高麗王朝八代目の顕宗王（九九二～一〇三一）である。彼女は門の前にある柳木を握って子を産み、すぐ亡くなったという。

右のように高麗王朝第五代目の景宗王の后である皇甫《ふあんぼ》氏《し》は、父方の弟と密通をして子供を生み、その子が高麗王朝の八代目の王となっており、ここでも、洪水による近親相姦の兄妹婚の形を取っており、それがまた史実と結びついて語られている。高麗王朝（九一八～一三九二）の兄妹婚（近親婚）は、始祖王の王建時代から始まり、第二十五代の忠烈王（一二三六～一三〇八）が元国（モンゴル）の公主と結婚し、近親婚の禁止令が出されるまで繰り返して行われていた。第九代目の徳宗王（一〇一六～一〇三四）は、腹違いの妹二人と兄妹結婚をしており、実の父親が妻の父親と重なっている。それ以降、こうした近親婚は高麗王朝の婚姻の一つの形としてかたまり、繰り返して行われていた。勿論高麗王朝以前の新羅王朝（BC五七～九三五）の場合も、王朝の純粋血統維持策として骨品制度に基づいて、実母や実の娘、同腹姉妹を除いたすべての親族と自由な婚姻が許されていた。

このように見ると、朝鮮半島も兄妹結婚始祖神話文化圏に属していた時代が存在しており、先ほどの高麗王朝の放尿夢洪水譚は、朝鮮半島においてのこうした兄妹婚始祖神話文化圏の反映であるといえるし、朝鮮半島が兄妹結婚始祖神話の文化圏に属しないという主張はやや乱暴な言い方であると言わざるを得ない。では韓国の一番古い文献とされる『三国史記』（一一四三～一一四五）や『三国遺事』（一二八〇年代）には、その痕跡が残っているとは言え、なぜ兄妹結婚始祖神話の姿が見えないのであろうか。『三国史記』の著者は金富軾（一〇七五～一一五一）であるが、彼は近親婚が繰り返して行われた高麗王朝時代に生きた人である。しかし彼が生きた一〇七五～一一五一年は、高麗王朝においで近親婚がまったくなくなったわけではないが、近親婚が忌避された時代でもあり、また彼は儒教思想家でもあった。周知の通り儒教では同姓による近親婚は固く禁じられている。金富軾は、著書の『三国史記』巻三（新羅本紀三・奈勿尼師今条）において、「新羅では同姓のものを（妻として）娶るだけではなく、兄弟の子（姪）や父方や母方の姉妹をも妻として娶っている。たとえ外国がそれぞれ風俗を異にしていても、中国の礼法から見ればこれは大きな間違いである」と記し、中国の儒教思想を受け入れ、近親婚や兄妹婚を否定的に捉えている。また『高麗史』を編纂した朝鮮初期の歴史家も近親婚を強く非難しており、その後の朝鮮王朝においても儒教は国教として定めており、近親婚は固く禁じられていた。

以上で見たように韓国の兄妹結婚始祖神話には兄妹婚を強く否定しようとする思想が見られた。『三国史記』と

『三国遺事』に兄妹結婚始祖神話が収載されなかった理由としてはこうした当時の社会風土や時代背景があり、民間説話においても兄妹結婚始祖神話を否定し、伝承においてもその人気を後退させた要因の一つになったのではないかと考える。先ほど紹介した「誘惑峠伝説」や「兄妹《おぬい》の洞窟」なども、こうした兄妹婚禁止時代の歴史が投影されているといえよう

古朝鮮の檀君神話（日光感精型王朝祖先神話・兄妹婚の痕跡）(16)

昔、天上に住む桓因（帝釈）の庶子、桓雄が常に天下の下界に対して関心を持っていた。それを察した父の桓因は人間を広く利するに充分と判断し、天符仁の神器を与え、風伯・雨師・雲師らとともに神壇樹に天下らせ、善悪などを司り、人間世界を治めさせた。時に熊と虎が同じ穴に住んでいて人間になりたがる。そこで桓雄は蓬と大蒜を食べながら、「百日間、日光を見なければ人間になるだろう」と言い、その試練に耐えた熊のみが熊女になるが、虎は人間になれなかった。熊女は結婚の男性がいなかったのでいつも神壇樹の下で祈った。桓雄がしばらく男性に変えて熊女と結婚する。二人の間で子が生まれ、それが古朝鮮の始祖王の檀君王倹である。

ここで天上に住む桓因（帝釈）が息子の桓雄を地上に派遣して治めさせたというのは、地上にはすでに人間が住んでおり、まだカオスの世界にあったことを示してくれる。そう見ると風伯・雨師・雲師らとともに桓雄の人間世界への降臨は、ノアの箱舟に見られるような悪に満ちた地上に洪水を起こして善人のみを救済し、善人による新しい国の再建を主張しようとしたことが考えられる。

『三国遺事』の「檀君神話」では、檀君の誕生が兄妹結婚（近親相姦）によるものかどうかがはっきり表れていないが、高麗時代に成立した、李承休による『帝王韻記』（一二八七）には、天から天下った桓雄が自分の孫娘に薬を飲ませ、その孫娘が女になり、その女は壇樹神と結婚して檀君を生んだとなっており、『三国遺事』の檀君神話とやや

違った趣向が見られる。ここで言う壇樹神とは何なのかが問題になるが、桓雄が天下った場所が神壇樹で、その壇樹神とは桓雄自身を指すことが考えられる。そうすると桓雄は自分の孫娘と結婚したことになり、古朝鮮の檀君神話も洪水による兄妹婚の痕跡を色濃く残していることがわかる。今まで檀君神話を兄妹結婚譚の一つとして捉える研究はなかったのでここではじめて指摘しておきたい。

以上、韓国の洪水神話は兄妹結婚という近親相姦が神話の核心要素となっていると言える。ただ洪水が起こるのは人類の悪によるものなのか、または神々の争いによるものなのか、あるいは偶然の自然災害として起こるものなのか、その洪水の理由がはっきり説明されていないのが特徴であるが、以上のように韓国の洪水神話は始祖神話や創世神話としての性格も強く表れていると言えよう。

韓国のヨナイタマ伝承「鯉の報恩と洪水」(17)

昔、大同川があったが、水が足りなくて皆困っていた。そのときにあるおじいちゃんが草鞋を作って市場に売って生計を立てていた。ある早朝のこと、大きな鯉一匹が釣り人の網にかかって市場に売りに出ていた。その鯉は「助けてくれ」という様子で、目をぱちぱちしながらおじいちゃんをじっと見つめていた。おじいちゃんは、「草鞋を売ったお金で今日はお米を買うのは止めて、お前を助けてあげたい」と言い、その鯉を買取り、もとの川に戻してあげた。それからしばらく経ってからのこと。ある童子が現れ、「私は竜王の三番目の息子で、釣り人に捕らえられ死にそうになったが、おじいちゃんのお陰で生き残ることができた。そのことを父の竜王に報告するとおじいちゃんを連れてくるようにいわれた」といい、背中に乗せて竜宮に連れて行った。竜王はおじいちゃんの願いを聞き、ほしいものは何でも出てくるという珠を三つくれた。それからおじいちゃんは川の水が乾いている状態なので人々が困っているというと、自分が川の水を増やすから村人を避難させるようにと指示した。村に帰ってきたおじいちゃんは、「何日後、この村は水没して皆死ぬから避難するように」というと、村人は、「気狂いの糞おじいちゃんが商売でおかしくなっている」といって信じようとしなかった。するといきなり雷が鳴り響き空は曇り、天地開闢のときのように大雨が降り、大同川の水は溢れ出して村は水没した。予言を信じ山頂に避難した人は生き残り、避難しなかった人は皆洪水に流れ死んだ。その際に立った碑石が今も残っており、残った人は竜王からもらった珠のお陰で皆裕福に暮らしたという。

右は沖縄の津波伝説の「読谷村の白保部落」に伝わる「ヨナイタマ（人魚と津波）」伝承に対応するものであるが、福田晃氏は、『沖縄の伝承遺産を拓く―口承神話の展開―』[18]において「この伝承からは生き残ってはからずも契りを結んだ兄妹婚姻神話の原影を察知する」と述べ、豊年祭の儀礼と結び付く津波に生き残った兄妹婚の再現としてとらえられる。「鯉の報恩と洪水」での洪水の原因は助けてくれたおじいちゃんの願いを叶えさせるためであり、洪水の予言を信じた者だけが生き残り、その人による村の再建（治水）が行われたというもので、洪水人類起源神話の性格を保持する。また別本ではおじいちゃんに助けられた鯉（龍）がおじいちゃんを避難させ助けた後、洪水を起こして村を水没させたており、それが天地池になったと伝える。[19]

沈没の長者池伝説―亡婦石説話[20]

京畿道開豊郡北面の婆《はるみ》さん原《ばる》は、その昔大きな村であったと言う。高麗時代にある道僧がこの婆さん原に現れ、一日中家々を回りながら仏様への施しを求めたが、施しどころか誰一人も一度の食事を出してくれる者がいなかった。こうして道僧は夕方になりお腹が空いたこともあって、ある路地の小豆粥の店に着き、施しに来たと言うと、お粥を売っていた老婆は、人情味溢れる人で優しくもお粥を一皿入れて道僧にあげながら、「お坊様、お腹が空いていらっしゃるでしょう。先ず、このお粥一杯でも召し上がってしばらく休んでいらっしゃって下さい」と言って、親切な心を忘れなかった。すると道僧はそのお粥を全部食べてありがとうとお礼のあいさつをして、しばらく立ち止まって何かの呪文を誦えた。そして小豆粥屋の老婆を見て言うのは、「明日の正午にこの村は湖になるだろうからあなたは簡単な荷作りをして、明日の正午になる前にあの山の丘を越えて行って下さい。ところがこの話は誰にも言ってはいけません。また、丘を越えて行くとき、後ろから何か音がしても振り向いたらいけません」と何回も言って置いて、どこかへ行ってしまった。この話を聞いた小豆粥屋の老婆は、その僧がただの人ではないと直感で分かり、その夜、人が分からないよう荷作りをして置いて、翌日の正午になる前に村を去り、道僧が教えてくれた丘に至った。すると後ろからうるさい音が聞こえてきたので、道僧が言った言葉をうっかりと忘れて後ろを振り向いて見ると、自分が住んでいた村は、道僧の言う通り、湖になっていった。そこで老婆はその場所に立ったまま石になってしまった。こうして人々はそこを婆さん丘と呼んだそうだ。また湖になった村はそれ以降、原になったので今でもその原を「婆さん原」と呼んでいるという。

以上は、見てはいけない道僧の禁忌を破った老婆がその場で石になり、人情味のない悪に満ちた村は湖になり沈没してしまうという洪水型亡婦石伝説と言える。なぜ善良な老婆に絶対に「見てはいけない」という禁忌が与えられ、老婆は石になってしまう悲劇の結果を迎えなければならなかったのか、その理由が判然としないが、「見るな」という禁忌を破って悲劇の結末を迎えるのはこの説話だけの問題ではなく、旧約聖書の「ソドムとコモラ」や『古事記』上巻の「黄泉の国」、「鵜葺草葺不合命の誕生」の条などをはじめ、世界各国の伝承に見られるものである。とにかくこの説話は、町が湖になったのが人間の悪によるものであるとその原因がはっきり示されていることが、先に述べた洪水兄妹始祖神話と大きく相違する点である。このように沈没の原因が人間の悪によるものであると、はっきり示されている伝承が韓国には数多く存在する。それは沈んだ島伝説として日本の「瓜生島伝説」と同類のもので、韓国では「石仏、目赤くなると沈没する村」の名称で呼ばれている。

二　韓国の沈んだ島伝説「石仏、目赤くなると沈没する村」

韓国の民俗学者の孫晋泰氏は早く、日本の瓜生島型の沈没伝説として「広浦伝説」[21]を紹介されている。「広浦伝説」は、後で触れるが、昔、広浦は大都会であったそうであるが、「石像の目から血が流れたら高い山に避難するように」と旅の僧が予言をしたが、町の悪い青年たちはそれを信用せず、その上、赤い染料を石像に塗って、それが原因で町は沈没し、善良な老婆だけが生き残ったというものである。

広浦とは今の北朝鮮の咸境南道地方の地名であるが、そこに伝わる伝説であることから広浦の名前が付けられた。この「広浦伝説」の名称をめぐって韓国の研究者は、沈んだ島伝説としての名に相応しくないとして、韓国民間説話の集大成とも言える『韓国口碑文学大系』[22]などでは、「石仏、目赤くなると沈没する村」と名付けられている。

民俗学者の権泰孝氏は、韓国の洪水説話は、「ノアの箱舟」をはじめとする世界各国の洪水神話に較べ、洪水の原因が説明されていないのが大きな特徴であると指摘し、洪水の原因がはっきり説明されているものとして、先ほどの「長者池説話」と、この「石仏、目赤くなると沈没する村」をその事例としてあげられている。[23]沈んだ島伝説「石仏、目赤くなると沈没する村」の内容を紹介すればおよそ次のようになる。[24]

Ⅰ　今の広浦は一つの小さな農村に過ぎないが、五百年前までの広浦は大都会であった。その時、広浦には浮浪放蕩な青年たちが多く住んでいた。　〔悪人在住〕

Ⅱ　その広浦にはある老婆が一人で小さな酒屋を経営していた。ある日、葛巾野服《かっきんやふく》をした一人の道僧が老婆の酒屋を訪ねてきて、饑渇を訴えながら飲食を請った。老婆は元々慈善な人であったので飢えている道僧を迎え、心を尽くして歓待した。老婆は飲食を済ませた後、所持した分銭がなかったので、食価は払えないと謝った。しかし老婆は元々食価をもらうつもりではなかったと言い、「飢えた人にご飯をおごっただけなのに何の代価が必要でしょうか」と、却って断りの言葉を述べた。〔道僧訪問と老婆の歓待〕

Ⅲ　道僧はしばらく立ったまま何かを考えてからこう言った。「今から三日間の糧食を準備して置き、あの山の上の墓前に立っている童子石像の目から血が流れたら、準備して置いた糧食を即時に持参して高い山の上に避難してください」と言って、不知去処へ行ってしまった。〔道僧の返礼の沈没予言〕

Ⅳ　老婆はその道僧の言葉通りすぐ、糧食を準備して置いて、朝夕童子石像に血が流れているか、いないかを観察しに行った。そして浮浪な青年たちに会う度に、こうした話をしながら「君たちも避難の準備をしなさい」とアドバイスをした。〔沈没予言の確認〕

Ⅴ　しかし悪小輩は老婆の話を聞くはずがなかった。それだけではなく彼らは老婆を懲らしめてやろうと姦計を策略して、夜密かに山に行って老婆の言っていた石像の目に赤い染料を塗って血の涙のように装い、翌日老婆にそのことを言った。〔悪人の悪戯の血塗り〕

Ⅵ　老婆は愴惶失色をして糧食を持ってすぐ山の上に避難して助かった。〔善人の避難と生存〕

Ⅶ　悪小輩は自分たちの計略の素晴らしさを自賛しながら、老婆の酒樽を持ちだして乱飲大酔した。その時、津波が襲いかかり一瞬の間、広浦は海に変わった。それで大都会であった広浦はすべて沈んだ。〔島沈没と悪人の懲罰〕

Ⅷ　今の広浦大河口は昔の広浦の沈没によってできたものであり、現在の広浦の里は沈没後に新しく建てられたところであるという。〔島の再建〕

これは、昔大都会であった広浦は悪い青年たちが多く住んでおり、ある日一人の道僧がそこを訪ね、善良な老婆から歓待され、「石像の目から血が流れたら高い山に避難しなさい」と予言をした。しかし町の悪い青年たちはそれを信用せず、さらには赤い染料で石像を塗り、その結果町は沈没し、善良な老婆だけが生き残ったというものである。

この伝承は旧約聖書の「ノアの箱舟」[25]のように、最初から広浦は若い青年たちによる悪に満ちた町として描かれており、そこを神様や仏様的存在として道士が訪ねることになっている。道士の訪問と善人を通しての町沈没の予言は、その悪を確認するためであり、それでもその予言を信じない悪者は死という結末を迎えており、町も沈没する。そして生き残った善良な老婆やその子孫たちによってその町は新しく再建されるということを主張しようとした伝承と考える。今まで採録された「石仏、目赤くなると沈没する村」の諸伝承をあげれば次の表の通りである。

「石仏、目赤くなると沈没する村」の諸伝承

伝承地域	伝承の題名	調査者	所収文献	採録日時
①咸南・咸興	広浦伝説	孫晋泰	韓国民族説話の研究	1923・8・17
②咸北・名川	長淵湖	崔常壽	韓国民間伝説集	1940・9
③京畿・議政府	石仏の血の涙	曺喜雄	韓国口碑文学大系1—4	1980・8・28
④京畿・江華	天地浦のノッタリ	成ギヨル	韓国口碑文学大系1—7	1981・4・24
⑤京畿・江華	ノッタリの話	成ギヨル	韓国口碑文学大系1—7	1981・5・3
⑥京畿・江華	長池浦の話	成ギヨル	韓国口碑文学大系1—7	1981・7・17
⑦京畿・江華	チョンジュポル　青銅橋	成ギヨル 金セフン	韓国口碑文学大系1—7	1981・8・6
⑧京畿・江華	シンパンノアの箱舟	成ギヨル 金セフン	韓国口碑文学大系1—7	1981・8・11
⑨京畿・江華	チョンジプル伝説	趙東一他3人	韓国口碑文学大系1—7	1981・10・8
⑩忠南・瑞山	牙山湾	任晢宰	韓国口伝説話6	1973・8・27
⑪全北・益山	七山海	任晢宰	韓国口伝説話7	1969・8・23
⑫全北・扶安	界火島	任晢宰	韓国口伝説話7	1966・5・27

⑬全北・扶安	界火島の由来		韓国口碑文学大系5―3	1982・2・6
⑭全北・全州	界火島の陥没来歴	崔来玉	韓国口碑文学大系5―2	1980・1・31
⑮全南・新安	犬碑石の目に血が出て島が滅びる	崔ドクウォン	韓国口碑文学大系6―6	1984・5・19
⑯慶南・晋陽	道士が教えてくれた井戸	劉ジョンモク・ビンジェファン	韓国口碑文学大系8―3	1980・8・9

以上の十六の「石仏、目赤くなると沈没する村」をモチーフ構成に沿って対照して示すと次のようである。

モチーフ／伝承地	Ⅰ 悪人在住	Ⅱ 道僧訪問と老婆の歓待	Ⅲ 道僧の返礼の沈没予言	Ⅳ 老婆の沈没予言の確認	Ⅴ 悪人の悪戯の血塗り	Ⅵ 善人の避難と生存	Ⅶ 島沈没と悪人の懲罰	Ⅷ 島の再建	型
①咸南	○浮浪放蕩な青年たち	○老翁	○童子石像の目	○	○赤い染色	(○)	(○)津波		旅僧予言型
②咸北	(○)後出、村の意地悪の若者	○道士	○石仏の目	○	○血色のような赤い水	(○)	(○)空が崩れるような大音、湖		旅僧予言型
③京畿			○弥勒の鼻、伝説	○老翁だけが信じる	○村の青年たち、牛の血	○老翁のみ、山神の旅助力	○大雨の洪水、海		言い伝え予言型
④京畿	○夫はけち、妻は優しい	○僧、水をあげる	○碑石の鼻、船を用意しろ	○箱舟用意	○意地悪者、犬の血	○妻	○皆死ぬ、大雨、湖	○橋掛の由来	旅僧予言型
⑤京畿	○村人が悪人	○空から降りてきた道僧、マッコリ	○亡夫石の鼻血	○	○犬の血	○老婆	(○)大雨、山が流される	○橋掛の由来	旅僧予言型
⑥京畿	○村人の人情が悪くなる	○空から降りてきた天使の僧、一杯の小豆粥	○弥勒の鼻血	○老婆はすぐ村を離れ、ある青年が毎日確認	○村の青年たち、鶏の血	(○)	(○)大雨、チョンソル里の沈没、湖		旅僧予言型
⑦京畿	○村人は金持ちで奢侈、けち、人情が悪い	○老僧、老僧を虐待				○心の優しい老婆だけ	○村人全員、雷・暴風雨、沈没	○お堂を作り老婆を祀る	旅僧予言型

⑧京畿	ノアの箱舟、水で審判という夢		○夢で弥勒の鼻から鼻血　水の審判	○山頂に船を作り、避難準備	○人々を騙そうと、鶏の血	○	(○)雷・暴風雨、沈没、お堂を作り老婆を祀る	○お堂を作り老婆を祀る	神様・夢予言型
⑨京畿	○千戸のチョンジプル村、お金持ち	○道僧、人々を救済のためお金持ちは虐待。老翁は歓待	○弥勒の鼻から血	○毎日弥勒の地にのぼる	○鶏の血	○老翁は逃げる	○天災		旅僧予言型
⑩忠南	昔牙山湾はヨドルメと呼ぶ		○伝説として、英雄岩から血	○毎日確認しに行く	○鵞鳥の血	○家族を連れて避難	○水没		言い伝え予言型
⑪全北	七山海は元陸地、徐氏の老人が住む	○地師、歓待	○仏の耳から血、海になる	○毎日確認しに行く	○白丁による犬の血	○徐氏老人、県監、六房官屬家族、塩売り)	○村人は全員死ぬ、雷、津波		旅僧予言型
⑫全北	界火島は昔陸地	不思議な人が通り過ぎる	○石仏の鼻から血	○朝夕確認、村人信じない	○村の若者、石仏の鼻に血	○老翁と七歳の孫だけ避難	○村人は全員死ぬ、雷、津波	○界火島由来	旅僧予言型
⑬全北	界火島は昔陸地	通り過ぎの過客	○石仏の鼻穴から血	○とても純朴な老翁、毎日確認、家族は避難反対	○村の若者、老翁を騙し、牛の血	○老翁と七歳の孫だけ避難	○村人は全員死ぬ。雷、津波	○界火島由来、老翁の孫は海南に行って始祖	旅僧予言型
⑭全北	界火島は昔陸地	風水師	○石弥勒の鼻から血、天地開闢	○頻繁に行って確認	○村の悪戯者、牛の血	○老翁と七歳の孫だけ避難	○村人は全員死ぬ、津波	○界火島由来	旅僧予言型
⑮全北	小島に神祀堂、村人は信心深い	伝説を老翁が伝える	○犬形の石碑の目から血	○朝ごとに確認しに行く	○外部の悪者、財産ほしさに赤水	○悪者以外は皆島から避難	○悪者は全員死ぬ。津波で沈没		言い伝え予言型

⑯慶南		○道士、僧、水をあげる	○石の動物の目から血	○水汲みに行く度に確認	○意地悪の婦女、鶏の血	○婦女だけ	(○) 大水で沈没?		旅僧予言型

右の沈んだ島伝説「石仏、目赤くなると沈没する村」をモチーフ構成に沿って諸本間の異同や特徴について検討してみたい。

Ⅰ　悪人在住は、村の沈没の原因を提供する部分である。①~⑧までの殆どの伝承は、村の放蕩な青年たち、村の意地悪者、夫婦の中で夫はけちで妻は優しい、村人の皆が悪人、村人の人情が悪い、村人は金持ちであるが、過消費や派手な暮らしをし、その割にはけちで人情に乏しい人々などと、村人を悪人としてあげる伝承が多い。⑧「ノアの箱舟」においての神様による水の審判として語られており、「石仏、目赤くなると沈没する村」が洪水神話とも関連していることを示してくれる。

Ⅱ　道僧訪問と老婆の歓待は、Ⅳの道僧の返礼の沈没予言と関わるものである。ここで道僧は予言を与え、それを信じない者を懲罰する神様や仏様の存在として登場している。それがはっきり表れている伝承が⑤⑥の伝承で、道僧を空から降りてきた神様として認識している。沈没の予言をするのは道僧が優勢であるが、地師・風水師、道士、過客もある。筆者はこのように通り過ぎる旅僧が沈没予言をする伝承を①「旅僧予言型」と名付けることにしたい。韓国の殆どの伝承がこの「旅僧予言型」に属すると言える。

これに対して「旅僧予言型」を取らず、③⑩⑮の伝承は昔から村や人々の言い伝えとしており、筆者はこのようなパターンを②「言い伝え予言型」と名付けることにする。また⑧のみが夢での告げとなっており、これを③「神様・夢予言型」と名付けたい。

Ⅲ　道僧の返礼の沈没予言は、ほとんどの伝承で見られるものであるが、その対象は、石像、石仏、石碑、亡夫石など様々であるが、弥勒とする伝承も多くみられる。また、血が流れる個所としては、目と鼻の大きく二種類に分けられるが、殆どの伝承が眼（②⑮⑯）よりは弥勒や石仏の鼻としており、鼻とする伝承が優勢である。しかし、⑪の伝承のように耳とする伝承も存在する。

Ⅳ　老婆の沈没予言の確認は、善良で信仰心深い老婆は、毎日弥勒や石像の顔や目から血が流れているかどうかを確認しに行く伝承が多い。さらに沈没予言を深く信じ、避難の準備として④⑧の伝承は船を作ったりする。これに対して悪人たちはこの沈没予言を信じようとせず、かえって笑いや悪戯の種とするのが特徴である。

Ⅴ　悪人の悪戯の血塗りは、殆どの伝承が犬、牛、鶏など動物の血を鼻に塗る伝承が多数を占める。しかし、①②⑮は朱（絵具）を塗る「朱（絵具）塗り型」ものとなっている。これ以外のすべての伝承は血を塗る「血塗り型」となっており、韓国では血塗り型が優勢であることがわかる。また、島の人々は善良で信仰心深い者として描かれているのに対して、外部から入ってきた者たちは悪人として位置付け、財産ほしさに悪戯の血塗りをする伝承（⑮）もある。筆者は石仏や弥勒の像（鼻）に血を塗る伝承が絵具を塗る伝承より古い形を残す伝承と見ている。雨を祈願する雨乞い祭では動物の血の付いた生首を石仏や神像に供えたり、川に投げたりする。この行為は神聖な神像や川を汚すことになり、これに神は怒って雨を降らせると認識されたのである。洪水や津浪によって村や町が沈没したというのはおそらくこの血塗りの要素と関わるものであろう。

Ⅵ　善人の避難と生存は、避難するのは道僧に選ばれた老婆だけとする伝承が多いが、老婆と孫が一緒に避難する伝承も多数を占める。これは善人の老婆と血が繋がる孫にその老婆の代を継がせる意図がうかがえる。これは⑬の伝承のように孫が海南に行ってその始祖になったという伝承からもわかる。

Ⅶ　島沈没と悪人懲罰は、島や村が沈没するのは、津浪によるもの（⑪～⑮）と大雨によるものの二つで分けられるが、韓国の伝承はどちらかというと大雨による水没とする伝承が優勢である。Ⅶ 島の再建は、Ⅵ 善人の避難と生存と関わって、島と陸地を繋ぐ橋かけ由来を語る伝承（④⑤⑫⑬⑭）や、生存者の老婆が死んでから社を建てて祀ったとする伝承（⑮⑯）もあり、始祖示現や始祖祭祀の由来を語るものとしての性格が強く表れている。また⑬の伝承のように孫が海南に行ってその始祖になったという伝承も存在するのを見ると、日本の「瓜生島伝説」や韓国の「石仏、目赤くなると沈没する村」は洪水始祖伝説とも深く関わっていることがうかがえるが、直接始祖示現の事実に触れる伝承は殆ど存在しない。

三　韓国の沈んだ島伝説「石仏、目赤くなると沈没する村」の伝承様相

以上のように、韓国の沈んだ島伝説「石仏、目赤くなると沈没する村」は、西海岸に沿って北から南へ長い距離に渡って伝承されていることがわかり、海洋文学としての性格を有する。また伝承者も女性ではなく、男性である特徴を持つ。さらにその話型は、①「旅僧予言型」、②「言い伝え予言型」、③「神様・夢予言型」と分類ができるものであるが、次では韓国の沈没伝説を紹介しながらその伝承様相や日本の伝承との関わりについて詳しく論じてしてみたい。

先ずは「旅僧予言型」に属するものであるが、北朝鮮の咸北地域には次の「長淵湖」(16)の由来伝説が伝わっている。

昔、明川には長淵湖がなく、大きな村があったという。ある時、道士が旅の途中、とてもお腹が空いたのでとある所の食堂に入ってご飯をご馳走して、ありがとうと挨拶をしてお金を払おうとした。しかし店の老婆は、「お腹が空いている人にご飯をご馳走しただけなのにどうしてお金をもらうことができるだろうか。私はあなたを助けただけでとても嬉しいです」と言って、お金をもらおうとしなかった。そこで道士は老婆に、「あなたに

必ず告げたいことがあります。この村の裏山に石仏がありますが、その石仏の目から血が流れたらすぐこの村を離れてください。その石仏の目から血が流れるとこの村は陥没し、大きな湖なるでしょう」と言って姿を消した。この話を聞いた老婆はその人がただの人ではないと悟って、翌日から毎日裏山の石仏の所に行って、その石仏を注意深く観察してから帰る日が続いた。さらに老婆は村の若者たちにも道士の予言を話し、「その石仏の目をよく観察しなさい」と言った。その話を聞いた村の悪戯の若者たちは、「石仏の目から血が流れるなんって馬鹿なことだ。またこの村が陥没して湖になるなんって狂人ではないか」といって嘲笑った。そして一人の若者が「あの老婆を一度酷い目に遭わせよう」と言って、血のような赤い絵具を持って行ってその石仏の目を赤く塗った。翌日、老婆が石仏の所に行って見ると、目から血が流れていた。老婆はびっくりして、「たいへんだ。石仏の目から血が流れているよ。早く避難しなくてはならない」と言って、すぐ裏山に走り上った。その様子を隠れて見ていた若者たちは嬉しそうに皆手を叩きながら笑った。その時いきなり天が崩れるような大きな音が聞こえ、あっという間にその村一帯は湖になってしまった。その湖が現在の長淵湖だという。

これは北朝鮮地域の咸北地域に伝承されるもので、長淵湖の地名の由来譚となっている。道士が旅の途中沈没の予言をするもので、前述の「旅僧予言型」に属するものである。また石仏の目に血のような「赤い絵具を塗る」となっており、筆者はこれを「朱（絵具）塗り型」と呼ぶことにしたい。これは後で詳しく述べる日本の沈没伝承に近い伝承と言えよう。

次は全北地方に伝わるもので、旅する地師（地勢にすぐれた風水師）が予言をする旅僧予言型で「七山海」(17)伝説を紹介する。これは徐氏の始祖由来を語るものである。

七山海は元陸地で七つの村があったという。そこに徐さんという老翁が住んでおり、ある日一人の地師が訪ねて来たので手厚くもてなした。その地師は恩返しとして、「ここは間もなく海になるので早く避難した方が良い」と告げた。「その時がいつなのか」と聞くと、「大仏の耳から血が流れたら海になる」と答えた。老翁は毎朝、大仏の耳から血が流れるのかどうかを確認しに行った。村人は老翁があまりにも至誠を尽くして仏様に参るのでその理由を聞いた。老翁は、「大仏の耳から血が流れたら海になると地師の告げがあった」と答えた。その話を聞いた村人たちは「老翁がどうかした」と嘲笑った。そのなかに犬を殺す白丁がいたが、手に付いた犬の血を仏さまの耳に塗って帰ってきた。翌朝大仏の鼻から血が流れるのを見た老翁は村人に、「ここはすぐ海になるから早く避難しろ」と大きく叫んで山に登った。しかし老翁に付いて行く者は誰もいなかったが、村の県監だけは老翁の言葉を信じ、部下たちを連れて山に避難した。老翁は途中、塩売りに遭ったが、「ここまでは津波が来ないのでこれ以上は登る必要がない」と言ったのでそこで留まった。すると大きな雷の音が聞こえ、塩売りが言った所まで津波が押し寄せた。七山村で生き残った人は徐氏老翁とその家族、県監家族とその部下、塩売りだけで他の人は皆死んでしまった。この徐氏の子孫は今でも忠清道にたくさん住んでいるという。

以上のように七山海は元陸地で七つの村があり、そこには徐老翁が住んでいた。彼は地師の予言を信じ、充実に予言を守った人であった。津浪が押し寄せても徐氏の家族は生き残り、今の忠清道地域には彼らの子孫が住んでおり、その他の皆は死んでしまったことを述べる。これは徐氏の始祖由来を語っているもので注目される。また、大仏の耳に犬の血を塗ったということで「血塗り型」に属するが、「大仏の耳からの血が流れたら沈没」というのはきわめて珍しい伝承である。後で取り上げる日本の瓜生島型伝説の諸伝承の中には、このような瓜生氏の始祖由来を語る津浪伝説が存在するが、これとの関連を考える際、注目の伝承である。また動物の殺害に関わる白丁を悪人として位置付けているのもこの伝承の特徴である。白丁は高麗時代には広範囲に存在していた農民を指す言葉であった。それが朝

韓国忠清南道論山市の恩津弥勒菩薩
（出典：「金ギュボンの暮らしの話」より）

鮮時代に入り、賤民の身分の一つとして家畜を屠殺する屠殺業者を意味する言葉として使われ、彼らは過酷な差別を受けた。朝鮮時代の身分制度は細分化され、高麗時代よりも複雑になり、大きく国王、両班、中人、常人、賤民に分けられたが、この中で白丁はムーダン（巫覡）と一緒に最下位の賤民に属していた。また白丁は甲午改革（一八九四年）によって法律上は白丁の身分からは開放されたが、その差別はすぐ消えるものではなかった。白丁は当時四十余万名が存続し、集団をなして村を形成しており、一般の人との交流も避け、階級内婚を行った。(18) 韓国の沈んだ島伝説で白丁が登場し彼を悪人として描かれるのはこうした当時の身分制度の反映と言えよう。

右の「七山海」伝説は、村に津浪が押し寄せて村が沈没するものであるが、次の京畿地域の「石仏の血の涙」(19)は津波ではなく、大雨の洪水によって村が沈没するものである。

慶州に恩津《うんじん》弥勒があったが、その弥勒の鼻穴から血が出ると災難が起こるという言い伝えがあった。その村の老翁がその話を信じて毎日見に行った。あまりにも熱心に通うので村の青年たちは、「老翁を懲らしめてやろう」と、牛を殺して牛の血を持って来て、弥勒の鼻に塗って置いた。老翁は息子たちに「もう来るものが来た。恩津弥勒の鼻穴から血が出ると災難が起こるという言い伝えがあるが、もうその時期が来たので農機具を全部売ってどこかへ避難しよう」と言った。すると息子たちは、嘲笑いながら、「お父さんはそれを信じていいますか？誰々がお父さんを懲らしめてやろうと牛の血を塗って置きましたよ」と答えて、信じようとしなかった。さらにお父さんは、呆け始めたとまで言った。すると老翁は、「お前たちよ、もし行きたくなければ私一人でも避難するよ」と言って山を登り始めた。途中道に迷うと山の神が現われ道案内をしてくれ、無事に山の頂上に着いた。老翁はそこで寝ていたが、ノアの箱舟の洪水のように大雨が降り始め、その村は海になり皆流されてしまった。老翁一人だけ残り、皆溺れ死にした。

右では恩津弥勒の鼻穴から血が出ると災難が起こるという言い伝えがあったということで、沈没の予言は昔からの「言い伝え」としており、そういう意味で「言い伝え予言型」に属するものである。また牛の血を塗るので「血塗り型」に属する。さらには沈没予言を村の青年たちだけではなく、老翁の息子たちも信じなかったとなっている。「ノアの箱舟の洪水のように大雨が降り続け、その村は海になってしまった」と、津波ではなく大雨の洪水による洪水説話となっており、ノアの箱舟伝承として認識され、語られている。信心深い老翁一人だけ残り、信じなかった皆は溺れ死にしたとあり、洪水始祖神話としての性格を保持している伝承と言えよう。韓国の伝承は津浪による町の沈没の伝承もあるが、洪水による沈没伝説が主流をなしている。この点は後で述べる、津浪や地震による沈没とする日本の伝承と相違している。

次は韓国全北地域に伝承される「犬の碑石の目から血が出てきて島が亡びる」(20)ものであるが、島沈没の原因を村以外のよそ者とする点で注目される伝承である。

昔、ある小さな島に七〇～八〇戸の人口が住んでいた。その島には神社があり、その中には犬の碑石が祀られていた。島の人は皆その神社に参り、犬を拝み、犬の目を見て降りて来た。ある人がその理由を聞くと、「この島の昔からの言い伝えとして、犬の目から血が出ると島が沈没し、皆避難しなければいけない」と言った。ある日、島の海を通る船が転覆し破損し、溺れている外部の泥棒を助けた。島の人が神社の犬を深く信仰し毎日目を確認しているのを見た外部の泥棒たちは、「犬の目に赤の絵具を塗ったら、皆島から逃げるだろう。その時島の食糧や島民の財産を持ちだそう」と打ち合わせをした。そして島民が寝る時、神社の犬を絵具で赤く塗った。翌朝、赤い犬の目を見た島民たちは大騒ぎし、島から皆逃げた。泥棒たちは島のお金持ちの家から酒を取り出して飲んだり踊ったりし、もう泥棒はしなくてもよいと大喜びした。その時、津波が島に押し寄せ、泥棒たちは皆死んでしまった。

これは、昔からの島の言い伝えとして、神社の石碑の犬を深く信仰する島民は善良な人たちとして描いている。しかし外部から入って来た泥棒たちが泥棒の目的で犬の目を赤く塗ったため、島は沈没し悪人たちも皆死んでしまった。このようによそ者を悪人扱いする設定は、後で論じる『豊後伝説集』の大分の瓜生島伝説でも、渡来人の良斎が神像に丹粉《にふん》で赤く塗る趣向に類似している。よそ者を悪人とし、島の信仰を守ろうとする姿勢がうかがえる。

また、韓国の京畿地方では島沈没伝説が洪水神話に属することの推測できる「審判ノアの箱舟」(21)が伝承されている。

ノアの箱舟の話を聞いているが、ある両班が「弥勒の鼻から血が流れたら水での審判の日だ」という夢を見た。両班はそれ以降、山の頂上に三年間かけて船を作り始めた。そして家財道具をそちらに移した。それを見た人々は「あの人、どうかしたんじゃない？　山頂に何故船を作って置くのか」と、両班の行為を嘲笑った。その晩、たくさんの人が集まって両班を騙そうと、「弥勒の鼻から血が流れたら、水での審判だと信じているから、私たち一緒に弥勒の鼻に鶏の血を塗ろう」と言って、その通りにした。それから雨が降り出したので、両班は船を浮かせ避難した。最後に飛ばした鳥が帰ってこなかったので「もう陸地は水が引いた」と安心した。

右では、弥勒の鼻に鶏の血を塗っているので「血塗り型」に属するが、「弥勒の鼻から血が流れたら水での審判の日だという夢を見た」というノアの箱舟のことを引きながら語られている点が注目される。ノアの箱舟は地上に人間が多くなり、人の間に悪がはびこりはじめていたのを見た神のヤハウェは後悔し、大洪水で全滅させようとする。しかし、善人であるノアだけは助けようと思い、船を作って、ノアとその家族、動物たちをそれぞれ二匹ずつ雄と雌を載せて、大洪水から救助する。生き残ったノアの息子たちから子供が生まれ彼らは諸族の始祖となったというものである。韓国の沈没伝説はこうした洪水神話に属することが推測でき、右の伝承は最初に取り上げた韓国の洪水神話のように始祖神話としての性格が濃厚である。実際に韓国の沈んだ島伝説がこのようなノアの箱舟として認識され、語られていることは沈んだ島伝説と洪水始祖神話と深く関連していることを示すものであろう。さらに「鳥を飛ばして陸地から水が引いたのかどうかを確認する」のも、ノアの箱舟に見られるモチーフであるが、この説話の洪水神話としての性格がよく反映されたものと言える。

以上のように、韓国の瓜生島型沈没伝説の「石仏、目赤くなると沈没する村」は、様々なバリエーションを持って伝承されるものであるが、およそ予言の方式から、①旅僧予言型、②言い伝え予言型、③神様・夢予言型の三つに分類できるものであった。また神像や石仏に物を塗る形式として分類するなら、①動物の血塗り型、②絵具（朱）塗り型の二つが存在し、それらはまた次にあげる中国伝承や日本の「瓜生島伝説」とも深く関連するものであった。

四　中国の沈んだ島伝説

中国には、日本の「瓜生島伝説」と韓国の「石仏、目赤くなると沈没する村」ときわめて類似する沈んだ島伝説が四世紀中頃の成立とされる『捜神記』(22)に記されている。

①　由拳県（浙江省）は、秦代の長水県である。始皇帝のとき、この地方に、「お城のご門が血によごれ、お城は沈ん

で湖になるぞ」という童歌が流行った。〔童歌予言〕

② 一人の老婆がこれを耳にして、毎朝城門の様子をさぐりに出かけた。〔沈没予言確認〕

③ 門衛の隊長が怪しんで縛ろうとしたので、老婆はわけを話した。その後、隊長は犬の血を城門に塗りつけた。〔隊長の血塗り〕

④ 老婆はその血を見るなり逃げ去った。〔老婆の避難〕

⑤ しかし、急に大水が出て、県城は水に浸かってしまうそうになった。この時、主簿の幹という者が知事のところへ報告に行くと、知事は言った。「その方はなぜ魚になってしまったのだ」。すると幹も、「知事閣下も魚になっておられます」と言ったが、町はそのまま沈んで、湖になってしまった。〔県城沈没と悪人懲罰〕

これは「お城のご門が血によごれ、お城は沈んで湖になるぞ」という童歌《わざうた》が流行ったというものである。この沈没伝説は先ほど検討した「言い伝え予言型」に属するものであるが、童歌として誰が作ることもなく世に現れて流行したというのが面白いところである。しかし韓国のシャーマンの神や宇佐神宮の八幡神などのように、神様は童子の姿でよくその姿を見せたりもし、そういう意味で童子の歌う童歌は聖なるものであり、日本の沈んだ島伝承において昔からの言い伝えとして語られる「言い伝え予言型」とはその趣向がやや違うかも知れない。

また「隊長が犬の血を城門に塗りつけた」とあることから「動物の血塗り型」にも属する。また「隊長は犬の血を城門に塗りつけた」とあるだけで、他国の伝承に見える悪戯としての血塗りなのかどうかが明記されていない。さらに目ではなく、犬の血を城門に塗りつける叙述となっており、特に目や鼻にはこだわっていないのが特徴である。

この「言い伝え予言型」に対して旅の書生が予言をする伝承が『淮南鴻烈解』[23]巻二に伝わっている。

① 歴陽（現、安徽省和県）の老婆が旅の書生を手厚くもてなした。〔旅の書生訪問と老婆の歓待〕

②　その書生は「この県の城門の敷居の石にもし血が付いていたら急いで山に登れ。ここは陥没して湖になるであろう」と教えてくれた。〔書生の返礼の沈没予言〕
③　言われた通り老婆は石敷居を調べる。〔老婆の沈没予言の確認〕
④　わけを聞いた門番が面白半分に鶏の血を塗り付けて置いた。〔門番の悪戯の血塗り〕
⑤　すると本当に国が沈んで湖になってしまった。〔町沈没〕
⑥　老婆は山に逃げて無事だったという。〔老婆の生存〕

この伝承は旅する書生が予言するので「旅僧予言型」、門番が面白半分に鶏の血を塗るので「血塗り型」に属する。しかし門番は面白半分で悪戯として血塗りをしたという叙述だけで彼は悪者なのかどうかの記載がないのも特徴である。ここで血塗りの場所は顔や目ではなく「城門」となっており、前述の『捜神記』巻13―8の「城門の血」の伝承に近い。これに類似した伝承は、斉の『述異記上』(24)にも見える。

以上の二つの伝承は血を塗る場所が「城門」であり、韓国や日本によく見える鼻や神像の顔ではないが、次の伝承は子供が老婆を騙してやろうと亀の目玉に朱を塗りつけたと、目にこだわる伝承も存在する。(25)

①　むかし巣県《すけん》（安徽省《あんきしょう》）に、揚子江の水が堰《せき》を切って流れ込んだことがあった。やがて水が引き、もとの河道に戻ったが、後に残った水だまりに、重さ一万斤もあろうかという巨大な魚がいて、三日経って死んだ。郡民一同これを食べたが、一人の老婆だけは食べようとしなかった。〔巣県の洪水と老婆の龍神信仰〕
②　すると不意に老人が現われ、その老婆に向かって、「この魚はわしの息子だったのじゃ。運悪くこんな災難に遭ってしまったが、お前だけは食べようとしなかった。わしはお前にたっぷり礼をしてやろう。良いか、「もし町の東の門のところにある亀の石像の目が赤くなったら、この町は必ず陥没するのだぞ」と言うのだった。

③　老婆はそれ以来、毎日門まで調べに出かけた。〔老人の返礼の沈没予言〕
④　町の子供がそれを見て不思議に思い、わけを尋ねるので、老婆は隠さずに話してやった。〔老婆の沈没予言の確認〕すると子供は老婆を騙してやろうと、亀の目玉に朱を塗りつけた。〔子供の悪戯の朱塗り〕
⑤　老婆はそれを見るなり、慌てて町から逃げ出したが、そこへ青い着物を着た子供が現われて、「僕は竜の子だ」と告げ、老婆の手を引いて山に登った。〔竜の助けと老婆の避難〕
⑥　やがて町は陥没し、湖になってしまったのである。〔町陥没〕

この伝承は、「神様・夢予言型」「朱塗り型」に属するもので、「朱塗り型」は日本の「瓜生島伝説」に多く見られるものでその関連が注目される。また朱を塗りつける場所は目である。しかし、旅僧が老婆の家を訪ねて歓待を受け、その返礼として陥没予言をするものとなっており、この要素を重視すると「旅僧予言型」に近いと言えよう。おそらく「神様・夢予言型」から「旅僧予言型」に変化していく過渡期的な伝承であることが考えられる。また子供が老婆を騙そうとして朱塗りをするにも関わらず、「最後に町は陥没し、潮になってしまった」と述べるだけで、子供についての懲罰は語られていないのが特徴である。おそらく子供の悪戯は大意で許してあげようとする心理が働いているのであろうか。また老婆の避難を助ける者として青い着物姿の龍の子をあげているのもこの伝承の特徴と言える。こうした中国や韓国の伝承は、次に取り上げる日本の沈んだ島「瓜生島伝説」とその源流を同じくするのは間違いないことであろう。

五　日本の沈んだ島「瓜生島伝説」

次には日本の沈んだ島「瓜生島伝説」の諸伝承を紹介し、韓国の沈没伝説「石仏、目赤くなると沈没する村」との比較を試み、その伝承の特徴や管理者などについて考えてみたい。まず、沈んだ島「瓜生島伝説」の内容を紹介すればおよそ次のようである。(26)

Ⅰ　昔、此の島には鎮守の神として蛭子《えびす》神社があって、島に居住する漁民たちの信仰の的となっていた。〔島の蛭子《えびす》神社信仰〕

Ⅱ　昔から此の社の神体なる蛭子像の面色が赤くなる時は、やがてこの島の滅亡する時であると伝えられていた。〔言い伝えの沈没予言〕

Ⅲ　信心深い島の人は毎日蛭子《えびす》神社に行って蛭子像の面色が赤くなっているかどうかを確認した。〔沈没予言確認〕

Ⅳ　或る時血気盛んな若者が悪戯心を起こして、その像の面を赤々と朱を塗りつけて人々を驚かそうとした。〔若者の悪戯の朱塗り〕

Ⅴ　それを見た島人は大いに愕き恐れて、言い伝えを信ずる者達は皆家財を纏め家族を引き連れて、対岸府内の方面に遁れ助かった。〔信仰者の避難と生存〕

Ⅵ　幾もなく天地鳴動して大津浪が押し寄せ、此の島を跡形もなく呑み込んでしまい、一夜にして渺茫《びょうぼう》たる海岸となってしまった。〔島沈没と悪人懲罰〕

Ⅶ　この時対岸の扇山が辷《すべ》り下りて、それを押し退けながら鶴見山が雄姿颯爽《ゆうしさっそう》と現れ出た。その後平穏に帰してから、流失した蛭子社は新しく沖の濱に祀られ、又島にあった威徳寺も移されて沖の濱に建立された。そして瓜生島から漂い着いた松樹一株が威徳寺《いとくじ》の庭に植えられたが、その樹が今その寺の庭一面を蔽《おお》う程の名松となったのである。

〔寺の再建〕

以上は、最初から蛭子社《えびすしゃ》があり、そこは漁民たちの信仰の的になっていたことを主張しており、これは島の住民たちは皆善良な人間であったことを示唆するものと言える。また昔から蛭子像の面色が赤くなる時は、やがてこの島の滅亡する時であると伝えられていたとしており、話型としては「言い伝え予言型」に属する。しかし血気盛んな若者が悪戯心を起こして赤々と朱を塗りつけて島は沈没したとあり、動物の血を神像に塗る伝承と違っているので、「絵具（朱）塗り型」に属する。また扇山と鶴見山の地名由来を語り、大分の伝説としての特色が見られる。また新しい蛭子社や威徳寺の再建由来や元瓜生島にあった松樹一株が漂着し、威徳寺の庭に植えられたことも語られており、寺の由緒の深さが主張されている。

沈んだ島「瓜生島伝説」の諸伝承

管見し得た沈んだ島「瓜生島伝説」の諸伝承には、次のようなものがある。

①大分県「沈んだ島の話」（市場直次郎『郷土趣味雑話』、一九三二年十一月二十日　金洋堂書店）

②大分県「瓜生島」（市場直次郎『豊後伝説集』、一九三一年、郷土史跡伝説研究会、荒木博之編、宮地武彦・山中耕作著『日本伝説大系』第十三巻、一九八七年三月）

③大分県別府市「沈んだ島」（土屋北彦『日本の民話四九　大分の民話』、一九七二年八月　未来社）

④大分県別府市「海に沈んだ島」（梅木秀徳・辺見じゅん『日本の伝説四九　大分の伝説』、一九八〇年八月）

⑤大分県「久光島の流没」（市場直次郎『郷土趣味雑話』、一九三二年十一月二十日　金洋堂書店、荒木博之編、宮地武彦・山中

耕作著『日本伝説大系』第十三巻　北九州編、一九八七年三月二十日）

⑥大分県速見郡「島山と碇岩の由来」（大分県教育会『大分県郷土伝説及民謡』、一九三一年六月、荒木博之編、宮地武彦・山中耕作著『日本伝説大系』第十三巻　北九州編、一九八七年三月二十日）

⑦大分県速見郡「瓜生島に絡まる伝説」（大分県教育会『大分県郷土伝説及民謡』、一九三一年六月）

⑧大分県「瓜生島陥没伝説」（市場直次郎『郷土趣味雑話』、一九三一年十一月二十日　金洋堂書店）荒木博之編、宮地武彦・山中耕作著『日本伝説大系』第十三巻、一九八七年三月）

⑨長崎県南松浦郡久賀島「高麗島伝説」（『五島民俗誌』、荒木博之編、宮地武彦・山中耕作著『日本伝説大系』第十三巻、一九八七年三月）

⑩長崎県下県郡美津島町「島の沈む日」（稲田浩二・小沢俊夫『日本昔話通観　第二十四巻　長崎・熊本・宮崎』、一九八〇年二月五日　同朋社）

⑪徳島県「小松島市のお亀磯」（武田明『四国路の伝説』、一九七二年十一月三十日）

⑫新潟県西頸城郡名立町（小山直嗣『越佐の伝説』、一九七六年五月　野島出版）

⑬静岡県小笠郡大東町「地蔵の顔が赤くなる日」（稲田浩二・小沢俊夫『日本昔話通観　第十三巻　岐阜・静岡・愛知』、一九八〇年十一月十日　同朋社）

⑭鹿児島県「薩州野間御崎明神」（『本朝故事因縁集』巻五、京都大学文学部国語学国文学研究室『京都大学蔵　大惣本稀書集成』第八巻、一九九五年九月　臨川書店）

以上の沈んだ島「瓜生島伝説」の諸伝承をモチーフ構成に沿って対照して示すと次のようである。

	Ⅰ 島の蛭子《えびす》神社信仰	Ⅱ 言い伝えの沈没予言	Ⅲ 沈没予言確認	Ⅳ 若者の悪戯の朱塗り	Ⅴ 信仰者の避難と生存	Ⅵ 島沈没と悪人懲罰	Ⅶ 寺の再建	話型
①大分	○蛭子社、漁民たちの信仰の的。	○蛭子像の面色が赤。		○血気旺盛な若者・像の面を朱塗り。	○大津波、言い伝えを信ずる者は対岸府内に避難。	○	○蛭子社と威徳寺の再建。扇山、鶴見岳の地名。	言い伝え予言型。
②大分	○恵比須社	○神像の顔が赤。社参詣して無事祈願。	○朝夕に参詣して無事を祈願。	○按摩、渡来人・神像の顔を紅殻塗り。	○津浪、船に乗って本土。島に残る者有り。慶長元年。	○	○蛭子社と威徳寺の再建。瓜生多喜枝氏口述、始祖神話性格。	言い伝え予言型。
③大分民話	瓜生島、大久光島、小久光島、東住吉島、松島、島長幸松勝忠は信仰深い人。	○蛭子社の神将が真っ赤。南都の僧都、行恵が勧進に島に来る。		○島の南西端に住む加藤良斎という医者・蛭子社十二神将の顔を丹粉塗り。	○地震（慶長元年）と高潮、島人は船に乗って避難。勝忠は波にのまれたが、助けられる。	○島沈没。生存七人、行方不明数知れず、溺死者七百余人。		言い伝え予言型→南都の僧の訪問は旅僧予言型に結び付く。
④大分伝説	瓜生島、大久光島、小久光島、島長幸松殿は信仰深い人。	○蛭子社の木彫りの蛭子さんの顔が真っ赤。		○島の南西端に住む良斎という医者（渡来人）・蛭子さんの顔を丹粉塗り。	○地震と高潮、気の早い人は船で大分、日出町に避難。良斎は沈没。蛭子さんの近くの爺と婆は助けられる。	○島沈没。生き残った者は僅か。	○瓜生島の威徳寺第六代周安が現在の威徳寺を再建。」仏崎に本尊の阿弥陀如来像や寺の文書が流れ着く。島、家が別府湾に眠っている。	言い伝え予言型。

⑤大分	○地蔵尊。	○地蔵尊の顔が赤。	慶長元年瓜生島沈没。	○誰かの悪戯・地蔵尊像の顔に丹塗り。	○大地震、本土。島に残る者有り。	○慶長三年久光島沈没。		言い伝え予言型。
⑥大分	○弁財天社、島山と碇島地続き。	○弁財天社の石像の顔が赤。	○村人毎日石像を覗く。	○村の若いならず者・石像の顔に色塗り。	○大地震、豊岡の住民は皆避難。	○	碇岩は島山の先端部分、鶴見岳・由布岳の爆発。	言い伝え予言型。
⑦大分	○弁天様、若い男女の恋（悪）、長雨が続く。	○弁天の像に朱色の絵具を塗ることを忘れるなと綺麗な姫二人が告げる。	弁天様に朱を塗ることを忘れなかった	○若い男女カップル・弁天様に朱塗り。	○津浪、お越や別府の対岸	○若い男女沈む	○太田の濱の沖に碇島の岩、大干潮の死んだ男女のため神楽を舞う。	神様・夢予言型。
⑧大分	一遍上人諸国巡錫中別府上人が鼻に上陸。地獄の惨状（噴錫噴気孔）経石で埋めの功。	○上人の刻んだ仏像の鼻が赤くなると災難がくると、上人が予言。				○慶長元年の瓜生島沈没時に仏像の鼻が赤くなったと記すノミ。		旅僧予言型。
⑨長崎	○高麗島の祭神。	○島の祭神が夢枕に立って予言。余の顔色が変わったとき。		○島民の中の心善からぬ者・祭神の顔に赤塗り。	○船を用意して避難。	○	宮田に持ち出した祭神を祀る。高麗水飲用、子孫の高麗焼の茶碗秘蔵。始祖神話としての性格。	神様・夢予言型。
⑩長崎	○村のお地蔵様。	○き三郎が言う・地蔵様の顔が真っ赤。	○地蔵様を毎日参詣。	○皆が馬鹿にして、お地蔵さんの顔に何かを塗って真っ赤。	○船に地蔵様を載せて平戸のどこかに避難。	○		※地蔵様信仰のき三郎→神様・夢予言型に近い。

⑪徳島	○お亀磯の岩礁、えびす社に鹿の頭を祀る。	○夢の告げ・えびす様の鹿の顔が真っ赤。	○信心深い老婆毎日参詣。	○若衆・鹿の顔に紅殻塗り。	○家族皆船に乗って避難。	○大きい地鳴りして沈む。	○お亀磯の一部だけ突き出る。	神様・夢予言型。
⑫新潟	五郎兵衛、お仲夫婦（悪人）、娘（善人）登場。	○旅の旅僧が通りかかり予言・空が真っ暗になり海が真っ赤。	○五郎兵衛は信じなく、お今は信じて旅僧に手を合わせる。		○お今だけ逃げて無事。	○大きな音、裏山が真二つに割れ海に押し出される。		旅僧予言型→言い伝え予言型に近い。
⑬静岡	地蔵を信仰している男。	○男が地蔵様の告げとして・地蔵の顔が赤。		○青年たち・地蔵の顔に赤い絵具塗り。	○男だけ避難。	○泥の海になる。		地蔵様信仰の男→神様・夢予言型に近い。
⑭鹿児島		○仁王の面が赤。		悪人・仁王の顔を朱塗り。		○島沈没、人は皆溺れ死ぬ。	薩州野間の庄の松尾明神になり舟守護。	

右の沈んだ島「瓜生島伝説」をモチーフ構成に沿って諸本間の異同や特徴について検討してみたい。

Ⅰ　島の蛭子神社信仰は、その社は蛭子社、弁天様、地蔵尊などになっているが、そこは住民たちの信仰の的になったり、信心深い一人の老婆が毎日参詣したりすることとなっている伝承が優勢である。しかし、⑫の伝承は最初から五郎兵衛、お仲夫婦とその娘を登場させ、夫婦は悪人、娘は善人と位置付け、旅僧の予言に対しても娘だけが信じて手を合わせたというふうになっている。これは韓国の伝承①などに見えるものと同じように、最初から村人を悪人として規定する伝承に近いものである。⑧の大分別府の伝承において一遍上人が猛烈に吹きあがる温泉の噴《ふん》湯《ゆ》噴《ふん》気《き》孔《こう》をみて「地獄の惨状」を思い、それを経石で封じ込めたとあり、「悪人」のモチーフが「地獄の惨状」に譬えられて語られた伝承である。後は単にその土地の地名、島や山などをあげ、最後Ⅶのところと関わって地名などの由来を語るものとなっている。

Ⅱ　言い伝えの沈没予言は、蛭子像や仏像の面（顔）が赤となると村などが沈没するという伝承が主流をなしている。しかし、神像などの顔を言わずに、蛭子社の神将が真っ赤になると島が沈没するという伝承（③）や、弁天の像に朱色の絵具を塗るのを忘れるなと夢の中でお姫様二人が告げており、それによって村を沈没させるもの（⑦）もあり、特に顔にはこだわっていない。また⑧の伝承では一遍上人が自分の刻んだ仏像の鼻が赤くなると災難が起こるといって鼻にこだわっている点は、韓国の伝承において、「弥勒の鼻」にこだわっている伝承に近い叙述である。予言の方式からみれば、①②③④⑤⑥の伝承は「言い伝え予言型」に属しており、特に大分の伝承によく見られるものである。また⑦⑨⑩⑪⑬の伝承は「神様・夢予言型」に属しており、大分以外の伝承で多く見られるものである。これ以外の⑧⑫の伝承は「旅僧予言型」に属しており、この伝承は韓国の伝承によく見られるもので日本の伝承では優勢ではない。

Ⅲ　沈没予言確認は、②⑥⑩⑪⑫の伝承だけに見られるものですべての伝承に見られるものではない。これは老婆や神の予言を信じている人々の信仰の深さを再確認する思想でもあるが、韓国の伝承より日本の伝承は沈没予言確認が少し後退したものとなっているのが特徴である。

Ⅳ　若者の悪戯の朱塗りは、神像などに朱塗りをするのは、血気旺盛な若者、若い男女カップル、島民のなかで心善からぬ者、若衆、青年たち、悪人など様々な形で表れている。③④の伝承は瓜生島の南西の端に住む良斎という人物をあげているが、島の中心部ではない南西の端という外れた地域を叙し、悪人としての良斎のことをアピールしたものと見られる。さらに神像などに朱塗りをした者を按摩という渡来人とする伝承（②）もあり、その按摩と善良な島人とを対比させ、島中を聖なる世界、外を穢れの世界と位置付ける思想がうかがえる。これは大分の伝承だけではなく、韓国の伝承にも見られるものであった。前述した韓国の伝承では、「血塗り型」が優勢であるが、上記で見るように、日本の伝承はすべてが「朱（丹・絵具）塗り型」となっているのが特徴としてあげられる。また日本の伝承は、⑦の弁天様に朱塗りをする伝承以外はすべてが顔に朱塗りをするとなっており、顔にこだわっている伝承が主流となっているのに対して、韓国の伝承は鼻に血塗りをする伝承が中心となっており、この違いは今後究明すべき重要な課題である。

Ⅴ　信仰者の避難と生存は、善良な者が避難して助けられたかどうかまでは記されていない伝承もあるが、善良で信仰深い者やその周りの者が避難して助けられたことを述べるものである。これはほぼすべての伝承に見られる。また避難の手段としては、③⑨⑩⑪の伝承は船に乗って島や村を離れることになっており、ノアの箱船のような洪水始祖神話と韓国の伝承にも善人が船に乗って避難する伝承があり、両者の関連が注目される。

もう一つ日本の伝承の大きな特徴としてあげられるのは、村や島沈没の形態が韓国の伝承や世界の洪水神話に見られるような大雨による洪水ではなく、大津浪や大地震によるという点である。②③⑤⑧の大分の瓜生島伝説は、実際に史実として発生した慶長元年の大地震やそれによる津波のこと、鶴見岳や由布岳の噴火のことまでが語られており、瓜生島伝説の史実化がさらに進められた伝承と言えよう。このように日本の瓜生島伝説には、韓国や中国、そして世界の洪水神話の核心要素とも言える大雨による洪水モチーフが完全に姿を消し、大地震による大津浪へ変貌をとげて語られており、中国・韓国と源流は同じくしながら、地震大国の日本の環境のなかで瓜生島伝説は独自の道を歩むようになったと言えよう。

Ⅵ　島沈没と悪人懲罰は、大津波が押し寄せ島は沈没し、悪人はその際に一緒に沈んでしまったことを語る。③の伝承は島が沈没して、生存者が七名であり、行方不明者は数え知れず、溺死者は七百余人と、具体的な数字をあげて伝説らしい特徴を見せている。④の伝承は、気の早い人は大分、日出町に避難し、悪人の良斎は沈没してしまったが、ただ蛭子さんの近くに住んでいた爺と婆は加似倉山に打ち上げられ助かったと、蛭子神の加護が強く主張されていると言えよう。

Ⅶ　寺の再建は、すべての伝承に見られるものではないが、①②④は瓜生島にあった威徳寺を大分勢家の地に再建復興したことが叙述される。④の伝承では瓜生島の威徳寺第六代周安の夢の夢枕に僧が現われ、仏崎に本尊の阿弥陀如来像や寺の文書が流れ着いたとの告げがあったのでそれを迎えて現在の威徳寺に収めたことが記されている。さらに別府湾のどこかに沈んだ島、千軒の家々も眠っていることまで触れ、生々しい過去の史実として語られている。②の伝承は威徳寺の住職、瓜生多喜枝氏の語ったもので、この伝説に瓜生氏や威徳寺が強く関与したことがうかがえる。⑦の伝承は、津浪が襲いかかり島は沈没、若い男女二人も海底に沈み、漁師たちは神楽を奉納して二人の男女を供養しているとなっており、祭祀の由来譚になっている。⑨の高麗島伝説は宮田に持ち出した祭神を祀ったとあり、高麗水の飲用、子孫が高麗焼の茶碗を秘蔵したとあり、伝説としての特徴が強く表れており、また始祖神話としての性格もうかがえる伝承と言えよう。

六　沈んだ島「瓜生島伝説」の伝承様相

以上のように日本の沈んだ島「瓜生島伝説」も韓国の伝承と同じように、①「旅僧予言型」、②「言い伝え予言型」、③「神様・夢予言型」に分類ができるものであるが、次では沈んだ島「瓜生島伝説」を紹介しながら、その伝承様相を詳しく検討してみたい。先ず「言い伝え予言型」に属する大分県の「瓜生島27)」を紹介する。

今の大分港外には、昔瓜生島という島が長閑《のどか》に浮んで居り、沖浜という町や数箇村の漁村があった。その島に

沈んだ島「瓜生島伝説」に登場する「威徳寺」（大分市勢家町所在）

は恵比須の社があった。島民の言い伝えとして、その神像の顔が赤くなると、島が波間に沈むと伝えられてあった。そして朝夕島民はその社に詣でて無事を祈って居た。然るに慶長元年七月或日、一人の島民が神像の顔の真赤に染まっているのを見て、大いに驚き、早速村々に告げて大騒ぎした。或者は船を出して本土に逋れ様とし、或者は予言を信じないで、島に留まろうとした。その時、島に住む真齊という按摩（別本では渡来人の良斎）は、皆の周章て騒ぐのを見て、苦々しく思い「神像の顔の赤くなったのは、俺が紅殻を塗ったからだ」と言った。島民は半信半疑で各々去就に迷っていると、やがて海が騒がしくなり、萏港《たんこう》の潮が一旦すっかり引いてしまったが、今度は海鳴りがして、山の様な浪が襲い来り、島を人一呑みにし、一夜のうちに全く島は海中に没してしまった。現在の濱町の恵比須社や威徳寺はもと島に在ったのを沈没後遷し祀ったのだという。

瓜生島が実在した島なのかどうかが問題になっているが、右では国際貿易港として存在したとされる大分の沖の浜は瓜生島の中にあったとされ、逆にいえば瓜生島は沖の浜のことである

沈んだ島「瓜生島伝説」の伝承地「恵美須神社」（大分市勢家町）

ことが言える。この伝説によればその瓜生島には恵比須社があり、島民の言い伝えとして、その神像の顔が赤くなると、島が波間に沈むという言い伝えがあり、島民は朝夕その社に詣でて無事を祈っていたとあって、他の伝承で語る一人の老婆が言い伝えなどを信じ毎日確認しにいく場面は見えない。また恵比須神を信じなかった者や悪者が懲罰を受けたのかどうかについても言及されていない。ただ島民の言い伝えとして、その神像の顔が赤くなると、島が波間に沈むとあり、これは前述した「言い伝え予言型」に属するものである。「島民の中には舟に乗って逃げようとする者がいた」というのは、前述の⑥伝承や韓国の④⑧の伝承と近く、洪水神話としての性格を有している。また血を塗るものではなく、紅殻を塗ったとあり、これは前述の「朱塗り型」に属するものである。

あるいはまた「慶長元年七月或日、一人の島民が神像の顔の真赤に染まっているのを見て」と、島が沈没した年が「慶長元年七月或日」とし、「瓜生島伝説」が史実として語られている。記録によれば実際、慶長元年（文禄五年、一五九六年）、閏《うるお》七月十二日申の刻、マグネチュード六・九と推定される地震による津波があり、大分市、別府市では四〜五メートルの津波が押し寄せたという。[28] このことについて岩瀬博氏は、元禄十二年（一六九七年）『豊府紀聞』に慶長元年の瓜生島沈没伝説に触れてから、安政四年（一八五七年）に完成した『豊陽古事談』に瓜生島、久光島が描かれた地図が付載されているようになり、瓜生島の実在が信じられたと論じられている。(29)

前述したように瓜生島伝説は、威徳寺の住職の瓜生多喜枝氏も伝授されており、瓜生島伝説の成立には沖の浜に在住した瓜生氏や威徳寺が強く関与したことがうかがえる。では「沖の浜」はなぜ「瓜生島」に変貌して語られたのかであるが、記録によれば慶長元年の地震によって沖の浜は大きな被害や多数の死者数が出たとされ、その死者の鎮魂には威徳寺の瓜生氏が深く関わったことが考えられる。すなわち、すでに国際貿易港の沖の浜の海上ルートを通じて運ばれ伝承されていた「沈んだ島伝説」が瓜生氏の始祖神話として取り込まれ、大きな被害と死者を出した沈没物語とも結び付き、「沖の浜」は沈んでしまった「瓜生島」に置き換えられ新しい「瓜生島神話」が誕生する。それが威徳寺の瓜生氏によって唱導される中で「瓜生島神話」は民間にも伝わり誇張され、現在のような「瓜生島伝説」として伝承されていることが考えられる。

前述の「言い伝え予言型」は、大分県速見郡にも「島山と碇岩の由来」(30)として伝承されている。

　現在の島山と碇岩との十数町の間は、大波《おおなみ》小波《こなみ》のさざめきを見せていて、里の子供等は、盛夏の候此の小波の間に、喜戯《きぎ》として遊び戯れているが、其の昔は一つの地続きにて、天の橋立も遠く及ばぬ、一大風景をなしていたものであった。この岬に包まれた一つの大きな入江が出来て、外国船さえも時々入港していたそうである。尚此の島山には、幾千年かを経たる大楠木《おおくすき》ありて、島山一帯を覆いいたるを、彼の大英雄豊臣秀吉、朝鮮征伐の大軍を起すや、軍用船の船材として之を伐採したる由なり。何時の頃かは不明なるも、此の島山の一端に、弁財天様を祀れる社ありて、その中に高さ一間ばかりなる石の像立ちて附近の人々は、子の石像の顔面が赤く変ずる時、天災地変起こりて人名も危しと言い伝え、村人は此の石像を恐々と見、変化なきを見れば、先ず安心とその日々を送れりという。ここに無頼《ぶらい》の一青年ありて、常に村人の迷信を罵りいたりしに、或日のこと、此の島山の弁財天様如何なることのあるのか、其の顔面真赤に変わりたるを村人発見し、「弁財天のお顔の色が真赤になったぞ」「今に天地も覆る大地震か大洪水か、吾々の命も危い大事件が起るぞ」と、人心恐々として仕事も手につかず、家財道具を取りまとめ、避難する者其の数知らず、今二三日を経過すれば、豊岡の里は人の影すら見る事出来ぬであろうと思われる様になった。此の時、彼の無頼の一青年「彼の弁財天の顔が赤くなったからといって、何も恐れる事があるものか。色でも付けてみよ。赤でも青でも黄でも自分の好きな色になる」といって笑っている。村人が其の無謀に驚いているのを、心地よげに見つつ、「あのお顔の真赤になったは、此のわしが赤色を塗ったのだ。迷信に惑わされる様な者は、馬鹿の此の上もない者である。わしは村人の迷信を覚ましてやる心から、色を塗ったのだ。何も恐れる事はない」と言って、大威張に胸をそらしていた。其の時である。今迄何事もなかった此の島山に、天地も砕けるばかりの大地震が起り、人々は「あっ」とばかりに大地にころげ廻ってしまった。しばらくして地震も止んだので、恐々立ち上がる其の瞬間、今度こそ、天地も砕けたかと思われる一大音響と共に、由布山の一角より黒煙濛々と立ち、一大爆発をはじめたのである。村人の命からがら逃げ行く様は、実に目も当てられぬ惨状であった。しかし程なくして噴火も止みたれば、村人は恐々と、此の里へと帰り来て見れば、何時の間にか、長く海上に突き出で、天下の絶景であった島山は、其の先端を没して、現存の部分のみを残した。又彼の無頼の一青年を、この世から再び見る事が出来なくなった。其の後度々の地震にも、此の島山は少しも其の姿を変えることなく、吾等が豊岡の景勝の地として、夏季夕涼の人影を見せている。

少し長い引用になってしまったが、これは、現在の島山と碇岩は地続きであり、その島山の弁財天社には、高さ一間の石像があった。その石像の顔が赤くなったら、天災地変が起きるという言い伝えがあり、村人は毎日、石像を覗いていた。ある日のこと、弁天様の顔色がまっ赤になっていて、驚いた豊岡の住民たちは皆避難した。ところが村の若いならず者が「弁財天の顔が赤いのは、わしが色を塗ったからだ。」と言って、避難した住民たちをあざ笑っていた。するとその時、大地震が起こり、由布岳が爆発した。この地震で島山の先の方は、海中に沈んでしまい、碇岩は海中に沈んだ島山の先端にあたるところであるという。

これは「石像の顔が赤くなったら、天災地変が起きると、いい伝えられ、」とあって話型としては「言い伝え予言型」に属するものである。また「現在の島山と碇岩は地続きであった」というのは、前述の韓国の⑩〜⑭伝承に近い。あるいはまた「このときの地震により由布岳が爆発した」とあって大分の伝説としての特色を見せており、韓国や中国に見える沈んだ島伝説が具体的に大分の地名と結びついて語られているのが面白い。

この「言い伝え予言型」に対して、柳田國男氏の紹介された長崎県南松浦郡久賀島「高麗島伝説」[30]は、島の祭神が信仰の篤い住民の夢枕に立って予言している。

昔蕨《わらび》を去ること北へ海上十五里の所に高麗島という一小島があった。そこの住民の中に信仰の厚い人があったが、或る夜、その島の祭神がその人の夢枕に立って、「余の顔色が変わった時は、この島に一大変事が起こる故、よく気をつけていて、この島を逃れ出でよ」と告げた。でその人がその由を他へも告げたところ、同じ島民の内の、心善からぬ者がこれを嘲り笑い、かつ悪戯に、或る時ひそかにその祭神の顔を赤く塗った。住民等はこれをみて大いに驚き、舟を用意してこの島を逃れ出たが、島を離れること数丁《すうちょう》にして、忽然として島は海中に没して仕舞った。逃れたものは、波の間に間に今の蕨の近くの、大野浜について、携えてきた祭神を今の宮田という所に祀り、その地近傍《きんぼう》に居住した。その当時飲用した水は今も高麗水といって幸泊の住民が飲用している。祭神を祀った宮田には、以前は婦人の入るのを禁じていた。その後住民等はこの土地に不便を感じて、蕨方面へ移り住み、その子孫は主として同郷の上の町という所に住んだ。その子孫の一人だといわれている上村氏方には、その当時の高麗焼の茶碗を秘蔵しているという。祭神はその後宮田から今の蕨の大師堂の側に移した。高さ三尺ばかりの石仏がそれで現存している。高麗島のあったという所は、「コーライゾネ」と称ばれていて今尚家具類（陶器など）を釣り上げることがあるという。

右は島の祭神が信仰の篤い島民の夢枕に立って予言しているもので「神様・夢予言型」に属するものである。先学の研究では、なぜ高麗島、高麗水、高麗焼きなどに拘るのかが解決されていない。柳田國男氏はこの高麗島伝説の伝承者として、「そんな有りもしない高麗島の話などをかつぎだして、人を面白く惑はしめた」人物、すなわち「高麗島伝説」の伝播者として海上を往来した九州盲僧を想定されているが、なぜ古代朝鮮半島に存在した高麗という国の話として伝承されているのかについての説明はなされていない。

この高麗島伝説の伝承地である五島列島は、豊臣秀吉軍の朝鮮への出発地とされるところである。一五九二年と一五九八年に豊臣秀吉によって行われた「文禄・慶長の役（壬辰倭乱）」は、日本陶磁史では大きな発展を遂げる契機となる。朝鮮から引き上げるとき、何百人という陶工や職人を日本に連れてきた。筆者はこの高麗島伝説はおそらく、後で紹介する、平安末期頃（十二世紀）成立の『今昔物語』巻第十の「嫗毎日見卒堵婆付血語第差十六」の説話と系統が違って、豊臣秀吉軍の文禄・慶長の役（壬辰倭乱）のとき、朝鮮陶工集団や彼らと関わる民間宗教者によってもたらした伝説であると考える。五島列島はこうした大陸との交流の拠点になった島であった。

前述したように日本の伝承は、殆どが顔に朱塗りをしており、顔にこだわっている伝承が主流となっているのに対して、韓国の伝承は鼻に血塗りをする伝承が中心となっている。しかし、次にあげる大分県「瓜生島陥没伝説」(32)は、

「聖人が鼻」という地名と関わって語られており、鼻にこだわっている点で韓国の伝承を連想させる。

　別府郊外の海岸に聖人が鼻という処があり、ここは一遍上人が豊後上陸の地とも伝えるが、一遍上人は諸国巡錫の途、この地方に立寄られ、一時庵室を結んで、留錫《りゅうしゃく》せられた。その当時非常に勢猛烈であった別府郊外の地獄（噴湯噴気孔）の惨状を眼にして、遂に経石を以て埋める等の功があった（現在の鉄輪温泉一帯はその名残であると伝える）。その後上人は死期《しご》の近づいたことを知って、一日村民を集めて、「我入寂の期既に近づいた。然し吾が霊は常に此の地に在って愛護を垂れよう。先ず今後この地に災難の来る時には、この海岸に吾が刻んだ仏像の鼻が赤くなるであろうから、その時には急ぎ安全な地に遁れるように」といい遺して示寂《じじゃく》された。星霜《ほししも》幾百年を過ぎて、慶長元年の瓜生島沈没の大災害の時には、その語の通りこの石仏の鼻が赤くなったという。

　この伝説は一遍上人の鉄輪温泉開拓の功績を語るものであるが、一遍上人の上陸地とされる現在の上人ヶ浜は、北石垣の海岸線に広がる上人ヶ浜公園の北側一帯を指し、右記のように昔は「聖人（上人、尚人）ヶ鼻」と呼ばれた。沈んだ島「瓜生島伝説」が一遍上人の鉄輪温泉開拓や上陸地の上人ヶ鼻と関わって伝承されているのは面白いが、他の「瓜生島伝説」では、蛭子像や仏像の面（顔）が赤となると村などが沈没するという伝承が主流をなしているのに対して、ここでは「聖人が鼻」や「仏像の鼻が赤くなると災難が来る」といって、鼻に拘っている点が韓国の伝承にきわめて近い。またこの伝説は韓国の伝承によく見られる旅僧が予言をする「旅僧予言型」に属し、韓国の伝承との関連を考える場合、一遍上人の鉄輪温泉開拓の功績を語るこの伝承はきわめて重要な資料価値を有していると言えよう。

　このように日本の伝承では旅僧が予言をするのは現在のところ珍しいといえるものであるが、この話型は次の新潟県西頸城郡《にしくびきぐん》名立町の伝承[33]にも見られる。

一遍上人の上陸地と伝わる上人ヶ浜（左）と現在の鉄輪温泉一帯（右）

昔名立に五郎兵衛、お仲という漁師夫婦が住んでいた。十七、八の娘がおり、お今といった。村人が「このごろはどうして空が暗いのだろう」「半月ほど前から海が赤く見えるんだが、不思議なことだ」と話しているところに、旅の老僧がここを通りかかり、「昔、空がまっ暗になり海がまっ赤になって大地がくずれ、あっという間に家も人も土の下に沈んでしまったことがあったそうだ」と言った。五郎兵衛は信じなかったが、お今は、「もしやあの方はえらい上人さまで、わたしたちの災難を救おうとして立寄られたのではないだろうか。ありがたいことだ」と、旅僧に手を合わせた。その夜〝どーん〟という大きな音がして裏山が真二つに割れて崩れ落ち、部落は海へ押し出されてしまった。一瞬のうちに家も人も草も木も船も埋めつくされてしまったが、お今だけは旅僧の予言を信じて逃げていて無事だったという。

これは旅の老僧が予言するので「旅僧予言型」に属するものである。老僧が登場するのは、先ほどの別府市の一遍上人の伝承や韓国の伝承に近いものである。しかし、旅の老僧がここを通りかかり、「昔、空がまっ暗になり海がまっ赤になって大地がくずれ、あっという間に家も人も土の下に沈んでしまったことがあったそうだ」と言うのは、他の伝承の「顔がまっ赤になったら海が沈む」などの予言とは少しその趣向が違う。すなわち、この伝承では「仏様」とか「えびす様」とかの具体的な像が語られていないのが特徴である。旅僧に手を合わせるなどして旅僧の予言を絶対信じようとするのは韓国の伝承にきわめて近い。また「〝どーん〟という大きな音がして裏山が真二つに割れて崩れ落ち、部落は海へ押し出されてしまった」とあり、他の日本の伝承によく見える津波による沈没とするのではなく、地割れによって村が海へ押し出されたとする点で特色を持つ。これはおそらく大地震や大雨による地割れであることが考えられる。

七　『宇治拾遺物語』の沈没伝説と「瓜生島伝説」

平安末期頃（十二世紀）に成立した『今昔物語』巻第十の「嫗毎日見卒堵婆付血語第差十六」[34]には、沈んだ島「瓜生島伝説」とほぼ同じ話が収載されているが、ここでは十三世紀（一二一三〜一二二一）頃成立の『宇治拾遺物語』の「唐卒都婆ニ血付事」[35]を取り上げる。

① 昔、唐に大きな山があった。その山の頂上に大きな卒塔婆が一つ立っていた。その山の麓の村里、年八十歳にもなる老婆が住んでいたが、日に一度、その山の峰にある卒塔婆を必ず見るものであった。〔老婆の卒塔婆参詣〕

② 若い男たちは老婆の行動を奇妙に思い聞くと、祖先からの言い伝えとして「この卒塔婆に血の付く折は、この山は崩れ、深い海となろう。それを確認するため毎日見に来ているのだ」と言う。〔言い伝えの沈没予言〕

③ これを聞いた男たちは、ばかばかしいと嘲笑って、血を出して卒塔婆によく塗りつけて里へ帰った。そして里の者たちも伝え聞き、この試しの行動に笑い合っていた。〔若い衆の悪戯の血塗り〕

④　次の日、老婆が峰に登って見ると、卒塔婆に血がたっぷりと付いていたので、老婆は村中に告げ回って家に帰り、子や孫たちと一緒に家財道具を持って、慌てふためいて里から逃げ移った。〔老婆の避難〕

⑤　これを見て、血を塗った男たちが手を叩いて笑っているうち、目の前の山がいきなり揺らぎ始め、山はただ崩れて来た。老婆一人だけが子や孫を引き連れて、家財道具も一つも失わず、早く逃げ去ったので無事だった。こうして山はすべて崩れて深い海となり、老婆を嘲笑していた者たちはみんな死んでしまった。〔村沈没と悪人懲罰〕

以上の『宇治拾遺物語』は、死者供養のため墓の上に建てる石や塔である卒塔婆が登場するのが特徴で、祖先への供養が主張されている。両者のモチーフ構成を対照して示すと次のようである。

『宇治拾遺物語』の「唐卒都婆ニ血付事」と「瓜生島伝説」

	宇治拾遺物語	瓜生島伝説
Ⅰ	老婆の卒塔婆参詣	島の蛭子《えびす》神社信仰
Ⅱ	言い伝えの沈没予言	言い伝えの沈没予言
Ⅲ	若い衆の悪戯の血塗り	若者の悪戯の朱塗り
Ⅳ	老婆の避難	信仰者の避難
Ⅴ	村沈没と悪人懲罰	島沈没と悪人懲罰

このように両者はほぼ同じモチーフ構成によるものであるが、『宇治拾遺物語』は、韓国の伝承のように旅僧が訪ねてきて沈没予言をするのではなく、祖先からの言い伝えとしており、「言い伝え予言型」に属する。『宇治拾遺物語』は祖先からの言い伝えを固く信じ、死者供養のための卒塔婆への巡礼が着実に行われる老婆を登場させて、それを信じなかった村の若者や村人を懲罰し、善良な人間である老婆だけが生き残ったというもので、氏族の始祖伝承としての痕跡が残されている。

また絵具ではなく血を塗ったとしており、韓国、中国によく見られる「血塗り型」に近似しており、民間伝承の「瓜生島伝説」とはその趣向が異なっている。ただ老婆が毎日確認している対象が神仏の像ではなく、卒塔婆となっているため、他の伝承に見える血を塗る個所として顔、耳、鼻などは登場しない。しかし他の民間伝承の「瓜生島伝説」に比べ、卒塔婆に血を塗りつける叙述となっており、血塗りに拘っている点で固形を留めている伝承と言えよう。筆者はこの「瓜生島伝説」は平安末期頃（十二世紀）成立の『今昔物語』巻第十の「嫗毎日見卒堵婆付血語第差十六」の説話とは系統が違って、海上ルートを通じてもたらした伝承であると考える。

おわりに

従来、東アジアの沈んだ島伝説を話型として分類し、その中でどれが日本の「瓜生島伝説」と関わりがあるのか、具体的に論じた論考はなかった。今まで考察したように、大分の「瓜生島伝説」は中国、韓国に見られる「言い伝え予言型」に属することが明らかになった。そこで本稿で論じたものを次のように整理してみたい。

（一）先ず、韓国の洪水神話は、兄妹結婚という近親相姦が神話の核心要素となっていると言えるが、洪水が起こるのは人類の悪によるものなのかどうか、その洪水の理由や原因がはっきり説明されていないのが特徴であり、またその洪水神話は始祖神話や創世神話としての性格が強く表れるものであった。これに対して日韓の沈んだ島「瓜生島伝説」では、沈没の原因が昔からの言い伝えや神仏の予言を信じない悪者などにあるとする点において洪水神話と大きく相違する点であるが、韓国の沈んだ島伝説では、実際に聖書の「ノアの箱舟」の洪水伝説として語られるものがあり、また瓜生島伝説でも最後が始祖神話としての性格を保持している伝承も存在した。こうした意味で日韓の沈んだ島伝説は洪水始祖神話の一つとしてとらえることができるものであり、村や島の沈没原因が人間の悪によるもので

あるとはっきり示されているのが特徴であった。(36)

(二)日本の沈んだ島「瓜生島伝説」と韓国の「石仏、目赤くなると沈没する村」の話型は、神像の顔や石仏の鼻に塗るものが動物の血なのか、朱(絵具)なのかによって「血塗り型」と「朱(絵具)塗り型」に分類できた。このなかで「朱(絵具)塗り型」は日本の沈んだ島伝説に多く見られるものであり、弥勒の鼻に血塗りをする「血塗り型」は韓国の伝承の多数を占めるものであった。日本での「血塗り型」は前述の平安末期頃(十二世紀)成立の『今昔物語』や十三世紀(一二一三〜一二二一)頃成立の『宇治拾遺物語』、中国の『捜神記』などに見られるもので、「朱塗り型」より「血塗り型」の方が古形を留めていると言えるものであった。

(三)日本の伝承は顔に朱塗りをする伝承が主流となっているのに対して、韓国の伝承は弥勒の鼻に血塗りをする伝承が中心となっており、この違いは今後究明すべき重要な課題である。鼻は息の出入りをする大事な部位であり、特に民間では石仏などの弥勒の鼻を取って粉にして飲むと願いが叶うとされ、民間では申し子祈願の対象にもなっており、こうした信仰は韓国全土に広く分布している。また、シャーマンの語る民間神話の「本解」でも弥勒神は金銀の皿を手に持ち天に祈願して男女を作り、その二人を夫婦として定め、人類を繁盛させる創世神として登場しており、ここで弥勒は神であり、人間の意思を天神に伝える存在でもある。韓国の沈んだ島伝説において「弥勒の鼻穴から血が出ると災難が起こる」「悪人が弥勒の鼻に血を塗る」と語られているのは、宗教者が必死になって弥勒の鼻を守ろうとすることと無縁ではないであろう。またこうした鼻に拘っているのは一遍上人の鉄輪温泉開拓の功績を語る大分県別府の「瓜生島伝説」にも見られるものであった。水と関連の深い沈んだ島伝説において神仏に血塗りをするのは、たとえば雨乞いなどで動物の生首を池に入れてその血で池を汚して神の怒りをかい、雨を降らせる信仰とも無関係ではないであろう。

（四）韓国の沈んだ島伝説は、西海岸に沿って北から南へ長い距離に渡って伝承されていることがわかり、海洋文学としての性格を有する。また伝承者も女性ではなく、男性である特徴を持つ。またその話型は神仏や旅僧などが沈没の予言をどのようにするかによって、「旅僧予言型」「言い伝え予言型」「神様・夢予言型」の三つの話型に分類できた。このなかで「旅僧予言型」は韓国の沈んだ島伝説「石仏、目赤くなると沈没する村」、「言い伝え予言型」は日本の「瓜生島伝説」に多く見られた。韓国は直接神仏の化身とも言える旅僧が登場して予言しており、この点では神話的特徴を保持していると言えよう。これに対して日本は「神像の顔が赤くなったらこの島が沈む」と、昔からの言い伝えとして語られるものが主流をなしており、こうした意味で日本の伝承は伝説的特徴を保持していると言えよう。すなわち日本の「瓜生島伝説」は神話的特徴が後退し、伝説の特徴としてよく見られるその土地に因んだ神社や地名などの証拠をあげながら伝承されている。大分以外の日本の伝承のほとんどは「神様・夢予言型」が中心となっており、この方が大分の伝承よりは古形を残していると言えよう。

（五）韓国の場合、沈没の予言をするのは道僧が優勢であるが、地師・風水師、道士、過客などもおり、彼らの民間宗教者が沈んだ島伝説「石仏、目赤くなると沈没する村」を広めたことは間違いないであろう。また彼らは仏像に塗料を塗る陶工集団とも深い関わりがあった。では柳田國男氏の言う「高麗島伝説」の伝播者ははたして海上を往来した九州盲僧だったのかの問題であるが、高麗島伝承地の五島列島は、大陸との交流の拠点になった島で豊臣秀吉軍の朝鮮への出発地とされるところである。一五九二年と一五九八年に豊臣秀吉によって行われた「文禄・慶長の役（壬辰倭乱）」では引き上げるとき、何百人という陶工や職人を日本に連れてきた。筆者はこの「高麗島伝説」は平安末期頃（十二世紀）成立の『今昔物語』巻第十の「嫗毎日見卒堵婆付血語第差十六」の説話とは系統が違って、「文禄・慶長の役（壬辰倭乱）」のとき、朝鮮陶工やその一族によってもたらした伝説であると考える。その子孫の一人だといわれている上村氏方に、その当時の高麗焼の茶碗を秘蔵しているといい、高さ三尺ばかりの石仏がそこに現存していることや、高麗島のあったという所は、「コーライゾネ」と称ばれていて今も尚、家具類（陶器など）を釣り上げることがあるという。これは沈んだ島伝説「高麗島伝説」がこうした陶工集団や彼らの祀る石仏と深い関連があることを証明してくれるものであろう。地震が先か伝説が先か、簡単には決めかねないが、大分の「瓜生島伝説」は、慶長元年（文禄五年、一五九六年）の大地震の津波災害の史実などと結びついて語られるものであった。この時期は豊臣秀吉による「文禄・慶長の役（壬辰倭乱）」時期と重なっており、被害の大きかった大分市の沖の浜は豊臣秀吉の武将たちが重要な港として使用した海上交通の要所であった。日本のすべての瓜生島型伝説の伝播経路を単にここだと一か所に絞ることはきわめて難しい問題であるが、少なくとも「高麗島伝説」や大分の「瓜生島伝説」に限っていえば、こうした海上ルートを通じての朝鮮陶工集団や彼らと関わる民間宗教者の活躍とは無縁ではないだろう。沈んだ島伝説の中で語られる「神仏の顔や鼻に朱塗りをし、その結果島が沈没した」というのは、焼き物の塗料を扱って仕事をする陶工たちの姿が投影されており、彼らと深い関連を示していると考える。

（六）瓜生島伝説は威徳寺の住職の瓜生多喜枝氏も伝授されており、瓜生島伝説の成立には沖の浜に在住した瓜生氏や威徳寺が強く関与したことがうかがえる。では「沖の浜」はなぜ「瓜生島」に変貌して語られたのであろうか。記録によれば慶長元年の地震によって沖の浜は大きな被害や多数の死者数が出たとされ、その死者の鎮魂には威徳寺の瓜生氏が深く関わったことが考えられる。すなわち、すでに国際貿易港の沖の浜の海上ルートを通じて運ばれ伝承されていた「沈んだ島伝説」が瓜生氏の始祖神話として取り込まれ、大きな被害と死者を出した沈没物語とも結び付き、「沖の浜」は沈んでしまった「瓜生島」に置き換えられ新しい「瓜生島神話」が誕生する。それが威徳寺の瓜生氏によって唱導される中で「瓜生島神話」は民間にも伝わり誇張され、現在のような「瓜生島伝説」として伝承されたと考える。

（七）最後に村が沈没するのは津波や地震によるものか、大雨によるものかの問題であるが、韓国の資料は津波による沈没よりは大雨による沈没の伝承が優勢を占めるものであった。これに対して日本の伝承は津波・地震による沈没が主流をなしており、この点が韓国や中国の伝承と大きく違うところである。こうした日本独特の環境や風土の中で沈んだ島「瓜生島伝説」は、新しくその姿を変え、人々の間で親しまれる伝承となったのである。

注

（1）「島の人生」（一九五一　創元社）、『定本柳田國男集』第一巻（一九七八・四　筑摩書房）所収。

（2）『郷土趣味雑話』（一九三二　金洋堂書店）。

（3）『大谷女子大国文』三三号、二〇〇三・三、「伝説と歴史　沈んだ島」（日本口承文芸学会『シリーズことばの世界　第3巻　はなす』二〇〇七　三弥井書店）。

（4）孫晋泰氏『朝鮮の民話　民俗民芸双書7』（一九六六　岩崎美術社）。

（5）前掲注（4）に同じ。

（6）前掲注（4）に同じ。

（8）前掲注（4）に同じ。

（9）日光感精神話については福田晃氏「奄美・日光感精説話〈神の子邂逅型〉の伝承―その重層性を中心に―（『南島説話の研究』一九八二　三弥井書店）、同氏「日光感精説話の重層性」（『南島説話の研究』一九九二　法政大学出版局）、依田千百子氏「朝鮮の叙事巫歌と日本の中世神話との比較研究―神の子邂逅型日光感精説話を中心として」（『朝鮮民俗文化の研究』一九八五　瑠璃書房）、拙論「本解「帝釈クッ」と本地物語「浅間本地」・神道集「児持山之事」」（『本地物語の比較研究―日本と韓国の伝承から―』二〇〇一　三弥井書店）など参照。

（12）崔来沃氏『韓国口碑伝説の研究』（一九八一　一潮閣）。

(13) 成均館大学国文学科「安東文化圏学術調査報告書」（一九七一）。
(14) 『高麗史・高麗世系』所引、金寛毅『編年通録』。
(15) 『高麗史列伝』成宗壬辰十一（九九二）年条。
(16) 一然『三国遺事』（一三世紀末成立）。
(17) 「大同川の話」（韓国精神文化研究院『韓国口碑文学大系』一の三）。
(18) 二〇一三　三弥井書店。この「ヨナイタマ」伝承については、丸山顕徳氏「沖縄の津波伝説」、山本節「人形と海嘯の伝承―沖縄県宮古島の話例を中心に―」（前掲注7『同書』）、徳田和夫「民間伝承から学ぶ」（韓国語、学習院女子大学『東日本大地震、復興のための人文学的模索』二〇一三　韓国高麗大学出版部）に詳しい。
(19) 「鯉の報復で出来上がった池」（韓国精神文化研究院『韓国口碑文学大系』八の一三）。
(10) 崔常樹氏『韓国民間伝説集』（一九八四　通文館）。
(11) 『韓国民族説話の研究』（一九四七　乙酉文化社）所収。
(12) 『韓国口碑文学大系―説話類型分類集』（一九八九　韓国精神文化研究院）。
(13) 「〈石仏、目赤くなると沈没する村〉譚の洪水説話的性格と位相」（韓国口碑文学会『口碑文学研究』第六集　一九九八）。
(14) 前掲注（11）同書
(15) 月本昭男氏『旧約聖書Ⅰ　創世記』一九九七　岩波書店）参照。内容は、①ヤハウェの神が見ると、地上には人の悪が蔓延り、その心が図る企てという企ては、終日ひたすら悪であった。神は地上に人を作ったことを悔やみ、心に痛みを覚えた。神は、「私は自ら創造した人を大地の面から拭い去ろう。人だけではなく獣までも、這う生き物までも、空の鳥までも、これらを作ったことが実に悔やまれる」と言った。〔地上の悪の蔓延〕②しかしノアは神の恵みを得た。神はノアに、「すべて肉なるものの終わりがわが前に迫った。彼らによって暴虐が地に満ちたからだ。よいか、私は地もろとも破滅させる」と告げた。〔神の沈没予言〕③神は、「あなたはゴーフェル材の箱舟を作りなさい。葦をもって箱舟を作り、内も外も瀝青を塗るがよい。あなたとあなたの家族全員は箱舟に入りなさい」と言った。ノアは神が命じた通りに行った。〔ノアの沈没予言実行〕④ノアが六百歳の時、大洪水が地を襲った。ノアは大洪水の水を避けて妻と、息子たちとその妻たちと共に箱舟に入った。動物、鳥などすべて生命のある中から二匹ずつ雄と雌がノアのもとにやってきたので船に乗せ、アラフトの山頂に着いた。ノア及び彼と共に箱舟にいた者だけが生き残った。〔ノア家族の避難と生存〕⑤　大洪水は四十日大地を襲い、水は百五十日間勢いを増し続け、地上を動き回る人や動物はすべて死んだ。〔町水没と悪人懲罰〕⑥百五十日が終わり、水は減り続けた。ノアは大地の面から水がなくなったかどうかを確認するために鳥をはなったがすぐに戻ってきた。そこで鳩を放したが、同じように戻ってきた。七日後、再度鳩を放すと、鳩はオリーブの若葉をくわえて船に戻ってきた。さらに七日待って鳩を放すと鳩はもう戻ってこなかった。ノアは水が乾いたことを知り、家族と動物たちと一緒に箱舟を出た。ノアは神のヤハウェのため祭壇を築き、清い家畜、鳥を選んで全焼の供儀を行った。ヤハウェは二度とあらゆる生き物を打ち滅ぼすことはあるまい」と誓い、ノアとその息子たちを祝福し、その契約の印として雲の中に虹を置いた。大洪水後、ノアの息子たちから子供が生まれ、地上の諸族の始祖となった。〔始祖示現〕

(16)　崔常壽氏『韓国民間伝説集』（一九八四　通文館）所収。

(17)　任晳宰氏『韓国口伝説話　全羅北道編Ⅰ』七（一九九〇　平民社）。

(18)　福田晃・金賛會・百田弥栄子編『鉄文化を拓く炭焼長者』（二〇一一　三弥井書店）の拙考「炭焼長者への招待〈韓国の「炭焼長者」〉」。

(19)　『韓国口碑文学大系』1―4（韓国精神文化研究院）。

(20)　『韓国口碑文学大系』6―6（韓国精神文化研究院）。

(21)　『韓国口碑文学大系』1―7（韓国精神文化研究院）。

(22)　「城門の血」（『捜神記』巻13―8、通巻326話、竹田晃訳『捜神記　東洋文庫10』一九六四　平凡社）所収。

(23)　前漢の『淮南子』の注である後漢（九四六～九五〇）時代成立の『淮南鴻烈解』巻二。

(24)　前掲注（2）に日本語訳文が収載されている。

(25)　「竜の恩返し」（『捜神記』巻20―7（通巻455話）、竹田晃訳『捜神記　東洋文庫10』一九六四　平凡社）所収。

(26)　大分県「瓜生島」（市場直次郎氏『豊後伝説集』一九三一、郷土史跡伝説研究会。荒木博之編、宮地武彦・山中耕作氏『日本伝説大系』第13巻　北九州編　一九八七）。

(27) 前掲注(26)同書。
(28) 羽島徳太郎氏「別府湾海岸における慶長元年豊後地震の津波調査」(『地震研究所彙報』第60巻　一九八五)。
(29) 前掲注(3)に同じ。また瓜生島に詳しい橋本操六氏は、慶長元年(一五九六)閏7月の大地震で消失した沖の浜が、元禄12年(一六九九)以降は戸倉貞則が聞書した『豊府紀聞』では想像上の島「瓜生島」に置きかえられたことにより、虚構と史実が混同し、加えて地震学者による「瓜生島地震」説によって沖の浜が忘れ去られたと記す。『豊府紀聞』には「且勢家村20余町北有名瓜生島、或又沖浜町」と、もともと瓜生島が存在し、別に沖の浜と呼ばれたと記す。(『大分歴史事典』(大分放送大分歴史事典刊行本部　一九九〇)の「沖の浜～沖の浜の瓜生島説は誤り～」。
(30) 大分県教育会『大分県郷土伝説及民謡』(一九三一年)。荒木博之編、宮地武彦・山中耕作前掲注(26)同書。
(31) 『五島民俗誌』、荒木博之編、宮地武彦・山中耕作前掲注(26)同書。
(32) 市場直次郎氏『郷土趣味雑話』一九三二　金洋堂書店)。荒木博之編、宮地武彦・山中耕作前掲注(26)同書。
(33) 小山直嗣氏『越佐の伝説』(一九七六　野島出版)。
(34) 小峯和明校注『今昔物語二』(『新日本古典文学大系34』一九九九　岩波書店)所収。
(35) 三木紀人氏他校注『宇治拾遺物語・古今説話集』(『新日本古典文学大系34』一九九〇　岩波書店)所収。
(36) 依田千百子氏は、「韓国の洪水神話」(篠田知和基・丸山顯徳両氏編『世界の洪水神話―海に浮かぶ文明』二〇〇五　勉誠出版)において、「西アジアに顕著な大洪水の原因を人間の堕落に対する神の怒りに求めるという倫理的モチーフは韓国の洪水神話には認められず」と、論じられているが、この主張は再考する必要がある。

参考文献
○「瓜生島」調査会編『沈んだ島　別府湾・瓜生島の謎』(一九七七　「瓜生島」調査会)。
○権泰孝氏『韓国口伝神話の世界』(二〇〇五　知識産業社)。
○趙ヒョンソル氏「東アジアの洪水神話比較研究―神・自然・人間の関係に対する認識を中心に―」(韓国口碑文学会『口碑文学研究』第16号　二〇〇三)。

○朴ギョンヒ氏「安城・利川地域の石弥勒信仰の社会文化的研究」(「漢陽大学大学院修士論文」二〇〇六)。
○崔光植・朴大在両氏訳注『三国遺事』全三巻(二〇一四 高麗大学出版文化院)。

初出一覧

第一編　お伽草子・本地物語と本解

第一章　お伽草子「師門物語」と本解「城主クッ」
説話・伝承学会編『説話・伝承学』一〇号、二〇〇二年三月（原題「師門物語」と本解「城主クッ」）

第二章「七星本解」考―本地物語「筑波富士の本地」とかかわって―
福田晃監修、古希記念論集刊行委員会編『伝承文化の展望―日本の民俗・古典・芸能―』三弥井書店、二〇〇三年一月（原題　韓国済州島の「七星本解」考―日本の本地物語「筑波富士の本地」とかかわって―）

第三章　本地物語「戒言・富士山の本地」と「七星本解」
福田晃・山下欣一編『巫覡・盲僧の伝承世界　第三集』三弥井書店、二〇〇六年十二月（原題　本地物語「戒言・富士山の本地」と韓国の「七星本解」）

第四章「オシラ祭文（蚕の本地）」と「地蔵本解」
伝承文学研究会平成十九年度大会口頭発表（於国士舘大学）、二〇〇七年九月（原題　韓国の「地蔵本解」と「オシラ祭文」）
大韓日語日文学会編『日語日文学』第五〇号、二〇一一年五月（原題　韓国済州島の「地蔵本解」と日本の「オシラ祭文（蚕の本地）」）

第五章　創世神話「初監祭・天地王本解」考―記紀神話とかかわって―
工藤隆・真下厚・百田弥栄子編『古事記の起源を探る創世神話』三弥井書店、二〇一三年五月（原題　韓国の創世神話―済州島の「初監祭・天地王本解」を中心に―）
立命館アジア太平洋研究センター『ポリグロシア』第二六号（原題　韓国の創世神話―済州島の「天地王本解」を中心に―）

第二編　伝承説話の国際比較

第一章　苧環型蛇聟入譚の「祖母嶽伝説」と韓国説話―鉄文化の視点から―
韓国日本近代学会編『日本近代学研究』第四八輯、二〇一五年五月（原題　苧環型蛇聟入譚の祖母嶽伝説と韓国―鉄文化の視点から―）
第二章　鉄文化を拓く韓国の「炭焼長者」
福田晃・金賛會・百田弥栄子編『鉄文化を拓く炭焼長者』三弥井書店、二〇一一年二月（原題　韓国の「炭焼長者」）
第三章　シャーマンと「炭焼長者」
福田晃・金賛會・百田弥栄子編『鉄文化を拓く炭焼長者』三弥井書店、二〇一一年二月（原題　韓国の「炭焼長者」―シャーマンと鉄文化との関連から―）
第四章　沈んだ島「瓜生島伝説」と韓国

日本昔話学会編『昔話―研究と資料―』第四二号、二〇一四年三月（原題〈講演〉韓国の洪水説話―沈んだ島伝説を中心に―）

立命館アジア太平洋研究センター『ポリグロシア』第二三巻、二〇一二年一〇月（原題　沈んだ島「瓜生島伝説」と東アジア）

あとがき

　気がつけば、日本での生活も今年で早二十六年となった。最初の十年を過ごした京都、そして大分県別府で暮らした十六年、どの時代も私にとってはかけがえのない珠玉の宝物である。最初の定着地である京の街。盆地ゆえの底なしの蒸し暑さを懲らしめるかのような打ち水、木屋町の石畳にキラリと光る打ち水の跡、賀茂川のほとりに腰を下ろせば、心地よい春風の姿を見せてくれるしだれ柳の軽やかなゆらぎ。毎年京の町に響き渡る祇園祭の太鼓や鐘の音、そして大学院時代、研究生活のために行き来した北大路界隈。

　その後、二〇〇〇年、立命館アジア太平洋大学（ＡＰＵ）の開学とともに移り住んだ湯の町・別府。その別府の鉄輪に立ち上る湯けむり。大学近辺の十文字原の展望台から見渡す別府湾の眺めの素晴らしさ。日本での二十六年がいとしい光景として私の中で思い出の一ページとして残っている。

　ありがたくも勤務校の是永駿学長や山神進前副学長など、数多き先輩教授や同僚に支えられ、九年間にわたる学生部の副部長や部長職を無事に終え、二〇一五年四月から一年間、研究専念（サバティカル）期間を得て、二十六年ぶりに韓国ソウルで生活することとなった。久しぶりの韓国での生活は、生まれ育った祖国とはいえ、驚きと違和感の連続であった。その間の韓国は、目覚ましい経済発展と変化を遂げていた。一、二年に一度の割合で渡韓していたものの、長い滞在は久しぶりのことであった。以前の韓国では考えられない光景を目にしたりする。地下鉄では、目上の人に席を譲るなどの子供時代には当たり前に思った敬老精神が消え、若者がスマートフォンに熱中し、席を譲ることさえ忘れている。日本のスピードに慣れている私には、気の早い国民性は少し戸惑いを感じてしまう。また私が日本から来たと知り、日本人としての扱いを受けるのも奇妙な感じがした。日本の食事に慣れたせいか辛い料理の連続は少しきつかった。すっかり日本生活に馴染んだ自分を再発見する貴重な体験となった。

それでも韓国は、情の国である。懐の深さとおせっかいすぎるぐらいの人間好き。良し悪しはさておき、ルールよりも情を優先する。日本は礼儀と原則を重んじる国。住んでみて感じることはどちらも私の帰るところである。その感覚は古い時代の国や国境の概念を持たないあの時代を生きる感覚と同じである。恩師の福田晃教授は、私の生まれ故郷で旧百済国の都であった「公州」を訪れたときの印象を飛鳥にそっくりだと喩えた。日韓を生き抜き、両国を股にかけて暮らす私しかできない研究があるのではないか。国の垣根にとらわれることなく、今を生きる私ができることを探り当てたような気がした。

私しかできない研究とは何だろうと、日本留学以来、悩み続けてきた。そこで日韓両国に普遍性を持ち、類似性が見られる日本の「お伽草子・本地物語（中世神話）」と韓国・シャーマンの語り物である「本解」との比較研究を試み、立命館大学文学研究科（日本文学専攻）で博士論文「日韓本地譚の比較研究」をまとめた。その博士論文がもととなり、平成十三年一月、三弥井書店から『本地物語の比較研究―日本と韓国の伝承から―』を出版するに至った。

右の拙著で述べた「本解」とは、韓国の巫覡（シャーマン）が神祭りのときに唱える神々の本地物語のこと。儀礼を伴う生きた機能を持つ「生きた神話」であり、民間の巫覡によって伝承されるところから「民間神話」とも呼ばれる。「本解」の構造は、神仏の子がいったん人間界に顕われ人間同様の生活苦を経て、やがてもとの神仏に戻るという日本の「お伽草子・本地物語（中世神話）」にきわめて近似している。またその内容は、異常誕生の主人公の遍歴苦難を語るもので、主人公は神の子であったり、継子であったり、あるいは盲人の子であったり、王様の子であったりと、いずれも異常な誕生をする人物が主人公となっている。また、その主人公は必ず流浪・遍歴・苦難を体験し、その多くはそれを克服し、やがて神々として示現するという叙述を持つ。

その「本解」と「お伽草子・本地物語（中世神話）」との間には、しばしば共通する内容のものが見られるというのは、前著『本地物語の比較研究─日本と韓国の伝承から─』で詳しく論じており、徳田和夫氏編『お伽草子事典』（二〇〇二年、東京堂出版）の「本解（朝鮮の祭文）」や同氏編『お伽草子百花繚乱』（二〇〇八年、笠間書院）の「東アジア文化とお伽草子─韓国語り物・本解との関連─」などでも触れている。

前著に続く本書『お伽草子・本地物語と韓国説話』は、大きく第一編「お伽草子・本地物語と本解」、第二編「伝承説話の国際比較」の二部構成となっているが、第一編は、前著で論じることのできなかった、お伽草子「師門物語」と本解「城主クッ」（第一章）、本地物語「戒言・富士山の本地」と「七星本解」（第二章と第三章）、「オシラ祭文（蚕の本地）」と韓国済州島の「地蔵本解」（第四章）の比較研究を学界史上、はじめて試みたものである。そして、第五章は、済州島のシャーマンによって語られる創世神話「初監祭・天地王本解」を記紀神話との関連から述べたものである。

このように、「お伽草子・本地物語（中世神話）」と韓国の「本解」は、きわめて類似した叙述構成を見せており、いずれも異常な出生をした主人公の遍歴苦難を主題として語るもので、両者の間には直接的・間接的に緊密な関連があったことが考えられる。では、両者はどのような伝承関係でその一致が見られるのかが問題となるが、一つの可能性として考えられるのは、日本にもかつては韓国の本解に準ずる巫覡祭文が先行して存在し、それがお伽草子・本地物語の源流となったことも推察できよう。

後半の第二編「伝承説話の国際比較」では、苧環型蛇聟入譚の「祖母嶽伝説」（第一章）、「炭焼長者」（第二章・第三章）、沈んだ島「瓜生島伝説」（第四章）の三つの説話を取り上げ、日本と韓国、中国などの東アジアと関わって具体的に論じた。この三つの説話は、全国的な分布を見せるものであるが、筆者の暮らす大分では広く知られている話であり、時折、地元テレビや新聞のニュースにも取り上げられたりもする。

この中で「炭焼長者」は、大分県豊後大野市では、「真名野長者物語」として、地元の人なら知らない人がいないほど有名な話であり、これと関連して「真名野長者伝説研究会」（会長・佐藤芳延氏）も組織されている。また、「真名野長者伝説」がきっかけとなり、同類の説話の伝わる韓国全羅北道益山市と友好交流協定を結んで現在も交流が続いている。また、日本昔話学会平成十八年度秋季大会が同市で行われ、その成果が、福田晃・金賛會・百田弥栄子三氏共編『鉄文化を拓く　炭焼長者』（二〇一一年、三弥井書店）として公刊されているが、本稿はこれに収められたもので、鉄文化の視点から「炭焼長者」の国際比較を試みたものである。

第一章の苧環型蛇聟入譚の「祖母嶽伝説」と韓国説話は、豊後国武将・緒方三郎惟栄の始祖誕生を叙述する「祖母嶽伝説」と韓国の説話との比較を鉄文化の視点から述べたものである。従来、学界での苧環型蛇聟入譚についての研究は、『古事記』収載の三輪山神婚説話を中心に考察が行われ、豊後や日向地方を背景にしている「祖母嶽伝説」に中心を置いて考察した論考は皆無に近い。また、三品彰英氏をはじめ、従来の諸研究では、日本には卵生型氏族神話や卵生神話が縁遠いものとされてきたが、民間伝承の苧環型蛇聟入譚のなかに密かに伝承されていることを指摘できたのも、本書の大きな成果の一つであると自負したい。以上の「炭焼長者」や「祖母嶽伝説」関連の論考を成すにあたっては、豊後大野市文化財審議保護会会長の芦刈政治氏をはじめ、地元の各位には多大なるご教示・ご協力を得ており、ここに改めて厚く御礼を申し上げたい。

第四章は、昔、別府湾に存在したが、ある日突然沈んでしまったという「瓜生島伝説」と韓国や中国に伝承される沈んだ島伝説との比較を試みたものである。筆者は、勤務校で「アジア太平洋の文化と社会」の科目を担当しているが、学生にレポートを課すと、主に地元・大分の学生を中心に毎年のようにあがってくるのがこの「瓜生島伝説」である。学生たちのレポートに触発されて成ったものが本稿であり、その研究のきっかけを提供してくれた学生たちにも感謝の意を伝えたい。

さて、再び前述の研究専念の話に戻るが、今回の研究専念期間は、私の研究の方向性を再認識する契機となった。韓国にいる時も日本にいる時も私は故郷に帰るという感覚、この感覚をこれからも持ち続けることであろう。恩師の福田晃教授の学問に対する情熱に突き動かされ、今日まで研究を続けることができた。光栄にも本のタイトルも福田先生と相談して決めたものである。先生なしには私の研究生活を語ることができない。

さらに研究専念期間中、私学の名門・韓国高麗大学の客員教授として快く招いてくださった同大出版文化院長の劉錫訓教授にも心から感謝の意を表したい。高麗大学での充実した研究生活、大学周辺の学生街の活気に満ちた賑わい、広々とした美しいキャンパスの中で研究に専念できたのも劉教授をはじめ、言語学科の崔在雄教授、前韓国文化体育観光省大臣の崔光植教授、博物館長の趙明哲教授、日語日本文学科の鄭炳浩教授、そして東義大学の李京珪教授と済州大学の玄丞桓教授のおかげである。日韓両国の温かいたくさんの人々に支えられて本書を出版することができたことに心から謝辞を述べたい。紙面では書ききれない数多くの方々にも感謝の思いを伝えたいと切に願っている。

また、出版業界の厳しい状況にも関わらず、快く出版をお引き受けいただいた三弥井書店の吉田栄治社長並びに、編集長の吉田智恵氏にも心より御礼申し上げたい。

なお、本書を出版するにあたり、勤務校の立命館アジア太平洋大学より出版助成金の交付を受けたことを記し、改めて感謝申し上げる次第である。また、事務の労をおかけしたリサーチ・オフィスの一宮悠里氏をはじめ、ご協力をいただいた教職員の皆さんにも御礼申し上げたい。

著者紹介

金《キム》　賛會《チャンフェ》（KIM Chan Hoe, 김찬회）

1959年韓国生まれ。

立命館大学大学院文学研究科日本文学専攻博士課程修了。

立命館大学文学部常勤講師、米国カリフォルニア大学（UCLA）客員研究員（Visiting Scholar）、韓国高麗大学客員教授歴任。現在、立命館アジア太平洋大学アジア太平洋学部教授。博士（文学）。

〔主要著書・論文〕『本地物語の比較研究―日本と韓国の伝承から―』（三弥井書店、2001年）、『鉄文化を拓く 炭焼長者』（共編、三弥井書店、2011年）、『鷹と鍛冶の文化を拓く 百合若大臣』（共編、三弥井書店、2015年）、「韓国の創世神話―済州島の『初監祭・天地王本解』を中心に―」（『古事記の起源を探る 創世神話』三弥井書店、2013年）、「東アジア文化とお伽草子―韓国の語り物との関連―」（『お伽草子百花繚乱』笠間書院、2008年）、「韓国の本解―日本の本地物語と関わって―」（『講座日本の伝承文学』第10巻、三弥井書店、2004年）ほか。

お伽草子・本地物語と韓国説話

平成28年2月18日　初版発行

定価はカバーに表示してあります。

発行者　　吉田栄治

発行所　　株式会社 三弥井書店

〒108－0073東京都港区三田3－2－39

電話03－3452－8069

振替00190－8－21125

ISBN978-4-8382-3297-0 C3093　　印刷　エーヴィスシステムズ